海翔けた龍の記憶

―叶わぬ願い　想いの先に―

阿部　圭いち
ABE Keiichi

文芸社

目次

仙台藩領内図

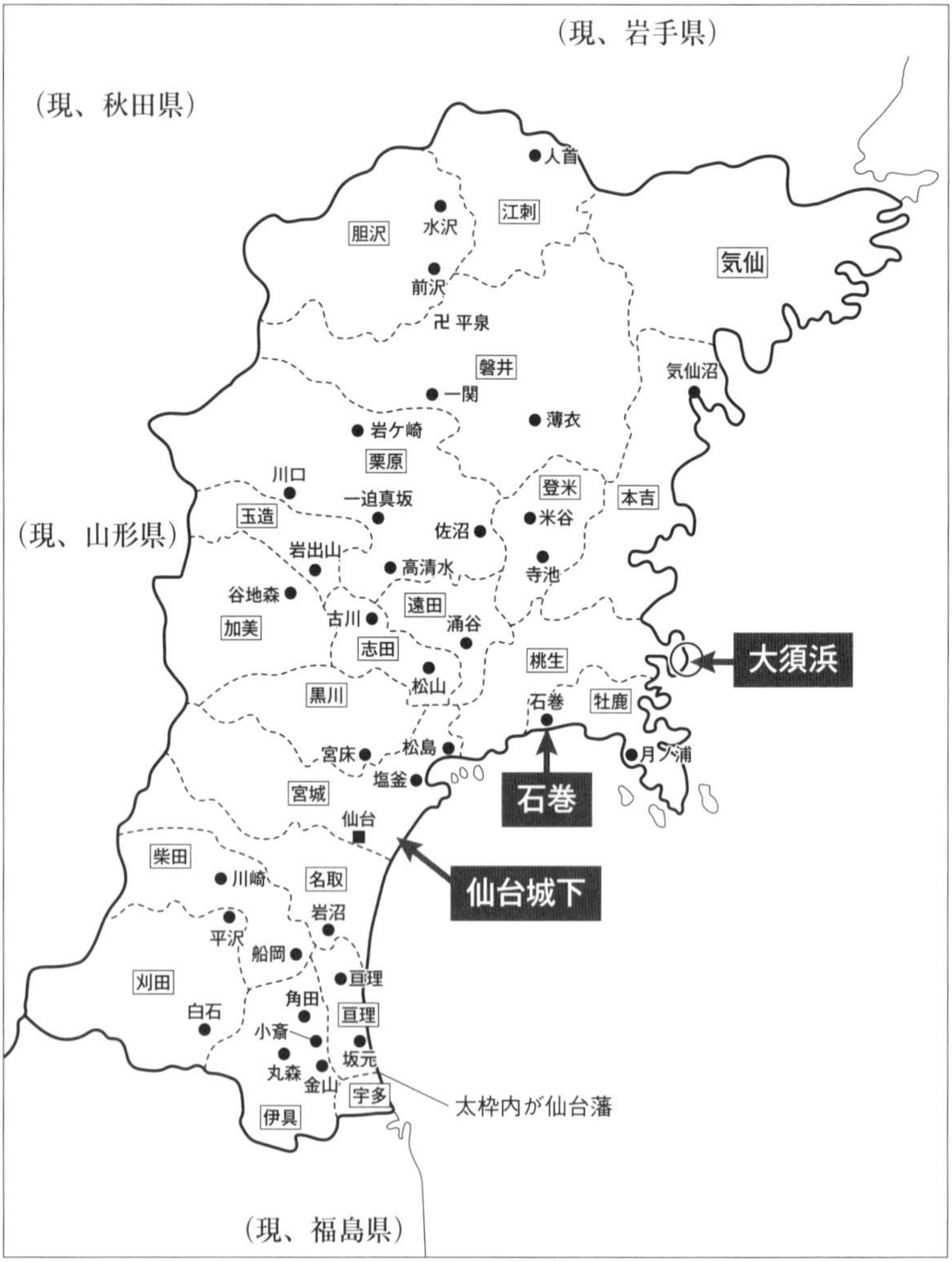
（現、岩手県）
（現、秋田県）
（現、山形県）
（現、福島県）
人首
江刺
胆沢
水沢
前沢
平泉
気仙
気仙沼
磐井
一関
薄衣
岩ケ崎
栗原
川口
一迫真坂
玉造
佐沼
登米
米谷
本吉
岩出山
高清水
寺池
谷地森
遠田
古川
涌谷
加美
志田
桃生
大須浜
松山
黒川
石巻
牡鹿
宮床
松島
月ノ浦
塩釜
宮城
石巻
仙台
柴田
川崎
名取
仙台城下
岩沼
平沢
船岡
刈田
亘理
角田
白石
亘理
小斎
丸森
坂元
金山
宇多
太枠内が仙台藩
伊具

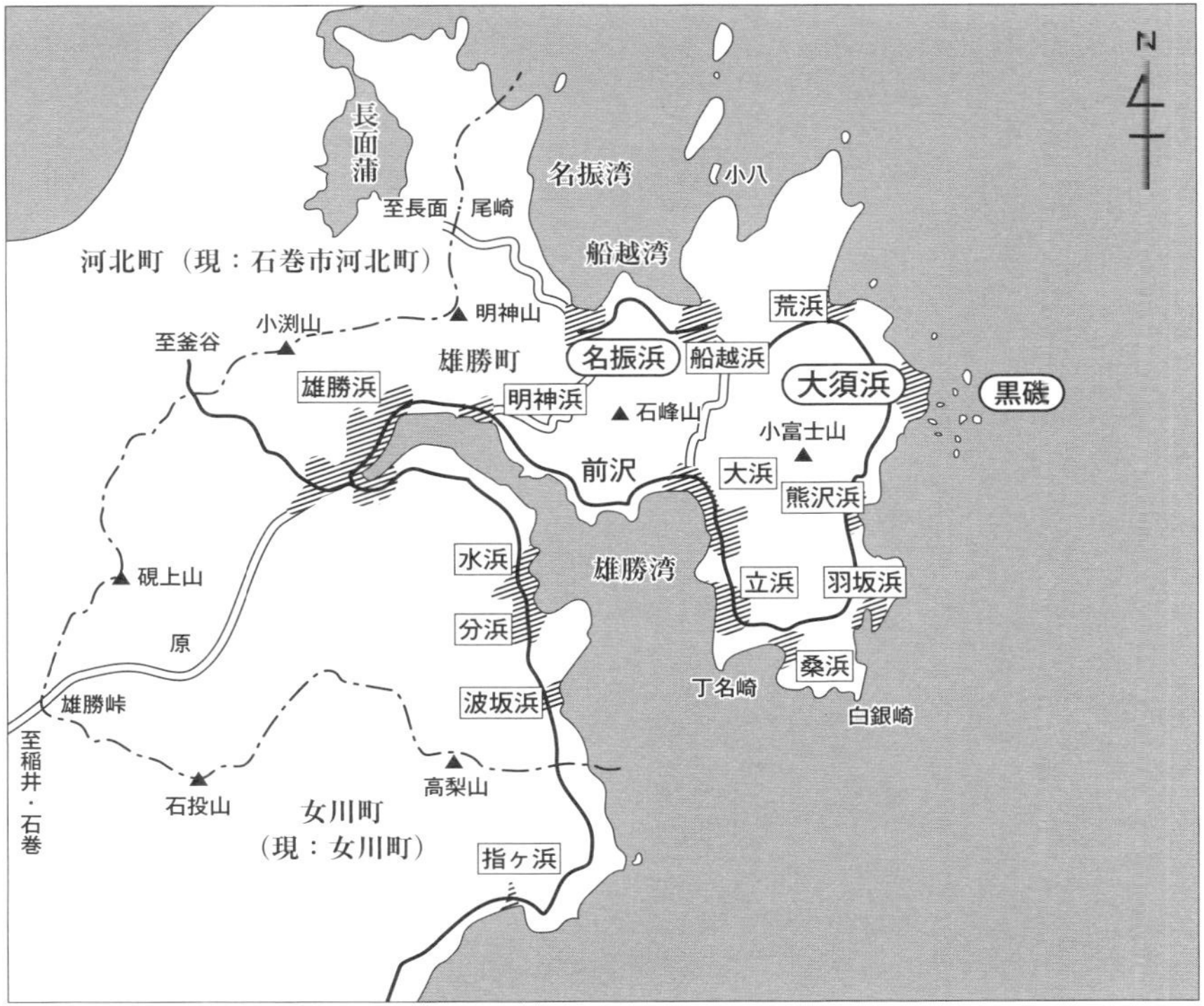

桃生郡十五浜（現：石巻市雄勝町）の地図

東廻り航路図

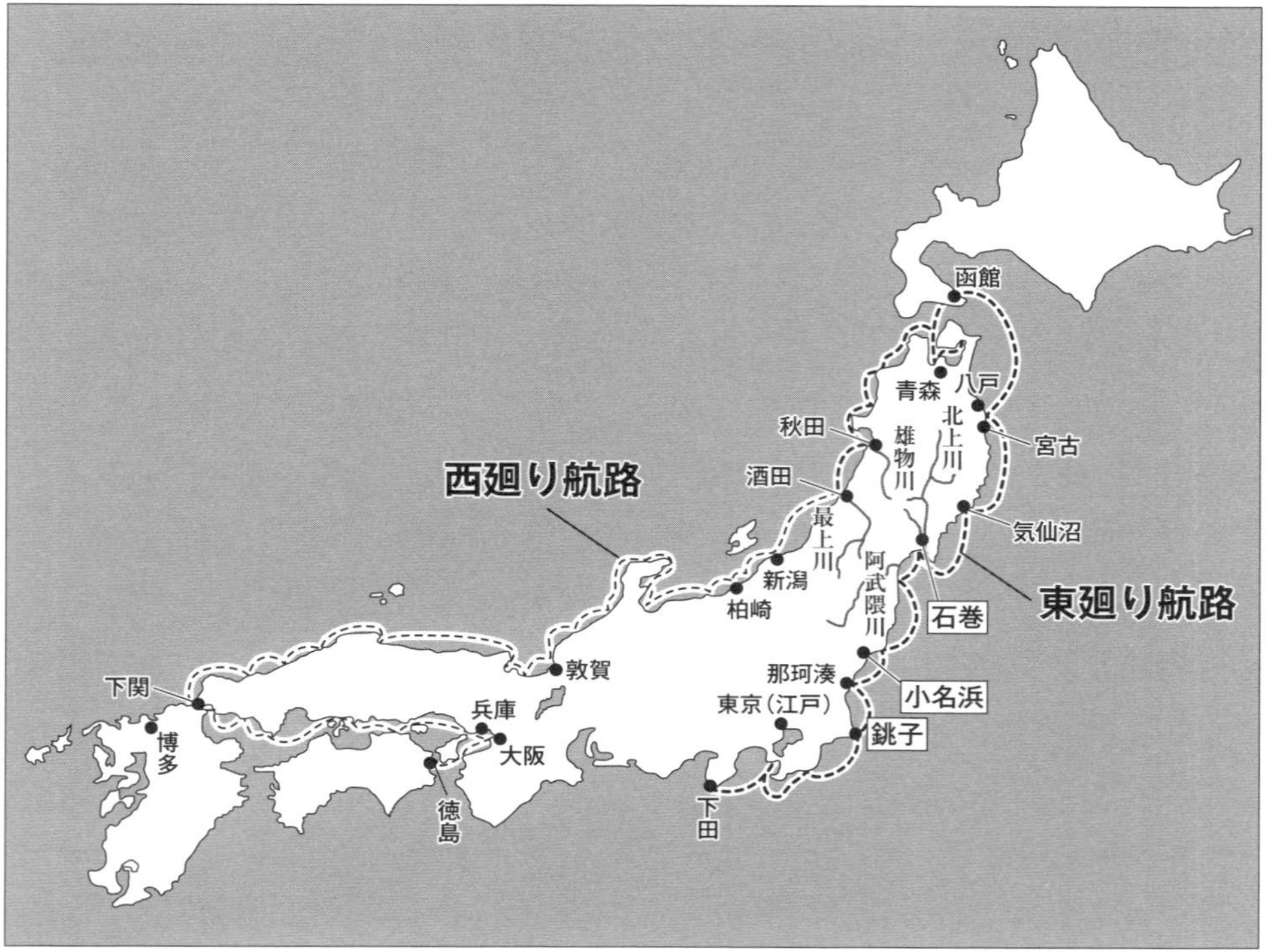
西廻り航路
東廻り航路
函館
青森
八戸
宮古
秋田
雄物川
北上川
酒田
最上川
気仙沼
新潟
柏崎
阿武隈川
石巻
敦賀
那珂湊
小名浜
下関
東京（江戸）
兵庫
銚子
博多
大阪
徳島
下田

【プロローグ　若き当主と阿部一族】

　天保の大凶作は天保四年（一八三三年）に始まり、十年（一八三九年）まで続いた。未曾有の大飢饉を招いたという。この大飢饉による仙台藩の死者数は、飢饉が始まってからの八年間で藩内人口（推定：四十九万人）の約二割（九万人）にも及んだとされる。

　特筆すべきは、藩内の死亡者数に比べ、三陸沿岸、特に石巻・牡鹿地域における死者数の多さである。その数はなんと、当地域に暮らす領民（約一万七千人）の五割（約八千人）を超えていたとも伝えられる。

　沿岸部で暮らす人々の生業は漁業である。地先や沖合で磯物や魚介類を採取・漁獲するが、その生活は豊・不漁によって大きく左右される。また、多くの漁民が「半農半漁」と称するが、山と海に挟まれる限られた平地の中で、わずかばかりの農地を耕し、賄い程度に作物を収穫する零細農家でもある。漁民は藩内で「百姓」と位置づけられるが、主食となる米のほとんどを内陸部から買い入れており、大凶作により米不足ともなれば命を脅かす一大事であった。

大飢饉の折の藩の施策を見れば、武士と藩財政を支える城下の町人衆の命を第一とした城下優先の救済に重きが置かれ、財政面での課題から、城下から遠く離れた領民への対応は疎かとなったことは紛れもない事実である。藩の救済が領内に行き届かぬこととなれば、米の確保が難しかった三陸沿岸の石巻・牡鹿地域で多くの死者が出ることは必然である。大飢饉による禍は、沿岸部に暮らす人々にとって避けては通れぬ道であった。

これから始まるお話は、天保の大飢饉により数万人にも及ぶ死者が発生した三陸沿岸で、人々を救うために私財を投げ打ち、「乱世」とも呼ばれた大飢饉の時代を駆け抜けた若き当主とその一族の物語である。

その名を、阿部源左衛門寿保《あべげんざえもんじゅほ》という。寿保は文化十二年（一八一五年）桃生郡（現：石巻市）雄勝町大須浜で生を受けた。三陸沿岸の人々の命を救うため、弱冠二十二歳にして、藩主・伊達斉邦《だてなりくに》の命を受け、東北各地で発生した大凶作により民心が疲弊し治安が悪化する中で、秋田から三千俵の救済米を運び入れる大事業を成し遂げる。この男の偉業により、仙台藩領内の漁村である大須浜と近隣十五浜からは、大飢饉による餓死者が一人も出ることとはなかったと語られる。

当時、近隣十五浜では阿部家と阿部源左衛門寿保の功績を称え、「お月様より殿様よりも、大須旦那がありがたい」との浜甚句（俚謡）が謳われたという。この舞台となる大須浜とは、阿部家とは、どのような者たちであったのか。拙い語りではあるが、お聞き願いたい。

口伝によれば、浜の成り立ちは文治五年（一一八九年）。奥州合戦により奥州藤原氏が滅亡する際、落人としてこの地に辿り着いた「切り拓きの五軒」と呼ばれる旧家によって開拓されたと伝えられる。

大須浜は、仙台城下から二十二里の距離に位置し、最東端とされる大須崎に形成された小漁村である。落人の隠れ里と呼ぶにふさわしく、仙台との中間点である石巻湊からでさえ、旧北上川沿いを北上し、飯野川からは牛・馬一頭がわずかに通れるほどの狭小な峠道を伝い辿り着くほどの僻地である。このため、古くから軍事・経済の要衝とは見なされず、時代の権力者の影響をほとんど受けないまれな地域でもあった。

この地に暮らす阿部家は、「切り拓きの五軒」を本家とする一族である。家業は廻船と漁業であり、その交易範囲は広く、仙台藩のみならず他領の地先境界を越え、奥州から蝦夷地に至る東回り航路全域を商いの場としていた。なぜに、人里離れた小漁村に暮らす一族が、それほどまでに海運で力を得ていたのであろうか。

　特筆すべきは、当時、領民さえ名も知らぬ大須浜に暮らす阿部家が、ある者たちからは「西（酒田）の本間に東（大須）の阿部源」と謳われていたことである。どれほどの豪商であったのか、その姿を今に伝える史実はほとんど残されていない。

　一説によれば、商いで得た多額の財は、天保の大飢饉で疲弊した三陸沿岸の漁村救済に使われ、栄華とは無縁の暮らしを営んでいたとも語られる。自らの行いを世に知られることを嫌い、世の救済にすべてを懸けた……。

　この謎多き一族と若き当主の物語を、皆様に語らせていただけるのなら幸いである。

第一章　阿部という一族　天保三年・四年

第一項　一通の書状　×　惨禍の兆し　×　試される人間

天保三年（一八三二年）霜月（十一月）、大須阿部家から、仙台藩第十二代藩主・伊達斉邦の元に一通の書状が届く。この年、斉邦は十三歳を迎えていたが、その若さゆえ、この書状が後に藩の政に大きくかかわるであろうことを分かろうはずもなかった。

若き藩主の補佐役である重臣・大條道直《おおえだみちなお》は、斉邦に言い聞かせるような口調で、書状の趣旨を語り始めた。

「殿。ここに書かれておりますことは、この数年北から押し寄せる寒流（親潮）の動きが強きことから、明くる年には春から天候不順となり、水無月（六月）より冷害を招く餓死《がし》風《ふう》（ヤマセ）が吹き来ることが懸念されると。このため、領民には冷害に備えるよう伝えることが肝要と書かれております」

　これを読み終えた時、道直の脳裏を「惨禍」という恐れが一瞬過っていた。なぜなら、天明の折にも第七代藩主・重村に阿部家から書状が送られ、大飢饉を言い当てていたことを知っていたからである。

　この頃、地方の家臣から道直の元に、領内の一部肝いりの中にも気候の変化や動植物の異変を感じ取り、翌年の天候不順を訴える者が幾人かいたことは事実である。

「殿。阿部は海を読み、その年の気象や冷害を言い当てるとは聞き及んでおりますが、そう心配することはないものかと。今は太平の世。戦乱が起こることもありますまい」

　その言葉には、数年の冷害であれば十分対処できるとの、揺らぎのない想いが込められていた。

　仙台藩は、過去に経験した寛永・享保・天明の大飢饉の経験を元に、大飢饉に備えて備蓄米の確保に取り組んでいた。加えて、石高の増収による藩財政の立て直しを目指し、新田開発と合わせ、大雨や洪水の発生に備え、治水事業を実施していたのである。この農業政策に重点を置いていたことが、後に藩の財政に甚大な影響を及ぼすことを、この時に誰が予測できたであろうか。

道直の言葉が終わろうとした時、斉邦が首を傾げた。

「道直、片田舎における阿部とは、なぜに天候や冷害を言い当てることができるものか。百姓、いや漁師の勘か、それとも占術でも行っておるものかの」

若き当主でなくても、その疑問は至極当たり前のことである。領内にあっても、人の行き来もほとんどない辺鄙な地から送られてきた書状であった。

「海を読むとは勘や占術の類ではなく、阿部に古くから伝わる学問によるものと聞き及んでおります。その教えは門外不出と言われ、我々がその技法を知る術はございませぬ。いずれにしても、我が藩の大事にかかわることゆえ、用心に越したことはありますまい」

意識の奥底から自らが是認するように、消したくても消せぬ想いが口をついていた。

「殿。家督相続の折、藩祖政宗公が、大須阿部家のかかわりを禁秘として残された言葉と定め事を覚えておりましょうか。彼の地と一族は、独自の学問や技術を持ちながらも、富や名声には執着せぬ希有な存在であるが、その進言には耳を傾けよと。また、藩への貢献を踏まえ、干渉せぬようにと」

そのことは、藩主と数名の重臣しか知り得ぬ密事である。この書状も、藩主への密書として届けられたものであった。

天保三年の年が暮れようとする頃、浜は鱈《たら》漁の水揚げに沸いていた。ここ数年、北から南下する寒流の影響が徐々に強まりを見せ、冷水を好む鱈や蝦夷地から回帰する鮭は豊漁の兆しを見せていた。

港では雪が舞い散る朝まずめより、八隻ばかりの漁船が帰港し、二十人ほどの男たちが白い息を吐きながら盛んに水揚げを行っていた。一方、陸では、凍てつき透き通る大気の中、頬かむりをした女たちが、顔を赤らめ楽しげな声を上げ、真鱈《まだら》や助惣鱈《すけそうだら》の仕分けに勤しんでいた。

海から吹きつける浜風の中に、威勢のいい、しおかれ声が響き渡る。

「おーい、みなの衆。午後は時化っから船が流されんよう舫いをしっかりとな」

声の主は、身の丈五尺六寸で、ワンバリ（漁労用の着物）から覗く手脚は野太く、潮焼けした顔に白い無精髭。その姿はまさに、海の仁王様といった風を呈していた。この男、阿部源左衛門は、現（二代目）阿部家当主であり寿保の祖父でもある。

「おう」と男たちが一斉に答える。源左衛門は、その言葉に頷くと、舳先に結ばれた綱を引き寄せ、船からは一間ばかり離れた護岸へと跳ね降りた。齢六十五を迎えたとはいえ、身軽なものである。裾を直し、女衆のほうに視線を向けた。

「殿さんからの返事は届いてねえか」

幾年月と刻まれた顔のしわが一瞬深まり、少し怪訝そうな顔をした。源左衛門は、霜月（十一月）に海況の異変を伝える書状を城に送っていた。その言葉に呼応するかのように、白髪交じりで小柄だが、立ち姿の美しい老女が振り返る。

「爺様、書状は殿さんに届いておるはずじゃ。なにも、気をもむことはない」

はっきりとした口調で、物怖じもせず言葉を発したのは、妻の登女《とめ》である。

「来年は、年明けから時化る日が多くなるはずじゃ。今の時期に、大須崎の沖に、寒流の影響が色濃く出ておるわ。儂らにとっても藩にとっても、正月に食する鱈の豊漁はありがたいことじゃが、それにつけても、新年は寒さが厳しい年になりそうじゃて」

独り言のように呟いた。この時代、仙台城下の正月の魚と言えば、ナメタガレイやキチジではなく、鱈であった。

浜仕事を終える頃、家路につく源左衛門に言葉を掛ける若い衆がいた。

「爺様、もうすぐ正月じゃ。いろいろ考えても埒があかん。家族みなで、気持ちも新たに、新年を迎えたいもんじゃ」

その心持ちを見透かしたような言葉である。その男の名は、寿保。四代目当主となり、この話の主となる男である。背丈五尺八寸（現在でいうと一七五センチ）と当主よりも大柄で、ほかの漁師より頭一つ抜け出した大男。顔立ちは爺様に似ず細面で目は大きく一重、色白の肌が眩い。一見、華奢に見えるその姿からは、想像がつかないほどの鍛え上げられた躯体をしていた。


海を生業の場とし常に死と隣り合わせの生活を送る漁村にとって、家族を守り幸せを運んでくれる正月（年神様）迎えは極めて重要な行事であり、仕来《しきた》りでもある。

天保三年大晦日の夜、阿部家には一族と船頭を加えた十人ほどの者が集まっていた。例年、賑やかに過ごす日であるはずが、今年はその様子がいつもとは少しばかり違っていた。神迎えの家とは思えぬほどの張り詰めた空気が、家中に広がっていた。誰もが口を閉ざし不安げな表情で、その男の帰りを待っていたのである。

戌の刻を過ぎた頃、神事とはいえ凍てつく星空の下、当主源左衛門が一人井戸に向かい水垢離を行っていた。屈強な背中に刻まれた無数の傷跡から湯気が立ち昇る姿は、命を賭して死地に向かうがごとく、鬼気迫る様相を呈していた。

静まりかえった座敷の中で、寿保が口を開く。

「みなの衆、もうすぐ新年じゃ。いつものように、明るく正月様を迎えんことには、良き年とはならんと思うがな。爺様も儂と同じ気持ちのはずじゃ」

その言葉に誰もが頷いた。寿保とて、新年が激甚な災禍をもたらすであろうことは承知していたが、言葉を発せずにはいられなかったのである。

除夜の鐘の音とともに、玄関の戸が開く。みなが振り返り、ほっと胸をなで下ろす。

「それでは、新年を迎えようかの。儂も歳を取ったもんじゃ。あれだけの水垢離で疲れてしもうたわ」

その声は、先ほどまで禊ぎをしていた源左衛門である。顔を赤らめ笑顔を見せた、その瞬間。部屋に張り詰めていた緊張の糸が解け、場の空気は緩み、穏やかさを取り戻していた。

正月迎えが始まる。年が明ければ、一家で八幡様に参拝する。家では朝まずめより、女たちが正月の膳をこしらえる。祖母の登女が炊事場を仕切り、母の登和《とわ》と姉のくめ、それに手伝いの者たちが煮炊きをする。

正月膳は、御神酒、塩のほか、白飯、鱈汁、アワビ、雑煮、煮しめ、鮭、たくあんとハレの日の魚として、赤く切腹させない焼いた赤魚《あかざかな》をお供えする。手に入りやすいのはアカガラやホウボウだったが、ここ数年続く寒冷の影響か、大須沖では漁獲がめっきり減っていた。

神棚に祀られた八幡様と船霊様へのお供えは、身を清めた男の仕事である。船をお守りする船霊様は女神で、女性に焼きもちを焼くためと伝えられる。源左衛門と寿保、そして船頭の佐吉《さきち》が手を合わせ、その後ろに家族全員が並び、家内安全と大漁祈願を祈る。漁師にとって、海は「板子一枚下は地獄」と言われるように、人間の力だけでは乗り越えられない自然の猛威や怪異も存在する。このため海を生業とする漁村では、各家で神仏の加護を受けるための風習が代々受け継がれている。

阿部家では、家の守り神として、三陸ではほとんど見かけない「八大龍王（一柱）」が祀られる。人々の平和と生業である漁業・海運を司る海の神であり、世の平和を願い万物の創造主・諸霊の救済を司る神である。この家が代々伝えてきた世の平和を願う心と想いが、色濃く表れていた。

元旦。正月迎えの行事が一段落すると、源左衛門が家の者を前に話を始めた。

「今年も、みなのおかげで良い正月が迎えられた。されど、心して聞いてくれんか。惨禍という言葉を知っておろうか」

　源左衛門の発する言葉のかすかな震えが伝わってくる。

「儂らが経験したことのない禍が、すぐそこに迫っておる。多くの命が失われんよう、神さんにも強う願うてみた。惨禍を防げるなら、儂の命ならいくらでもくれてやるとな。神頼みだけでは人は救えん。そのことは百も承知の上じゃ。じゃが、祈らずにはおられんかった」

　これまでどのような難局にも自らが先頭に立ち解決してきた屈強な男が、家族の前で弱音を吐露したのである。それほどまでに危惧せねばならない事態であることを、誰もが感じ取っていた。

　源左衛門がその場から立ち上がると、自らを鼓舞するかのように声を上げた。

「仕切り直しじゃ。自然の猛威が人の命を奪い運命を左右しようとも、それに抗うこともまた人の為せる業。みなには苦労を掛けるが、儂に付いてきてくれんか」

　それは、これから訪れる大飢饉という乱世に戦いを挑もうとする当主としての意気込みであり、決意の言葉でもあった。それを否定する者はいない。そこにいた者全員が、心に決めていた。どのような戦いになろうとも、すべてを懸けて阿部家の使命を果たしていくと。

天保四年の如月（二月）を過ぎる頃、三陸沿岸は寒さの峠を迎えていた。この年は、源左衛門が想定した以上に、冷水の影響が海域に色濃く表れていた。ここ数年と比べても、北風が吹き荒れ、時化続きで出漁できない日が多くなっていた。海の変動は、陸上の気候変化を先取りする。この状況が続けば、よほど気象が好転しない限り、これまで経験したこともないような寒冷な年となることは、誰の目から見ても明らかであった。

皐月（五月）に入ると、源左衛門は十五浜の主立った者たちを呼び寄せた。

「忙しいところすまんの。今日は、みなに、今年の海況について伝えておこうと思うてな」

その話の大要といえば……。

源左衛門は、毎年、大須崎を基点とした山ばかりで位置を定め、潮見（観測）を行っている。これまで行ってきた潮見では、例年、皐月になれば北上する寒流が、今年は北上せず広く沖合に居座り続けている。江戸への航海の折、海を見れば、その影響は遠く鹿島灘まで及んでいた。今は寒冷の周期ではあるが、その勢いはこれまで経験したことがないほどに強さを増している。この状況が続けば、海はもとより陸域においても寒冷な年となることは間違いない。最も危惧されるのは、春から夏にかけて著しく気温が低下し、餓死風が吹き寄せることである。それは、凶作いや未曾有の大凶作を招くことに繋がる……というのである。

「今話したように、儂の見立てでは、今年の寒流の勢いは大凶作に繋がるほどに危険な兆候を示しておる。幾度と冷害や天候不順による凶作はあったが、それらとは明らかに違うておる。大凶作ともなれば、海辺に暮らす儂らは米を手にできず、餓死する者も多く出るはずじゃ。それを防ぐためにも、すぐにでも対策を練らねばならん」

初めは穏やかに聞いていた者たちの顔がこわばり、体が硬直していくのが見て取れた。源左衛門の見立てが大きく外れることがないことを、誰もが知っていたからである。加えて、ひどい冷夏ともなれば、陸上の被害はもちろんのこと、海で働く者たちにとっても、生活を脅かす夏漁の不漁という事態をもたらすこととなる。

話が終わろうとした時、雄勝から来た年長の男がおもむろに立ち上がり声を上げた。

「源左衛門様、それであれば、儂らはなにをすればいいのかの。早う教えてくれんか」

その場にいた誰もが顔を見合わせ、頷いた。

「それならば、まず近隣の各浜に、『今年は大凶作の恐れあり』と伝えてくれんか。今から生活を切り詰め、秋までにできる限り蓄えをするようにと。後のことは相談じゃ」

その言葉が終わると、そこにいた誰もが、蜘蛛の子を散らすようにその場から各浜に向かって走り出していた。


葉月（八月）となり、凶荒の噂は藩内を駆け巡っていた。源左衛門が予測していたように、内陸では春先から天候不順に見舞われていた。水無月となっても曇りや雨が起因し肌寒い日が続く中、追い打ちをかけるように餓死風が吹きつけた。日照時間の減少と低温が稲の出穂・開花時期に悪影響を与え、もはや冷害により米が収穫できぬことは、誰の目にも明らかとなっていた。当然、米の価格は高騰し、投機に走る者も出てくる始末である。


この日、源左衛門と寿保は、漁師小屋で漁網の繕いをしていた。夏の寒さが原因か、心の臓を痛めていた源左衛門は、近頃、漁に出ることがめっきりと少なくなっていた。

寿保が切り出した。

「爺様、今年の冷害はひどいもんじゃ。爺様の書状は、本当に城に届いておるのじゃろうか。今の殿様は、儂らの話を、田舎の百姓の戯れ言と思うとりゃせんか」

その言葉には、人々を救うべき藩への不信感と腹立たしさが込められていた。源左衛門は怪訝そうな顔はすれど、諫めるような口調で言い放つ。

「もちろんじゃ。ただし、分をわきまえねば、儂らが罰せられる。藩と領民のためと思うても、口に出す言葉はくれぐれも気をつけんとな」

俯いた顔に射し込んだ影は、柱に寄りかかる爺様の顔から精気を奪っていくように寿保の目には映っていた。

「一喜一憂することなく、儂らは淡々と浜仕事をし、己が世のためになにができるか考えればいい」

それは、「書状にかかわるな」との無言の戒めでもあった。

寿保にも分かっていた。爺様から言われたように、この大凶作の中、三陸沿岸の人々の命を守るために、今、なにができるのかを考えるべきであると。その言葉を何度も繰り返すが、悶々とした想いが行き交うだけで、答えは出せずじまいでいた。

天保四年の立秋。登米の肝いり（村の世話役：役人）から、内陸では米の収穫はほとんど見込めぬとの知らせが、阿部家にも届けられていた。寒き夏がもたらす天災は、暗雲が立ち込めるがごとく領内を黒く深く覆い始めていたのである。

阿部家では一族の大事にかかわることは、家族会議により決定することを常としていた。この日は、十五浜の救済の在り方について話し合いが行われていた。

源左衛門が口を開く。

「今日集まってもろうたのは、みなと大飢饉と戦うための戦支度を調えようと思うてのことじゃ。何事も、己を知り、敵を知ることが肝心じゃ。それと負けぬための準備もな。『まず勝つべからざるを為して、以て敵の勝つべきを待つ』じゃ。儂らの敵は、人では抗うことのできぬ自然という強大な力じゃ。それとなによりも、災厄となりかねんのは良くも悪しくも儂ら人の行いじゃ。それは後に知ることになるじゃろうて。それらを踏まえた上で、話を始めるとするかの」

その言葉を、寿保が理解できたかは測りがたい。しかし、「負けぬ支度」という意味では、認識を一にしていた。

「初めは、海況との対峙の仕方じゃ。自然は常に変動する。儂の見立てでは、今年の急激な気温の低下は、翌年には一時静寂を取り戻すと出ておる。それはつかの間のこと。恐ろしいのは、その後のぶり返しじゃ。されど、藩や領民はこの緩みに油断し、後に来る大災に気づかぬままに翻弄され、さらなる大災を招くこととなろう。数年にも及ぶ大凶作が起これば、天明の飢饉と同じように多くの命が失われる。そうならぬよう、準備を調えねばならん」

それは、海を熟知した源左衛門であればこそ語れる言葉であった。同様に、長期の見立てを書き留めた書状は、城にも送られていた。

「もう一つは、儂らができる救済の在り方じゃ。領民の危機ともなれば、まずは藩が手を差し伸べるはずじゃが、未だに僻地である山村・漁村には支援はほとんど届いておらん。儂らは、これまで同様、私財を使い近隣十五浜を救わねばならんようじゃ。しかし、この異常とも思える事態が数年続くとなれば、どれだけの金が必要となるものか、今は予測もつかん。今の儂らにできることは、我が家の金が尽きぬように工夫し、大須浜と近隣十五浜のすべての者を救う手立てを考えること。それがなによりも大事なことじゃ」

そこにいた誰もが危惧していたことである。「限られた私財」という言葉は、源左衛門が自ら家の者に投げかけた、大凶作を乗り越えるための課題ともなっていた。

その言葉が終わるやいなや、登女が言い放つ。

「爺様、まだ、大丈夫じゃ。凶作の度合いにもよるが、五年程度であれば女衆である儂らも協力し、持ちこたえてみせる。なんとしても、この村と近隣の村人の命を守らねばならん」

その言葉には、阿部の女としての強い想いが込められていた。

家では、男たちが廻船業・漁業で地元を離れることも多く、その間、登女や寿保の母の登和、姉のくめの三人が、家計と商いの帳場を預かり仕切っていた。自ずと、凶作ともなれば、廻船業で不在であった男たちに代わり、各浜の救済に深くかかわってきたのは女たちである。この活躍の裏には、大須浜で培われた人づくりの精神が息づいていたのである。

村は、漁業を生業とするほかの三陸の漁村集落とは、少しばかり様相が違っていた。阿部家とこの村の始まりとされる「切り拓きの五軒」を中心に、小規模だが先進的な村づくりが行われていたのである。当時、誰もが想像することさえできなかった男女平等の思想に基づく教育と、すべての村人が自立し生きていけるだけの産業基盤が構築されていた。

浜の子は男女隔てなく、六歳で村内に開設された学問所に入所し、読み書き、算術を習い始める。また、家督や別家となる男子、女子以外は、親や本人の希望があれば、八歳を過ぎる頃、藩内・他藩の庄屋や大店に丁稚奉公・行儀見習いに赴くことも許された。これは、家族の口減らしによる生活の安定を得るためではなく、別家となる一人一人の将来を考えた制度である。

村に残った者は、元服（十五歳）までは家の手伝いをしながらも、男子は武芸を、女子は行儀見習いと、各自が自立できる素地を育てるための人づくりと教育が行われていた。また、他地域との交流を図るため、各家の判断で養子を受け入れる制度もつくられていた。受け入れた子も含め、子は村の宝として、分け隔てなく育てることを村の信条としていた。

元服後は、浜に残る男子は生業である漁業・廻船業に従事し、女子は陸上での浜作業や水産加工、各家で家事・行儀見習いにより収入を得る。本人の希望があれば、男女ともに各自の能力を高めるため、新たな学問を修得するための支援も行っていた。

特に、阿部家の者や廻船業で広域に商いを行う者には、必要に応じて自然科学、書画、国語に加え、外国語、江戸界隈の風流な嗜みも学ばせていた。当時としては、最先端を行く文化を導入した教育と人づくりを進めていたのである。

また、男女とも朱子学や多様な学問に接する機会を与え、互いを尊び、世のため人のために尽くすことを旨とし生きていくことを尊ぶ教えが息づいていた。登女、登和、くめも、この制度にならい、学問や行儀見習い、漁業や廻船業に掛かる経営手法などを習得し、男たちのいない帳場を切り盛りしていたことは言うまでもない。

源左衛門が家族に対し、大飢饉による救済の在り方を問いかけたのには理由があった。家族には強気で振る舞っていたものの、これまで耐えてきた心の臓の病が、秋口から悪化していることを自覚していたのである。残された時間は限られていた。己の亡き後も、みなの力をもって、この惨禍に立ち向かってほしいとの強い願いが込められていたのである。

「婆さんや登和、くめ、もちろん、寿保、佐吉もそう望むのであれば、儂らのすべてをもって、大飢饉を乗り切ろうではないか」

源左衛門は静かに、そして心からの言葉を発した。

長月（九月）となり、源左衛門は時間を割くようにして寿保に海の見立てを仕込んでいた。

阿部家が行う天候と海況の予測は、代々積み重ねてきた海況の予測と気象条件・生物条件などを参考とし、自然学・統計学などを組み合わせた、当時としては先進的な技術である。特に重視したのは、海流の変化と周期である。寒流と暖流の勢力が、概ね十五年から二十年周期で入れ替わることに着目していた。寒流の周期ともなれば、寒冷な年が長期的に続くことを知っていたのである。

現在の海況の予報技術とは比較にならないほど簡易なものと言えるが、その年の海況の流れを読むには、当時としては十分たり得るものであった。「板子一枚下は地獄」と言われる海での暮らしの中で、海況予測は、阿部家の漁業・海運業を支える重要な技術の一つとなっていた。

「寿保よ、海を読むに大切なこととはなんじゃ」

その問いに、寿保は流れるように語り出す。

「海況を判断するためには、寒流・暖流の潮を読むだけではなく、寒・暖により変化する磯場の海藻の生息状況や分布、季節ごとに漁獲される魚の種類や水揚げ量も参考とする。加えて、漁業や廻船業で確認される沖合の潮目の位置など、海域の現状把握や過去から積み上げられた海況の知見を突き合わせることにより判断する。それと、長期・短期での潮の影響を読む材料として寒暖の影響を強く受ける鰯の漁獲高と鰹の北上時期は欠かせんもんじゃと思うとる。爺様、よう学んでおるじゃろう」

的確な答えである。そこには学問に勤しみ、技を極めようとする姿勢がうかがえた。

「よう学んでおる。どうじゃ、今日は儂とともに大須崎沖の観測に付き合わんか。たまには二人で、海をゆっくりと眺めてみたいと思うてな」

口元が緩んだ。爺様と沖に行くのは久しぶりである。その上、寿保がせがまずとも誘われるとは、めったにないことである。

船が港を出たのは、巳の刻のことである。船が出航し沖に着くまでの間、乗組員全員が海を見渡し、潮の色合いの変化や潮目の位置を探っていた。源左衛門が、昨年の状況と葉月（八月）に観測した結果を照らし合わせていた。源左衛門が確かめておきたかったのは、寒流の影響である。沖合での潮目と流れが、少しずつではあるが変化していた。寒流の影響がわずかだが弱まり、一時的ではあるが、暖流の影響もうかがえる。恐れていた、「ぶり返し」の予兆である。危惧したことが、現実になろうとしていた。

源左衛門は、寿保に語りかけた。

「やはり自然は儂ら人間を試しておる。来年は気候も落ち着き、誰もが米の収穫に歓喜するはずじゃ。さらなる災禍の始まりとも気づかずにな。過去の知見にも、ぶり返しの現象が起きることがあると書かれておる。疫病の様子もな」

恐ろしい事態である。それが今、起ころうとしていることに衝撃を受け、寿保に限らず船にいた全員が固唾を呑んで海面を見ていた。またすでに、それを裏付けることも起きていた。過去の大飢饉と類似するように、米不足となった藩内の村々では、流行病や乾癬による皮膚病が広がり始めていた。病の広がりは、今回の大飢饉が長引くことを物語る予兆と思われた。

船は観測を終えると、すぐさま帰路についた。藩への書状を認《したた》めるためである。

「寿保よ、去年は秋から冬にかけて、助惣鱈も真鱈も豊漁でこの浜は潤うたが、江戸から求められておる鰯の水揚げが減り続けておる。鰯の〆粕（魚粕）が減った分は、蝦夷地のニシン〆粕を当てにせねばならんようじゃ。これからは、蝦夷地と新たな取引もせねばと考えておる。儂も歳をとった。これからは、お前が率先して商いを仕掛ける番じゃ。先見の明を持ってな」

その言葉には、寿保に阿部家の商いを託したいと願う、当主として、そして祖父としての願いが込められていた。そのことを、まだ寿保が知るよしもない。

船が港に帰る頃には、日没が近づいていた。

神無月（十月）も終わろうとする頃、藩内では米の価格が高騰し、内陸の農山村においても年貢の未納、夜逃げや、多数の餓死者が出る悲惨な様相を呈していた。とりわけ、沿岸部への影響は甚大である。米の大凶作と価格の高騰は、流行病の発生に拍車をかけ、米不足により餓死する者が数多く出始めていた。

反面、大飢饉であっても、餓死する者の数がとりわけ少なかったのが仙台城下であった。城下町では、他藩から流入する農民が増えるにつけ、疫病にかかる者も多く、町中で行き倒れる者も見られていた。その事態を受け、藩は、城下中心に二つの救済策を打ち出したのである。

一つは、疫病対策である。流行病の拡大を防ぐため、町民や藩内に流入した農民に、投薬小屋を設けて薬を分け与え、流行病の防止や治療を進めた。さらに、過去に起きた大凶作の経験から、蓄えていた米を城下の武士や町民に配給したのである。城下に流入した流民には、施粥《ししゅく》を実施するための施し小屋を設けるなど、飢餓による死者を出さぬよう、手厚い救済を行った。

投薬と施粥による相乗効果で、体力を維持させ疫病を抑え込もうとする両建ての対策だった。疫病での死者は発生したものの、これにより、大凶作であるにもかかわらず沿岸部と比べれば、飢餓による死者数は限られたものとなったのである。藩が実施した、城下町優先の施策は功を奏し、他藩の農民を含めた領民からの評価も高まることとなる。

一方、城下では飢餓の不安は薄らぐものの、終息が見えない疫病の蔓延・死者の増加に対する恐怖心の強い現れから、神仏に対する依存度が高まった。過去の大飢饉でも行われた寺や神社での疫病退散の祈禱や、施餓鬼法要が多数行われていた。

いつの時代も、己の力ではどうにもならない事態では、神仏に縋ることは常である。

第二項　使命を背負った子　×　救済の在り方　×　阿部家の女たち

天保四年初冬のこと。霜月（十一月）だが、そよ吹く風が頰をなで、眠気を催すほど、心地の良い小春日和であった。縁側で茶を啜る源左衛門が、横でくつろぐ寿保にゆっくりとした口調で声を掛けた。

「このところ、幾分じゃが体の具合も良うなっとる。年が明けたら、儂とともに石巻の商いに行ってみんか」

その言葉は、寿保にとって思いがけないものであった。十五歳で元服し、その後は廻船の水主（乗組員）として北方への商談に携わっていた。北は歌津、気仙沼、唐桑から、宮古、青森を経て、蝦夷地に及ぶ広範囲な取引である。これまで多くの商いに同行してきたが、それでも大須浜から南の地への渡航は、一度も許されることはなかった。

そのわけを本人が知らぬまま、時間は過ぎてきた。過去に遡れば、寿保が十三歳の折、石巻で起きた、ある事件に巻き込まれたことがきっかけである。当時の記憶を失っている寿保には、分かるはずもなかった。

「寿保よ、今年の大凶作で、牡鹿・石巻は悲惨な状況じゃ。お前も己の目で、近在の有様をよう見ておくことがなによりも大切じゃ。そのことが、後にお前の血肉となり、糧となるはずじゃて」

その言葉に、寿保は頷いた。北方での航海では、大飢饉の悲惨さは目にしてきたつもりであった。しかし源左衛門の言葉からは、それとは違う悲痛な想いが感じられた。惨状に触れる恐ろしさもあったが、若き寿保の中では、五年ぶりに訪れる石巻へ馳せる想いを抑えられずにいたのも事実である。

「爺様、やっと許してくれるか。儂も近在のことは気に掛かっておったわ。奥州随一の湊町石巻が、本当に疲弊しているものか。どのような有様か、この目で見んことにはよう分からん」

はっきりした口調で答えたものの、一抹の不安は拭いきれなかった。知らず知らずのうちに、誰にも触れられたくない心の傷がうずいた。

源左衛門は、寿保が若き当主として歩み出せるのか賭けに出ていた。石巻への航海は、若き当主としての力量を備え、その力を発揮させるために必要な試練でもあった。寿保にとって、危険を伴う航海となることは百も承知していた。荒療治ではあるが、己の目と真っさらな心で、大飢饉の悲惨さを感じること。その上で、自らが過去の記憶に打ち勝つことこそが、今の寿保にとってなによりも大切と感じていた。井の中の蛙で終わらぬことを、強く願っていたのである。

寿保は、文化十二年（一八一五年）の亥年に生まれた。浜では、出産（産火）にかかわることは禁忌とされる。産火に触れた者は不漁を招くとされ、漁師は忌日が明ける七日間は妻と寝所を別にする。だが、父・安之丞《あんのじょう》は違っていた。登和と我が子のため、敢えて出漁はせず二人に寄り添っていた。

生まれた子は八五三匁もある、白くふくよかな男の子だった。後に登和が安之丞に告げたことがある。難産であったためなのか、産みの苦しみの中、亥の年の守り本尊である阿弥陀如来が枕元に姿を現した。暖かい光に体が包まれると、「よい子を授けよう」と囁きが聞こえた。その瞬間、寿保が産声を上げたという。

安之丞も、寿保が生まれる日、産小屋の外で夜風に当たっていた折、東に位置する霊場金華山から、暗闇を駆け天空に舞い上がる金の龍を見ていた。その龍は、光を纏ったまま大須崎の沖に舞い降り、海に消えていったという。このことは、誰にも話してはいない。

阿部家は代々世の安寧を願い、人々の救済に尽力してきた一族である。安之丞は、神仏のご加護の下に生まれた寿保は、「人々を救う使命を授かった子である」と大いに喜び、その成長を願い、全国の神社仏閣への寄贈・寄進を行っている。

師走（十二月）を迎え、初雪の便りが聞かれる頃、領内では餓死する者が出始めた。追い打ちをかけるように疫病が流行し、領民の生活は徐々に疲弊していった。特に、三陸沿岸の石巻・牡鹿では、多くの者が餓死する事態となっていた。藩の廻米拠点である石巻湊であっても、米にはありつけぬ有様である。

一方、大須浜と近隣十五浜においては、春先に源左衛門の指示を受け進めてきた備蓄と、阿部家が行った施粥と配米が功を奏し、餓死する者が出ることはなかった。

阿部家は、廻船業と漁業により古くから多くの富を得てきたが、自らは華やかさを嫌い、質素な生活を送ってきた。「富めるともおごらず」と言うが、己が持つ私財の大半は、自然災害や凶作に苦しむ近隣十五浜の救済や、平安の世を願い、全国の神社仏閣への寄贈・寄進を行ってきたのである。

この大凶作でも、その思いは変わることはない。されど、大飢饉の救済ともなれば、多額の費用を要することとなる。限られた米を高額で買い入れ、配米や施粥を行うほか、高騰する物価により不足する生活費用や年貢の立て替えと、為すべきことを数えれば、それに要する金の工面には暇がない。いくら阿部家といえども、近隣十五浜すべての営みを、数年にわたり支えることは容易なことではないのである。

この日、阿部家には源左衛門の呼びかけで、家の者と船頭が集められていた。

「みなも知っておろうが、儂が危惧した以上に事態は深刻化しておる。今後、藩の救済が領内に行き届かぬ事態ともなれば、どれほどの者が命を落とすであろうか。今、儂らができることは、数年続くであろう大飢饉という禍に打ち勝ち、なんとしても十五浜の人々の命を救うことじゃ」

その言葉に、誰一人として下を向く者はいなかった。誰もが口に出さずとも、自らの使命を果たすことを心に誓っていたのである。

続けて、源左衛門は語り始めた。

「このたびの大凶作は、津波や大地震の大災害によりすべてを失った者たちへの救済とは、少しばかり違うと考えておる。命を脅かす事態ではあるが、生活基盤は失われず、村の者たちも自ら働くことができる。儂らは、そのことを十分踏まえた上で、各浜を救うべきじゃとな。『働かざる者食うべからず』と言うじゃろうが。そうは思わぬか」

誰もが予想だにしない言葉であったが、その想いは伝わっていた。

この大凶作で、源左衛門の念頭にあったのは、「餓死者を出さぬ」ということはもとより、各浜をいかに存続させていくかという強い信念であった。山間部や内陸の貧しい村からは大飢饉ともなれば、仙台藩に限らず他領においても、村を捨て新たに生きるための地へ向かう者たちが数多く発生する。その中心となるのは、村の若者や働き手となる家族である。米が確保できぬ僻地の沿岸部ともなれば、尚さらのこと。それはすなわち、村の消滅に繋がる行為であった。

「儂らは、人も浜も守らねばならん。この大飢饉で、餓死者を出さぬだけでは救済とは呼べぬ。不足する米や食いものを渡すことはたやすいことじゃが、なにもせずとも生きていけるともなれば、自ら禍に抗おうという気持ちも失せてしまう。人間誰であれ、楽するに越したことはないからな。儂らの役割は、窮状にあっても、各浜の者たちが自ら努力し、働き、そして家族を養っていくための手助けをすることじゃ」

　もっともな話である。一方的に与えるだけでは、一時の満足に終わるだけである。

「儂らは、各浜の者たちが、己の住まう浜と仕事に誇りを持ち、この地で生き、この浜を守り抜いていくという強い想いを育てねばならん。そのためには、各浜の者たちと語り合い、必要な救済とはなにかを互いに理解し、対応を進めていくことが大切じゃ。そうすることで、どのような災害に見舞われようとも、他人に頼るばかりでなく、村人が自ら互いに協力し、禍に立ち向かおうとする強い想いが芽生えるはずじゃ」

　人を救うことは、たやすいことではない。まして、これまで経験したことのないような未曾有の大飢饉である。その中で、目的を見失わず淡々と話す源左衛門の言葉は、その場にいた誰の心にも深く刻まれていた。

救済の在り方は多様である。漁村であればこその取り組みを、源左衛門が語り始めた。

「儂は数年前から各浜の漁師と話し合い、漁のやり方と買い上げ方法について話しおうてきた」

それは、魚を絶やさぬための漁のやり方（資源管理）と、値決め（価格形成）である。どちらも漁師が持続的に漁業を続けられるよう考えられた、知恵と工夫である。漁のやり方は、磯物（地先漁場で漁獲する磯物「ひじき、ふのり、昆布、ワカメ」の海藻や「アワビ」）を継続的に漁獲できるようにするための手法である。産卵期の親貝は、ある程度残して獲る。値が付かぬ大きさのものは、漁獲しない。加えて、漁場をいくつかに分けて、決まった数量を獲る、「輪番制」の導入である。この手法を導入することで、磯物の資源が枯渇せず、長く安定して漁獲できるのである。

また、少しばかり変わった手法ではあるが、大飢饉でも磯物を採り尽くさぬため一番の好漁場を、「餓鬼囲い」（保護区）と定め、村全体で禁漁とする手法である。餓鬼囲いは、子どもたちにも継承させる。餓鬼囲いには、「化け物が出るので、むやみに近づけば取り殺される」と、大人たちが場所の禁忌として伝えていくのである。

もう一つは、値決めの方法である。漁師が漁獲した魚介類は、適正な価格で買い取る。大飢饉では米のほか、あらゆるものの値が高騰する。漁師の使う網などの漁具も同様である。反面、漁師の獲った魚は足下を見られ、買いたたかれることも多い。そこで、大飢饉であっても漁師の生活が立ち行くよう、獲った魚を損の出ない価格で買い上げる仕組みづくりを提案していた。金を得るため、命を失うような嵐の日に漁に出ることも禁止した。簡単なようで、身銭を切ることも多く、誰にでもできるやり方ではない。魚の仕入れを商いとする、阿部家ならではの手法であった。

この漁と値決めのやり方を導入することで、大飢饉の中でも漁師は漁で収入を得られ、家族を養い、地に根ざした生活ができる。それこそが、源左衛門が目指した、漁村ならではの救済方法の一つであった。

源左衛門が話し終えると、おもむろに登女が話し始めた。

「爺様がやっとることは、よう分かっとる。これ以上の大凶作が続けば、これまでの施粥や配米のやり方では、金がいくらあってもままならん。それと爺様が言うように、十五浜の者たちが、自ら努力し解決するという自覚を持って事に当たることが、なによりも大切だということはよう分かった。それを踏まえた上で、儂らが考えたやり方を、少しばかり聞いてはくれんか」

男たちは、廻船や漁で家を空けることも多い。それゆえ、これまで繰り返し発生してきた凶作の折、十五浜の救済に主体的に取り組んできたのは、各浜を熟知した阿部家の女衆である。その中心的役割を担ってきたのが、登女、登和、くめであった。

「婆様が凶作のたびに浜々を駆けずり回り、村人を救うため施粥を行ってきたことはよう分かっとる。儂ら男どもにも、今後、どのようなことが必要か教えてくれんか」

その言葉は、源左衛門の素直な気持ちであった。登女が目配せすると、それに合わせるように、くめが立ち上がった。

「私からお話をしてもいいですかね」

おもむろに、風呂敷から一枚の地図を取り出し、ケヤキの大机の上に広げ始めた。それは、近隣十五浜の地図である。それともう一つ、傍らに数冊の大福帳を用意していた。

「この地図には、近隣十五浜が描かれ、建物の位置や人の数が記載されております。それと大福帳。これには、各浜で暮らす家の人数、性別や年、仕事、それと大まかな収入と、借入の額を書き入れてございます」

　それは、当時、藩が作成していた戸籍謄本に当たる、「宗門人別改帳」の域を遙かに凌ぐ詳細な人別帳であった。そこに記されていた内容を見れば、源左衛門でなくても驚かされるばかりである。

　この大福帳は、くめの提案により大災害時に十五浜の救済に役立てようと、登女、登和の協力を得て、数年がかりで作成したものだという。くめの才女ぶりがうかがえる資料であった。

　登女は、長年、各村の相談役として、男衆や女衆にかかわらず、生活はもちろん、夫婦のいざこざ、仲裁まで広く相談に乗ることで、各浜の家々の暮らしに精通していた。登和は、浜の女講の代表として、この村の女衆を束ねた。仏事はもちろん、龍神様を含めた神事の手伝いや、十五浜の婦人の代表として各会合を通じて各浜の婦人から情報を得ていた。

　くめは、家の帳場を仕切り、家に借入に訪れる村人の内情を把握する。これら各村一軒一軒の知見を基に、整理しまとめたのが大福帳である。阿部家の女たちだからこそ成せる、情報整理術であった。

　源左衛門が、感心した口調で問いかけた。

「ご苦労であったな。これは、藩の人別帳よりも優れた出来じゃ。この大凶作では、どのように使われるのか教えてくれんか。みなも聞きたいはずじゃ」

寿保も佐吉も、その詳細さに目を丸くするばかりである。くめが答えた。

「今年の秋は、近隣十五浜の者でも米が手に入らぬ者も多くおりました。そのため、この大福帳を基に、各浜と家の実情を踏まえた上で、必要とする米の量を算出し、過不足が出ないよう手配しております。これにより、無駄なお金は使われておりませぬ。また、お婆様、母上様の声掛けにより、各浜では村を仕切る婦人の皆様と、漁師の方々が自ら配給の役に就き、交代で施粥と配米に取り組んでおられます。村内の争い事もなく、今は、この地域で餓死する者は一人も出ておらぬと、村長から報告を受けております。この難局を切り抜けることができたのは、お爺様が行われた、漁師の方々との決め事があったればこそと思うております」

誠に見事な采配である。家の女衆が、近隣十五浜における救済システムを、密かに構築していたのだから驚きである。源左衛門はじめ、寿保、佐吉もその話しぶりに頷くしかなかった。

「儂も、くめの話を聞いて安心しておる。施粥や配米の折、損得が生じ、争い事が起これば、本末転倒。それをなくし、各村の者が自ら役割を担う。これこそが、儂らが求める救済の在り方じゃ。その上、無駄な金も使わぬよう工夫されておる。これであれば、あと数年の大凶作を見越しても、各浜への救済は続けられるというものじゃ」

源左衛門の顔は緩み、安堵の表情を浮かべていた。

第三項　爺様の隠し事　×　父の死の真相　×　家督相続

師走も半ばを過ぎた頃、大須浜にも雪がちらつく日が多くなっていた。それに同調するかのように、一雪ごとに、源左衛門が床に伏す日も増えていった。阿部家の本業である漁業、廻船業は、源左衛門に代わり船頭がしらの佐吉が仕切っていた。

登女は、源左衛門の手を暖めるように握っていた。

「爺様、具合はどうかの」

源左衛門は大丈夫と言うように、ゆっくりと握り返した。

「儂は、この冬を越せんかもしれん。そろそろ、寿保に話をせんといかんようじゃ」

その言葉に、登女も頷いた。今となれば、家督を継げる者は、寿保しかいなかった。くめには、佐吉を婿としてこの家を継ぐよう話をしたこともあったが、いかんせん首を縦に振ることはなかった。くめも、寿保が家督にふさわしいとの考えを持っていたのである。

「婆さんや、明日、寿保を呼んでくれんか。二人だけで話してみとうなった」

源左衛門は気力のあるうちに、なんとか、寿保の口から、「家督を継ぐ」という一言を聞きたいと願っていた。家督を継ぐとは、この家と村々を守る義務を背負うことであり、若き寿保には計り知れない重荷となることも承知していた。


翌日、源左衛門の元に寿保が顔を出した。

「爺様、儂に話とはなにかの」

いつもの口調で言葉を掛けた。その言葉に、源左衛門の顔が緩む。

「元気じゃの。今日は、二人でゆっくりと話をしたくてな」

そう言うと、床から起き上がり半纏を羽織ると、部屋の中央にある火鉢の前に腰を下ろした。

「覚えておるかの」

源左衛門が語る昔話に花が咲いた。

「お前は小さき頃から体が弱く、熱を出すたび、お前の母はお前を抱えて医者に連れて行き、寝ずの看病をしておったものよ。素直で優しい心根を持っているが、いかんせん泣き虫であった。花が枯れても虫が死ぬのを見ても、いつも泣いておった。覚えておろうか」

寿保とすれば、恥ずかしさに身の置き場所がないとはこのことである。

「学問所では、泣いてばかりおるから、よく周りからからかわれておった。そのたび、くめが出て行っては、お前をいじめた相手を怒鳴りつける。何度、儂らが相手の親に謝りに行ったことか」

爺様の言葉に、額に汗がにじんだ。

「じゃが、そんなお前が変わったのは、学問所に通い始めて二年目のことじゃったか。あの日お前は、先生に連れられ泣きながら帰ってきた。足を引きずり着物を血に染めてな。婆様は腰を抜かすほど驚いたそうじゃ。話を聞けば、峠の登り口で童たちが遊んでおったところに、どこから迷い込んだのか、一匹の逸れオオカミイヌが現れ、威嚇してきたと。己より小さき子らが泣き叫ぶ声を聞いたお前は、すぐに駆けつけ助けようと、木の枝を持って向かって行ったと言うておった。やつらは、よほどのことがなければ人を襲わんが、叩かれれば話は別じゃ。幼きお前が獣に抗えるはずもなく、足を噛まれたところに大人が駆けつけ、九死に一生を得たという。なんとも無茶なことをする。病弱で泣き虫とばかり思っておったが、さすがに儂の孫じゃと、あの時は嬉しゅうなったが、反面、無鉄砲な一面もあることを懸念もしておった。お前は小さき頃から自らには無頓着じゃが、弱き者を見ると、向こう見ずにも助けずにはおられんかった。儂らはその危うさに、いつ命を落とすのではないかと、常に心配しておった。覚えておろうか。あの日からお前は、『人を守るためには強くならねば』と言い、嫌がっておった武芸を習得するため、誰よりも努力してきた。今は逞しゅうなったがな」

寿保の左の太ももには、大きな傷跡がある。その時の噛み傷である。今となれば、自分を強くしたのは、あの時の経験も大きいことを思い出していた。

「一度だけじゃが、お前をたいそうな勢いで怒鳴ったことがあるが、覚えておろうか」

幼き頃、近所の子にからかわれ、「もうれん、がんばこ（棺桶）」と叫んだことがあった。めったに怒ることのない爺様が、その時ばかりは鬼のような形相で声を荒らげた。その時は、なぜに怒られているかさえ分からず、泣くばかりであった。苦い思い出である。

大人になって分かったことがある。「もうれん」とは、海で亡くなり供養されない魂が海を彷徨い、漁をしている船を沈め、漁師の命を奪おうとする妖怪であることを。「船幽霊」とも呼ばれている。また、「がんばこ」とは、棺・棺桶のことである。大須浜ではこの二つの言葉を一緒に語ることは、海で死んだ者への冒瀆と、不吉な禍を呼ぶ言葉として禁忌としていたのである。

この時代、漁業や廻船業で働く者は、常に命の危険にさらされていた。また、海で命を失えば、見つけ出せない者も多くいた。このため、海で働く者は、「もうれん」を忌み嫌うだけでなく、畏怖の念を抱き、その魂を供養し成仏させたいと願う気持ちを強く持っていたのである。

「儂らが若い頃は、漁に出て『もうれん』に出くわすことがようあった。お前の父親もな」

いつも父親のことを語らない爺様が突然、そのことに触れた。

「あの日は、冬だというに波の穏やかな、出漁にはもってこいの日じゃった。網には船が傾くくらいに鱈が掛かっておってな、みなが大漁じゃと、勢いよく網をたぐっておった。そんな時じゃ。冬だというに、突然、生暖かい風が吹き始め、吐き気を催すような生臭さが漂ってきた。すると急に、網が揚がらんようになってしもうた。いくら曳いても、うんともすんともせん。もたついている間に、波がうねり出し、あたりが霧に包まれた。『一天にわかにかき曇る』というやつじゃ。儂らには分かっておった。やつらが来たことを」

それは、漁師の勘だと言う。

「船が大きく揺り動かされると、何十というもうれんが、海の底から姿を現した。みなも驚いたが、どうすることもできん。地獄の底から響くような甲高い声で、『ひしゃくをかせー、ひしゃくをかせー』と言うてくる。儂らは言われるまま、持っていたひしゃくを何本か渡した。ただし、底の抜けたもんをな。もうれんは、ひしゃくを受け取ると、船を沈めようと海水をすくい何度も何度も船に注ぎ入れるんじゃ。だがあいにくと、ひしゃくの底は抜けとる。汲んでも、汲んでも海水は船には入らん。一刻ほどすると、最後は諦めて、海の底に帰っていきよった。よう覚えておる。そのため、船にはいつも底を抜いたひしゃくを何本か積んでおかねばならん。もう一つ、もうれんを退治する方法があってな。ワンバリの袖を抜き、そこからもうれんを覗き込む。そして、『もうれん退散』と唱えるんじゃ。これで、安泰じゃ」

爺様は、幼子に聞かせるように楽しげに語っていた。聞いているこちらも嬉しくなる。

爺様の話では、父が初めてもうれんに出くわした時には、驚いて声も出せず震えていたという。

「もうれんと会うて無事に帰った日は、神仏に感謝し手を合わせる。それが大切なことじゃ。今の話は、若い衆や子どもたちにも伝えんといかん。あと、お前に頼みたいことがある。お盆を迎えたなら、お前が浜を仕切り、海で亡くなり成仏できん魂のために、盆施餓鬼を行ってもらいたいんじゃ。よう覚えておいてくれんか」

寿保はなぜか、爺様から浜の仕来りと施餓鬼の引き継ぎを受けているような、そんな違和感を覚えていた。爺様がおもむろに、両手で寿保の顔を覆った。

「今日お前をここに呼んだのは、父・安之丞のことを伝えたかったからじゃ」

そう言って、爺様は溜め息をついた。父である安之丞は、寿保が十四歳の時に亡くなっていた。寿保はなぜか、その時の記憶がはっきりと思い出せずにいた。死因も教えられたことはない。

「お前が十四、元服する前のことじゃ。あの日は、漁を終えた船が、日暮れ前に一斉に帰港したが、東沖に出ていた一隻だけが帰ってこんかった。お前の父が探しに行くと言うたが、夜の海を航行するのは危険を伴う。儂はそれを止めた。ほどなくして、待ち船が帰ってきたが、船頭の慌て振りは尋常ではなかった。話を聞けば、沖合を北に向かい航行していた船がもうれんに襲われ、助けを呼んどるとのことじゃった。その話を聞いたお前の父は、迷うことなく船を出した。誰よりも正義感の強い男じゃからな。儂らも一緒に向かうと言うたが、みなを危険にさらすことはできんと止められた。日も落ち、暗がりとなっておったからな。あの時、一緒に行っておればと今も後悔しておる」

源左衛門の声の震えが伝わってきた。

「助けに行った船が帰ってきたのは、夜も更け、亥の刻を回っておった頃じゃった。帰港した船には、深手を負ったお前の父親と船員、それと、襲われた船から助け出した三人の男が乗っておった。儂らが迎えに行くと、お前の父親はみなに支えられ、満足に歩くことさえ叶わぬ様子じゃった」

二人を繋ぐ時間が、少しの間だが静かにゆっくりと流れていくのを感じていた。

「儂はすぐさま、医者を呼び寄せ治療を受けさせた。しばらくすると、安之丞には聞こえんようにと、襖の陰に呼び出された。医者が言うには、傷が胸の急所に達しており、今、生きておること自体が信じられんとな。今夜を峠と見るが、息のあるうちに家族と親戚を呼び集め、会わせるようにとな」

寿保が、涙を流す爺様を見たのは初めてである。よほどの想いを心に抱えていたことが伝わってきた。「儂が、水主の平八から聞いた話では……」と、爺様がおもむろに沖で起きた事件を話し始めた。

＊＊＊＊

夜ともなりあたりは暗がりじゃったが、安之丞は大須沖を熟知しておった。星明かりの中、漆黒に染まる海に船を奔らせ千石船のおる海域に向かったそうじゃ。しばらくすると、物見の者が血相を変えて櫓から下りてきた。指をさす方向に目を向けると、そこには、海面の一点から沸き立つように濃い霧と炎が立ち昇り、船を囲むように海面が隆起し渦を巻くのが見えたそうじゃ。海を知る者であれば、この異様な光景に誰であれ巻き込まれるのを恐れ、近づく者はおらん。それでも、お前の父は命ある者を助けたいと、船頭が止めるのも聞かず制止を振り切ると船をその場へと進めたそうじゃ。よほどの馬鹿もんじゃて。霧の中には、三百石ほどの千石船が一隻おったが、船首から炎が上がり人影が見当たらぬ。急いで船に乗り込み驚いたのは、二十人ほどの黒ずくめの男たちが、血の海となった甲板に無惨に転がり、息絶えんとしてうめき声を上げておる光景であったそうじゃ。傷跡を見れば、相打ちのようであったとな。なぜ、船に火を放ったのか、斬り合ったのかは分からぬが、尋常ならざる事態であったことは見て取れた。安之丞は、みなに落ち着くように促すと、倒れていた者の中から命を救える者だけを助け、この船から急ぎ下船せよと指示を出したそうじゃ。みなで探し回りなんとか見つけたのは、刀傷もなく船橋で頭を打ち付けたのか、気を失っていた三人だけだったそうじゃ。数人で担ぎ上げ、急いで船に戻ろうとした時のこと。みなの行く手を阻むように、千石船を包む炎と黒煙が勢いを増し、船底から突き上げる波にそこにいた全員が船縁に打ち付けられた。黒煙を吸ったせいか、叩き付けられた痛みからか朦朧とする中で、かすかに開いた瞼の先には、確かにもうれんがこちらに手招きするのを見たと言うておった。みなが、その時死を覚悟したと。その刹那、安之丞がその呪縛を解くかように印を結び、雷鳴のごとく船に響き渡る声でみなを叱責した。

「しっかりせい、大須浜に帰りたければ、立ち上がり、船に飛び移れ」

その言葉に、誰もが正気を取り戻し、船に飛び移ることができたとな。一人しんがりを務めていた安之丞が最後に船に飛び移ろうとした時、千石船から助け出した男の一人が、意識はなかろうに、「儂の妻を助けてくれと」と口走ったそうじゃ。それを聞き逃す安之丞ではない。その言葉を聞くやいなや、踵を返すように燃え盛る船の中に飛び込んでいったそうじゃ。女を捜しにな。お前の父は、家族がおるのに命も省みぬ大馬鹿者じゃ。みなが、戻らぬ安之丞の帰りを懸念し、命がけで朽ちかけようとする船に救いに行った時には、胸に大きな傷を負い、自ら立ち上がることさえできなかったそうじゃ。聞けば、女を見つけ急いで船に戻ろうとした時のこと。傷を負い、甲板に倒れていた数人の男たちが、「奥方様」と叫んだそうじゃ。頭目だったのかもしれん。その者らは女を奪われまいと、最後の力を振り絞り、安之丞に襲いかかったそうじゃ。足にすがりつく者、片足を立て斬りかかる者、死を覚悟した者は何者も恐れぬ。その上、傷を負ったとはいえ、みなが相当な技量を持つ忍びであったようだとな。女を抱きかかえ、崩れかけた甲板では抗う術はなく、体も思うように動かぬ。片足を抜き板に取られたところに、数人の者が背後から斬りつけ、一人は自爆した者もおったそうじゃ。襲ってきた者たちは打ち倒すことはできたものの、己も深手を負った。船上で女を見つけた時には、とうに息絶えておったそうじゃ。それでも、助けた男のため連れ帰ろうとした己の未熟さを恥じていたと。みなを危険にさらしたとな。船に戻った安之丞が最後に言い放った言葉。

「みなで大須浜に戻ろうぞ」

その一言であった。その後、甲板に崩れ落ちたそうじゃ。港に着いた時には、意識もなく、血に染まる姿は見るも無惨なものであった……。

＊＊＊＊＊

「それが事の顚末じゃ。悔しかったじゃろうに」

爺様の肩は震え、その姿は羸弱《るいじゃく》しているように見えた。子を失った親の気持ちと、それを寿保に話すことができなかった辛さが込み上げていた。

「儂らは、治療を終え床に伏せとる安之丞を、家族全員で見守っておった。丑の刻あたりじゃったか、部屋の中でかすかに焦げくさい匂いがした。すると突然、半鐘が鳴り響いた。外に出てみると、海岸の漁具倉庫から火の手が上がっておる。儂らは民家に延焼せぬようにと、登和とお前を残し消火に向かった」

大須浜では、火事の発生はこれまで皆無であった。火の気のない漁具倉庫であれば尚のこと。そのことがなにかを知らせる前触れか、何者かの仕業であったかは、誰も知るよしはなかった。

「登和から聞いた話じゃ……」と、源左衛門が再び当時を語り出す。

＊＊＊＊＊

みなが出払ったあと、部屋に黒装束の男が現れたそうじゃ。音も気配もなく、静まりかえった部屋に溶け込むように近づく技は、よほどの忍びであったと。その男は、安之丞のそばまで来ると、静かに胸めがけ小刀を振り下ろしたそうじゃ。男も予見できなかったのであろうな、登和がその手を払うことを。それでも驚きもせず、逃げる素振りも見せず、執拗に、安之丞を狙ってきたそうじゃ。

登和は持っていた懐剣で、向かってくる男に斬りつけたが、実戦に長けておるようで、手の甲に傷を負わせることしかできんかったと言うておった。お前は覚えとらんじゃろうが、眠っておったお前が、二人が争う音に目を覚ますと、登和を守るため男の脚にぶつかっていったそうじゃ。無鉄砲なことをするものよ。その時、お前は男に背中を蹴られ、柱に額を打ち付け傷を負った。それが、目の上の傷じゃ。よう死なずに済んだものじゃ。幸い命に別状はなかったが、頭を打ち付けたことが原因か、その前後の記憶が一部消えておると医者から言われた。お前が、父親が亡くなる前後の記憶がないのは、そのためじゃ……。

＊＊＊＊

初めて聞く話に、寿保自身が戸惑っていた。父のことを思い出せない理由を、今初めて知ることとなったのである。

「長い間、話せんで悪かったの」

そう言うと、源左衛門は寿保を抱き寄せた。爺様も、父を救えず心に大きな傷を抱えたまま生きてきたに違いないと、寿保は痛々しく思ったのである。

「爺様、話を聞けてよかったわ。聞けねば、死ぬまで分からずじまいじゃった」

自らの心を納得させることができた。記憶がいつ戻るかは医者にも分からぬと聞かされたが、それでもいつかは思い出せることを信じたいと願うばかりであった。

「今、明神丸に乗っとる三郎と文吉は、その時、お前の父親が助けた二人じゃ。もう一人は、お前の父親を襲った男じゃと思うておる。儂らが安之丞の元に戻ると、それに気づいたのか男は逃げ去ったが、その夜のうちに助けた男の一人は、大須浜から姿を消しておった。安之丞が救出に行った船で見かけた、黒装束の男たちの仲間だったのかもしれん」

運命とは真に数奇なものである。命を懸け、助けた男に狙われたのである。

「残った二人は、身寄りもなく行くところもないという話で、儂が引き取りここに置くこととした。今は、よう働いてくれておる」

そう言うと、爺様は胸をなで下ろし、少し落ち着いたようである。

「登和が言うには、安之丞を襲った男は、寝床に忍び寄る気配すら消し去っておったそうじゃ。その身のこなしは素早く、常人の動きを超え、尋常なものではなかったと言うておった。刃を交えて分かったことは、身をかがめ、常に目線の外から襲いくるその技は、暗殺を目的とした忍びか隠密であったと。なんせ、お前の母親が仕留められんと言うくらいじゃ、ただ者でないことは間違いなかろう」

登和は、大須浜の猛者たち数人がかりでも負かすことさえできぬほどの技量を備えた、体術と剣術の達人である。その登和が倒せなかったのである。

「お前の父は、明け六つ、眠るように逝ってしもうた。お前と、登和を残してな。悔しかったじゃろうに」

源左衛門はこの五年の間、安之丞が死ぬ間際に言った、「寿保が一人前になるまでは己の死に際の話は伏せておいてほしい」との最後の言葉を噛みしめていた。

「寿保よ、敵討ちなど考えるでない。お前の父もそう願っておった。みながお前に、あの時のことを伝えんかったのもそのためじゃ」

寿保を優しく諭すような言葉である。そこには、寿保を危険にさらすことはできぬとの強い想いが込められていた。

「そうじゃ、もうすぐ安之丞の命日じゃ。一緒に、墓参りでも行こうかの」

爺様の言葉に、寿保は作り笑顔で頷いた。確信はないものの、父に関するなにか大切なことが語られぬままであることを、寿保は感じていた。その後、黒ずくめの男たちのことを爺様に何度か尋ねたが、いつも話をそらされるばかりで、明確な答えが返ってくることはなかった。

触れさせたくないこととは、なにか……。釈然としない気持ちが、寿保の心の中で渦巻いていた。


しばらくして、登和が床の間の前で声を掛けた。

「父上様、入ってもよろしいですか」

確認し、ゆっくり襖を開けた。初めて聞く安之丞の死の真相を、寿保がどのように受け止めたのかを案じていたのである。

「寿保とは良き話ができたのでしょうか」

その言葉に、源左衛門が安堵の表情を浮かべた。登和自身も、心の奥底に言葉には出さぬものの、安之丞の死の秘密を長年抱え苦しんでいたのである。俯き、涙をこらえていた。

そして今、胸のつかえが解き放たれたことを噛みしめていた。

寿保との話が終わった頃合いを見計らい、相談事があるのか、くめと佐吉が床の間に招かれた。源左衛門がおもむろに話を切り出す。

「すまんが、みなに集まってもろうたのは、今日この場で、次の当主を決めようと思うてな」

唐突に語られたのは、家の将来を決める重要な案件であった。誰もが驚き、一瞬、なにが語られたのかと自分の耳を疑った。登女以外は。その言葉に、寿保だけが素早く反応した。

「爺様、なにを言うとる。当主は爺様じゃ。まだまだ、大丈夫じゃろうが」

その言葉を登女が遮った。

「爺様と儂で話しおうてな、今日、みなに伝えようと決めておった。みなも知っておろうが、爺様は心の臓の病を患っておる。医者から強い薬を煎じてもろうてはおるが、いかんせん、具合が優れん日も多い。今日は、朝から気分がいいと言うとる。晴天の空に雲一つなく、吹く風も心地よいとな。それならば今日しかなかろうと、二人で決めたことじゃ」

源左衛門も静かに頷いた。次の代に家督を譲ることを、すでに決心していたようである。

源左衛門が、寿保の肩に手を掛けた。

「みなに伝えたかったのは、次の当主は、寿保に決めたいということじゃ。どうじゃろうか。みなも同じ思いなら嬉しいが、意見を聞かせてはもらえんか」

誰より驚いたのは、名指しされた寿保本人である。この家の家督は、くめと佐吉が結ばれ継ぐものとばかり思い込んでいた。成人したとはいえ、齢十八の寿保には、爺様に代わって、新たな当主となるなど想像だにしないことであり、青天の霹靂とも言える出来事であった。

「もう決めたことじゃ。素直に、うんと言えばよい」

全員が家督相続についての異存はなく、願っていたことでもあった。寿保一人を除いては。それでも、その場の雰囲気を読めば、寿保には首を縦に振る以外の選択肢は見つからなかったのである。

「みなの気持ちは、よう分かった。儂が家督を継ぐことは承諾するが、一つ条件がある。爺様が元気なうちは無理じゃ。爺様には長生きしてもらわんとな」

少し逃げ場を見つけたような気もしたが、その場を凌げればと、口から出た言葉である。

源左衛門は、これまで抱えてきた心の内を家族に伝えたことで、緊張の糸が解けたように、全身の力が抜けていくのを感じていた。

「儂の気持ちはみなに伝えた。少し疲れたので、休むとするか」

言い終えると、登女に支えられるように床についた。それほど、病は源左衛門を蝕んでいたのである。

あの日から体が優れず床に伏していた源左衛門であったが、当主としてやるべきことが残されていた。寿保に、阿部家と大須浜を託すために必要となる継承と、当主として自立するための試練を課すことである。本来であれば一家相伝の儀式であるが、補佐役の佐吉を加えたことは、自らに残された時間の短さと、若き当主を想ってのことである。

第四項　当主の書斎　×　浜の暮らし　×　源左衛門の死

三日が過ぎた朝、登女が、寿保と佐吉に声を掛けた。

「今日から、爺様が特別な教えをしてくださるそうじゃ。辰ノ刻に床の間に来るようにとな。遅れるでないぞ」

源左衛門の体を案じていた二人にとって、自分たちを呼べるまでに回復したことが、な

により も嬉しい知らせであった。急ぎ床の間に向かい、ゆっくりと襖を開ける。そこには、少しやつれてはいるが、半纏を羽織り、だるまのような姿で囲炉裏に手をかざし、二人を笑顔で迎える爺様の姿があった。

「よう来たな。二人には、我が家と大須浜の在り方を伝えねばいかんと思うてな。誰にも言えん秘密もな」

一瞬、真顔を見せたが、微笑んだ口元を見れば、なにが本当で、どこまでが冗談か掴むことさえできぬ口ぶりである。

「それでは、始めるとするか」

源左衛門は行き先も告げず、ゆっくりと立ち上がると仏間へと向かった。仏壇の奥に手を差し伸べると、お釈迦様の奥にある家紋を、左右に数回ほど廻した。神棚では、西端に置かれた恵比寿・大黒様を北に押し下げる。なんとも、不可思議な仕草である。

「二人とも、蔵にでも行ってみんか。いいものを見せてやる」

促されるまま蔵に向かうと、北奥の隅にある桐の箪笥をどけ、床板を数枚跳ね上げた。手招きされ底を覗き込めば、そこには土台となる石板の上に、一尺四方の鉄製の式盤が配置されていたのである。爺様が蔵底に下り、式盤に手を当てると、謎解きでもするかのように円盤を操作する。地響きとともに、式盤が配置された三尺四方の石板が横にゆっくりと動き出した。そこには地下に繋がる、二尺四方の通路が口を開けていた。

「それでは、この石段を使い下りるとするか。なにがあるか楽しみにしておれ」

言われるままに三間ほど下りると、そこには大人一人が通れるほどの坑道が奥に続いていた。薄暗がりの中を、北に十五間ほど進んだろうか。進路を塞ぐように、目の前には二間ほどの石の扉が立ち塞がっていた。足を止めた爺様が、扉の横に彫られた手形に手を差し込むと、それに合わせるかのように扉が動き始めた。ゆっくりと開く先には、眩い光が漏れ出し、奥に広がる石造りの広い空間が目に飛び込んできた。

「入るとするか。儂が二人に見せたかったのは、この当主しか入れん所蔵庫じゃ。驚いたか」

真に家の地下に、このような石部屋があることなど想像すらしていなかったことである。大須浜は、岩盤の上に形成された土地である。今の石工や築城の技術を持ってしても加工が難しいとされる地盤に、占術や高度な石工の技術を用いた隠し部屋が造られていることに驚愕した。寿保は、声を出すこともできないでいた。

「ここには、阿部家の歴史と学問、技術に関する書物が多数残されておる。代々当主にのみ知らされる秘密の書斎じゃ」

　三十畳ほどの部屋には、学問所の書庫のように棚が並び、その中には隙間のないくらいに書物が並べられていた。いつの時代からのものかさえ、分からぬほどである。

　部屋の中央奥には四畳半ほどの畳と、中央には座卓が置かれていた。奥の壁にはこの国の地図と世界地図が貼られ、卓の上には丸い地球儀が置かれていた。その点については、寿保も驚くことはなかった。学問所で、簡易な内容ではあるが、幼き時より藩や日本、そして世界の事情を学んでいたのである。

「今話したとおり、ここには、阿部家以外には誰にも知られてはならん書物ばかりが並んでおる。船や武器、軍事にかかわるものもある。歴代当主は、これらの書物や技術が世に出ぬよう、争いの元凶とならぬよう、誰にも知られぬよう守り通してきた。今となっては、時代に合わぬものも多くあるがの。儂らが、阿部家の学問を秘匿しておるのも、それが争いに使われぬようにと考えておったからじゃ。政にかかわりを持たんのもそのためじゃ」

　どれほどの知恵と技術が収められているか、寿保は驚愕するばかりであった。

「この村は、他所と違うておると思ったことはないか」

　源左衛門が二人に問いかけた。そのことは、寿保も分かっていた。なによりも、男女分け隔てなく学問が学べる。誰もが仕事に携わり、貧富の差がないことも不思議には感じていた。

「ここには、この村と人を支えてきた学問という財も隠されておる……ということじゃ」

佐吉も、村のことは把握していたつもりであったが、ここに来て、その理由が薄らとではあるが分かりかけてきたような気がしていた。

「お前は、これから当主になる。偉うなるのではなく、村と村人を守る責任が出てくるということじゃ。簡単なことに見えて、これがなかなか難しい。厄介なことじゃ。明日からは船の仕事を休み、毎日ここに来て、阿部家の理について学ばねばならん。儂が元気なうちにな」

言われた言葉はもっともなことではあるが、寿保には甘えがあった。爺様が病気とはいえ、鍛え抜かれた海の男である。この先も自分を見守り、指導してくれるものと信じていた。

「佐吉も、肝に銘じておけ。二人が気張らねば、この浜も、近隣の村も救えんことを」

言われていることは分かるが、なにを、どのように学ぶのか、寿保には雲をも摑むような話に聞こえていた。

翌日から源左衛門による継承のための学びが始められたが、残された時間は限られていた。初めに伝えられたのは、阿部家が目指した村づくりである。村を成立させるための人の数や、衣食住の在り方。互いが生きていくための仕組みづくり。そして、生業を維持するために必要となる商いの在り方である。

「衣食足りて礼節を知る」という言葉があるが、大須浜ではこれに加え、「医、職、住足りて浜が成り立つ」との教えがあった。大須浜には、貧困がなかった。ないというよりは、貧しい者がいなかったのである。この浜に住めるすべての者は、五軒が開設した学問所に通い、無償で教育を受けることができた。その上で、各々の能力や力量、得手不得手により職業を選択できる仕組みができていたのである。

仕事は、男は漁業・廻船業に、女は漁業の手伝いや水産加工に携わることはもちろんだが、それ以外にも、この浜で必要とされる衣食住にかかわる仕事や、家事手伝いに至るすべての職に男女ともに就くことが認められていた。賃金は就労先から一度、村を取り仕切る阿部家に預けられ、その後、各家の生活が成り立つように計算され、補填分も含め支払われる。誰もが一定水準の生活を送ることができる配分方式である。当然、就労努力を重ねた者には、歩合を上乗せし支給する。このやり方により、村に貧しい者が生まれることはなく、対価に見合った支払いをすることで、労働意欲の減退や働く者同士の争いが起きることもなかったのである。

賃金の支払いを仕切るのは、登女、登和、くめの仕事である。配分に疑問があれば、いつでも申し立て、調整する機能もこの三人が担っていた。いずれも才女と言うにふさわしい、優れた女性たちである。

講を通じた取り組みでは、沖で夫を亡くし働き手がいなくなった家や、子育てをしている者、年老いた者にも、それぞれが負担とならず行える漁網の繕いや賄いの補助などの仕事を世話し、生活できるだけの賃金を支払う。病気や怪我をして働けぬ者や、障害のある者も村全体が支え無理せず取り組めることを、周りが手伝いながらともに進める。浜全体が、互いを思いやる福祉にも長けた、「浜の共同体」としての機能が働いていたのである。

この村の誇りは、貧しさを訴える者がいないことである。それは寿保も、幼い頃から理解していた。この仕組みを支えていたのは、源左衛門や登女が行ってきた産業の育成と、収益の確保である。狭きところでは、大須浜と近隣十五浜で。広きところでは、北は歌津、気仙沼、岩手、青森から蝦夷地へ。南は、石巻、塩竈、仙台を経て、江戸に繋がる東回り航路を利用した、漁業・廻船業による商いである。

阿部家は、幼き頃から商いの教育には力を入れていた。それは、取引先が広範囲であることと、多くの商人の中で儲けを生み出し、生き抜いていくためでもある。特筆すべきは、広域な商いを行っていたが、仙台藩はもちろんのこと、各藩とは一定の距離を置くことで、独自の商いを成立させていたことである。

幼き頃から商いの才覚を現した源左衛門に、先見の明があったことは否めない。鱈を漁獲すれば、付加価値の付く品質の良い塩鱈とし、時節を読むことで、高値の付く時期や相手が必要とする加工方法、数量を把握し提供する。当然、塩竈の五十集《いさば》屋衆も、そのことを理解し、ほかの商人よりも高値を付けて買い入れていた。双方が得をするやり方を常に行っていたのである。

加えて、藩内で必要とされた塩鱈の加工品や、領内はもとより江戸の食文化が開花していくことを先読みし、食材として求められる鰹節や塩干品などの流通にも、いち早く参入する手腕も兼ね備えていた。また、他地区から水産物や加工品を買い入れるだけでなく、地元に水揚げされた水産物を加工する施設を整備することで、漁獲から水揚げ・加工、そして販売までを一手に手がけるといった多角的経営も営んでいた。このことで、大須浜での雇用の創出、福祉の充実など、儲けを得ることで地元に還元するという、阿部家独自の地域重視型の村づくりが成立していたのである。

源左衛門は、地元だけを重視していたわけではない。東回り航路で、自らの商いにかかわる沿岸漁業者や五十集屋衆に対しても、江戸で求める〆粕や鰹節の情報を適時流しながら、各浜も利益が出せるような仕組みづくりも行っていた。

寿保も爺様の話を聞けば聞くほど、その商才と、世を見る先見の明に納得し、感心するしかなかった。加えて、それを支える婆様、母上、くめ姉が行ってきた経営手法と、浜づくりの調整機能には脱帽するしかなかった。

「爺様、凄いもんじゃ。儂も、爺様のようにやれるじゃろうか。今の話は、儂には手の届かん、雲を掴むような話のようじゃ」

その言葉には、爺様たちへの憧れと、これから自分が歩き出す道を前に、一人の男として胸の高鳴りを感じていた。

「お前に願い事がある。聞いてはくれぬか。商いの儲けは、これまで阿部の家がしてきたように、この大凶作から一人でも多くの人々を救うために役立ててほしいんじゃ。それと、世の安寧が得られるよう、全国の神社仏閣の行脚と寄贈・寄進を続けていってもらえんか。

安之丞の魂も慰められるはずじゃ」

頼まれずとも、爺様が言わんとしていることは分かっていた。爺様と、北への廻船で廻る折には必ず、地元の問屋衆はもちろんのこと、神社仏閣にお参りし寄贈を行ってきた。これが、阿部家の仕来りであると承知していた。

「爺様、そのことは分かっとる。これまでどおり、儂と佐吉兄で寄進・寄贈の行脚も行うわ」

それを聞いて、源左衛門も安心したようである。それほどまでにこだわる理由は分からぬが、世のため人のためであれば、断る理由などあるはずもない。

源左衛門はこの後も、当主として知るべき商売の基本、村づくり、浜の習慣、そして心構えを伝えた。さらに、ここに納められている文書にはすべて目を通すよう、二人を諭した。

師走も、あと一日余りを残していたが、源左衛門の体調は優れなかった。朝から庭の松にも雪が積もり、底冷えする寒さが体を蝕んでいたのである。登和が慌てた様子で寿保の部屋の襖を叩いた。

「たいへんじゃ。爺様がたいへんじゃ」

その言葉に、寿保は布団から飛び起きた。急いで爺様の寝床に向かうと、枕元には、登女や佐吉、くめが付き添っていた。

「まだ、爺様から学ばねばならんことが山ほどある。元気になってもらわんと」

寿保は爺様の手を握りしめた。肉厚でがっしりとしていた手が、今は痩せ細り、握る力さえもなくなっていた。涙が込み上げてくるのをじっと我慢した。寿保の声が聞こえたのか、源左衛門がかすかに薄目を開けた。

「よう来たな。お前が来るのを待っておった。大きゅうなったな。立派になった。儂は思い残すことはない。早う、安之丞のところに行かんとな」

意識の薄れる中で、源左衛門はそう語りかけていた。そして最後の力を振り絞るように唇を動かした。寿保は、爺様の口元に耳を寄せた。

「これからは、お前が当主じゃ。みなを守らにゃいかん」

苦しい息遣いが伝わってきた。寿保は、何度も頷いた。

「お前には、言っておらんかったが……藩の者には気をつけ……」

言葉が途切れると、源左衛門はそのまま目を閉じた。なにを伝えたかったのか。寿保を危惧した言葉であることは明らかであった。

大晦日を迎える頃には、内陸部でさえ米が手に入らぬほどの窮状となり、年貢の未納、夜逃げや餓死する者が出始めていた。とりわけ、藩の救済がほとんど届かぬ沿岸部の事態は深刻で、米不足と価格の高騰に拍車を掛けるように流行病の発生が重なり、多数の餓死者が出るほど疲弊していたのである。

藩は、沿岸や農山村部に暮らす領民を見捨てたわけではなかった。領民への年貢の免除や一部配米や施粥は行ったものの、大凶作の影響は藩が想定した以上に大きく、すべての領民を救うことは難しい状況にあった。

限られた財政の中では、藩の運営基盤となる城内の対策を優先するほかなかったのである。

第二章　石巻、そして江戸へ　天保五年

第一項　町の闇　×　一人の娘　×　不穏な影

源左衛門が亡くなり、新年は正月様を迎えることはなく、家の者は喪に服していた。とりわけ家督を託された寿保は、魂が抜けるがごとく一人海を眺めるだけの日々を送っていた。

登女が、窓辺に佇む寿保の背中を一発叩き、気合を入れ叱咤した。

「若当主よ、ここでなにをしておる。新年を迎えたが、大飢饉の脅威は領内を覆っておる。爺様が、お前に託した言葉を忘れてしもうたか。儂らの本当の戦いは、これからが本番じゃ。お前がやらねば誰がやるというんじゃ。しゃきっとせんか」

正月早々、婆様の気合に背筋が伸びる思いがして目が覚めた。分かってはいたつもり

だったが、あまりの重圧に心を閉ざし、逃げ惑う自分がそこにいた。寿保は新たな当主として、爺様から託された家を、そして十五浜を守る責務を果たす時が来たのである。

「分かっとる。これからは、儂がみなを支える番じゃ。気合を入れて頑張らんとな」

若き当主と阿部家の新たな戦いが、ここに始まった。

弥生（三月）となり、寿保が爺様との約束を果たすため、石巻に向かう日が近づいていた。

寿保の暮らす大須浜の湊は、コの字型に形成された岩礁に囲まれ、荒波の影響を受けにくい独特の形状をしていた。沖を行く船からは、湾の内部をうかがい知ることは難しい反面、水深が浅く、大型船の係留には不向きであった。このため、阿部家が所有する廻船や漁業に利用する大型船は、すべて近在の船越湊に係留していたのである。

出航前日は、積荷の確認や早朝の出発となるため、全員が船の係留地である船越湊の船宿に泊まり込む。暗がりの中、寿保は天井を眺めていた。久々に石巻へ向かう喜びと、心の奥でくすぶるなんとも言えない不安な心持ちが混在し、眠れぬまま朝を迎えていた。

寝不足の寿保を乗せ、船は日の出とともに船越を出港した。この日、石巻に向かう船は、船頭がしらの佐吉が仕切る明神丸（五大木船）である。長さ四十八尺の船には、十三人の船乗りが乗船している。一見、商いに不向きと思える船であるが、阿部家では漁船に独自の改良を施し、運搬用の早舟としても利用していた。

船は、三陸沿岸の荒波を舳先で切り裂きながら、最初の寄港地である霊場・金華山に向けて航行していた。金華山神社には、弁財天とその使いとして巳（八大龍工）が祀られている。海の男たちは、この地で航海の安全と大漁を祈願することが習わしとなっていた。

船は、金華山水道のうねりと潮流の合間を縫いながら、自然の地形を利用した岸壁とは呼べぬほどの岩場に着船した。上陸した一行は、港から続く山道を早足で上り、寺社に向かっていた。金華山は、「金華山黄金山神社」と「金華山大金寺」からなる、神仏習合により崇拝された霊場である。寺社に近づくにつれ、周囲が霊気に包まれ心身が満たされていくほどの崇高な聖域である。

「若、この寺社で航海と大漁祈願を行いますが、その前に話しておかねばならぬことがございます」

佐吉から告げられたのは、驚くべき話であった。ここ金華山は、廻船業を営む阿部家にとって、全国津々浦々の動向を把握するために大切な場所だという。この地は、神仏習合の霊場である。それゆえ、漁業や廻船業を営む者はもとより、全国から武士、農民や職人、商人、修験者まで多くの者が参拝や修行に訪れる。その者たちの中に、各地の農業・漁業、商業、工業、各藩の動向に至るまでの、多種多様な知らせを届ける者が紛れているのだという。互いに書面を取り交わすだけでなく、時には、相まみえての商談も行っていたようである。爺様が、大須浜にいながらいち早く全国の動向を把握し、先んじて商いに取り組むことができていた理由の一つが、ここ金華山にあることを知らされたのだ。

しかし寿保には、その話からはどうしても解せぬこともあった。爺様は自ら得た多くの知らせを、商いに役立てていた。一方、「政にかかわるな」と常日頃聞かされた言葉とは裏腹に、届けられた知らせを精査した上で、領民の生活や藩の大事にかかわる事柄については、城に書状を認めていたというのである。当主となったばかりの寿保にとっては、その真意を測りかねていた。

「生前、若が石巻に向かう途中、金華山に参ることがあれば、そのことを伝えてほしいと源左衛門様から言付けを預かっておりました。それと、この場所を商いにどのように役立てるかは、寿保に決めさせせよ……とのことでした」

突然の話に、寿保はその場で答えを出せぬまま、しばしの時間が過ぎていった。それともう一つ、佐吉がどうしても寿保に伝えられなかったことがあった。それは、この地に祀られる八大龍王と阿部家のかかわりである。そのことは、後に語られることとなる。

「突然の話じゃ。今までどおりこの地より知らせは受けるにしても、考える時間を貰わんことには判断できん。それまで、待ってはもらえんか」

佐吉は頷くと、寿保を連れ、寺社の祈禱所に向かった。海上安全と大漁祈願を終えた一行は早々に金華山を後にし、石巻に向け出航した。船は牡鹿半島先端の崎をかわすと、遠浅の海が広がる仙台湾へと舵を切った。荒波立つ三陸沖とは一転し、波風が静まり船の揺れは心地よいものとなっていた。清々しい晴天に恵まれ、左舷には仙台平野と遠くには蔵王連峰が、右舷には網地島が目に入る。北上川の河口が見えれば、石巻湊は目前である。

網地島を過ぎると、海の様子は一変した。昔、寿保が見た懐かしい光景とは一線を画していたのである。まったりとした潮風が体にまつわりつき、臭気が鼻につく。生臭い、魚とも獣とも違うであろう死臭が漂い、両手で鼻を塞いだ。船底からは時折、漂流物がぶつかり擦り上げられるような、嫌な感触が伝わってくる。潮目を見れば、幾体かの死人が浮き沈みし、船に助けを求めるかのごとくまとわりついている。そのさまは、目を覆いたくなるほどの惨状である。

寿保の顔がこわばった。異臭と、流れ来る死人の数に心が乱され、恐れさえ感じていた。陸から捨てられた死体は、浮き沈みしながら海底に沈みこむ。その後、体内のガスにより、七日前後で一度浮き上がることもあるが、それにしても、この海面を流れ来る死体の数は異様である。この大飢饉で、石巻や牡鹿でなにが起きているのか。到底想像もできないほどの惨事であろうことが、海の様子からもうかがえた。

船縁で嘔吐する寿保に、佐吉が駆け寄り肩を軽く叩いた。

「若、これが飢饉により打ち捨てられた人の姿でございます。よく、目に焼き付けておくんなさい」

佐吉は船縁に立つと、投げ捨てられた多くの死者が成仏できるようにと手を合わせた。

ほどなくして、船は北上川の河口を上り、石巻湊に到着した。湊に近づくにつれ、浮き沈みする死人の数も増していた。この惨状をつくり出しているのは、石巻湊の周辺だけではない。遠く北上川上流の村々から打ち捨てられた者たちのなれの果ての姿であることは、容易に察することができた。

久しぶりに見た石巻湊の景色は、海路で思い描いた情景とは違い活況を呈していた。川沿いには米蔵と店舗が立ち並び、大きな町並みを形成していた。道筋では人や荷馬車も激しく往来するほどに賑わいを見せていたのである。誰もが、死人のことなど気にする素振りも見せず、大凶作さえなかったかのように、普段と変わらぬ生活を営んでいるようにも感じられる。

船着き場に着くと、寿保一行は早速下船し、今回の荷受先である廻船問屋へと向かった。その後は、取引先である問屋衆に顔繋ぎも兼ね、挨拶回りを行った。

「どこも裕福そうじゃ。川を流れる死体や体にまとわりつく異臭さえなければ、飢饉で困窮している地とは誰も分からんはずじゃ。どの問屋と話をしても、そのことには触れもせん」

なぜか、実際に起きていることと、そのことに触れもしない人々。寿保は両者の狭間で、現実離れした時間の中を歩き回っているような、不思議な感覚だった。

「若、ここで暮らす者はみな、大飢饉の惨状を語ることを禁忌としております。町に物乞いや行き倒れの姿が見当たらぬのは、藩が財政を維持するために重要な石巻湊の米蔵や、鋳銭場の周りを厳しく警護し、町に入ろうとする不審な者たちを役所がすべて排除しているためでございます」

ようやく事情が呑み込めた。まさに、石巻湊が藩の重要拠点であることをうかがわせる話である。また、佐吉が語るには、町の外から来た者には知られぬよう、伏せていることがあるという。この町でも疫病や飢えにより多くの者が亡くなっているが、各家とも罹患を恐れ家々での供養は行わず、問屋筋の奥にある寺に死人を運び入れているというのだ。寺は合同供養を行ってはいるが、大きく掘られた穴にはどれほどの数が埋葬されているかさえ、分からぬほどであると。

この華やかな町でも、闇は存在しているようである。米蔵や鋳銭場界隈を除けば治安も悪く、夕方早々には各家とも戸を閉め、夜は誰も家には入れぬ。各家は疫病の蔓延を恐れ、亡くなった者が誰であれ自ら供養はせず、物乞いに銭を払いすぐに寺に運び入れる。大飢饉とは、それほどまでに人々を怯えさせ、心を荒ませるものであろうか。

生前、源左衛門が語っていた、「石巻・牡鹿の惨状を、己自身で確かめ直視せよ」との言葉が、寿保の脳裏に蘇ってきた。湊町から離れれば、どれほどの惨禍に見舞われているのか。それがどのような恐ろしい事態であれ、寿保は、近在の村の実情を知りたいという強い衝動に駆られていた。

「儂はここから足を延ばし、役人の目が行き届かん村を訪ねてみようと思うとる。今は治安も悪く、追い剝ぎや、村人であっても旅人を襲うという噂も流れておることは十分に承知しとる。その上、疫病や流行病も広がっているとは聞いている」

　寿保の身を案じていた佐吉であったが、寿保の想いに抗うことはできなかった。それであれば、二人で訪れることを条件にと、その申し出を承諾した。佐吉は、身の丈五尺五寸、体重二十貫もある屈強な海の男である。柔術や剣術も会得しており、爺様の警護も担っていたほどの豪傑である。これほど心強い供はいない。

　しばらくすると、佐吉が上流まで瀬渡しができるという川船を手配してきた。二人が船に乗り込むと、船頭がおもむろに声を掛けてきた。

「旦那方、どちらまでお行きなさいます。湊町を離れますれば、治安も悪うございます。あまり遠くまでは行かれませんが、蛇田や稲井から少しばかり上流の界隈ならば、なんとかお連れできますが」

　話が終わると、酔狂な客だと思えたのか、頰かむりした奥から煙たそうな目線をこちらに向けた。

「船頭さんが行けるところまでお願いするよ。ところで、上流の村は餓死者も多く出とると聞いとるが、どんな様子かの」

　人当たりのよい船頭のようであったが、問いかけには怪訝そうな顔をした。

「そりゃあ旦那。このあたりとは比べようもありませんや。あっしには、そんなところに行ってみたいとおっしゃる、旦那方の気が知れやせんや。どこにお連れしますにしても、あっしは、村の桟橋に着きますれば、お二人を下ろし、その場をすぐに離れとう存じます。今は、追い剝ぎ、流行病と物騒な世の中でございます。それでもよろしければ、お代をちょうだいし船を走らせますがね」

その言葉が終わるやいなや、船頭は銭の無心をするように手を差し出してきた。相場より多めに渡すと、すかさず受け取り、懐にしまい込んだ。銭を受け取る船頭の手には、櫂を漕ぐための滑り止めか、手ぬぐいが巻かれていた。

「船頭さん、帰りの迎えもお願いするよ。申の刻に迎えに来てもらえるかい」

渋々行く素振りを見せたが、多めの銭を受け取ったせいか、頰かむりし俯いた表情はほくそ笑んでいるかのようにも見えた。

上げ潮の頃合いを見計らい、船は湊を後にした。佐吉が船頭に声を掛けた。

「船頭さん、儂らは船問屋の木村屋さんにお世話になっておるんじゃが、ご存じかな」

船問屋の名前を出すと、これまでの笑顔とは打って変わって、苦虫を嚙み潰したような顔をした。「行きはよいよい帰りは怖い」の話にあるように、片道切符となるところであったようである。幸い木村屋と聞き、諦めたようであるが。

　上流に進むにつれ、何体かの死体が浮き沈みし流されていた。船に縋るように絡みつこうとするが、馴れた様子でそれをかわすように船頭が上流に向け船を進めていく。

「旦那さん、あっしも命は惜しいんでございます。あまり遠くには行けませんが、お宅様の言いなすった、稲井・蛇田を少しばかり上流に向かうあたりの村であれば、なんとかお渡しいたしましょう」

　湊からは大分離れた気がしたが、船頭が送り届けようとしているあたりには近づいてきたようである。川を浮き沈みし流れゆく死人の中には、灰色に濁った川の流れの中で、手を空に向けながら濁流に呑み込まれるものもある。その姿は、あたかも地獄の底に引きずり込まれるかのような錯覚さえ抱かせる、悲惨な光景だった。

「旦那、これからなにをしに行くかは分かりませんが、これから向かう村に着きますれば、大きな街道沿いの宿屋に行かれればよいかと。宿屋の女主人は、情報通でございますから。お聞きになりたいことは、すべて聞けると思いますんで」

　船頭は、なぜか明るい声で言い放った。知り合いのようである。そうこうしているうちに、船頭は舳先を傾けると、崩れかけた桟橋に船を寄せた。

「旦那方、早く下りなさってくださいまし」

　船頭はどことなく不安げな表情を見せ、この場を早く離れたい様子がうかがえる。寿保は佐吉と二人、桟橋に飛び乗ると、船は逃げるようにその場を立ち去った。

　岸からは、道沿いに古びて壊れかけた長屋が連なっているのが見て取れる。辻の所々には、行き倒れか、軒や道端に倒れ込んでいる人の姿が散見される。腐った臭いと、なんともいえない死臭が漂い、鼻につく。桟橋から村に足を踏み入れようとする寿保ではあったが、足は心とは裏腹に、前に進むことを拒絶するかのように硬直していた。佐吉に気取られぬよう心を落ち着かせ、自ら一歩を前に踏み出した。

　往来は行き交う人もなく、家の周りには雑草や蔦が生い茂り、この場所が現世から見捨てられた場所とも思えるほどの静けさを放っていた。家々を眺めれば、戸口は風を遮ることさえままならぬほど朽ち果て、筵《むしろ》があればいいほうである。屋根は崩れかけ、一見すれば廃墟とも見て取れるさまから、盗られるものさえないことがうかがえた。繰り返す凶作により困窮し、追い打ちをかけるように大凶作に見舞われた村のなれの果ての姿である。

　岸から数軒目の軒先を過ぎたあたりで、突然、寿保の足が止まった。何者かに足を摑まれたのである。声を出す間もなく、咄嗟に足をはねのけた。瞬間、かすかなうめき声と、細い老木の枝が折れるような嫌な音がした。振り向く先には、朽ち果てそうな着物から骨と皮ばかりとなった手足が伸び、腹の膨れ上がった「餓死病」を患った男が横たわっていたのである。手足は痩せ細り、腹が膨らみ目は飛び出したその姿は、まさに地獄絵に描かれた餓鬼そのものである。餓鬼とは、生前の悪行により餓鬼道に落ち、いつも飢えと渇きに苦しむ亡者のことである。

身動きもせず横たわる男の身を案じ、歩み寄ろうとした時のこと。廃墟と思われた数軒先の長屋から、こちらを覗き込むような視線と殺気を感じた。人の気配がする辻向かいの長屋に視線を向けると、戸口の筵を押しのけて、一人の娘が姿を現したのである。見れば、破れた着物姿で、髪も顔も煤け、なにか患っているようだ。顔や手の所々には、瘡蓋が見て取れる。年の頃なら十五、六歳といったところか。こちらを伏し目がちにしながら見上げているが、汚れた髪をかき上げれば、はっきりとした目鼻立ちであることはうかがえた。

「掃き溜めに鶴」とは、まさにこのことである。

突然現れた娘に目を奪われていると、両隣の長屋から出てきた数人の男たちに周りを囲まれていた。見れば、痩せ細り弱々しくさえ思えるが、目は見開き、今にも寿保らに襲いかからんとするばかりに身構えた腕には棒が握られていた。

娘がこちらを睨みつけると、「おめえらは、宿屋のもんか」と強い口調で言い放った。

「俺たちを殺しに来たのかよ」

何度か咳き込んでいるようだが、言葉からは憎しみの感情が込み上げてくるのが読み取れた。よほど、虐げられているようである。

数人程度の男であれば、すぐに倒せることは分かってはいたが、寿保らは争うために来たのではない。なにより気になっていたのは、突然とはいえ、脚を掴んだ男を傷つけたことである。

ゆっくりと娘に近づこうとすると、佐吉が寿保をかばうように前に出た。寿保は佐吉の手を払いのけ、声を掛けた。

「すまなかった。私が悪かったな。許してくれないか」

その言葉を発しても、二人を囲んだ男たちは、手に持った棒を振り上げたままこちらを凝視し、打ち下ろそうとする姿勢を崩そうとはしない。娘は、こちらに危害を加える様子がないのを感じたか、少し落ち着いた口調で話し出した。

「あんたらは、なにもんだい。役人か、宿屋の手先じゃないのかい」

娘が少し口調を和らげると、男たちが一斉に安堵の表情を浮かべた。どう見ても、棒を振り上げる力さえないようにも見受けられたが、必死に娘を守ろうとしていたようである。

「あいつの怪我は、こっちにも責任はあるんだ。あんたらが、宿屋や役人じゃないなら、危害は加えないよ。早く消えておくれ」

そう言い放つと、娘の一言で、周りを囲んでいた男たちは、倒れた男を引きずり各々の家に入っていった。

「あんたらは、いいお着物を着ているね。こんなところになんの用があってやって来たのさ。見てのとおり、ここは飯にもありつけず、誰もが飢え死に寸前さね。もし金があるなら、恵んでおくれよ」

呟き込みながらも、娘の口元はかすかに緩んでいるようにも見受けられた。寿保が懐に手を入れ、巾着を出そうとしたが、佐吉がその手を止めた。

「娘さん、怪我の治療代かい。それとも、恵んでほしいのかい」

佐吉が、わざとらしい口調で言い放つ。懐に手を入れた一瞬、娘の視線が寿保の胸元に張り付いた。

「馬鹿だねえ。あんたらが、あたいらを哀れみや、さげすむような目で見るのが許せなかっただけさ。だから銭と言ったんだよ。こちとら、お前らと違って必死で生きようとしてんだ。物乞いしたいわけじゃないよ。とっとと、消えとくれ」

捨て台詞を吐くと、足を引きずるように出てきた長屋へと消えていった。この死に絶えたような村で、はっきりと話す娘の口調に、寿保は妙な安堵感を覚えていた。佐吉が耳打ちした。

「若、ここで銭を出すのはいけません。誰もが生きるためであれば、人から奪うことも、殺めることも、なんとも思っちゃいない。それが、今の大飢饉の現実。もし同じようなことがあっても、銭を出すのだけはお止めになすってください。今は、人捜しに来たとだけ告げることが肝要かと」

寿保は、その言葉に納得するしかなかった。それほどの惨状である。この村で銭を見せれば、どんな目に遭うのか。ふと我に返り、想像もしなかった自分に少しばかり腹を立てていた。

その後も村を見て回ったが、手足が痩せ細り腹の膨れた者、体中にでき物ができ、口から泡を吹きのたうち回る者、ウジがわき腐れかけの死体。この世の地獄が村全体を覆っていた。まともな者は、崩れかけの家に隠れ、姿を現すことさえない。

村人に話を聞くこともできず、船頭から言われた町外れの広い街道に面した宿屋に向かった。遠くからでもすぐ分かるくらいに、この村に似つかわしくない、小綺麗な宿屋が目に飛び込んできた。戸口の開いた玄関先から、着物姿で小太りの女がこちらを覗き込んでいるのが見えた。

「そこの、綺麗なお着物を召した旦那。今日の宿はお決まりで。なんなら、この宿にお泊まりになってはいかがでしょうかね」

女は女将らしく、愛想笑いを浮かべ声を掛けてきた。それにしても、この宿屋の周りだけは、行き倒れや物乞いさえも見当たらない。この村には似つかわしくない様相に、寿保は違和感を覚えていた。

「なにを見ておいでですかね。この宿は、盗賊に襲われないよう用心棒もおりますし、お泊まりになられましても安心でございますよ。なんの心配もございません。ぜひ、お泊まりなってくださいまし。お金さえお持ちであれば、ごゆるりと逗留していただけます」

放たれる言葉からは、胡散臭い香りが漂うばかりである。女将に泊まる意思がないことを告げると、不機嫌さを露わにした。

「帰っておくれでないかい。私は忙しいのさ。あんたらに構っている暇はないさね」

邪魔だと言わんばかりの態度である。

「女将、そう邪険にはせず、この村の話を聞かせてくれないかい」

宥めるような口調の問いかけに、女将もなにか気になったようである。

「旦那は、藩のお人ですかね」

女将は怪訝そうな顔をしたが、二人が船乗りであり、川口の船頭の紹介であることを告げると態度が一変した。変わり身の早さには、驚かされるばかりである。

「よござんすよ。お話しいたしましょう」

そう言うと、すかさず手を出した。銭の無心である。幾ばくかの銭を渡すと、上機嫌に話を始めた。

「この村は昨年の大凶作により、収穫する米はもちろんのこと、年貢さえ払えず親を捨て夜逃げする者、食扶持が得られる内陸の村に逃げ去る者も多く、今は年寄りと病人しか残っておりませんのさ。今年は米がまったく手に入らぬもので、残された者は種籾も食い尽くし、今は雑草や木の根、虫も食う有様でございます」

なんとも酷な話である。

「去年は肝いりも間に入り、藩に救済を求めましたのさ。初めは救済米も何度かは届いておりましたが、日が経つにつれ、役人の横領や年貢が払えない者も多いとのことで、藩からの救済米の支給もめっきり減っております。今は、藩からの救済米がほとんど届くこともない状態でございます。ここは銭も食いものもなく、死んでいくのを待つだけの村となってございますから」

そう言いながらも、他人事であるような素振りも見せていた。

「家から出てこない者の中には、なんとか生きておる者もおりますが、このまま凶作が続きますれば、この村の半分以上、いや、大方の者が死に絶えることと思っております」

女将の木で鼻をくくったような言い振りに、寿保は不愉快を感じていた。

「銭があるなら、白湯でもお出ししましょうかと」

女将は席を立つと、一旦厨房らしき奥の部屋に消えていった。戻ってくると、「旦那、こんな話を聞かれたことはございませんか」と手を出した。さらに銭の無心である。

「数日前、行商風の男が村中を歩き回り、山鯨を売り歩いておりました。今時とは思いましたがね。腹が減っておりますから、当然、買った者もおります。胡散臭く思ったある男が、行商人の後をつけますれば、村はずれの野で行き倒れになり死にかけた男を叩き殺し、その死体を捌き、売り歩いておったとのことでございます。げに恐ろしや。畜生にも劣るその所業に、村人がこの男を捕まえ、即刻打ち殺しております。今は人を食うこともありますが、生きた者を打ち殺すことは罪でございましょ」

なんとも無惨な話である。

「それとは別の話ですがね。私のところには領内だけでなく、他藩からも客が見えますれば、この大飢饉での悲惨な話も聞いております。『とっけっこ』という言葉をご存じでございましょうか。ある村の話でございます。各家で亡くなりそうな家族がいますれば互いに約束を交わし、亡くなった者を譲り合い、互いに食うなどの所業も行われておると聞き及んでおります。人間誰しも、自らの家族を食うことには気が引けましょうしね。お役人様も知ってはおいででしょうが、この世の中、生きることがなによりも大切。罪には問うておりません。そのように聞き及んでおります」

話し終わると、女将は冷めた白湯を啜った。大凶作による飢餓とは、人間をそれほどまでに追い詰め、鬼畜となるに至らしめることを、寿保は知った。

「あと、教えてほしいのだが。先ほど我らに因縁をつけてきた娘がおったが、何者か教えてくれないか」

女将は、すぐに返答をした。

「キヌでございますか。あれは、性悪女でございます。旅人に体を売って食い繋いでいる、売女でございます。何人の旅人が、あの女に殺められたことか。村人も体の世話になっているのか、あの女の言いなりでございます。お役人様も手を焼く始末で……。早く死んでもらえばいいのでしょうが」

女将の口調には、娘を憎んでいるかのようなとげとげしさが現れていた。一通り話を聞くと、寿保らは礼を言って宿を後にした。

船着場に向かう帰りの道で、先ほどの娘が待ち構えていた。娘は二人に近寄り、寿保の顔をじっと見つめる。

「あんたら、騙されるんじゃないよ。あいつらには気をつけるこったね」

そう言い放つと、ふらつくように家の中に姿を消していった。なぜか懐かしささえ感じる憎めぬ娘である。

帰りの時刻も近づき、川岸へと足を速めた。申の刻に船着場に戻ると、二人を見つけた船頭が、桟橋に船を近づけた。

「お帰りなさいまし」

すぐさま船に乗るよう促され、急いで飛び乗った。

「何事もなく、ようございました。村は、どのような有様でございましたか」

問いかけてきた船頭は、寿保が答える間もなく矢継ぎ早に言った。

「宿屋は廻られましたかね。あの女将は、村の隅々まで知ってございましたでしょう」

なんとも、宿屋の女将の太鼓持ちのようでもある。女将に聞いた村の様子を伝えると、薄笑いを浮かべる。

「町場から離れれば、どの村も同じでございます。早く宿にお戻りになられるのが賢明かと存じ上げます。触らぬ神に祟りなしと言いますれば」

船宿に帰ると、村のことや娘のことが思い出されていた。寿保は、もう一度あの娘に会い、話を聞きたいという衝動に駆られていた。

翌日、寿保は佐吉には告げずに、人混みに紛れて渡し場に向かった。あたりを見渡すと、数艘の渡し船とは少し距離を置いた場所に、昨日の船頭が板子に腰掛け煙草をふかしていた。

「船頭さん、またお願いしたいんだが」

その声に、船頭はこちらを振り向くと、待ちかねたというように桟橋に船を寄せた。

「もう一度、昨日の村までお願いできるかい」

「よござんすよ。銭を弾んでいただければ」

船頭はそう言うと、板子に筵を敷き、素早く係留綱を引き寄せた。船頭には、昨日の連れには村に行ったことを隠しておくよう口止めした。やましい気持ちはないが、佐吉に行くことを止められることだけは避けたかったのである。

「そうですかい、今日はお一人ですかい。死人の多い村に、また行くお気持ちが知れやせんがね」

そう呟くと、下を向いた船頭の頬が緩んだような気がした。今日は機嫌もいいようで、鼻歌交じりで船を進めていた。船が村の桟橋に着くと、「旦那、また中の刻にお迎えに上がります。気をつけていってらっしゃいませ」と言って、踵を返すように川を下っていった。なぜか、昨日とは打って変わった船頭の態度に、寿保はどことなく違和感を覚え不安が過った。しかしそれを打ち消すほどに、娘に会いたいと願う気持ちが勝っていたのである。初めて会ったはずだが、なぜか惹かれるものを感じていた。

異臭の漂う村に、馴れることはない。ことさら今日は風がないことが災いしたのか、死体に群がるハエが体にまとわりつき、前に進むのを遮ってきた。昨日のことを思い出し、娘が帰っていった家に足を向けた。家の入り口には筵が吊され、外からは中の様子をうかがい知ることはできない。見ず知らずの男が家を訪ねることは失礼であるとは知ってはいるが、もう一度会いたいと思う衝動を抑えきれず、筵越しに声を掛けた。

「昨日、話をした男だが、娘さんはいらっしゃるかね」

しばらく待ったが、返事はなかった。躊躇する気持ちはあったが、筵を手で押しのけ中を覗いた。家の中を見渡すが、人の気配はない。壊れ朽ちた屋根と壁の隙間からは、暗い家の中を照らすように明るい日射しが射し込んでいた。部屋の片隅には、寝床として使っていたのか筵が敷かれ、欠けた茶碗が投げ捨てられていた。到底、人が暮らせるとは思えないような粗末な家である。

よく見れば、裏の戸が外れ、誰かに追われるように逃げ去ったようにも見て取れた。なにかあったのか……。胸騒ぎがした。急いで、村で唯一話が聞ける宿屋へと足を速めた。

宿屋の前では、寿保を待ち構えていたように、女将が戸口から顔を覗かせていた。

「いらっしゃいまし、昨日の旦那。今日はお一人ですか」

来ることを知っていたかのように声を掛けてきた。娘の行方を尋ねたが、「知らぬ存ぜぬ」の一点張りである。

「旦那、大方、好きな男でも作って、逃げたんじゃございませんか」

女将は、わざとらしい口調で言い放った。昨日の様子からは、労咳と脚の煩いに加え、痩せて青ざめた顔からは、誰が見ても重い病を煩っていることは確かだった。どう考えても、遠くには行けるはずはないことは分かっていた。

「旦那、あんな娘のことより、今日はなにか召し上がってくださいな」

女将が強引に言い寄ってきた。ここは食事を出す宿屋、食事を勧めるのはもっともなことである。昨日は銭を払い、村の話を聞くだけで帰ってしまった。その後ろめたさもあり、食事をとることにした。

「女将、今日は昼をいただくよ。その代わりと言ってはなんだが、また村の話を聞かせてくれないかい」

それを聞いた女将は、寿保を奥の座敷に上がるよう促した。座敷は八畳ほどで、数人が寝泊まりするには十分の広さである。よく掃除された部屋は、窓から射し込む明かりが眩しい。普段使われることがないような、小綺麗な雰囲気を醸し出している。

「女将。この宿には、時々泊まり客はあるのかい」

「あ、ありますとも。このご時世、金のある客を呼び込むのには、たいへんな苦労でございます」

なんだか、奥歯にものが挟まったような言い方をする。女将はまるで、なにかを悟られまいとするかのように注文を確認すると、足早に厨房に戻っていった。勧められるまま、粥を注文した。事前に用意されていたかのように、すぐに白湯と粥が運ばれてきた。

昨日は、夕飯を食う気になれず空腹のまま夜を過ごした。今日とて、佐吉に見つからぬよう、朝飯をとらず出かけてきた。腹の虫が鳴っていたのも幸い、なにも考えずに椀に口をつけ、急いで粥を啜り平らげた。食事を終え、白湯を飲もうとした時、寿保は突然の眠気に襲われ、意識が遠のいていくのを感じていた。

朦朧とした中で、臭覚は戻りつつあるのか。埃と、乾いた藁の匂いがする。立ち上がろうとしたが力が入らず、全身に強い痛みを感じていた。意識が戻り始めた頃には、縛られ身動きがとれなくなっていることに気づかされた。ゆっくりと薄目を開け、あたりを見回せば、ここは薪小屋のようである。戻りかけた意識の中で、寿保はなにが起こったかを必死で思い出そうとしていた。どうやら、女将に薬を盛られたようである。

しばらくすると、土を踏みしめるような足音が近づき、小屋の外で誰かが話し込んでいるようである。聞き耳を立てた。

「今日の客は上玉だね。懐には、たんと銭が入ってたよ。若くて力もありそうだ。このまま殺すのは勿体ない、人買いにでも売り払おうかね。そうすりゃ、たんと銭も稼げるしね」

　女将の甲高い笑い声が耳に響いた。昨日の娘の言葉に耳を傾けておけばと後悔の念を感じていたが、今さら仕方がないことである。

「女将さん、たんまり分け前をいただきますぜ」

　傍らで聞こえるもう一人の声にも、聞き覚えがあった。今朝の船頭である。

「船問屋の客のようだが、自分からここに来ることを口止めしておりやした。誰もここに来ていることを知る者もいませんし、川に落ちたことにすればいいってもんですぜ」

　船頭も含めて、この界隈で旅人を殺し、銭を巻き上げていたのがこの宿のようであった。盗賊宿とはよく言ったものである。寿保は今さらながらに、自分の愚かさを思い知ることになった。

　戸が開いた。

「なんだ、まだ寝てんのかい。昨日は偉そうな態度だったね。こんな若造にへりくだる必要もないのさね」

　女将が寿保の腹を足蹴にすると、悪びれることもなく、戸に鍵を掛り、立ち去った。女将が立ち去るのを見計らうかのように、小さく開いた格子窓から、誰かがこちらを覗き込む気配がした。

「生きてるかい。待っとくれよ、今、助けてやるからね」

首をもたげ振り返れば、窓越しからこちらを覗く女の姿が見えた。昨日の娘である。女一人の力で戸に掛かった鍵を壊すのは至難の業と思われたが、手慣れているようで、手際よく解錠し戸を開けた。

「早く、逃げるよ」

寿保は縛られたまま体を起こされ、小屋裏の草むらを通り抜け、死体置き場にほど近い乞食小屋に身を隠した。

宿屋の前では、木と木を打ち鳴らす音と、怒鳴り声が響いていた。逃げる途中で聞こえたのは、宿屋を囲む数人の男たちの声だった。

「おめえら、いいもんばかり食いやがって、悪さをして巻き上げた銭でぬくぬく太ってやがる。今日こそこの店を打ち壊してやる」

宿屋の用心棒と村人がもめているようだった。

乞食小屋に着くと、娘が持っていた鎌で縄をほどいてくれた。

「宿屋の前でもめてたあいつらは、おいらの仲間さ。あんたは運がいいね。宿屋に誰かが入っていったと知らせがあったんだ。そんで、人助けと仲間を呼んだのさ。あんただったとは、お笑いだね」

娘は少しはにかむように、それでいて屈託のない笑顔を見せた。寿保にも、これまで培ってきた武芸で縄を解き、数人なら倒せる自信はあった。しかしなにより、この娘に助けてもらえたことが嬉しかった。

「ここなら大丈夫さ。あいつらは乞食小屋には近づかないよ。なんせ、ここは疫病と餓死した人間の死体置き場だからね」

無理をしたのか、娘は病んでいる片足を伸ばし、何度も咳をした。二人になると、昨日とは打って変わって伏し目がちで、こちらを真っすぐに見ようとはしない。よく見れば髪は束ねられ、娘の顔立ちを一層引き立てるかのように、暮らしぶりには似つかわしくない漆塗りの簪《かんざし》が飾られていた。ただ、貧困と疫病のせいか、顔と体は細り、所々にできたかさぶたが痛々しく感じられ、青白い顔と乾いたような咳からは重い病を患っているようである。

「おいらのこと、覚えてないのかい」

娘が切り出した。寿保は、初めて会った時から親しみを感じていたものの、はっきりとは思い出せずにいた。

「そうだろうね、こんなに汚くちゃ。あんたが小さい頃、そうさね、十三、四の頃、父上と石巻に来たことがあっただろ」

娘が突然、そう言い放った。思い出したくないが、まだ父の安之丞が健在だった頃、元服の衣装を誂えようと石巻に来た記憶はある。大きな町に訪れたのは初めてのことだった。川祭りの日、お祭りの見世物や屋台に目移りし、いつの間にか町の奥へと入り込み、父親と逸《はぐ》れてしまったことがあった。

初めて訪れた土地で迷子になった時は、高台に行き位置を確認しろと父に言われたことを思い出した。好奇心も加わり、川口から鹿島御児神社が祀られる日和山へと向かって坂を上り始めていた。山頂から見渡す景色は、南に石巻湾が広がり、北には内陸へと続く北上川、西に仙台平野と蔵王連峰、東には牡鹿半島や田代島が一望できた。特に、北上川河口を往来する千石船や、係留された船数の多さは圧巻で、寿保も子どもながらに見惚れていたことを覚えている。

夕暮れが近づいていた。宿の方角を確かめ坂道を下ろうとした寿保は、思い出したくもない事件に巻き込まれることとなる。夕方だというのに蒸すような暑さの中、一層気分が滅入るように、無数のヒグラシが鳴き狂っていた。

　山の中腹に差し掛かった時のことである。樹木が生い茂った林のあたりを通りかかると、茂みの奥から尋常ならざる声で泣き叫ぶ、子どもの声が聞こえてきた。迷子かと思い、急いで藪をかき分けながら声のするほうに近づくと、数人の男たちの斬り合う姿が目に飛び込み、足を止めた。遠目から様子をうかがうと、頭巾をかぶった数人の男たちに囲まれながらも、倒れた女と傍らで泣きじゃくる二人の娘を守ろうとする役人の姿が見て取れた。

　脚がすくむ。それでも、なんとか娘たちを助けねばと、寿保は心に言い聞かせた。こわばる体を叩きながら緊張を解き、すぐにでも飛び出せるよう男たちの隙をうかがった。一瞬の出来事だった。頭巾の男の一人が睨み合う侍の横で体を変え、娘たちに向かい刃を振り上げた。それに呼応するように、寿保の体は素早く動き出し、男の脚に体当たりを加えていた。よろける男の横で、寿保は娘たちの手を取りその場を離れようとしたが、母親にすがりつく二人の娘の手を振りほどくことは叶わなかった。

　それを、男が見逃すわけもない。身を立て直すと、すぐさま娘たちめがけて刃を振り下ろした。寿保は、娘たちをかばうように侍に背を向け、抱きかかえた。その瞬間、切っ先は肩先に触れ、血しぶきが飛び散った。寿保の頭の中で時間が停止していた。死の瞬間を悟ったのである。次の一撃で絶命すると覚悟した時、娘の父親が男の前に立ちはだかり、その刀を受け止めた。

寿保は、娘たちの上に倒れ込んでいた。その時、山道から声が聞こえた。

「若、どこにおりますか」

寿保を探していた父と船乗りたちだった。頭巾の男たちは、娘らの父親に最後の一撃を加えると、絶命したことを確認し急いでその場を立ち去った。寿保は父に抱きかかえられ、すぐに町中の医院で治療を受けることとなる。刀傷は深手ではあったが、急所は外れており、致命傷とはならずに済んだ。

寿保が目を覚ましたのは、事件から数日後であった。傷が深く移動は難しいとの診断から、ひと月余りを石巻で養生することとなった。宿屋で逗留する寿保のそばには、常に二人の娘が寄り添っていたことだけは覚えていた。助けてくれた寿保を兄のように慕っていたことも。その記憶は、心の片隅に断片的に残されていたが、なぜか、すべてを思い出すことはできずにいた。思い出そうとすればするほど、頭の中が混乱し、痛みが襲ってくる。そのもどかしさと、思い出せない己のふがいなさに悔しさも覚えていた。

父の話では、襲撃の場に駆けつけた時には、娘たちの両親は息絶えており、二人が身よりのない孤児となったことだけは聞かされていた。それ以上を語らぬまま、父は三十九歳の若さで世を去っている。

「あんたは、寿保兄さんだね」

娘は、寿保の名前を知っていた。

「昨日、初めて会った筈のあんたに、なぜか懐かしさを感じたんだ。近くで顔を覗き込めば幼い日の面影があった。目の上の傷もね。それで兄さんじゃないかと思ったんだ。立派になったね」

娘たちとの記憶が、かすかだが蘇る。

「兄さんは覚えていないのかい。私ら姉妹を助けてくれたこと」

娘は懐かしそうに話し始めた。

「あたしだよ。そう言っても分からないかい。キヌだよ」

ちょっと不満そうな顔はしたものの、娘の口元は緩んでいた。

「兄さんと出会った時、私ら姉妹は両親を失い、寄る辺ない身となったのさ」

寿保が療養を終え、大須浜に帰った後のことをキヌは話してくれた。

「兄さんの父上は優しい人だった。私ら姉妹を大切に育ててくれる里親を探してくれたんだ。子のいない渡波の小間物問屋の夫婦のところさ。いい人たちでさ、初めは行儀見習いとして働いてもらうが、後は養子にしたいと言ってくれた。嬉しかったね。兄さんの父上は、私たち姉妹が暮らしに困らぬようにと、店の主人に五十両もの金を渡してくれた。誰よりも優しいお人だったよ。亡くなったことは、後から聞かされたんだ。会いに行くことはできなかった。お礼を言うこともね」

キヌは、子どもの頃の思い出を懐かしそうに、そして淡々と語ってくれた。

「兄さんの父上が亡くなったと聞かされて、すぐのことさ。役人が詮議と称して店を訪れ、私らは知らない宿屋に連れて行かれたんだ。そいつらは両親を殺めた役人で、そのことを知られまいと、詮議どころか、そのまま人買いに私らを売ったんだ。あの時のことは絶対に忘れない。小間物問屋の主人も役人に脅され、兄さんの父上に手紙を書かされたと後で聞かされた。私ら二人が元気に奉公しているとね。気のいい夫婦だったから、辛かったろうに。あんたの父上が亡くなった後、店を閉め別の土地に越していったと風の噂で知らされた」

キヌは怒りが込み上げてくるかのように肩をすくめ、拳を握りしめていた。どれほど辛い思いをしたか、計り知ることはできない。

その後のことを、キヌは語り始めた。

「人買いが川口にある宿屋で大酒を飲んだ日、私らは、隙を見て逃げ出したんだ。あいつらも商売だからね、すぐに追ってきた。川岸に追い詰められ、逃げ場のなくなった私たちは、捕まって売られるくらいならと、最後は妹を抱きしめ、北上川に飛び込んだのさ。川の水は冷たかったよ。流れが強く濁流に呑み込まれた私は、いつの間にか妹を抱えた手を離しちまった。目を覚ました時には、この村の漁師に助けられてたんだ。私はすぐさま、助けてくれた漁師に妹のことを尋ねたが、周りには誰の姿もなかったと言われて、頭が真っ白になった。ただただ泣きじゃくる私を見て、漁師夫婦は哀れに思ったのか、天涯孤独だと話すと、私を引き取り育ててくれたのさ。いい親でさ、大切にしてくれた」

キヌは涙ぐんでいた。その後、幾度となく、湊に妹を探しに行ったが見つからなかった。今となっては生きているのか、死んでいるのかさえも分からないと言う。

「妹は、兄さんに懐いていたね。看病すると言いながら、布団の周りを駆け回ったり、もらった飴をなめながら一緒の布団に入って寝てしまったり。覚えてるかい。あの頃が懐かしく、今も目に浮かぶよ」

寿保はキヌの手を取り、「お前のせいじゃない」と声を掛けた。頭の中には、二人のことが薄らとではあるが浮かんでいた。二人の顔はおぼろだが、顔か首筋に何かあったような気がしたが、はっきりとは思い出せずにいた。

「私の唯一の後悔は、あの時、妹と一緒に死ねなかったことさ。今でも夢でうなされる。毎日、川に向かって手を合わせてるんだ」

そう言うと、キヌは苦しそうに息を吐いた。体が衰弱し、話すことさえままならないはずである。

「あたしのことは、宿屋の主人からも聞いたよね。今は凶作で、その日の食事さえありつけない。体が衰弱した両親を養うため、飢饉になってから身を売るしかなかったんだ。ただ、人を殺めたりしたことはないよ。稼いだ金は、育ててくれた親と見捨てられ置き去りにされた老夫婦のために、食いもんを買って分けてたんだ。やましいことはやっちゃいないよ」

キヌは、きっぱりと言い放った。

「宿屋のやつらは、街道を行く旅人を殺しては金品を巻き上げる、あくどい商売をしてんのさ。挙げ句の果てに役人と組んで、あたしのことを殺しの犯人だと言いふらしてやがる。とんでもないやつらさ」

眉間に寄せたしわからも、キヌのいら立ちと腹立たしさが感じられた。多くを話そうとし咳き込むキヌに無理をさせまいと、寿保は遮るように抱き寄せた。キヌは、初め病気がうつるからと嫌がってはいたが、病を患う自分を抱き寄せる寿保に従い、肩を預けた。

「兄さんは、私らを救ってくれた頃から真っすぐで、男気のある人だと分かってたよ。妹も生きていれば、あんたと会えてどんなに喜んだことか」

長く話しすぎたのか、キヌは寿保の腕の中で疲れたように目を閉じた。そしてしばらくすると、苦しそうに咳き込んだ。

「もう、行っておくれ、二度とこんなところに来るんじゃないよ」

そう言い放つと、寿保の手をはねのけるように筵の上に体を横たえた。

寿保はキヌに、「大須浜に一緒に行かないか」と何度か尋ねたが、返事はなかった。自分は労咳《ろうがい》であり死期は近いが、世話になった親とこの村の人々に、最後まで恩を返したいとの一点張りであった。

寿保が、確かめることでもあるかのように問いかけた。

「俺の目の上の傷に見覚えがあるのなら、いつ、どこでついたものか教えてくれないか」

その言葉を聞き、キヌがおもむろに話し始めた。

「爺様から聞いていないのかい……。きっとあんたを、大切に思ってたんだね……」

キヌは、話したくなさそうな素振りを見せた。なにか心に引っかかることがあったのかのように、会話が途切れた。

どのくらいの時が経ったのか。いつの間にか、乞食小屋は数人の役人に取り囲まれていた。周りで草を踏みつける足音が聞こえ、寿保とキヌを捕らえるため身構えているようである。役人の後ろには、宿屋の女将が見え隠れしていた。

役人が言い放つ。

「キヌよ、今日こそは、お前をしょっぴいてやる。観念しろ」

役人も宿屋の仲間のようである。自分たちのやった悪行の証拠隠滅を図るため、二人を殺そうとしていることは、その口振りからも明らかである。寿保であれば、この人数は倒せないことはなかった。しかしキヌの、「この地で暮らしたい」との言葉に、後のことを考えれば争うわけにはいかなかったのである。

小屋から出ようとする寿保に、キヌは、「兄さん、手の甲に傷のある男には気をつけるんだよ」と一言だけ告げた。かすかだが、「すまなかったね」と唇がかすかに動いているように見て取れた。

寿保は一人小屋から出ると、「儂は、宿屋の夫婦に薬を盛られ金品を盗まれた。捕まえるのなら、そいつらを捕まえるのが役人じゃろう」と発したが、その言葉が終わるか終わらぬかの間に、一人の役人が斬りかかってきた。寿保は後ずさりし、咄嗟にかわした。見た目は柔そうに見えるが、鍛え抜かれた海の男である。数人の男なら、訳もなく倒せるだけの力量は備えている。

その時、乞食小屋の中からキヌの首に切っ先を当てた、宿屋の用心棒らしき男が姿を現した。

「若造、威勢はいいが、素直に斬られるんだな。この女の命がいるならな」

そう言いながら、キヌを抱え、寿保のほうにゆっくりと歩み寄ってくる。

「兄さん、私に構わず逃げておくれ」

キヌが苦しそうに声を絞り出した。首を圧迫されているせいもあり、咳き込むたびに口から吐血し、喉を詰まらせ苦しそうにする姿は哀れである。

すると、キヌが寿保に目配せした。そして一瞬、寿保に微笑みかけると、突然、刃に向かって首を傾けた。男は驚いたのか、その手を少し下げる仕草をした。その瞬間を寿保は見逃さなかった。すかさず男に飛びかかり、手刀で持っていた刀を弾き飛ばすと、三人はその場に倒れ込んだ。横たわるキヌのそばで二人は組み合い、何度か体を入れ替えていたが、寿保が男の腕を決めるとゴンという鈍い音とうめき声が聞こえた。男は、右肩が外れのたうち回っていた。寿保は苦しそうに喘ぐキヌを抱きかかえ、そっと草むらに横たえた。

振り向くと、二人の侍が目の前で身構えていた。

「観念せい」

正面から刀を振り下ろした。寿保は、わずかに体を反り、切っ先をかわす。後ずさりし体勢を整えようとした時、突然、足下をすくわれたのである。横たわり、うめいていたはずの男だった。よろめき地面に倒れかけた瞬間、もう一人の役人が、一刀両断の構えから肩口に斬り込んできた。咄嗟に体を入れ替えかわそうとするが、間に合うはずもなかった。

ゆっくりと、刃が振り下ろされてくるのが目に映る。おしまいかと、心で呟いた。その刹那、目の前に血しぶきが飛び散った。キヌが、残された命を燃やし、寿保を救うため体を投げ出していた。斬りつけた侍が、刀を返し後ずさりする。

予想だにしない出来事に、寿保は混乱した。血に染まり、覆い被さるキヌの体を抱き上げながら立ち上がると、斬りつけた侍を蹴り上げ睨みつけた。唇を噛みしめたその顔は、地獄の悪鬼とも思える恐ろしいものとなっていた。

周りから声が聞こえてきた。

「大丈夫かー。生きとるかー」

先ほど、宿屋の前で騒ぎを起こしていた男たちである。十人ほどの男らが、侍どもを囲んでいる。村人に恐れをなしたのか、一人の侍が言い放つ。

「下手人は、抵抗したため我らが成敗した。お前らも抵抗すれば斬る。そこをどけ」

侍に付き従うように、宿屋の女将は男たちの肩を手で打ち払って帰ろうとする。そして振り向きざま、捨て台詞を吐いた。

「あの女もおしまいさ。あんたらも、せいぜい気をつけるんだね」

女将の顔は、長年の敵を討ち果たしたかのように口角が上がり、満足げな表情を浮かべていた。その場から立ち去ろうとする役人を追いかけようと立ち上がった寿保の顔に、キヌは手を当てた。

「もう、いいんだよ。あんたまで、捕まっちゃ死にきれない」

寿保を想うキヌの最後の願いであった。その痩せ細った手は冷たく、もはやかすかに動かすことさえ叶わぬはずである。キヌは抱きかかえられた腕の中で、寿保になにかを伝えようとしていた。わずかばかりに動く唇に、そっと耳を近づける。

「あんたに会えて、あの時の礼が言えてよかったよ。妹を死なせた報いだね。こんな死に方をするのはさ。でも、もうすぐ一緒に暮らせるよ。姉さんを許しておくれ。それと、あんたを騙したことも……」

キヌはなにか言いかけたが、それを最後に、静かに目を閉じた。乞食小屋に駆けつけた男たちも、キヌの亡骸を前に、落胆と悲しみのあまりその場に泣き崩れた。村に残された弱者を救うため、自らの不幸な境遇も顧みず、すべてを懸けて尽くしてきた若い命が失われたのである。女親分であり、観音様のような存在であったキヌという娘を失った悲嘆は、この村の者に癒やしがたい傷を与えることとなった。

飢饉の世も、人を騙し、殺めることが平然と許されることに、寿保は憤りと悲しみを覚え慟哭した。この世の無常と己の無力さ、弱さを、改めて知らされることになったのである。

寿保は、キヌが生前願っていたとおり、この村が見渡せる小高い丘に埋葬した。死に際に、手に握られていた簪を墓標として。それが、この村で暮らしたキヌと村人の願いでもあった。キヌの死を悲しむように、晴れていたはずの空にいつの間にか暗雲が立ち込めると、悲しみをすべて洗い流すかのように大粒の雨が降り出していた。

びしょ濡れになりながら一人船着場に向かうと、一艘の船が寿保を待っていた。

「若、大丈夫ですかい。お迎えに参りました」

佐吉の姿が目に入ると、寿保は心の糸が切れたように体の力が抜け、地面に崩れ落ちた。握りしめた拳は、人の世の不条理と大飢饉による地獄のようなこの世を嘆くがごとく、何度も泥濘《ぬかるみ》を叩き続けていた。

胸を締め付けるあまたの想いが交錯する中で、寿保はふと、すべての感情が失われていくのを感じていた。目を見開いてはいるが、空虚となった視覚にはなにも映ることはなく、涙が止めどなくあふれ出ていた。佐吉は、ずぶ濡れとなり肩を落とした寿保に話しかけることはせず、ゆっくりと船を出した。

キヌを想いながら、今来たばかりの村を振り返ると、街道沿い宿屋の方角に、高く立ち昇る煙と炎が揺らいでいた。佐吉の話では、寿保を探しに宿屋に向かうと、村人が宿屋に火を放ち、女将が打ち殺されていたと聞かされた。

深い悲哀の中、世の人のため、己のすべてを懸けて大飢饉という「乱世」に立ち向かうことを新たに誓った、寿保十九歳、早春の出来事であった。

憔悴し宿に帰った寿保に、佐吉が告げたことがあった。訪れた村と、あの日の船頭のことである。村は元来、湿地を開拓した不毛の地を田畑にしており、収穫が乏しい上に数年前からの凶作により疲弊した。そして天保四年の大凶作が追い打ちをかけるように衰退していき、近隣の村々の中でも特に貧しい場所であると。役人の横領も横行し、今では、近在であっても訪れる者はいない村だという。

佐吉が、寿保の行方を尋ねるため、船頭を探しに行った時の話である。渡し船の船着場は、大型船の係留地からほど近い上流部に位置し、川岸が浸食され窪地となったわずかな水域に、簡易な桟橋が架けられた場所である。

佐吉が訪れた時には、十艘ほどの船が係留していたが、あの日の船と船頭の姿が見当たらない。やむなく、その場を取り仕切る頭領に金を渡し、男の行方を尋ねると、昼間に客を乗船させた後、ここには戻らず姿を消したと言う。奇妙な話である。仲間が消えたというのに、心配する素振りさえ見せていない。よくよく聞けば、男は数日前に突然船着場に現れ、数日間ここに船を係留させてほしいと願い、船頭全員に銭を手渡したという。断る理由もなく承諾したが、この有様である。知らぬ存ぜぬとしらを切り通してもよかったが、銭さえ貰えれば、見知らぬ男のことを隠す必要はないと判断したようである。頭領の話を聞けば、胸騒ぎがする。佐吉は急いで船を手配してもらい、村に向かった。そして、寿保に出会えたのだという。船頭が単なる追い剝ぎだったのか、なにか違う目的があったのか……。

一方の寿保は、キヌが最後に言いかけた言葉だけが、妙に心に引っかかっていた。

「それと、あんたを騙したことも……」

多くを語らぬ佐吉であったが、心に傷を負った寿保に告げられずにいたことがあった。村人の話では死んだ娘は、この村の生まれで百姓の子だという。なぜ「キヌ」と名乗り、寿保に近づいたのかは、今となっては知るよしもないのである。

寿保が石巻に着いてから、三日が過ぎようとしていた。廻船問屋をはじめとした取引先との商談も終え、買い付けた米を積み込めば、大須浜に向かうばかりである。船は石巻を出帆し、牡鹿半島先端に位置する黒崎を廻ると、一路、船越湊を目指して大きく舵を切った。三陸の春風が、心地のいい波の香りを運んできた。

船越湊では荷を運搬するため、十人ほどの荷受人と荷物を運ぶための牛馬十頭ほどが、帰港する船を待っていた。その横には、阿部家の者や船乗りの家族が、帰港を待ちわびるように集まっていた。

船から、佐吉の威勢のいい声が響く。

「おーい、今、帰ったぞー」

その声で、船待ちしていた港が色めきたった。船は波の動きを読むように速度を落とし、ゆっくりと船首を返すように接岸した。衝撃もほとんどなく、船頭の腕の良さが見て取れる。船からは、人が一人通れるかどうかの木梯子が下ろされ、船員たちは波に揺れる不安定な足場をものともせず、米俵を担ぎ次々に下りてくる。

荷受けの頭領が、佐吉に問いかけた。

「かしら、米は予定どおり、大須の蔵に運んでいいですかい」

その時、女衆の中から声を上げる者がいた。登女である。

「頭領、荷の行き先は、私に聞いとくれ」

気っぷのいい口調で、そう答えた。当初の依頼とは少しばかり違っているようだったが、佐吉は登女に絶対の信頼を置いていた。登女が決めたことには、よほどのことがなければ口出しはしない。頭領もその点は熟知していたようである。

「そうさね。五十俵は大須の蔵に。残りの三十俵は、ここに書かれたとおり、熊沢、明神の村長のところに届けておくれな」

懐から帳簿を取り出すと、駄賃を加えた運搬賃を、その場で頭領に支払った。日銭は働く者の力を高める活力であることを、登女は知っていた。頭領は何事もなかったように、

「毎度、ありがとうございます」と、ご機嫌そうに銭を受け取った。

「おう、さっさと荷造りしろや、日が暮れるぞ」

頭領が人足に声を掛けると、終わった者から狭く、急な山坂を上り始めた。

漁村集落は、峠から海までの急傾斜地にある限られた平地に形成されている。物資を運ぶには、出発地の湊から峠筋の山道を、人力か牛馬をもって陸上運搬するか、小型の和船で海上運搬するかの、限られた方法しかない。そんな時代である。

第二項　蝦夷地へ　×　試練の時　×　江戸での縁

天保五年は、爺様が見立てたとおり、弥生を過ぎる頃には暖かな日が戻りつつあった。定期で行っている大須崎沖の観測と漁獲の状況を踏まえれば、寒流の勢力は強いものの、近年この時期には見られなかった暖流系の魚が沖合に回遊してきており、明らかに寒暖の

混じり合った海況であることがうかがえた。「暖水塊」の出現である。暖水塊とは、黒潮から流れくる暖かい潮が三陸沖で渦を巻き、塊となり残った状態をいう。この現象が現れる年は、得てして、寒冷な気候が一時和らぐ傾向を示すことがあると、過去の文献にも記されていた。

海況を反映するように、春は寒さが和らぎ、悪天候も徐々に減りつつあった。城下では、「冷夏による大凶作は過ぎ去った」と噂する者も現れる始末である。まさに、「喉元過ぎれば熱さを忘れる」の言葉どおり、自然はその優しさと恩恵を与えながら、人の心の愚かさにつけ込む。そして一年という歳月をかけて、ゆっくりとゆっくりと、禍という種を育てていたのである。

城下では豊作への機運が高まりを見せる中で、米不足と価格の高騰はさらに深刻さを増し、三陸沿岸で暮らす漁民の生活を疲弊させる事態に追い込んでいった。それを裏付けるかのように、石巻、牡鹿では、餓死する者の数が増え続けていたのである。

源左衛門亡き後、登女と佐吉が先頭に立ち、家業である廻船業と漁業による商いを仕切っていた。その一方で、寿保は石巻の商いから戻ってからというもの、石室の書斎で過ごす日々が続いていた。

　座敷で帳簿を眺めている寿保にしびれを切らしたように、登女が語りかけた。

「爺様は、あの世でなにをしておるものか。今のお前の姿を見て、成仏できぬかもしれんな。明日はなにが起きるかさえ分からぬこのご時世に、物思いにふけっておるとはたいしたものじゃ」

　登女は両の手で寿保の頬を優しく包み込んだかと思えば、次の瞬間、その手は勢い良く両頬を張っていた。

「しっかりせい。爺様が、お前を当主として選んだことを後悔させるつもりか。そんなことは、儂らが許さん。今こそ己が、そして阿部の家が進むべき道を決めねばならん時じゃ。憂懼《ゆうちゅ》はあろうが、お前の後ろには、儂らがついておる。恐れることはない、己がやるべきことを、思う存分やればいい」

　なにかを決断する時、いつも婆様の気合が、寿保の内に秘めた思いを後押しした。

「婆様、いつも儂を想うてくれることはありがたいが、今の張り手は少しばかり効いた。目が覚めたぞ」

　そう言って笑い返す余裕ができていた。寿保は、登女が思うよりもわずかだが成長していた。

「儂はまだまだふがいない当主じゃが、これまで無駄な時間を過ごしてきたわけではない。儂なりに、今、なにができるかを考え悩んでおった。みなに心配をかけるばかりで、それは甘えであったのかもしれん。婆様の一言で目が覚めた。考えてばかりではなにも変わらん。まずはみなに、やろうとしておることを伝え、早急に動かんとな」

当主となった寿保が、初めて自らの意志で、商いについて語る日が来たのである。

翌日、寿保がみなに語ったのは、江戸で品薄となっている鰯の〆粕の代替品として、ニシンの〆粕の仕入れを増やし、東回り航路を通じて江戸での商いに取り組むとの話である。

「それであれば、爺様が考えておったことだ」と言われたが、その言葉さえ納得させるだけの思案を披露したのである。

「儂なりに考えたことがある。聞いた話では、江戸は食の文化が花開いておるという。全国から旨いものを集め、新たな食も生まれておると。それなら、三陸沿岸、いや、東回り航路の各湊で食されておるが、売り物として扱われなかった海藻や魚を発掘し、江戸で売ることはできんかと考えとる。買値は安いが、売りようによっては高値が付く。それは、儂らの腕次第じゃ。それと、江戸にも出向き、今、なにを欲しているか、どのような海産物が売れるか調べたいと思うておる。それが儂の考えていた商いじゃ。言い忘れておったが、この商いがうまくいけば、東回り航路の各湊、そして漁師たちにも銭が入る。救済にも繋がるはずじゃ」

佐吉がおもむろに語り出した。

「若がおっしゃるとおり、一度、蝦夷地まで出向き、試しにニシンの〆粕の買付に臨むのも一考かと。その後、江戸に足を運んでみてはいかがでしょうか。その土地に行かれ、初めて感じるものもあると存じます。塩竈、仙台から、銚子、江戸と、当主がまだ、足を運ばれていない地もございますれば」

「百聞は一見にしかず」ということである。蝦夷地のニシン〆粕は、西回り航路の問屋が仕切っていた。試しとは、その中に切り込むのである。新参者として、どれほどの〆粕が手に入るかは未知数である。ニシンの〆粕に重きを置く商いは、大きなリスクを背負うことを佐吉は知っていたのである。

「兄さんの言うように、初めは取引のある海産物を中心に、試しでニシンの〆粕を仕入れる。それなら、損を招く心配も少なかろう。良き助言をくれて助かった」

石巻から帰ってから、寿保は佐吉を「兄さん」と呼ぶようになっていた。

北は爺様、兄さんと一緒に、数年間の行き来はあるが、塩竈から南は出かけたことがなかった。一度は行ってみたいと思っていた土地である。そこで、新たな商いの種を見つけ出せれば、家の商いの手を広げることも可能であると考えていた。

全員が、寿保と佐吉の提案を受け入れた。早速、これまで取引のあった地を廻ることを了承したのである。船は、寿保と佐吉を乗せ、東回り航路・北の蝦夷地を目指し、三陸沿岸を北上していた。

「若、源左衛門様から受け継がれた各湊の船問屋と五十集屋衆を、順次廻りたいと考えております。初めは蝦夷地（松前）を目指し、その後、宮古（岩手）、歌津と南下して参ります」

これまで源左衛門が仕切る千石船の水主として乗船し、ともに商いに携わってきた北の航路である。問屋衆や五十集屋衆も顔見知りである。各港に着けば、爺様が生きていた時のように、阿部家の看板があれば商いは円滑に行えるものだと、寿保は信じていた。

初めの寄港地である函館には、北上する中で強風や荒波を受けたものの、大時化もなく概ね順風満帆に進み、大須浜を出航し五日ばかりで入港することができた。下船後、すぐに松前藩の役所に顔を出し、入港の手続きを済ませた。その後、顔繋ぎも兼ねて、馴染みである吉田廻船問屋へと足を運んだ。

「お邪魔するよ。吉田屋の旦那様はご在宅かね」

店先で声を掛けた。その声に呼応するかのように、番頭が奥から顔を出した。

「これはこれは、大須の阿部様で。今日は、どのようなご用件でございましょうか」

知った顔である。手を擦りながら、なれなれしい口調で問いかけてきた。

「今日は源左衛門の悔やみのお礼と、新たな当主としてご挨拶に伺った。旦那にお会いしたいのだが、いらっしゃるかね」

その言葉に首を傾げるようであったが、そそくさと奥へと消えていった。しばらくして、店先に店主が顔を出した。

「新たな当主となられた寿保様でございますか。しばらくぶりでございます。源左衛門様にはよくしていただきました。今後とも、よろしくお願いいたします。さて、本日はご挨拶と伺っておりますが」

親しげに語りかけてくる様子に、寿保は事もなく買付の話が進むとばかりに安堵していた。一通りの挨拶を終え、商談の話を切り出そうとしたその時、店主が話を遮った。

「阿部様、本日は先客がございます。それと、源左衛門様とは長年のお取引により信頼関係がございましたが、寿保様とはお取引をした経験がございませぬ。約束もされず、突然の商談と言われましても、なんともはや。今日のところはお引き取り願います」

寿保は、明らかに門前払いを食らっていた。爺様であれば、顔を見せただけで主人が飛んできた。それが、当主が代わった途端に手のひらを返すような対応である。このことをきっかけに、寿保は爺様のありがたさと商いの難しさを、身を以て知ることになる。

その後も各問屋を回ったものの、挨拶は丁寧に受けてはもらえるものの、どの店も商談には行きつけぬまま時間だけが過ぎていった。翌日、話を聞いてもよいという問屋が現れたが、買入数量、支払証文、取引価格、受け入れ品質、受け取り時期、松前藩の了承、西回り航路を束ねる本間への挨拶など、問われた事細かな話にすべて的確に答えることはできず、商談に至らぬ始末であった。

函館での取引を、楽観的に考えていた寿保であった。しかし想定していた以上に、信用と実績、商談の駆け引きや先を見通した話し合いが重要であることに、己の未熟さを肌で感じるばかりであった。

途方に暮れていた時、見知らぬ男が寿保の逗留する宿屋を尋ねてきた。商人だと言うが、背は低く、着物姿の上からでも分かるくらいにがっちりとした体格と、日焼けし浅黒い顔を見れば怪しげである。

「阿部の若旦那かい」

男は、自分を知っているかのように、なにげに言葉を掛けてきた。頷くと、「やっと会えた」と、嬉しそうな顔をした。男は、この湊の外れで五十集屋を営む木村屋の手代だという。なぜ、見知らぬ自分を訪ねてきたのかを、寿保は知るはずもない。

「若旦那は知らぬと思いますが、私が小さき折、源左衛門様にはたいへんお世話になりまして」と、話を始めた。男は、アイヌの出だと言う。釧路で暮らしていたが、両親が侍に斬り殺され孤児となった。一人あてどもないままに阿部の船に密航し、船艙で腹を空かし倒れていたところを船員に見つかり、本来であれば打ち殺されるところを、爺様に助けられたと。港に着き、売られるかと思えば、今の店に連れて行かれ、働くようにと世話をしてくれた。苦労はしたが、店の主人も阿部様から頼まれた大切な子であると、手代にまで育ててくれたのだと言う。その恩を、今、返したいのだと語った。

「若旦那、うちは小さい店ですが、主人も会いたいと申しております。ぜひ、商談に来てほしいとのことでございます」そう告げると、そそくさと帰っていった。

「若、よございましたな」佐吉が嬉しそうに言葉を掛けた。

「兄さん、やっと、函館でのきっかけが見つかった。とにかく、木村屋さんに行ってみようじゃないか」

寿保はすぐに銭を懐に入れ、佐吉とともに五十集屋に向かった。

先ほどの手代が迎えてくれた。店は人が行き交い、商談の声があちらこちらから聞こえてくるほど活気のある様相を呈していた。

早々に奥に進み部屋に案内されると、初老の夫婦が囲炉裏の前に仲睦まじく並んでいた。

こちらに気がつくと、「よくおいでくださいました。お待ち申しておりました」と一礼すると、座に着くように促された。

「私らのほうこそお呼びいただき、ありがとうございます」

寿保は、ありがたさが身にしみた。佐吉は黙り込んだままである。主人が話を始めた。

「若旦那が、源左衛門様の後をお継ぎになられましたか。源左衛門様には、私ら夫婦が店をたたもうかと苦慮していた折、与一をお連れになりましてね。我が家で与一を預かり育ててくれるなら、借金を肩代わりしてもいいと申し出ていただきました。その後、店を建て直し、今に至っております。手代の与一は、子どものいなかった私らが養子にとりまして、今は、家族みなでこの店を切り盛りしております」

話を終えると、珍しき茶があるとクマザサ茶を勧められ、爺様の昔話に花が咲いた。商談に入ろうかとした時、佐吉が口を開いた。

「木村屋様、お世話になります」

佐吉は、この店を知っていたようである。

「ただし、函館での商いは、当主自らの努力で商談を進めることが肝要と考えております」

口出しをしなかったのは、このためのようだった。当然、ほかの店も同様である。寿保の力で商いを勝ち取ることを、佐吉は願っていたようである。そうとも知らず、甘えの気持ちが先に出ていたことに、寿保は恥じるばかりである。

寿保が気を取り直した上で話を始めた。

「此度《こたび》は、江戸との商いに向けて、ニシンの〆粕を仕入れに参りました」

その言葉を聞くと、主人がおもむろに口を開いた。

「希望する品は伺いましたが、おいくらで取引なさるおつもりで」

逆に問いかけてきた。〆粕は、大阪でも綿花の栽培用の肥料として人気がある商品である。鰯が不漁で、江戸界隈でも代替品として価格は高騰していた。

「今、〆粕は、酒田の本間様が大商いを行われておりますが、それに負けぬ値で取引されるお覚悟はございますか」

酒田の本間家は、北海道、青森を経て、大阪に向かう西回り航路の中では、一番の豪商である。当時は、鰯〆粕は東回り航路で、ニシン〆粕は西回り航路で運ぶことが常であった。そこに切り込むのである。

「〆粕を大量に仕入れるのであれば、まずは、本間様にお話しになられることが肝要と存じます」

筋を通すよう促された。さすがに、小さくとも函館で店を開くだけの商人である。納得するしかなかった。

「分かりました。まずは本間様のお店に伺うことといたします」

主人は、それさえ知らぬのかという素振りを見せたが、まずは筋を通すことが肝要と出向くことを促した。寿保は商売の素人もいいところ、なんとも情けない限りである。

お店と言っても、大店と同じ規模の店構えである。店に入れば番頭が出迎え、話を聞いてくれた。誠に丁寧な対応である。大須の阿部の名を伝え、本間家の商いには影響のない範囲での取引をしたいとの相談を行ったが、お互い商売である。その場では、返答はもらえずじまいのまま帰路についた。当然のことである。商いの一角に踏み込むほどの話である。

帰港の日が迫っていた。佐吉が、寿保に願い出た。

「若、各問屋筋や五十集屋衆は、一度、儂に任せてもらえんですか。なんとしても、今日中に積荷の手配をせんことには、三日後の出船には間に合わぬことになりましょう」

なにか思案があるようである。寿保は、了解するしかなかった。

朝から佐吉が出かけ、寿保は船の帳場で積荷の見込みと、帰路に伴い帰港する湊の五十集屋衆とのこれまでの取引に掛かる帳簿を眺めていた。船の窓から射し込む日が暖かく、これまでの疲れもあり、二刻ほど眠っていたようである。

「若、戻りました」甲板から、佐吉の声がした。

「なんとか、各問屋衆に話を付けて参りました。見知った仲とはいえ、若が行う初めての取引でございます。なんとか頭を下げお願いしたところ、渋々ではございましたが、各旦那衆とも荷を納めていただけるとのことでございます。なんとか、出航できる算段が付きました。これも若が、何度となく足を運び、お話をしてくださったおかげでございましょう」

寿保としては、なんとも気まずいような、恥ずかしいような話である。そうとは知ってか知らずか、佐吉は嬉しげに寿保を見た。

「兄さん。ありがたい話じゃが、本当に儂の勤めが問屋の皆様に認めてもらえたんじゃろうか」

寿保はなんとも納得がいかない顔をしたが、佐吉は頷くばかりである。

「若、何度も足を運び誠意を見せる。その上で、相手様も私らも得になる取引をする。もちろん、支払いは期日までに。信用が第一でございます」

寿保は納得できたような、そうでないような複雑な心境である。

翌日から、船積作業が始まった。各問屋や五十集屋から昆布やニシンの〆粕が届けられ、二百俵ほどの積荷となった。船は、三百石積みの千石船である。この当時の船は、小型のものは弁財船とも呼ばれていたが、大量の物資を江戸へ供給するため千俵、千石以上の積荷を積み込むために大型化が進んだ。この頃には、千石は積めぬ二百から三百石の弁財船も含め、すべてを「千石船」と呼ぶようになっていた。

阿部家では、この当時、親船とし三百石積の船が三隻、さらに弁財船の改良型である小型で百石積の早舟と呼ばれる船も三艘、このほかには漁船として五大木船や小型のさっぱ船なども所有していた。

寿保は函館に来てから、爺様と北方を往来する廻船での出来事を数多く思い出していた。水主として訪れた折、蝦夷地でもその場を仕切る侍や商人はもとより、アイヌの民にも土産を渡し、談笑する姿をよく目にしていた。学問所では、他藩やアイヌの言葉や習慣も教わったが、そのことが廻船業にとって重要だということに、各寄港地を廻るたびに気づかされていた。商いやそこで暮らす人々との繋がり、争わぬための知恵。どれをとっても、これまで学んできたことの一つ一つが血肉となり、生かされていることを実感していたのである。

荷を積み込むと、船は函館の湊を後にした。その後は商談のため、盛岡藩では山田・釜石の湊、領内では本吉の唐桑、歌津を経て、船越湊に帰港する予定である。各寄港地では、その地の問屋・五十集屋を訪れたが、函館と同じように簡単には商談にはこぎつけず、何度となく店を訪れ、繰り返し頭を下げる日々が続いていた。

帰港するまでに寿保は、当主という重圧と、問屋衆との商いによる心労により、その身も心も押しつぶされそうになるほどに疲弊していったのである。

「おーい、当主よ」帰港した寿保を、祖母の登女が出迎えた。

下船すると、婆様は、「この航海は、どうじゃった。顔も締まり、良い海の男になっちょるぞ」と笑いかけ、手を伸ばし、肩を二度ほど叩いた。振り返れば当然、自らの商売というより、佐吉が仕切ることが多かった。寿保は、商いに対する自信を失いかけていた。

婆様は積荷を確認すると、こう言った。

「行きはよいよい帰りは怖いと言うじゃろ。初めてにしては、上出来じゃ」

その言葉に、なんとも言えぬ虚しさばかりが湧き起こる。すると婆様は、そばにいた佐吉も労った。

「よう踏ん張ってくれた。お前がおらなんだら大損じゃ」

そう言い放つと、大きな笑い声を上げた。今回の荷は、佐吉が商談し買い付けたものであることを知っていたようである。船は、この航海の商いで三百石（七百俵）の買付を行っていた。

家に帰ると、母上とくめ姉が待っていた。「ご苦労様」と声を掛けられ、その日は早めの床につくことにした。天井の暗がりを見つめながら、航海と商談で味わった苦渋を噛みしめる間に、いつしか夜が明けていった。

寿保は阿部家の家督を継いだとはいえ、前当主である源左衛門が行ってきた家業や、村々の救済に取り組むだけの力量が、未だ備わっていないことを誰よりも自覚していた。この航海は、そのことに追い打ちをかける結果となったのである。

それでも寿保は、逃げ出すことなどできるはずもなかった。爺様から阿部家と近隣の村々を救う使命を託され、自ら承諾したのである。

この年、大流行していた疫病は、葉月（八月）になると徐々にではあるが収まる気配を見せていた。この傾向は、天明の飢饉と同じである。流行病の原因は、疱瘡《ほうそう》、麻疹《はしか》に加え、風邪（インフルエンザ）であったとも伝えられている。反面、大凶作となっていた昨年とは違い、米は天候に恵まれ豊作の兆しを見せていた。

ただし、未だ流行病（インフルエンザ）と皮膚病は収まりを見せなかった。それどころか、麦をたらふく食ったあげく餓死病を起こす新たな病も出るような、誠に奇っ怪な年となっていた。

寿保が江戸に向けて出航したのは、葉月も上旬を過ぎた頃のことである。初めは、塩竈の五十集屋で海産物の荷を下ろし、その後は銚子に向かった。銚子では廻船問屋と干鰯《ほしか》問屋に、地元の海藻の類と北の地で買い集めたニシンの〆粕を百俵ほど売り渡す。残り三百俵は、利根川から内水航路で江戸に搬入することとしていた。

当時、仙台から江戸に向かう東回り航路には、海路と内水を利用する二通りの方法があった。海路は、「大回し」と呼ばれる房総半島をかわし、下田や三崎を経由し船を直接入港させるルート。もう一つは、銚子から利根川を利用し、江戸川を経由し荷を届けるやり方である。航路の決定は、船主と依頼主の間で、船の規模、積荷、届け日数、天候・海況などを踏まえて決定していた。

銚子湊での荷卸しを終わらせると、二人は船大工の棟梁のところに向かった。江戸に滞在する間に、航海で損傷した部分の見つけと、必要に応じて修繕を依頼するためである。寿保が、修理場で作業する大工に声を掛けた。

「棟梁さんは、おいでかい」

男は、積み重ねた丸太の上でキセルをふかす初老の者を指さした。

「棟梁、お願いがあって伺ったのだが。二十日ばかりの間、船を預かり、状態を見てくれんか」

寿保は自らの素性を語り、受けてもらえるか確認した。

「ああ、大須旦那の船だね」

頭領は佐吉を見ると、機嫌良さそうにキセルを丸太に打ち付け、馴染みだと言わんばかりに船を預かることを快諾した。

この頃の銚子は、江戸への物流拠点としての役割を大きく担っていた。港は東航路の荷受場としての機能を備え、多くの問屋衆が軒を連ねていた。往来する千石船の船員が行き来する、賑わいのある湊町として活況を呈していたのである。

二人は、高瀬舟（川船）に荷を積み終えると、利根川を経由し江戸へと向かった。積荷のニシンの〆粕を深川にある干鰯問屋に納めるためである。これと合わせ、江戸で漆喰糊の素材として最上とされた仙台産（金華山沿岸部）の角叉《つのまた》（海藻）と、蝦夷地の昆布も積み込んでいた。これを元手に、新たな商い先を探す算段もしていた。

「兄さん、江戸は初めてじゃ。爺様が航海のたびに持って帰る、絵図や浮世絵も見てはおるが、さぞかし華やかな地であろう」

寿保は、初めて訪れる江戸を思い浮かべるたび、心が躍り熱い想いが込み上げてくるのを感じていた。

江戸後期は、町人文化が最盛期を迎えていた。庶民の間でも浮世絵や錦絵、歌舞伎が普及し、学問においては国学や蘭学が大成する時期であった。そしてなによりも江戸文化の発展に大きくかかわったのが、日本各地の産物と文化を運び、各地との交流を可能にした、最盛期を迎えた千石船の往来である。千石船の数はこの頃には数千隻にも及び、大量の物資を調達し運搬する海上輸送が、全国の物流を支えるまでになっていたのである。

全国各地の産物が江戸・大阪を中心に集積し、さらには、それを取り扱う商人が各地と交流する。加えて、幕府や各藩に属さぬ新興勢力が台頭することで、新たな商業システムが生まれていった時代でもあった。

江戸の食文化を見れば、全国から供給される米の恩恵により、一汁一菜といえど、一日三食の食習慣が定着する。また、「醤油」や「味噌」「味醂」が普及していくことにより、庶民の食生活に変化をもたらしていた。さらには、寿司、てんぷら、蕎麦、鰻などの外食産業の発展にも繋がっていったのである。

この時代だからこそ求められる新たな食材、加工品、調味料が必要とされることを、これまでの航海を通じて寿保は感じ取っていた。当然、水産物を売り込もうとしても、冷凍・凍結技術がない時代、生のものを長期に運搬することは不可能である。このため、食用とすれば、干す（乾燥）、塩蔵した等の加工品が主品目となる。また、鰯のように煮て粕とし肥料とする、油を取る手法もあった。

新たな食の文化が花咲く江戸の町で、広く世を眺め、自らの生業を元手とし、なにが必要とされるのか。今こそそれを見通す、寿保の目利きと才が試される場が訪れていた。

「若、江戸は広く、その賑わいには驚嘆するはずでございましょう。気の赴くままに自らの目で、肌で感じて確かめ、なにかを見つけ出していくのが大事なことかと」

佐吉がなにやらこちらを見て、ほくそ笑んでいるのが見て取れる。寿保は、試されているようであった。

佐吉の言葉に頷きながらも、寿保はこれまで学んできたことを思い起こしていた。

大須浜は仙台藩の東端に位置し、僻地に数えられる三陸沿岸の一漁村である。ところがこの僻地の漁村は、江戸から蝦夷地までに渡る廻船により、当時最先端とされた江戸の文化を、藩内でもどこよりも先に取り入れ、触れ、学ぶことができた先進的な場所でもあった。そこで育った寿保にとって、江戸は初めてではあるが、馴染み深い土地であることは事実である。

荷を載せた高瀬船は利根川を上ると、江戸へ向けた交流点である関宿から江戸川へと船を遷し、江戸日本橋へと向かった。いよいよ花の都・江戸は目の前である。隅田川を下り、両国橋に差し掛かる頃には、川幅狭しとばかりに、大小の千石船や高瀬船に交じり、多くの屋形船が往来。まさに、人と荷が行き交う交通の要所といった様相を醸し出していた。

二人の乗った船は、往来する船とすれ違いながら交差する船の隙を抜けるように、積荷倉庫がある日本橋へと向かった。しばらくして、船が桟橋に着岸すると、佐吉がすぐさま岸に飛び降り、荷役に積荷の中身と数を告げた。

荷受場では、深川佐賀町の湯本干鰯問屋が出迎えた。ありがたいことである。

「ようこそおいでくださいました。阿部家の皆様でしょうか」

佐吉を知っている様子である。

「湯本屋の旦那さん、また、よろしくお願いいたします。今回の荷は、お願いされていたニシンの〆粕二百俵と、新たな商談のため蝦夷地の昆布九十俵、それと地元の角叉十俵をお持ちしております」

湯本屋の主人は、嬉しそうに手をすりあわせ笑顔を見せていた。

「そうでございますか。毎度のお引き立てありがたく存じます。私どもといたしましても、ほかのお店に引けを取りませぬよう、高値で買入をいたす所存でございます。ただいまは、昆布も良い値で買い入れたいとご所望されているお屋敷もございますれば、〆粕同様、私どもに扱わせてはいただけないかと思うております」

懇願するよう、伏し目がちでこちらを覗き込んだ。

「湯本屋さん、今日は、商い事はもちろん、新たに阿部家の当主となった寿保様もいらしております。ぜひ、ご挨拶をさせてはいただけないでしょうか」

佐吉がそう告げた。

「さようでございますか、新たなご当主様で。お初にお目に掛かります。湯本屋でございます。源左衛門様にはたいへんごひいきにしていただいておりましたが、誠に残念なことでございました。気を落とさずに、今後ともよろしくお願いいたします」

挨拶が終わると、しばし爺様との思い出話に花が咲いた。

「阿部様、この湯本屋、このたびの取引においても、ご当主様が満足されますよう、十分、高値を付けさせていただきます」

その言葉は真実であった。それほどまでに、江戸においては奥州や蝦夷地の五十集（海産物）が強く求められているようである。

「ところで湯本屋さんは、昆布を買い入れたいとのお話があったが、今、昆布は品薄なのでしょうか」寿保はなにげに、探るように問いかけてみた。

「さようでございます。蝦夷地の昆布は、西回り航路で運ばれ、多くは大阪にて売られております。ただし、江戸におきましても、今は食の変革が起きております。近頃では、侍や大店に限らず、庶民の間でも食の嗜好が高まりを見せておりますれば、大阪同様に外食とともに、昆布も求められるものと見込んでおります」

湯本屋は、問屋として先を見据えた話しぶりである。

「そうですか。ところで、江戸では庶民の多くが屋台や一膳飯屋で外食されると伺っておりますが、大阪のように高値で昆布を仕入れては、儲けが出ないのではないかと案じておりますが」

湯本屋はしばし、首をひねっていた。寿保は筋違いの質問だったのかと、不安が残った。

「阿部様、今の江戸は、誰もが食に貪欲でございます。近頃は、高値の料理を出す料理茶屋が多く開店しております。当然、料理を競い合っておりまして、必要とあれば材料となります海産物を、高値で買い入れることも珍しくはございません。もちろん、昆布などは、上方とは違った出汁の取り方をしておりますので」

湯本屋は、嬉しそうに話を続けた。

「ただし、大事なことは、買い手から求められる品質と数量を、安定的に仕入れられるかに掛かっております。今回の荷に三陸や蝦夷地の昆布がありますれば、こちらもお取引させていただければと思うております。もちろん、一定数量を定期的に納めていただけるのであれば、当店といたしましても、これ以上ない喜びでございます」

その言葉に嘘はなかった。事前に調べていた取引価格と照合したが、ほかの店と比べても、申し出のあった額は高値である。

「湯本屋の旦那さん、いろいろ話してくれて助かりました。今回の昆布は、まだ、取引先が決まってはおりません。よければ、そちらでお引き取り願えればと思いますが」

寿保が目配せすると、佐吉も納得した表情で頷いた。

「そうさせていただければ、積荷をすぐにでも運ばせていただきます。阿部様の期待を裏切らぬよう、一生懸命売らせていただきます」

その後、荷の目録書と仕切書を確認し、代金は、江戸を離れる日に宿に届けてもらうことで商談が成立した。角叉については、取引先である佐野屋が仙台産を探しているとのことから、仲介を依頼し、現物を確認し高値で引き取ってもらうことを決めた。

商談はトントン拍子にまとまり、持ち込んだすべての積荷が二刻ほどで売り切れることとなった。本来であれば、日本橋から深川のほかの店をとも考えていたが、これまでの取引の実績と信用が第一である。その上、価格も高値であれば売り渡さぬ道理はない。

商いが終わると、二人は早々に日本橋の宿屋へと向かった。通りは、寿保が思っていたよりもさらに上を行くほどの、人の往来で活気が漲っていた。橋の幅を見立てれば、幅四間（約七メートル）ほどである。橋は隙間なく人が行き交い、橋幅を眺めれば五、六人ほどが互いの距離を保つように早足で渡っている。その姿は、圧巻としか言い表せないほどである。江戸とは、これほどまでに人と物が行き来する、質量・物量ともに全国一の消費地であることを、寿保は改めて実感した。

寿保は、生前の爺様と約束していた。当主となった暁には、これまで以上に商売で利を得、それを人々の救済に当てると。その実践の場が、この広大な市場とそれを消費するだけの人々が暮らす、江戸という都であると確信していた。口に出さずとも、心の奥底から熱い想いが込み上げてくるのを感じていた。

行き交う女や子ども、商人や飛脚、魚や野菜を担ぐ棒手振り等々、田舎と違い、道を歩くのには窮屈にさえ感じられる、この地にこそ商機があるはずである。

宿屋に帰ると、佐吉が寿保に、明日訪れる魚河岸について、自らの知り得る知識を語った。魚河岸は、日本橋から荒布《あらめ》橋の岸沿いに形成された大規模な魚市場である。幕府や各藩の江戸屋敷はもとより、江戸庶民百万人の食を満たすため、あまたの「海産物」が江戸前のほか房州や豆州など近隣諸国からも集まるほどの、広域な集荷場機能を有していたのである。特筆すべきは、海面や内水の魚を大量に扱うが、町場に近く迅速な供給体制が取られていたことで、その多くを活魚や鮮魚として鮮度を保持し、提供できる流通体制が構築されていたことである。

寿保は、佐吉の話から想像する魚河岸の規模と機能に驚かされるばかりである。自らも漁に出て魚を獲り、また、五十集屋衆や問屋から買い上げる立場であればこそ知り得る、魚河岸の集荷・供給能力の見事さである。寿保の住む仙台藩でさえ、活魚や鮮魚で供給できるのは、沿岸部の村々や城下に近い町場である。笑い話のようだが、沿岸から離れた山村にて魚を売り歩く際は鮮度が落ちたものが多く、ある者が鮮度の良い魚を持っていったところ生臭く腐っていると言われ、誰も買わなかったという話があるくらいである。当時はそれだけ、鮮度を保つことが難しかった時代である。ちなみに、阿部家でさえ主な魚介類の販売物は、干物や塩蔵、〆粕等の水産加工品であった。

寿保は、佐吉の話を聞くたびに胸の高鳴りを抑えられぬまま朝を迎えていた。夜が明けきらぬうちに、佐吉は床をたたみ、すでに魚河岸に行くための支度を調えていた。

「若、これから魚河岸へ参ります」

寿保は急かされるまま支度し、朝飯もとらず宿を出た。川沿いを下りながら川岸の街道を進むと、軒を構えた店が両筋に立ち並んでいる。所々に、戸板を並べた上で魚を売る姿や、棒手振りの男たちが往来を行き来し、威勢のいい声が響いていた。鮪などの大型の魚はもとより、鰹、鯛など沖合から近海で獲れる多くの魚が水揚げされていた。聞けば、今日は佃沖（現在の東京湾）で採れた江戸前の魚が主流だという。

寿保が呟く。

「兄さん、これだけの海産物が取引されるさまは圧巻としか言えん」

寿保が初めて目にした光景は、魚河岸の規模・水揚げ量ともに、江戸百万人の腹を満たすために成立した市場であることを、はっきりと認識するに足るものであった。

「若、この地で暮らす百万人の胃袋と、したたかなこの地の商人を相手に戦い、商いをする心構えはおありですかい。これから若が当主として、新たな富を築き、人助けをするための肥やしとするためのすべてが、ここに揃っております」

この言葉に、寿保は武者震いした。

魚河岸を回り、魚の種類と鮮度、取扱量を確かめた頃には昼を回っていた。

「兄さん、腹も減ったことだし、ここらで飯にでもしようと思うがどうじゃろうか。できれば、屋台の寿司と蕎麦でも」

朝飯抜きで大分歩き回っていた。腹が鳴るのも当然のことである。寿保にとって江戸で飯を食うとは、腹を満たすためよりも、新たな商いの種である外食の動向を知るための機会と捉えていたのである。

魚河岸の外れに、数軒の屋台があった。いずれも、人の出入りが途切れぬ繁盛ぶりである。

蕎麦屋に立ち寄り、店主に声を掛けた。

「掛け蕎麦を二つおくれ」

言葉遣いでよそ者と分かるのか、店主は愛想のない素振りを見せたが、すぐに蕎麦が差し出された。猪口に入れたつゆに蕎麦を付け口に入れて啜れば、つゆの旨さと喉越しもいい。奥州で食す濃口のだし汁につけた蕎麦とは、調理法も味も少しばかり違っていた。旨いし、短時間で食せる。忙しく生きる江戸の町人にはもってこいの料理である。

当時、江戸における蕎麦人気は飯を食う外食という行為を超え、出汁の仕込み本が出回るほど庶民の間で人気を博していた。出汁は初め味噌をベースに作られていたが、その後、濃口醤油に鰹節、味醂と砂糖が庶民へと普及していくと、これらを加えた醤油ベースの「江戸のつゆ」が生み出されていくこととなる。

寿保は子どもの頃から、源左衛門が取り寄せた全国各地の土産や登女が作る諸藩の郷土料理を味わうことで、舌が肥え、味の良し悪しがよく分かるようになっていた。味覚には絶対の自信があったのである。

「兄さん、儂には、つゆは醤油と昆布の味はあるが、少しばかり鰹節の旨味は薄いように感じられる。もう少し節を加えれば、なお旨かろうに」

そう、佐吉の耳元で囁いた。

「なに言ってんだい。こちとら、旨い蕎麦を出してるんでい。文句があるなら、帰ってくれ」

寿保の言ったことが聞こえたのか、店主は少しばかりご立腹のようである。

「けちを付けるつもりはないんじゃ。旨い蕎麦じゃった。儂らは仙台から来た漁師じゃが、このつゆにもう少しばかり魚の旨みが加われば、もっと旨くなるじゃろうと話をしていただけじゃ。許してくれんか」

店主は怪訝そうな顔をしたが、そのことは分かっていたようである。

「こちとら百も承知の上で商売してんだ。余計なお節介をするんじゃねえや」

話を聞けば、旨い蕎麦とつゆを客に出したいものの、鰹節は値が高く多く仕入れるのは難しい。今は、客に出す二八蕎麦の売値に合わせて節の量を加減していると言う。蕎麦代三十二文では、使える材料には限界があるようである。

「兄さん、鰹節が蕎麦に見合う値となるにはしばらく時間がかかりそうじゃ。近頃は、土佐で作られる上物の枯節のほかにも、薩摩、伊予、銚子などの品も入ってきとる。どの藩の漁師も、高級品を作れば、食に銭をかけることを惜しまぬ江戸の地で金が稼げると、切磋琢磨しておる。なかなか手強そうじゃ」

江戸では食の多様化が進んでいた。金がかかろうとも、旨いものを求める庶民の嗜好の高まりにより、全国から食材や調味料が集まってきていたのである。

江戸市中にある蕎麦屋は、担ぎ屋台や簡易な店を数えれば三千五百以上であった。この数の蕎麦屋が、庶民の胃袋を満たすため、より旨い蕎麦とつゆを作ろうと、良質の調味料を求め、鎬《しのぎ》を削っていたのである。外食といえども、流行に乗り遅れることはできないのである。

蕎麦の後は辻向かいにある、江戸前の寿司を出す出店に向かっていた。どの藩の漁師であれ、誰もが、その地先で獲れる魚が一番だと思っている。寿保も、漁師である。地物と比べたくなるのは、当たり前に湧き出す感情である。

「若、あそこの寿司屋にいたしましょうか」

当時、寿司屋は風呂屋の隣に店を出すことが多くあった。握るのには時間がかかるため、一風呂浴びて出る頃合いに、出来上がった寿司を食べて帰るという流れが主流であった。

佐吉が指さしたのは、風呂屋の隣ではなく、日本橋の袂にある人だかりのある寿司屋だった。

「この寿司屋は、屋台で握った寿司が並んでおります。ちょうど、すぐに食べられますので、ここにいたしましょう。それにこの人だかり、人気の店でございましょう」

屋台に着くと、早速、並べられた寿司を見回した。タイ、コハダ、アジ、それとなんといっても、地元では獲れないエビとハマグリに目が行った。なんとも旨そうである。

「いらっしゃい。なににいたしましょう」

先ほどの蕎麦屋とは打って変わって、愛想の良いかけ声である。

「すまないが、アナゴとハマグリをいただくよ」

どちらも、表面の焦げとてかり具合を見れば、火の通し具合がよく分かる。味付けには、醤油と味醂を用いて作られた煮詰めが塗られていた。

「若、私はコハダとエビをいただきましょう」

佐吉が皿に取り分けた。なにより驚いたのは握り飯のごとく、一口で食うには難しい大きさである。急いで口に頰張れば咽せるためか、屋台の台に置かれた湯飲みには、いっぱいにお湯が注がれていた。主人一人が営む店であり、茶を注ぐ手間を省く工夫でもあったようである。

寿保がハマグリの寿司を口に運ぶ。醤油と味醂が、貝の味を引き立てていた。しゃりは寿司酢がきいているが、どちらのネタも旨味を引き出すよう絶妙な工夫が施されていた。繁盛するわけがそこにあった。

寿保が、「素材の味を生かした仕込みだ」と伝えた。

「そりゃそうさね。こちとら、お客さんに出すため丁寧に仕込んでますんで。活きのいいネタを仕入れ、その魚の旨味を出すため漬ける、煮る、茹でる、焼く、そのネタによって一手間をかける。客が旨いとうなる。それが仕事というやつでさ」

なかなかに口達者である。寿保は尋ねてみた。

「ところで、寿司屋をやっていて、手に入りにくいものはないかね」

「近頃は、醤油、砂糖、酢もありますがね。大阪から入る上質な昆布が高値で取引されてるようで、昆布締めに使う昆布がなかなか手に入りやせん。安い昆布があれば、大助かりですがね」

やはり、調味料としての手頃な昆布を探しているようである。話を終えると、寿司四貫で三十文を支払い、店を後にした。その後も、日を改め、鰻、てんぷら屋と回るが、鰹節と昆布については、どの店も手頃な価格の品を探している様子がうかがえた。この二つの組み合わせが、旨味を引き立てることを寿保は知っていたのである。

「今日は少し気分を変えて、一膳飯屋や、料理茶屋でも行ってみたいもんだね」

寿保が佐吉に声を掛けた。佐吉も、待っていたというように、早速出かけるための身支度を調える。宿屋を出て二人が飯屋に入ると、店の奥から女中が声を掛けてきた。

「一膳飯でよろしいでしょうか。すぐにご用意できますがね」

はっきりとした口調で仕切る。二人で頷き、飯が出てくるまでの間、しばらくあたりの様子を観察することにした。

「お客さん、ご注文のあった一膳飯でございます。置いておきますので、ごゆっくりと」

盆に載せた飯を造作なく置いていく。膳の中身を見れば、白飯と豆腐の味噌汁に味噌田楽、煮しめ、煮豆、鰯の目刺しに漬物である。一膳飯ではなく、複数のおかずと汁が付いている。言葉や服装からお上《のぼ》りだと察したのか、値の高い飯を運んできたようである。

箸を付け食べ終わる頃合いを見て、店の主人に尋ねてみた。

「店で出す食材で、困ったことはないかね。私らは商人でね。一膳飯屋を営むお店で不足しているものがあれば、届けたいと思っているが。よければ、教えてもらえないかい」

主人は怪訝そうな顔をするが、飯を食った客であればと、話を始めた。

「私らは地物を仕入れ、今はなんとか商売は成り立っております。案じておりますのは、奥州では飢饉が発生したとかで、米の値が上がるとの噂が流れております。そうなれば、この商売も厳しいかと。当然、米の価格が上がれば、それにつられて魚や野菜も高値になることは避けられませぬ」

それだけを話すと、ほかの客の飯の支度が忙しいと奥に消えていった。腹は満たされたが、二人で百文は少しばかり高い食事である。

「若、一膳飯屋の次は、高級と称される料理茶屋を覗いてみるのも良いのではと。江戸は、茶屋同士が客の奪い合いをしているとの話を聞いております」

佐吉の言葉に、寿保は頷いた。江戸の食を知るためには、料理茶屋は、一度は訪れねばならぬ高級志向の店である。当時は食の文化を楽しむように、「料理茶屋番付」と呼ばれる店ごとの順位表が作成されていた。道楽ではあるが食を楽しむ者は、その番付を眺めながら旨いものを探し求めていたのである。地方から上り来る裕福な者たちも同様である。番付表の上位の店であれば、一度訪れれば一度に五から六百文、それ以上の店もあり、商人や石高の高い侍ならいざ知らず、庶民には高嶺の花となっていたのである。

寿保にしてみれば、料理茶屋は食を楽しむことはもちろんだが、江戸が求める高級食材について情報収集をするには、うってつけの場所でもあった。

「兄さん、それじゃ早速宿に帰り、身なりを整えましょうか。なんせ、湯本屋さんからお誘いを受けていますから。店を押さえる必要もないでしょうし」

少しおどけたような口調で答えていた。瓢箪から駒とは、このことである。噂をした途端、湯本屋から、「料理茶屋で馳走したい」と誘いがあったのである。

宿に湯本屋の迎えが来た。襖の外から声がした。

「阿部の当主様。湯本屋の番頭でございます。本日は、旦那様のお言いつけで、お迎えに上がりました。よろしければ、ご案内申し上げます」

襖を開け、番頭に促されるまま二人で宿を出た。

「ところで、番頭さん。今日伺うのは、どちらのお店でしょうか」

「本日は、深川八幡の平清でございます」

平清と言えば、江戸でも三本の指に入る人気の料理茶屋である。江戸前の魚を中心に仕込んだ料理は評判を呼び、予約が取れない茶屋としても名を馳せていた。店は互いの客が出会わぬよう工夫がなされ、個室から眺める庭園の美しさはもとより、密会が可能であることから、各藩の留守居役などが外交交渉にも利用するほどの高級店であったが、揚屋として文化人も訪れ芸子を呼んで庭を眺めながらの遊興も盛んに行われていた。

店に着き、番頭が女中に声を掛けると、女将が出迎えのため店先に現れた。

「阿部様でございましょうか。湯本屋様から伺っております」

一見であるが、大切な客として迎えられたようである。女将に促され廊下を奥に進むが、客同士が顔を合わせることはない。さすがに接客に秀でた茶屋である。

「この部屋でございます。先に、湯本屋様がお待ちになっております」

通されたのは、店構えから推測すれば一番外れの奥座敷のようである。隠し事をするにはうってつけの部屋であることがうかがえる。襖を開ければ、なんとも不自然な宴席が目に飛び込んできた。座敷には、三者が寄り合うようにコの字に席が設けられていた。東の席には湯本屋が、西と北の上座は空席である。

「ようこそ、おいでくださいました。お二人のため上等な席を設けさせていただきました。ごゆるりとお楽しみいただければと存じます」

促され、西の席に着いた。

「湯本屋さん、今日は、互いに商いの話を交えながらの歓談と聞いていたが、間違いですかな。私たちが存ぜぬ方がいらっしゃるのであれば、この席を遠慮しようとも思いますが」

寿保は、席には着かぬまま問いかけてみた。湯本屋は腰を浮かせ、なにやら困り果てているようである。

「そう言われずとも、事前にお話をしておりませぬ私どもが悪うございました。なれど、ぜひとも阿部様にお会いしたいと言われる方がおりますれば。本日は、わたくしの顔を立てていただき、座ってはいただけませせぬか」

そうまで言われれば、無下に断ることは失礼である。今後の商談も踏まえ、席に着いた。

そのやり取りを確認していたかのように、話が終わると襖が開いた。座敷に入ってきたのは、小袖に黒ちりめんの羽織を纏った、身なりの良い四十過ぎの男である。

「湯本屋、待たせたな」

身なりは商人の様相だが、口調は明らかに城勤めの侍のものである。

「伊達様、ようこそおいでくださりました。ささ、上座にお進みくださいまし」

名を聞けば、明らかに仙台藩縁の者のようである。

「阿部様、よろしければ伊達様をご紹介させていただきとうございます」

湯本屋は座布団を手前に引き、話を始めた。

「こちらは、仙台藩江戸屋敷の伊達留守居役様であらせます。先日、大須浜の阿部様が江戸に商いに来ることをお話しいたしますと、一度、会ってみたいとの仰せでありました。そこで、私どもがこの席を設けさせていただきました」

寿保は自らの素性を名乗り、佐吉とともに頭を下げた。我が藩の重臣である。当然、失礼がないよう接するしか選択肢はないようである。

「本日は、同席することも告げず驚かせたのではあるまいか。申し訳ないことをしてしまった」重臣であるが、その口調は穏やかであり敵意は感じられない。

「国元の老中からも、大須浜の当主が代わったことを聞いておった。源左衛門殿は良き御仁であったが、残念なことであった」

爺様を知っているようである。

「儂としては、家督を相続した若き当主はどのような者か、一度会ってみたいと思うておったところじゃ。すると江戸屋敷に出入りする、そこにおる湯本屋から、新たな当主が葉月に荷を運んでくるという話を聞き及んだ。そこで、儂がそなたらと会いたいと願うたのじゃ。湯本屋を許してやってはくれまいか」

悪びれる様子も、威圧的な態度もない、屈託のない言葉である。

「そうでございましたか。私どもといたしましても、伊達様に気に掛けていただいておりますこと、嬉しく存じますが。されど、今日はどのようなご用件でございましょうか」

寿保には、なぜにこの席に呼ばれたのか、思い当たる節はなかった。まして、藩の重臣であり、初対面の相手である。

「そう急がずとも、まずは一杯。料理をつまみながら話そうではないか」

江戸前の魚料理が目の前に運ばれてくるものの、それを味わうことなどできるはずもない。寿保はただただ、留守居役がこの場に現れたわけが気に掛かるばかりである。

しばらく爺様のこと、仙台に納めている海産物などについて歓談し時間が過ぎていった。酒が回った頃合いで、伊達がおもむろに、今日訪れた目的と核心となるであろう話を始めた。

「阿部よ、儂は密かに探っておることがある。それは、御用穀船のことじゃ。あやつらは……」

　その概要はといえば、藩の回米を江戸に搬送する御用穀船の中に、石巻の米蔵を管理している役人と結託し、米をかすめておる者がいるという。さらに、帰り船で密輸をしている者もおり、その情報を摑んではいないか……というものだった。当然、寿保が藩の雇い船である御用穀船の内情を知るよしはない。

「伊達様、私どもは渡世船でございます。藩の大切なお役目を受けております御用穀船の内情など、知るよしもございませぬ」

　その言葉に、留守居役はなにやら勘繰るかのように首を傾げ、猪口を置いた。その後も、買米、石巻の米蔵と役人のこと、御用穀船のことを何度か聞かれたが、当然、知らぬものは知らぬとしか答えようがない。

「そうであったか、藩の財政にかかわることでな。知らねばしょうがない。貴重な時間をとらせてしもうたな。これからも、阿部には藩のために働いてもらわねばな。湯本屋も、ご苦労であった」

話は済んだようである。留守居役は席を立つと、寿保の肩を軽く叩き、襖を開けた。廊下には、女が控えていた。年の頃なら十七、八。茶屋には似つかわしくない町娘の格好をしているが、立ち姿を見れば、留守居役の供をする侍女のようである。腑に落ちぬのは、内密な行動とはいえ、供の侍が見当たらぬことであった。

湯本屋は、座敷を出る伊達の後を追うように駆け寄ると、袖の中になにかを忍ばせた。文か金かは分からぬが、互いに蜜月の関係ではあるようである。湯本屋は、席に戻るとこう言った。

「お疲れ様でございました。伊達様から、どうしても阿部様とお会いになりたいとお話があり、お目通り願いました。阿部様には、たいへんご無礼を申し上げました」

そのとおりである。初めての茶屋料理が台無しであった。そもそも、なぜ、あれほど重要なことをこちらに聞いてくるのか。その真意を寿保は図りかねていた。

伊達留守居役は屋敷に戻ると、供をしていた侍女に問いかけた。

「あれが、安之丞の子であることは間違いないか」

女は静かに頷いた。国元から密かに取り寄せた人相書きや素性書から、寿保のことを知っていたのである。今回の懇談は寿保を特定するために設けられたものであることは疑いようもなかった。

　座敷に置かれた襖の陰には、男が潜んでいた。

「伊達様。あれが阿部家の倅でございます。例の帳簿が表に出ますれば、伊達様もお叱りを免れませぬ。早速、手を下されてはいかがかと」

　それは、明らかに殺意が込められた口調であった。

「まあ待て。あれには、今後も藩のために働いてもらわねばならぬ。表には出てこぬが、阿部は廻船により藩の財政に大いに寄与しておる。本日は、新たな当主の人柄と例の件を確かめただけじゃ。儂と御用穀船のかかわりには、気づいておらぬようじゃ。今しばらく、捨て置くこととする」

　その差配に納得できぬとでも言うように、男はしばし黙り込んだ。しかし、詰め寄るような強い口調で言葉を返した。

「本当に、それでよろしゅうございますか」

「儂が良いと言うておる。これ以上の話はなしじゃ」

　その言葉を機に、襖の陰から男の気配は消え去っていた。

寿保と佐吉が「平清」を後にし、宿屋に着く頃、逗留する部屋には二十人ほどの男たちが集まっていた。

「当主、お帰りなさいまし」一斉に頭を下げたのは、此度、寿保とともに江戸に来ていた千石船の船員たちである。寿保はこの日の会合に向け、宿屋二階の五部屋を事前に押さえていた。

「みなの衆、よく集まってくれた。ここ数日、忙しい中、市中を駆けずり回ってもらいご苦労様じゃった」

寿保は労いの言葉を伝えた。それは、どれほど大事な要件であったのか。

寿保は江戸に着くとすぐさま船員たちを集め、ある仕事を依頼していた。その中身と言えば、江戸における食事情の調査である。味の嗜好が偏らぬよう三人一組とし、日本橋、両国、深川、上野、浅草など、江戸市中の流行の蕎麦、寿司、鰻、てんぷらの人気の店を回らせていた。飯を食いながら、各店で使われる海産物や調味料に加え、食材や出汁の材料として品薄のものや、価格が高く手に入らぬものの情報を入手させていたのである。今日は、その報告を聞くための会合である。

さらに、船員の聞き取りとは別に、日本橋や深川はもとより、市中の口入れ屋にも依頼していた。屋台はもちろんのこと、干鰯問屋、廻船問屋など、食材を扱う問屋衆からも同様に情報を集めさせていたのである。聞き取った数は、数百件にものぼる。今で言えば、江戸市中の飲食店を対象とした大規模な市場調査である。

「みなが集めてくれた話と、口入れ屋から得た情報で、江戸でこれから必要とされるのは、出汁に使える手頃な価格の鰹節と昆布だということがよう分かった」

海産物を扱う寿保にとっては、なんともありがたい話である。

「それともう一つ。今、江戸では庶民から侍まで食への嗜好が高まりを見せておる。屋台から茶屋まで数千軒にも及ぶ市中の店が、この地の人々の胃袋を満足させるため鎬《しのぎ》を削っているようじゃ。なにせ、上方から品質の良い食材を大量に買い入れるかと思えば、それには飽き足らず、全国の食材にも手を広げ、高値であっても争うように買い入れておる。よそ者の儂らにも、参入の余地はありそうじゃ」

そこにいた誰もが、寿保の言葉に息を呑んだ。当主の奇抜な発想により、自分たちの調べ事が新たな商いの種となっていたのである。驚かされるばかりである。

「よう聞いてくれんか。みなで調べたとおり、江戸が望む食材を知ることはできたが、今は、それだけのこと。儂らが本当に商いで儲けを出せるかは、それらの食材を自ら調達し、江戸に届けられるかどうかということに掛かっておる。その手法を、これからみなで考えようと思うちょるが、どうかの」

寿保のなんともあっけらかんとした口調に、みなが笑い出した。すると佐吉が、そこにいた全員の気持ちを代弁するかのように声を上げた。

「若、昆布は主産地である蝦夷地で採れた高品質なものは、大半が西回り航路で大阪に運ばれております。阿部家といえども、それを上回る価格で新たに買い入れることは至難の業かと。また、鰹節に至っては、大須浜の五大木船により釣り上げる鰹の数には限りがあり、それを原料として節を作るためには、職人の確保や製造場を拡大することが必要となります。いずれも、おいそれとは参入できる品とは思えませぬが」

その話はもっともである。当時は、昆布といえば蝦夷地産の品を、鰹節は土佐の本枯節をはじめとし紀州、安房、伊豆、枕崎など、評価の高い地域が多くあった。そこに参入することは、資金面や製造技術も含めて容易ではない。

「その話は、よう分かっとる。じゃからこそ、誰もが無理だと思える分野に参入することこそが、勝機を生むとは思わんか。誰もやらんからこそ、阿部がやる。知恵を出し、考えれば、なんとでもなるわ」

寿保はそう言って、大声で笑い出した。寿保の心には、爺様の言葉が蘇っていた。

『己の欲のためではなく、奥州や蝦夷地の漁村を生かすために必要な商売をしろよ』

今が、その時である。

「儂は、駆け出しの当主じゃ。未だに東回り航路でも、船頭がしらやみながおらんと、商いもままならん。ただ、それじゃからこそ、懸けてみたいんじゃ。これまで、阿部家と爺様が築いてきた各浜との繋がりに。儂は、ここにおる大須浜のみなが力を合わせれば、今以上の商いができると信じとる」

寿保の言葉は、この場にいる者を説得するだけの気概に満ちていた。東回り航路での苦労が、当主としての寿保を成長させていたのである。

「大凶作は続いとる。大須浜と阿部家が一丸となり江戸での新たな商いに打って出ることこそが、三陸の漁村を守り、人々を救うことになると、儂は信じとる。みなの力を貸してはもらえんか」

そこにいる者全員が声を上げた。若き当主の才と想いに同調したのである。

「爺様、あの世から眺めておってくれ。儂が、大須浜のみなと、この大飢饉を乗り切るさまを」

それは、爺様から託された当主という重責をやっと背負い始めた寿保の決意でもあった。

寿保は江戸での取引と予定していた調べを終えると、佐吉と二人、浅草寺、増上寺、築地本願寺などの寺を訪れた。阿部家がこれまでも行ってきたように、世の平安を願い寄贈・寄進するためである。

この日最後に参拝に訪れたのは、上野の寛永寺である。ここには不忍池の辯天堂に、金華山と同様に弁財天（八臂辯才天《はっぴべんざいてん》）が祀られている。航海の安全と商売繁盛に繋がる水を司る神であり、海を生業の場とする阿部家にとっては特別な意味を持つ寺社である。

鳥居は柱構えで二間四尺ほどもあり、桜の名所として名を馳せるとおり、参拝の往来が絶えることはない。市中の寺社仏閣は、物見遊山としても訪れる場所のようである。

本殿に参拝し不忍池に向かう頃には、それまでわずかに見え隠れしていた雲間の青も消え失せていた。強風に誘われ、西から湧き出すかのような暗き入道雲が空を覆い、遠雷の轟きと間を置いて、稲光があたりを照らす。一粒でもこぼれ落ちれば、堰を切ったような土砂降りとなるのは明白であった。

寿保と佐吉は、足早に本殿の軒先に逃れていた。

「兄さん、この分ではすぐにでも降り出しそうじゃ。一旦やり過ごした後に、辯天堂に参るのもいいかもしれん」

大粒の雨が激しく地面を叩く頃には、境内では人の往来も途絶えていた。雨音だけが激しく響く中で、その勢いは視界を遮るかのように霞んだ景色を生み出し、幻想的な味わいを見せていた。

一方、辯天堂では寿保たちより早く参拝に訪れていた一行がいた。母親と思われる女は、四十代半ばか。江戸小紋に帯は前結びに花柄をあしらい、さながら大店の女将のようである。一人は年の頃なら十六、七で、友禅染の振り袖姿から察すれば娘のようである。男三人は、二人に随伴するかのようにつかず離れず、あたりに気を配っている。

辯天堂の前で、女が声を掛けた。

「アサや。葉月も弁天様に参ることができた。お前が店に来てからは店も繁盛し、良いことずくめさ。私らにとっては、吉祥天女のようだと旦那も言いなさる」

女は愛しい目を娘に向け語りかけていたが、娘は笑顔も見せず、なにも答えず頷いていた。

「まったく、この娘は……。いくら器量良しだといっても、そんな態度じゃお客様から嫌われるよ。愛想良くしないとね」

女の言葉を解釈すれば、女子《おなご》は娘ではなく店で働く女中か、それとも艶やかな着物を見れば吉原あたりの置屋の遊女である。解せぬのは、遊女であれば女将自ら、寛永寺詣でなどに連れてくるはずもない。

「そろそろ帰るかね。雲行きも怪しくなってきたようだしね」

五人が弁天島から本堂に戻ろうとする途中で、大粒の雨が降り出した。男たちは傘を二人に差し出すが、それが役立たぬほどの勢いに、着ていた羽織を掛け直す始末である。橋を渡りきる頃には雨は本降りとなり、女は三人の男たちに囲まれるように、我先にと本堂に向かっていた。残された娘は、降りしきる雨を楽しむかのように、ゆっくりと、ゆっくりと、桜並木の小道を女の去った道筋をなぞるように歩いていた。

耳元で雷鳴が鳴り響き、天空で一閃の光が明るさを増した。明らかに頭上で異変が起きていることに娘は気づいていた。それでも、慌てることはなく、死をも覚悟するかのようにその場に立ち尽くした。

一瞬の出来事であった。娘の傍らの桜に閃光が走ると、木は大きく二つに裂けて片側は地面へと倒れ込んだ。本堂から見ていた女が、取り乱したように叫んでいた。

「なんてこったい。だ、誰か、私のアサを助けておくれー」

その光景を目にした誰もが、雷に打たれ娘の命は絶たれたものと思った。閃光が走り抜けた時、娘の体は大きな影に包まれると、体を回転させ路傍へと転がり落ちていた。娘自らも死んだものと思えたが、手には痛みが走っていた。体がなにものかに覆われ胸を締めつけられる圧迫感に、思わず声を出した。

「苦しい……」その声が伝わったのか、なにかが体から離れ、胸の息苦しさも解けていく。

「生きているかい。声を出せるなら、大丈夫のようだ」

そばで男の声がした。それに反応するように、娘はかすかに目を開いた。そこには、自分を抱きかかえるように道端に倒れ込んだと思われる男が横たわっていた。

「なにを……私になにをするつもりでありんすか」

思わず声を発した。我に返り、稲光から助けられたことに気づくのは、そのずっと先のことである。

「すまなかったな。本堂から眺めれば、娘が一人、雨の中ずぶ濡れで歩いておった。頭上で雷鳴が鳴り響いておったから、危ないと見ておれば、一閃の光が落ちるのが目に飛び込んだ。儂の勘は当たるんじゃ。娘さんのそばに雷が落ちるとな。すぐに駆け出し助けようとしたが、このざまじゃ。許してくれんか」

その言葉には優しさがあった。置屋で多くの男たちを見てきた。人の心の面持ちは、見透かすことができるようにはなっていた。

「兄さん、ありがとうござりんした」

その言葉が終わるか終わらぬ時、女と男たちが駆け寄った。女は男たちに、娘を医者に運ぶように促すと、寿保に軽い会釈をし、その場を急いで去っていった。

寿保と言えば、娘を救おうとした時に負った足への火傷と、閃光により一時視力が低下したことで、女と娘の顔を見ることはできなかった。娘が去った後、佐吉に抱えられ寺で治療を受けることとなったが、「命を粗末にするな」と、ひどく説教を受ける羽目になる。

後に、寿保が佐吉に語ったことがあった。あの日、軒先から滝のように流れ落ちる雨を眺めていると、霞がかったような景色の中、なぜか一本の桜に目が留まった。見間違いかと目をこらせば、一間半ほどの高さの枝に白蛇が確かに巻き付いていた。目が合った。鋭い眼光に見据えられた途端、身動きがとれなくなっていた。まさに、「蛇、いや神に見込まれた蛙」である。

どれほどの時が過ぎたのか、一瞬であったかは定かではないが、体の縛りが解けると白蛇は頭を西に向けている。見れば、不忍池に架かる橋の袂を、土砂降りの中、ずぶ濡れになりながらこちらに向かって歩く娘の姿が目に飛び込んできた。この雨の中、一人境内を彷徨う姿は尋常ではない。その娘を見た時、なぜか本堂から駆け出していた。

「あの時、すでに魅入られていたかもしれぬ」

そう寿保は言った。

泥濘んだ道に足をすくわれ倒れかけた娘を救おうと、寿保が思わず抱きかかえたが、間に合うことはなく、二人は路傍に倒れ込んでいた。その瞬間、雷光が娘のそばに立つ桜に落ち、木は二つに裂け飛び散っていた。

「今となれば、あの白蛇が辯財天の使いなのか、夢現だったのかさえ分からぬ」

もしかすれば、雨に打たれるあの娘に心が惹かれたのかもしれぬと、寿保は顔を赤らめた。互いに傷を負ったが、名前も、何者かさえ聞かぬ間に別れてしまったことが心残りであると。今となれば、探す手がかりさえない。

寿保が女の話をすることは、これまでになかったことである。話をされた佐吉自身が、驚くばかりであった。

寛永寺での事件で足に負った火傷の痕が癒える頃には、葉月も終わろうとしていた。白蛇は吉兆を招くという。

「早く傷が癒えたのも、そのせいかもしれぬな」寿保はそう言って、笑うばかりであった。

第三項　巧妙な細工　×　新たな商い　×　怪異と異変

江戸を発つ頃合いとなった。帰りの船では、空となった船艙に、江戸で買い付けた品々を積み込み持ち帰る。日本橋の呉服屋からは、江戸で流行の反物と帯、加えて布団を。小間物屋からは、簪や白粉、紅と上等な食器類。蠟燭屋からは、家や船で使う蠟燭を。また、新物の煙草やお茶を仕入れた。それらの多くは、奥州や蝦夷地での商いに使うものばかりである。

東回り航路で江戸との往来を重ねる阿部家と大須浜の村人は、仙台藩の片田舎に暮らしているにもかかわらず、領内のどの町よりも江戸の最新文化を取り入れ、嗜むほどの恩恵を受けていたのである。

寿保は、江戸から利根川を下り銚子に着くと、出航の準備をするため早速、船大工の元へと向かった。

寿保が、高瀬舟の修理をしている船大工に声を掛けた。

「棟梁はおいでかい」

「棟梁なら、旦那さんの船に行っとる。この先の船着場に行くとええ」

促されるまま船に向かうと、岸壁に係留された通元丸と、その傍らで船を眺めながら煙草をふかし、なにやら思案している様子の棟梁の姿が目に飛び込んできた。

「棟梁、約束の日には間に合わなんだが、許してはくれんじゃろうか」

てっきり怒鳴られるとばかり思っていたが、様子が少しばかり違っていた。眉をひそめ、なにやら神妙な面持ちで歩み寄ってきた。

「阿部の旦那、帰っておいでなすったかい。船はよう見させてもろったが、なにぶんにも解せんことがある」

棟梁の話の概略は、船は外観上からは擦れる場所もなく、当然、なにかにぶつかった形跡もない。ところが、内から見れば船の航《かわら》（敷）から立ち上がる横板に、誰にも知られんよう巧妙に細工がなされていた。常の航行ではなんら問題はないものの、船が岩場に接触するか、大時化で強い横波を受け続けるなどすれば、思わぬ浸水を招く危険な仕掛けが施されていたと言うのだ。その上、その細工した箇所をさらに修繕した形跡もあると言う。熟練した船大工でなければ気づくことはないほどに、横板の傷を隠すように、同じ木材の木くずが練り込まれ、磨きが掛けられていたという。

「こりゃあ、よほど船を熟知した職人でなきゃ成せぬ技だぜ」

船に乗り込み、頭領が指し示す船底の横板を見ても気づかぬほどの仕上げである。知らずに帰路につけば、船の者みなの命を危険にさらすほどの一大事である。

佐吉に聞けば、これまで何度となく江戸に商いに来ているものの、このようなことが起きたのは初めてであるという。明らかに、この船を狙ったものであることに違いない。みなの命を巻き込む羽目になれば、取り返しが付かぬ事態となっていたことに、寿保は愕然とした。

「棟梁、この細工は仙台を出港する前に付けられたものじゃろうか」

慎重を期すため確認した。

「それはなんとも言えんが、その推測が正しかろう。ただし、銚子入港後に行われたことと言われれば、否定することもできんがな。なににせよ、ここで見つかったことは幸いじゃ」

心配はしているようではあるが、船大工としての自らの眼力と修繕の技を知らしめたことに、誇らしげな顔をしていた。

「阿部の旦那よ、大丈夫じゃ。すっかり修復しておいたからの。手間賃は弾んでもらわんといかんな。次に銚子に来る折も、また儂のところに船を預ければ、隅から隅まで調べ上げ、なにかあれば修繕しておいてやる。安心して商いに励みなされ」

その口ぶりからは、船への細工や傷を見つけることは今回に限らず、日常的にあるようである。ただし、これほどまでに巧妙に細工を施す手口はまれであると言った。

寿保は棟梁に礼を言うと、船を荷積み場まで回航し、買い入れた品を積み終えるとすぐに銚子を出航した。誰が、船に細工をしたのか。佐吉さえ初めてのことだと言う。不安は残るが、同乗する乗組員にはそのことを告げず、船を出した。船縁で一人佇む寿保の心にふと浮かんだものは、江戸屋敷、平清で会った留守居役の顔であった。

寿保が大須浜に帰ったのは、長月（九月）の初旬を迎える頃だった。帰港した一行は、買い入れた荷を港に下ろすと家路についた。

初めての江戸、そして長旅である。家に帰れば、誰もがゆっくりと過ごしたいと願うのは世の常である。誰が想像したであろうか。体を休めるどころか、帰宅した寿保は家の者を集め、すぐにでも自ら思案した商いの話をしたいと言い出す始末である。

「早々ですまんが、みなに報告と相談したいことがあって集まってもろうた。申し訳ないが、付き合ってはもらえんじゃろうか」

なぜか、好きな女子の話でもするかのように、寿保の高揚した面持ちからは、なにかを伝えたいという思いがひしひしと伝わってくる。

「江戸とは、凄いところじゃった。人々が華やかさと活気に満ち、多種多様な商いが成り立ち、食の文化が花開くそのさまは、まさに大江戸と呼ぶにふさわしいところじゃ。今、この巨大な市場は多くのものを欲していることを、二十日ばかり逗留する中で身を以て知らされた。儂らにも、商機があるとな」

源左衛門の築いてきた商いの素地はあるものの、大商いに挑むことはたやすいことではないことを誰もが知っていた。

「これから話すことは、この家の生業を生かした新たな商いの話じゃ。みなが納得できなければ、前に進めることはできん。儂に、知恵を貸してはくれまいか」

寿保の口調と面持ちには、航海前と明らかに違う、自信と逞しさが感じられた。

「儂は江戸市中を回り、家業を生かした上で銭が稼げる方法がないか調べてみた。そこで行きついた答えは、これまでの商いを生かしつつ、昆布と鰹節の取り扱いを増やすということじゃ。今、江戸では食への嗜好が高まりを見せておる。領内では米が大凶作であるにもかかわらず、全国から送られる米の集積場である江戸では、飯は一汁一菜といえど、朝・昼・夜で三食の白飯を食うておる。領内では考えられんことじゃ。加えて、外で仕事する者の多くが、蕎麦や寿司、てんぷらに鰻と、盛んに外食をするという習慣が生まれておる。儂らも食うてみたが、これがなかなか旨かった。それと、一膳飯屋に料理茶屋、食の文化が花開いておる……」

商いなのか、土産話なのか話が止まらない。くめが問いかけた。

「蝦夷地の昆布は、これまでも今も、西回り航路の問屋衆が牛耳っており、その上、蝦夷地の実権を握っておる津軽藩（弘前藩）とも手を組んでおると聞き及んでおります。そこに、阿部の入る余地はありましょうか。大量に仕入れることを考えれば、ほかの商人との競争ともなり、昆布の高騰を生み出すことに。それでは、採算は見込めんのではないかと」

くめの言わんとすることは、そのとおりである。食文化の発展に伴い、江戸に限らず、大阪においても昆布の需要は伸びていた。新たに買いに参入すれば、価格競争に拍車が掛かることは目に見えていた。なにより、西回り航路としても、蝦夷地の昆布を、東回り航路の者に譲り渡すことなどできようはずもない。

「それは分かっとる。儂は、これまで取引のある蝦夷地での昆布の買付数量は確保しつつ、新たに奥州、特に三陸沿岸で採れる昆布を買い入れようと考えちょる。今は、寒流の強い周期じゃ。寒冷であれば、これまで商品としてあまり重要視されなかった奥州の昆布も、葉に厚みが加わり二年物として収穫できるはずじゃ。蝦夷地のものには及ばぬまでも、良い売り物になると儂は踏んどる。『捨てる神あれば拾う神あり』という言葉があるが、今こそ三陸の昆布が、日の目を見る時じゃとな」

海を熟知した寿保だからこそ考えついた商いである。誰も行わぬことをやってこそ、商機が見出せるというものだ。

「蝦夷地の昆布が不足し、高値で取引されている今こそ、三陸の昆布を売り出す好機となるはずじゃ。粗悪なものを作らんためにも、各浜が作る昆布は、儂らが買い上げることを前提に作り方を決めていく。安定した数量が確保できれば、江戸の昆布流通に食い込めるはずじゃ。そしてなによりも、地元で獲れる昆布を買い上げれば、各浜が潤う」

　仙台藩内で採取される昆布は、暖流の強い年には一年で枯れるものや二年物でも品質が悪くなるものも多い。反面、寒流の強い年に収穫される二年昆布は、蝦夷地と比べ品質は落ちるものの、葉に厚みが出ることで商品としての価値は高まる傾向にある。

「それと、江戸では脚気という原因不明の流行病が出ておる。その話を天上の医者（大須浜にいながらも多種多様な医術を極めた医者）にしたところ、白飯のせいではないかと言うとった。昔は玄米も食うとったが、今は白飯が旨いと、玄米を食う家が減っとるそうじゃ。それが栄養不足になるとも知らんでな。儂らが提供する昆布は、立ち食いや外食の店でも使われるが、江戸の町人の家でも買うことができる値にしようと考えとる。旨い上に、栄養不足の解消に役立つとは、一石二鳥じゃ」

　当時、江戸で起きていた脚気は、玄米から白飯に変わったことで、ビタミン不足を招き起きた病気であるとも言われている。昆布にはビタミンも含まれており、脚気の改善にも一役買う海藻であることは言うまでもない。

　登和が確認する。

「それは良いところに目を付けた。なんなら、爺様がごひいきにしていた船問屋や、五十集屋衆に声を掛けて見るのも良いと思うがな」

みなが頷いた。ただ、寿保の頭の中では、当主となった初仕事の折、北の地の商いでは苦汁をなめたという想いが心に重くのしかかっていた。それでも今はやるしかないと、心に言い聞かせていた。

「みなが賛成してくれるなら、早々に各浜の五十集屋衆に手紙を書き、出向き、お願いしようと思うが。どうじゃろうか」

当然、反対する者は誰もいない。

「あと、鰹節の取引をやってみようと思うとる。屋台の蕎麦をはじめ、江戸では鰹節を喉から手が出るほどに欲しがっとる。土佐の本枯節や枕崎、紀州のものには及ばぬが、この地で節を作れば、江戸の屋台や庶民の手に届く値で提供できると儂は踏んどる。全国の産地は、高品質な節を目指して鎬を削っとるが、儂らが目指す品とは少しばかり違っちょる。だからこそ、住み分けができるはずじゃ」

寿保自らが調査した結果から、導き出した答えであった。登女が問いかけた。

「当主よ、鰹と鰹節はどうやって調達する。上方のものを含め、ここでは相手が欲しがる量を確保し、加工することはできんじゃろうて」

それも事実である。気仙沼や歌津など大きな浜では、五大木船により鰹漁は行われているが、大須浜のみでまとまった量を確保するのは至難の業である。

「そのとおりじゃ。そこで、昆布と同じように鰹漁を行っとる浜々に声掛けし、原料を調達するか節を作ってもらい、それを儂が買い上げる。気仙沼など大きな湊では、すでに節は作られとるしな」

鰹漁、原料の買い上げ、加工品の製造とやることに暇はない。

「それは分かるが、節の職人や道具はどうする。それなりの節を作らねば、買い手がないと思うがの」

そのことは、誰もが口には出さずとも考えていたことである。

「そこでじゃ。儂はまずは、鰹節作りに長けた職人を土佐や紀州から呼び寄せ、今、大須浜にある製造所を生かした上で、新たに鰹節を作るための製造所を建てようと思うとる。原料となる鰹は阿部の船で釣り上げ、足らん分は各浜の廻船問屋と五十集屋衆に声掛けし買い集める。次は、節の買い上げじゃ。儂が三陸沿岸の各浜を周り、気仙沼など製造している地から買い上げる。それと、製造所を建てたいという浜があれば支援する。儂らが買い上げることを前提にじゃ。技術者は、大須浜からの派遣じゃ。時間は必要じゃが、この方法であれば各浜にも金が入り、潤うはずじゃ」

寿保には算段があった。江戸での時間を費やしたのは、調査だけでなく、土佐や紀州と連絡を取り、技術者や道具の手配を密かに進めていたからである。この調整には、爺様の力を借りていた。依頼する生産地には、大須浜の阿部源左衛門の名を出すことで、快く承諾を得ることができていた。生前、爺様から話を聞いていた。「全国津々浦々の漁村や商人と交渉する時は、儂の名を出せ」と。それが間違いでなかったことに爺様の凄さを思い知らされ、感謝していた。

「今、江戸で必要とされておる昆布と鰹節を、高級品と言わずとも、庶民に手の届く値で売り、商いができれば、問屋も浜も潤うはずじゃ。初めは、各浜の五十集屋衆・問屋、漁師を説得するのに時間と銭はかかるじゃろうが、それがうまくいけば、すぐにでも利益が出るはずじゃ。なにも心配することはない。儂がなんとかする」

その言葉一つ一つが、当主としての自信に満ちていた。爺様の力と人徳を借りてはいたが。

「これからは儂が、三陸産の鰹節と昆布をまとめて仕入れ、江戸で売りさばく。そうなれば、数量がまとまる。江戸では取引したいという問屋も探しておいた。あとは、実践あるのみじゃ」

その言葉に、登女が同調した。

「それなら、みなで協力するかの」登女がみなをまとめるよう、目配せしてくれた。

この日から、寿保が先頭に立ち、節の職人の手配、製造所の整備、加えて北の各浜の廻船問屋と、五十集屋衆との話し合いが始まった。当然、反対する者も現れるが、まずは協力する、やってみたいと手を挙げる浜から取り組みを進めることとし、動き出した。


天保五年（一八三四年）も師走を迎え、あとわずかで終わろうとしていた。この年は豊作であったが、前年に発生した大凶作の影響は、領民の生活にことのほか大きな影を落としていた。

人の世の常とは言うが、多くの死者の発生と治安の悪化により、世は混乱に陥るものである。領内では、餓死者にまつわる霊や物の怪の話が至るところで囁かれるようになっていた。当然、海域でも、異変や怪異が頻発する事態に陥っていたのである。

異変の前兆は、各浜で見られていた。領内の各浜では、鯨やウミガメの死体が浜に打ち上げられることはあるが、その数は年に一頭程度であった。ところが、大凶作となってからは、数頭打ち上がる浜もあり、漁師もその始末には手を焼くばかりである。

特異な現象としては、鰯の大量斃死《へいし》である。ある浜では、磯場を覆うほどの鰯が一夜にして打ち上げられた。初めはありがたいと拾い集めていた者もいたが、時が経つにつれ腐り出し、磯物漁場が壊滅的な被害を受けるなどの話も語られていた。沖では、はぐれ鯨に漁船が襲われたなどの騒動も見受けられるようになっていた。

それにも増して、沿岸部での怪異の噂は後を絶つことはなかった。夜の漁では、海を覗き込むと死人が手招きする。人魂が、数珠のように海面を進み追いかけてきた。もうれんや船幽霊が頻繁に現れるなど、死人にまつわる話が多く語られるようになっていた。

なにより、浜を恐怖に陥れたのは、「黒蛭子《くろえびす》」の出現である。漁師にとって、恵比寿とは大漁をもたらす福の神である。漁村では、鯨や時には水死人に至るまで、海から流れ着いてくるものを漂着神（恵比寿）とし、大漁を授ける神であると崇め、大切にする風習がある。ただ一つのものを除いては。それは、神とも物の怪とも分からぬものであり、漁師の間では、「黒蛭子」として恐れてきた。鯨やシャチとも違う、その黒く大きく海を泳ぎ来るものが現れる時は不漁が続き、禍により多くの人の命が失われる。黒蛭子は、その魂を食らうとも言われている。それが三陸沖に現れたとの噂が、漁師の間で密かに囁かれていたのである。

これらの話が、領内で語られるのはほんの一部ではある。現世と隠世の交わりが深まるにつけ、人の世であるにもかかわらず、摩訶不思議な現象が多発し、この世を物の怪が跋扈することには驚かされるばかりである。

すべてが大飢饉に伴う妄想なのか、はたまた現実なのかさえ分からぬほどに、人々の心は疲弊していたのである。

第三章　苦難を乗り越えるための航路　天保六年

第一項　認められればこそ　×　漁師たち　×　海賊船

天保六年の如月（二月）を迎えていた。

寿保は自ら発案した昆布と鰹節にかかわる取引を進めるため、毎月のように、三陸沿岸の問屋や五十集屋衆、漁師の元を訪れていたが、その調整は難航していた。各浜の漁師や五十集屋衆は、天保四年の大飢饉の煽りを受け、新たな仕事に手を出すことを嫌っていたのである。

寿保も、そのことは分かっていた。爺様の教えどおりに、この二年の間、北での商いに精を出してはきた。それでも、各浜の問屋衆との折り合いは悪く、一つの約束を結ぶまでにはかなりの時と労力を費やしていた。昆布や鰹節の話であれば尚のことである。こちらから提案を持ちかけるが、最後はどっちつかずのままに答えを濁されるか、なんの返答がないことも常であった。

寿保は、当主になって初めて愚痴をこぼした。

「婆様、儂の商いの仕方が悪いのか、各浜の問屋衆や五十集屋衆もなかなか良い返事をくれん。弥生（三月）までには、なんとかせねばと焦れば焦るほどに、自信をなくしそうじゃ。まだまだ、当主としての器量が足らんようじゃ」

半分冗談交じりで、半分は心から染み出た本音である。

「お前は、これまでようやってきた。各浜の問屋衆とのやり取りも知っておるが、諦めることなく己の信念を貫き通し、よう頑張ってきた」

登女の言葉が心に刺さる。己の進んできた道は、間違いではなかったようである。

登女がおもむろに寿保の顔を覗き込むと、袖から一通の手紙を取り出した。

「良い頃合いじゃ。これは、爺様が儂に残した恋文じゃ。まあ、遺言のようなもんじゃな。少しばかり恥ずかしい気もするが、お前にかかわる部分を、かいつまんで伝えるとするか」

語られた文面には、寿保の行く末を案ずる源左衛門の想いが綴られていた。

「婆様よ、早う逝く儂を許してくれんか。儂の唯一の心残りは、寿保を一人前にできずこの世を去ることじゃ。苦労をかけるが、その仕事は婆様に託すしかあるまい。寿保は、家督を相続したとはいえ、自ら商いを行うことは初めてじゃ。これまで、北の地で商売の仕方を仕込んできたつもりだが、独り立ちできるには少しばかり時間が必要じゃ。そこで荒療治となるが、取引先の廻船問屋や五十集屋衆には文を送っておいた。若き当主を厳しく育ててほしいとな。その上で、苦難に立ち向かい、己の力で商いという道を切り拓き前に進むだけの器量があると判断した時は、支えてやってほしいとな。婆様には辛かろうが、商いの厳しさを知り、それを乗り越えるだけの器量がうかがえる時まで、遠くから見守ってはくれんじゃろうか」

爺様がいかに自分を案じていたか。それに、婆様の抱えていた心の内の苦労がうかがえた。

「若当主よ、この二年の間、北での商いはお前が思うとった以上に厳しかったはずじゃ。爺様がお前に残した土産じゃからな。爺様は、お前が早う独り立ちできるようにと、敢えて苦労を背負わせておった。しかしお前はそれどころか、苦難に挑みつつ、新たな商いの提案までしおった。たいしたもんじゃ。今となれば、お前には当主としての器量があると認めざるを得んようじゃ。各浜の問屋衆や五十集屋衆の皆様も、お前を当主として認めようと言うておる」

婆様の目から涙がこぼれた。爺様の遺言と託された想いを叶えるため、心を鬼にして試練を与えてくれていたことが、寿保は嬉しかった。

源左衛門が残していった試練を乗り越えたことで、寿保にはこれまでの努力が報われる日が来たのである。ここからが、阿部の当主としての本当の戦いの始まりである。


季節は、卯月（四月）を迎えようとしていた。寿保は、大須浜で鰹節を作る新たな加工施設の準備を始めていた。職人を土佐から招き、鰹を煮るための大鍋、冷却するための樽と井戸水の引き込み、蒸し籠、燻乾の施設などを導入し、今年の下り鰹の漁期には稼働できるまでに整備を進めていた。それと合わせ、塩蔵と干し昆布を作るための施設も整え、翌年の春先から出荷できる体制を整えていた。

商いの中心と位置づけていたのは、鱈やほかの魚の仕込みや加工である。これに、鰹節と昆布が加われば、品揃えの裾野が広がることで、江戸での商いに弾みが付くはずである。

藩内では、歌津、気仙沼、唐桑、他藩では山田、釜石の廻船問屋、五十集屋衆に声掛けし、鰹節、昆布の売買に向けた話し合いを進めた。そして、これまで仕入れていた鰯の〆粕や、塩干品の取扱数量を拡大するための商談にも臨んでいた。一方、蝦夷地では弘前藩と調整し、昆布、ニシンの〆粕、塩鮭等の仕入れを増やすための交渉も行っていた。

それだけでは飽き足らず、これまで売買の対象とはなっていなかった地場の魚や海藻類などの中から、江戸で販売できるものを物色し、誰もが思いもつかぬ商いにも手を広げていたのである。江戸の市場を踏まえた、若き当主であればこその発想による、新たな商いが動き出していた。

すべては、来るべき大凶作を見越した寿保なりの決断であった。江戸での商いを拡充することで、十五浜の村人を救うことはもとより、大飢饉に見舞われる三陸沿岸の漁村に利益を分配することこそが、沿岸部から餓死者を出さぬための手立てであると考えていたのである。

それでも、新たなことを手がけようとすれば、課題も付きまとうものである。江戸に荷を運ぶための船の手配が付かずにいた。多くの荷を運ぶためには、阿部家の抱える千石船では足りず、新たな大型船、千石船（千石積）を手に入れることが必須となっていた。

さりとて、世は海運全盛期の時代である。誰もが一攫千金を狙い、船主になろうと鎬を削る中では、中古船を手に入れることさえ困難を極めていた。新船であれば尚さら、言わずと知れたことである。

寿保は、船の確保に向けても動き出していた。石巻湊にある造船場の棟梁を訪ね、大型船建造依頼と価格の交渉を繰り返していたが、受け手が見つからず交渉は難航するばかりである。当時は、千石船の黄金期である。一航海で四百両から千両の金が入る。現在価値で換算すれば、約五千万円から一億三千万円である。危険は伴うが、誰もが自らの努力と才能一つで、船主に成り上がることができる。一攫千金の夢が叶う、魅力的な職業でもあった。

反面、千石船を新たに建造するためには千両もの金が必要となる。浮き沈みのある商売である。手頃な中古船をと考える者もいるが、船主株を持ち資金力のある者でなければ、それも叶わぬことである。新船ともなれば尚のこと。どの造船所も予約により新たな船を受注する余裕はなく、よほどの金を積むか、コネがなければ、割り込むことなどできるはずはない。

まして、新参者であり早期に新船を建造したいと願う寿保にとっては、新船建造の発注は至難の業であり、目の前にそびえ立つ大きな壁となった。

この話は、二年ほど前に遡る。源左衛門が寿保と佐吉を呼び寄せ、商いについて話をしていた。

「寿保よ、大飢饉がこのまま続くようであれば、三陸沿岸ではより多くの餓死者が出ることは目に見えておる。藩も、今となれば、沿岸部を救済するだけの余力さえ持ってはおらんはずじゃ。儂らができることにも限りがあるが、もしお前が、三陸沿岸の人々の救済を望むのであれば、己の力でこの家の商いの規模を広げていくしか手立てはない。廻船業で儲けを生むには、いちどきにどれだけの荷を運び、商いに繋げていくかにかかっておる。そのためには、大量の荷を運ぶための大型の千石船を用意せねばならん。そのことは頭に入れておけ」

その時はまだ、爺様の言葉が遠きことのように聞こえていた。

「爺様よ、もし儂が大商いを始めたいと願うた時は、船がなければそれも叶わんということか」

その問いに、源左衛門は笑みを浮かべていた。

「そうじゃな、儂も動けん体となってしもうたが、せめてお前には、新たな道を歩めるだけの準備はしておかんとな。もし、本当の道を探し当てたならば、儂の後ろの書棚、その奥にある蒔絵の箱を取り出すとよい。きっと、お前を助けてくれるはずじゃ」

源左衛門が寿保に言い残した言葉である。なぜか今、爺様のあの言葉が思い出されていた。当主になり多くの難題を抱えながらも、大商いに向けて歩き出した今だからこそ、その言葉の意味を理解することができた。

寿保は家に戻ると、石室の奥にしまわれてあった蒔絵の箱を取り出した。金紐で縛られた蓋を開けると、中には手紙と、一通の証文が残されていた。文を手に取れば、懐かしい爺様の筆跡が目に映る。

「寿保よ、そうさな、若き当主よ。やっと、この箱を開けることができたか。苦労はしたはずじゃが、儂の見込んだだけのことはある。箱に入れた証文は、きっと今、お前が必要としておるはずのものじゃ。これで三陸沿岸の人々を救ってくれることを願っておるぞ」

爺様は、先を見越していた。文に託された想いの強さと己のふがいなさに、寿保は胸を締め付けられた。

残された証文には、生前、爺様が石巻湊にある造船所の船大工棟梁と結んだ千石船の建造契約と、金の支払いについての文面が記されていた。千石船（千石積）二隻を、天保六年（一八三五年）水無月（六月）までに完成させることを条件に、前金で金二千両全額を支払っていた。源左衛門は、寿保が独り立ちできるであろう二年先を見越し、必要となるであろう船の手配まで済ませていたのである。誠に、大当主の名にふさわしい男であった。寿保は、爺様の願いと期待が込められた、その証文を握りしめていた。前に進めと背中を強く押されているかのように、目頭が熱くなり、心の底から力が漲ってくるのを感じていた。

皐月（五月）を迎えていた。寿保は、各浜との仕入れについての話し合いに臨んでいた。唐桑では、廻船問屋と五十集屋衆の旦那たちが、机を叩き寿保に詰め寄っていた。どの浜に限らず、五十集屋衆やそこに魚を卸す漁師たちも気性は荒い。

「若当主よ、儂らは漁師の食扶持も稼がねばならん。大凶作ともなれば、今までと同じ商いでは、この世の中、食うていくこともできん。これまで以上に、銭が稼げると言われ漁師も集めたが、話によっては儂らでも押さえることはできん。それを覚悟で語るなら、どんな商いを考えとるのか、早う、聞かせてはもらえんか」

漁師たちもいら立っていた。天保四年の大凶作の煽りを受け、年は変わろうとも、その影響は色濃く、どの浜も疲弊していたのである。

寿保が、その場に集まった者たちに語りかけた。

「みなの衆、聞いてはもらえんか。今はどの浜であれ、生活が厳しいことは知っておる。儂らも漁師の端くれじゃからな。これから話すことは、五十集屋の頭領が言ったとおり、各浜の暮らしが少しでも楽になるようにと考えた商いじゃ。無理にとは言わんが、損はさせんつもりじゃ。少しばかり、話に付きおうてはくれんかの」

宥めるような口調に、一時は場が静寂を取り戻していた。

「儂らは、江戸に五十集を持って商いに行っとる。江戸は領内とは違い、飢饉のことなど誰も気にすることさえない。それどころか、江戸では一汁一菜とはいえ、白飯を日に三食くうとる。この目で確かめたから本当じゃ」

その場にいた漁師たちがざわめいた。一人の漁師が立ち上がる。

「おめえは、儂らを馬鹿にしとるのか。さっさと帰《けえ》れ。ふざけた話をしとると、簀巻きにして海に放り込むぞ」

罵声が飛び交う。当然である。領内では飢饉により、食うか食わずの惨状が広がっている。その中で、江戸の事情を知らぬ漁師がいら立つのは当たり前のことである。寿保はこれまでも各浜を何度も回り、漁師の気の荒さは知っていた。

「まあ、まあ、そういきり立たずに、聞いてはくれんか。みなが怒る気持ちはよう分かるが、それが日ノ本一の都の姿じゃ。江戸には、領内の米だけでなく全国の米が集まっとる。それどころか、醤油、味噌、それに魚や野菜も大量に出回っとる。もちろん、儂らが獲った魚も売られておる」

その話が嘘だと思う者も現れ、集まりの場を離れるものも出る始末である。

「それなら、儂らが獲っちょる魚の値が、なぜ上がらん。飢饉ともなり、米の値が張り、食うていくこともできん有様じゃ。そんな話は信用できん」

それを宥めるように、廻船問屋元締めでもある畠山の旦那が声を掛けてくれた。

「みなも知っておるじゃろうが。亡くなった阿部の旦那、源左衛門様は、儂らの魚をほかよりも高う買ってくれた。今は若当主とはなったが、同じように買い取ってくれておるじゃろう。もう少し話を聞いてはくれんじゃろうか。儂らのためと言うとるでな」

漁師たちも、問屋の元締めの話を無下にすることなどできようはずもない。

「大飢饉で稲は稔らず、浜では米を得ることさえ難しい。その米の多くはどこに送られておるか、知っとる者はおるか。江戸じゃ。江戸で食される米の三割は、仙台藩のものじゃと言われておる」

　納得できぬとも言わんばかりに、漁師の多くが疑いの目を向け、寿保を睨みつけていた。

「あと、儂が江戸で見てきたのは、屋台という飯屋じゃ。江戸では、家で飯を作り食うだけでなく、外で働く町人の多くが、仕事ついでに屋台で飯を食う。これを外で食うから、みなが外食と呼んどる。この屋台では蕎麦や寿司、鰻に、てんぷらなど売られていて、誠に旨い。それに立ち食いだから、わずかばかりの時間があれば食うこともできる。昼や夜でも、みなが食うておる」

　この当時、江戸で人気だった寿司やてんぷら、鰻など、三陸沿岸の漁村ではほとんど知られていなかった。このため漁村に暮らす者にとっては、寿保が語る話は絵空事のようであり、心に響くものではなかった。

「あんたの言うとることはよう分からん。俺らの分かるように話をしてくれんか」

　漁師の中にも、少しは聞く耳を持つ者がいるようである。

「そういうことなら、長々とした話はやめじゃ。要は、江戸であれば、三陸で獲れた魚を工夫次第では高く売れるということじゃ。みなが獲り、加工したものを、儂が江戸に持っていき高く売る。そうすれば、浜にもこれまで以上に銭が入る。どうじゃ、分かってくれるか」

問屋衆も含め、その場にいた者たちの頷く様子が見て取れた。

「それなら、と……」

寿保は、江戸は領内とは違い、誰もが食を楽しんでいることを語り始めた。江戸では今、食文化が花盛りで、多くの食材とともに銭も集まってくる。町人や侍に至るまで、旨いものを誰もが求めている。当然、旨い料理を作るためには高級な食材が使われるが、それは金のある侍や商人の口に入り、庶民の口にはなかなか届かない。ところが、江戸の食を支えているのは屋台や一膳飯屋であり、江戸市中には数千件もの店がある。どの店も旨いものを出そうと鎬を削っている。

「ところが、屋台や一膳飯屋は、良い食材を探してはいるが、鰹節一つとっても、高知や枕崎などの本枯節は高くて手が出せん。そこで、手頃な値で手に入る奥州で作る鰹節を、奥州物として江戸に提供すれば、今よりも高値で取引できる。当然、努力して品質を向上させることは必要じゃが」

首を傾げる者もいるが、頷く者もいる。いつものことである。

「これから大事な話をするで、ようく聞いてはもらえんじゃろうか。儲かると言ったのは、それなりの工夫をして、ということじゃ。鰹節であれば、なんでも良いというわけにはいかん。それなりの加工と、それをまとめて集荷し、江戸との取引に臨むことが必要じゃ。それを阿部が行おう。江戸で今よりも高値で取引することができれば、みなも助かるはずじゃ」

腕組みをして耳を傾けている。もう一歩のようである。

「それなら、値はどのくらい上がるものかの。飢饉となってからは、足下を見られ魚の値も下がるばかりじゃ」

「そうじゃ、そうじゃ」との声が飛び交う。

「値は、これから決めねばならんが、今の売値よりは高く買うつもりじゃ。それと、節の品質を上げるため、必要であれば、土佐から職人も呼んどる。みなで話を聞き、技術を教わってみんか。どうじゃろうか」

「あんたは、儂らの節はだめと言うとるのか。儂らの節は、一番じゃと思うとるわ。おめえになにが分かる」

漁師の中から罵声が飛び交う。寿保はすかさず、横に置いていた箱から、土佐の本枯節を取り出した。

「これが、江戸で一番とされる本枯節じゃ。ようく見てくれ」旦那衆にも手渡した。

「奥州の鰹は、下り鰹ともなれば、よう餌を食うて脂がのっとる。今、手渡した節よりも、脂がのる分、節の作りも難しくなる。品質も、脂がのれば荒節から枯節と言っても価格は低下する。それでも、ここでできる最高の品質のものを江戸に送りさえすれば、今より高値が付くはずじゃ。金を稼ぐためには、浜でも努力してもらわねばならん」

寿保はそう言い放った。鰹は、初夏に餌を求め北上し、秋には餌をたらふく食い、脂がのった状態で南下する。宮城で獲れる鰹は、この脂ののった秋が旬であり刺身にすると旨い。反面、この脂ののりが、節として加工するには当時の技術としては難しい面もあったのである。

五十集屋衆からも声が上がった。

「話は分がってきた。そんでも、儂らとしても得意先を抱えちょる。すべてをあんたに回すわけにはいかん。かといって、安いまま売るのも考えようじゃがの。思案のしどころじゃ」

口々に話を始めた。

「問屋衆、五十集屋衆の言いたいことは、十分分かっとるつもりじゃ。すべて売ってくれとは言わんが、数量だけは決めてほしいんじゃ。そうすれば、江戸との交渉もできる。それと、欲しいのは節だけではない。昆布やワカメ、〆粕など、ここで獲れる、売れるものであればこれまでどおり、いや、これまで以上に引き取りたいと考えとる。昆布も、丁寧に塩蔵、乾燥してもらえれば、江戸で高く売れるはずじゃ」

その言葉に、集まっていた漁師たちも少しずつではあるが話に乗ってきた。

「儂らは、すぐに答えを出せとは言わん。儂と取引したい者がいれば、日を決めてまた伺うつもりじゃが、どうかの」

それであればと、廻船問屋、五十集屋衆の旦那たちが頷いた。答えは先になったが、後ろに控えていた漁師たちも、少しずつではあるが理解してくれたようである。寿保は、話し合いでの感触が前向きであることに安堵の表情を浮かべていた。このような話し合いが、各浜でも続けられた。

寿保には、各浜の産物を江戸に持ち込み、今よりも高値で売りさばく自信はあった。それは寿保が、江戸で行った調べと、江戸から寄せられる便りに、常に目を通していたからである。当然、三陸産の鰹節や昆布は屋台や一膳飯屋、そして庶民の食卓に。鰯の〆粕や高級とされる海藻類は用途に応じて売りさばく。それだけの手腕と商才は、ここ数年の努力の甲斐もあり備わっていた。

唐桑での話し合いが終わると、必要となる五十集を仕入れ、船は帰路についた。歌津崎を過ぎたあたりである。一隻の船がこちらに近づいてきた。商船とも思えるが、規模は三百石ほどの千石船である。船からは、数人の男たちがこちらに手を振っていた。

「おーい」

なにかを叫び近づいてくる。

「若、あれは商いの船とは違うように感じられます。このまま、知らぬふりをして過ぎていってはいかがでしょうか」

佐吉の言葉に、寿保が返した。

「兄さん、あちらが近寄り、呼んでおる。試しに、船を寄せてみてはどうじゃろうか。商船でなければ、海賊と相場は決まっとる。このまま見過ごせば、ほかの船にも被害が及びかねん。儂らでなんとかしないといかんと思うが」

寿保の口元が緩んでいた。

「悪い癖ですが、しょうがありやせん。阿部の船ですから。いつものように」

そう言うと、佐吉が船縁を三回棒で叩き、船員に合図を送った。「おう」という声が響き渡る。

当時の廻船業は、多くの収益を得られる反面、船主となっても金を稼げず破産する者も多くいた。そうなれば、まともな商売はせず、海賊となり果て他人の船を襲う者が現れるのも世の常である。ましてや大飢饉ともなれば、働く場所も、食うものにもありつけない漁師や百姓崩れの者、ヤクザ者が徒党を組むのも頷ける話である。

船が、ゆっくりとこちらに近づいてきた。互いがぶつかり破損しないように、佐吉は右舷に舵を切った。その時である。相手の船から鍵の付いた綱梯子が、こちらめがけて一斉に投げ入れられたのである。男たちが綱を引き始めると、船は寄せ合う形となった。綱梯子を伝い、十人ばかりの男たちが素早く阿部の船に乗り組んできた。

「おう、俺たちはこのあたりを根城にしている小野寺の一族じゃ。金目のものを出せば、命までは取らん。出さねば後悔することになるぞ」

当然のことのように、刀を振りかざす。小野寺とは、気仙沼に多い名前であり、その言葉遣いからして偽名を騙《かた》り、脅そうとしているのは明らかである。土地と名前を出すことで、地元にも多くの仲間がいるように装うことにも長けているようである。寿保が口を開く。

「親分さん、儂らは大事な荷を買い入れ、帰る途中じゃ。この荷がないと、明日から食うていけけん。見逃してもらえんかのう」静かな口調で話しかけた。

「お前らのことなど、知ったこっちゃねえ。金と荷を渡さねえと痛い目を見るぞ。野郎ども、こいつらを縛り上げろ」

その声とともに、男たちが寿保と佐吉の下に歩み寄った。一人の男が、刀を振り上げる。寿保は、素早く男の手を取り甲板に投げ捨てた。驚いた様子で、ほかの男たちが寿保や佐吉に襲いかかる。寿保が言い放った。

「みなの衆、いつものように殺さず、できれば怪我程度でな」

その言葉に、大須浜の船員たちが答えた。

「へい。若当主のおっしゃるとおりに」

甲板では、海賊とみられる男たちと、寿保たちの立ち回りが始まった。海賊は、佐吉めがけて襲いかかるが、その切っ先は届かず、持っていた棒で打ち伏せられ悶絶した。立てるわけもない。ほかの船員たちも、持っていた棒で一人また一人と男たちを叩き伏せる。最後に、親分とも思える男が寿保に打ちかかった。

「お前が船主なら、お前を倒して船乗りたちを黙らせてやる。さっさと片付けてやる」

その言葉が終わるか終わらぬ間に、男は寿保めがけて刀を振り下ろしたが、刃は空を切り軽くかわされると、足を払われ尻餅をついた。その瞬間、寿保は踵を上げて首へと一撃を加えた。男は甲板にうつ伏せとなり、気を失ったようである。

「若、大丈夫でしたか。やはり、ヤクザもんと漁師崩れの海賊でしたな」

佐吉も、何事もなかったように涼しい顔で語りかけた。

「兄さん、こいつらを縛ってくれないかい。目を覚ましたら、いつものようにお仕置きが必要だと思うからね」

その言葉からは、海賊との遭遇がさほど珍しいことではないように感じられる。

「おい、目を覚ましやがれ」

佐吉が、親分と思われる男の頬を張った。気絶していたのか、目を覚ますと驚いたように、体を揺すっている。縛られていることに気がついたようである。

「おめえら、俺様にこんなことをして、ただで済むと思ってんのか。せってい、仕返ししてやる。覚えてろよ」口から泡を飛ばし喚きちらすばかりである。

「そうかい、それより、今から自分たちがどんな目に遭うか、分かってるかい」

寿保が、少しばかり脅しともとれる言葉を耳元で囁いた。

「うるせえ。なんとでもしろやい。こちとら怖いものはねえ。さっさと殺しやがれ」

青ざめた顔から発せられた言葉に、寿保が手を上げる。すると、縛られた男たちは一斉に船縁の前に立たされた。

「これから悪事をした償いに、海に放り出すことにする。これまでの命と思い、今までの悪事を悔やむことだな」

その言葉をきっかけに、佐吉が親分の体を担ぎ上げた。

「待ってくれ。儂らは、好きで海賊をやってるわけじゃねえ。この飢饉で、女房、子どもにも食わせていかねばならん。後生だから殺さんでくれ」

本音かどうかは知らぬが、縛り上げられた男たちは一斉に海に放り出された。

「兄さん、反省するじゃろうか。今日のやり口を見れば、海賊と言ってもまだ始めたばかりのようじゃ。反省すれば助けてやるべきじゃと思うがな」

その言葉に、佐吉も頷いた。男たちは海に投げ入れられたわけではなく、船に縛られていた綱で船側に吊されていたのである。

「若当主が助けてもいいと言っとるが、どうするかね」佐吉が男たちに尋ねた。

「お願いじゃ、二度とせん。助けてくれ」

全員が助けを求め懇願していた。一刻ほど吊された後、男たちは引き揚げられたが、その顔はげっそりとし生気をなくしていた。

「反省しとるか。二度とほかの船は襲わんと誓えるか」

全員が頷いた。男たちに話を聞けば、千石船は手に入れ船主になったものの、江戸との商いで大きな損失を出し、食うこともままならず海賊を始めたと言う。寿保が諭すように語りかけた。

「それならもう一度、死ぬ気で働いてみんか。剣術はだめでも、船に乗り移る速さといい、みな腕のいい船乗りのようじゃ。それなら、その腕を生かさんことには勿体ない」

その言葉に、縛られた者みなが涙を流していた。根っからの悪党ではないようである。寿保は男たち全員に、また海賊として海上で出会えば命の保証はしないと伝えた。一方で、廻船業を再開するとの約束の下、その金を工面することを約束し、全員を解放した。男たちは自らの船に戻ると、寿保の船が離れるまで頭を下げ見送っていた。

これまでも、海上で海賊の話があれば、阿部の船が出向き退治することが常となっていた。源左衛門に至っては、「奥州の龍王」と呼ばれるほどに海賊に恐れられる存在であった。阿部は人を殺めない。その言葉のとおり、慈悲の心を示し、更生に向けた支援も欠かさず行っていたのである。

東回り航路に海賊が少なかったのは、阿部家の存在が大きかったことも否めない事実である。

第二項　新たな千石船　×　くめと佐吉　×　江戸での取引

水無月（六月）となり、石巻で建造していた千石船の完成も間近に迫っていた。

「棟梁、いらっしゃるかね。今日は、御神入れの件で伺った」

御神入れとは、船の安全を守る神様（船霊様）を船に招き入れる神事である。

「分かっとるわ。そう急がんでもよかろう」

そう言って棟梁は、胸元から暦を取り出した。

「神主とも話をしたが、十八日が吉日じゃ。船下ろしにはうってつけの日となろう。船主も身を清め、十七日の亥の刻には船に来てもらわんとな」

棟梁も、船下ろしと御神入れには並々ならぬ思い入れがあるようである。

「阿部源の旦那さんから頼まれた、大切な船じゃ。若当主には、良い状態で乗ってもらわねばならん。腕によりを掛け、上等の材料と技で造った船じゃからな」

船縁をなでながら、愛おしそうな目をした。

御神入れの日を迎えていた。船霊様が、船の安全と大漁を授けてくれる神様であることは、海で働く者であれば誰もが知っていることであるが、寿保がこの神事に立ち会うのは初めてだった。

御神入れは、船下ろしの日の夜中に、船主、棟梁、神主の三名のみで行われる神降ろしの神事である。立ち会う者は、一週間前から身を清め男女の情を絶つ。前日の夜に船に乗り込み、日をまたいだ丑の刻に合わせて神事が執り行われる。御神体となるものは、男女一対のおひな様と天照大神様の御札、そのほかにはサイコロ二対と六枚の銭を二列に並べて、木箱に納めたものである。サイコロの並べ方は、「天一地六表に四あわせ、取り舵に二ぎわい、面舵に五祝い、とも三あわせ」として納める決まりがある。

神事は、船首に刳り抜かれた場所を、神主が御神酒と塩で清め、その後、祝詞を唱えながらご神体を納めお祀りして終わる。この場所は、神事に参列した以外の者には悟られてはならぬと言われている。

船下ろしの当日は、婆様と佐吉、そして新たな船で働く船員が集まっていた。大きな声が響く。

「船を下ろすぞー」

みながどよめく。船は海面を切り裂くように左右へ波しぶきを立てながら、一気に川面へと浮かんでいく。佐吉が両手を振った。

「若、船下ろしは大成功じゃ。ここから、若が目指す大商いの始まりじゃ」

誰もが、胸をときめかせていた。

「兄さん、これからが戦いの始まりじゃ。よろしく頼みます」

婆様が、護岸で見送っていた。船は試し運転をするため、田代島までゆっくりと舵を切った。清々しい晴天である。颯爽と波間をかき分ける船影は、未来を疾走する寿保の姿を映し出しているようであった。

走りも安定し、船の具合も良いことを確認すると、大型船の係留地である小竹浜に入港した。寿保は千石船の完成前から、大量物資の補給、物資の積み込み・積み下ろしに適した石巻小竹浜を拠点とすることを決めていた。これまでの停泊地であった船越湊は、水深や湊の規模を考慮すれば、大型船の係留には不向きであった。

寿保が家に帰ると、婆様がなにやら、物言いたげにこちらを見つめていた。

「婆様、なにか話があれば、ここで言うてくれんか。儂は、これから江戸での商いに向けて策を練らねばならん」

なにか、いつもの婆様の様子とは違っていた。

「そうかの。それならば、奥の座敷に行き、二人で話をするというのはどうかの。少しばかり、相談事があってな」口ごもる言葉から、大方の察しは付いていた。

「実は、くめと佐吉のことじゃ。あの二人には、ずいぶん前から祝言を挙げるよう話をしておるが、お前が一人前になるまではそれはできぬと一点張りじゃ。登和にも言っとるが、言うことをきかん」

寿保も、二人が恋仲であることは知っていた。当然、夫婦になってもらいたいと願っていたが、連れ添わぬ理由が、自分を支えるためと聞かされたことに愕然とした。

「儂は、二人から見れば一人前とは見えんのかの」

少し釈然としないが、商いに追われ、ほかを思いやる気持ちが薄れていたことも事実である。

「二人が良き返事をしないのは、お前のことばかりではない。二人は爺様の亡き後、この大飢饉を乗り越えることが自分たちの使命だとも思い込んどる。くめも佐吉も、今年で二十九。家のことばかりも言っておられん年じゃ。なんとかせねばと思案しとる」

　それは、寿保も感じていた。ことあるごとに、二人はこの浜と近隣の浜をなんとかせねばと話をしている。それが、二人の婚期を遅らせていることも事実である。

「婆様。これから爺様が残してくれた船で、江戸との商いをしたいと考えとる。これまで以上に金も稼げるし、浜を救う手立ても増えるはずじゃ。くめ姉と佐吉兄さんの心配事もなくなるはずじゃ。儂がなんとかする」

　その言葉に婆様も表情が緩み、少しは安堵したように見えた。婆様が、二人の馴れ初めを語ってくれた。

「くめと佐吉が出会ったのは、互いが十五を迎える年じゃった。くめは、幼少から学問に長け、武術から行儀見習いとなんでもこなす、まれにみる才女振りを発揮しておった。いつもお前に寄り添い、母親のように厳しくも優しく接する、気立てのよい娘であった。学問所では常に首席で、みなにとって近寄りがたい存在でもあったようじゃな。そんなくめが、一度だけ、命の危険にさらされたことがあってな。あれは、漁を休むほどの大時化の日であった。いつもは学問所から早々に帰宅するお前が、その日に限って、なかなか家に帰ってこん。そんな時は、決まって下の浜で海を眺めとる。くめの頭の中には、寿保が荒波に攫われる情景が浮かんだそうじゃ。慌てたくめは、お前を探しに急いで下の浜に下りていったが、どこにも姿が見当たらぬ。焦りもあったせいか、大波の打ち寄せる岩場で脚を滑らせ海へと攫われてしもうたそうじゃ。くめは泳ぎが得意ではあったが、あの日のうねりには太刀打ちはできん。海水をたらふく飲み、流れで岩に叩き付けられそうになった時、海に飛び込み、くめを抱きかかえ助けようとする男がおった。それが佐吉じゃ。くめがただならぬ様子で下の浜に下りていくのを見て、後を追ったと言うとった。佐吉は、くめを抱きかかえたまま大岩に背中を打ち付け、大きな傷を負った。その時、溺れかけた二人を、海に飛び込み助けたのは、お前の父親じゃ」

婆様は懐かしげに笑みを見せると、話を続けた。

「当然、くめは気を失っておったので、登和に話を聞くまで助けられた経緯を知るはずもない。佐吉はと言えば、背に負った傷のせいでひと月ばかり動けなんだ。佐吉は、爺様が連れてきた男じゃ。父親が海の事故で亡くなり、その後を追うように母親も病気がちとなりこの世を去ったと聞いておる。爺様は佐吉の親とは昔からの知り合いでの。両親が亡くなり天涯孤独となった佐吉を、爺様がどうしても家に引き取りたいと招いたのじゃ。男気があり、心根が真っすぐな男じゃから、すぐに村の者とも仲良うなった。今は船頭がしらともなり、みなをまとめとる。くめは佐吉と初めて出会ってから、その心根の優しさと、みなをまとめる手腕に惚れ込み、相思相愛の仲となったようじゃ。当然、助けてもらったことどもな。みなも知っとる話じゃ」

寿保は、自分だけが知らなかったのだと驚いた。

「それと、なぜ、二人が荒波の中で溺れかけたところを助けられたか知っておるか。それは、青木の神さんのおかげじゃ。登和が、お前とくめがいなくなったと、神さんのところに探してもらうよう頼みに言った時のことじゃ。しばらく拝んでおったが、『下の浜にすぐに行きなされ』と言葉があった、それを聞いたお前の父が急いで駆けつけ、二人が助かったと聞いておる。お前も、なにか困りごとがあれば相談してみるのもよいことじゃて」

神さんとは、東北にいる「拝みやさん」や「霊媒師」と呼ばれる人たちの総称である。東北には、「イタコ」や「ゴミソ」と呼ばれる霊媒師の人たちが多くいる。「イタコ」とは、子どもの頃に病気や怪我、神社などで突然、神様が憑き、力を得た者を指す。一方、「ゴミソ」とは、神社や修験道などで修行し、自らの体に神を降ろすことができる者たちである。各浜では、失せ物から縁談、病気の治癒、はたまた人生の岐路に立つ時のアドバイスを授けてもらうなど、誰もが相談事がある時に訪れる、三陸沿岸では身近な存在であった。

葉月となり、完成した千石船の初の航海の日を迎えていた。廻船問屋や干鰯問屋から事前に仕入れていた積荷と、新たな商いに向けて仕入れた鰹節と昆布を積み込み、船は満船となっていた。幾分、思惑が外れたのは鰹節の買い取り数量が少なかったことだが、その分を、蝦夷地や奥州産の昆布の仕入れで補うことができたのは幸いであった。

「若当主、いよいよ出発でございます。江戸との大商いの始まりでございますな」

佐吉の言葉に、寿保は胸が高鳴っていた。小型の千石船を走らせ、歌津、気仙沼、唐桑、山田、釜石、蝦夷地と東回り航路を駆け回りかき集めた貴重な品である。この商いの善し悪しで、江戸における今後の足場固めが決まるのである。大きな賭けでもあった。そのことは、阿部の家の者はもちろんのこと、この船に乗り込む大須浜の誰もが心に留めていた。

「兄さん、この航海は絶対に成功させねばならん。財を築かねば、人は救えん。今こそ爺様との約束を守る時じゃ」

寿保は、この船に乗る全員に伝わるよう気合を入れた。

「江戸に向けて、出発じゃ」

船は小竹浜を離れ、石巻湊を出航し一路江戸へと舵を切った。

寿保が、江戸への最終寄港地に選んだのは銚子であった。直接、房総半島をかわし、江戸へ入港する道もあったが、前の航海で船への細工が発覚し、その細工を見つけ修復した造船所に絶対の信頼を寄せていたからである。誰もがこれまで以上に警戒を怠らず、航海を続けていた。

心地よい潮風に吹かれ、垣立《かきたつ》にもたれかかり遠くを見渡せば、ゆっくりと移ろう景色が心地の良い時間を与えてくれた。ぼんやりとした心持ちの中、寿保の胸にはなぜか、石巻で出会い、命を落としたキヌのことが心に浮かぶ。朧気ではあるが、走馬灯のように幼少に出会った二人の娘のことが思い出されていた。

石巻を出港してからは時化もなく、追い風にも恵まれたことで、七日ばかりで銚子に着くことができた。船を棟梁に預け、荷の積み換えを行い、江戸へと向かった。

江戸では、事前に商談を進めていた日本橋の廻船問屋と深川の干鰯問屋へと荷を届けた。

「長田屋さん、本日は昆布やひじき、そのほかの海藻をお求めいただき誠にありがとうございました。私どもといたしましても、できるだけ多くの海産物を届けたいと思うておりましたが、お買い入れいただけるか迷うてもおりました」寿保が、丁寧な言葉で問いかけた。

「阿部様、私どもは用意していただけるのであれば、どれほどでもお預かりしたいと思うております。近頃は、屋台や料理屋からの昆布の引き合いも強く、ほかの店とは競争になっておりますので」

未だ、江戸市中で食材の奪い合いは続いているようである。

「阿部様からご提案いただきました、三陸産の昆布につきましても、蝦夷地のものと比べて若干品質が落ちるという者もおりますが、それはそれ。屋台や一膳飯屋であれば、手頃な価格で取引でき、商売を営む者もひじょうに喜んでおります」

予想どおり、まずまずの手応えである。江戸では、東北の大飢饉がどこ吹く風か、食に対する欲求は未だ衰えを見せる様子がない。

「あと、先日、文と現物をお送りしておりましたが、奥州の鰹節はいかがでしたでしょうか」寿保が、新たに市場を開拓できるか探りを入れてみる。

「ありがとうございました。届いた節を拝見させていただきましたが、申し分ない品と判断いたしました。私どもに預けていただけるのであれば、すぐさま、節の品質に合った買い手を見つけとう存じます。今回お持ちいただいた品を見本とし、各所に当たりたいと思うておりますが、いかがでございましょうか」

ありがたい話である。狙いどおり、奥州の鰹節でも十分戦えることが立証できたことに、寿保は安堵の表情を浮かべた。

「あと、他店よりは高値で取引をさせていただくのであれば、一つお願いがございます。私どもの望む数量をお出しいただきとうございます。それであれば、得意先も増えましょう。せっかくのご縁、大切にしとうございます」

早速、仕入れの数量と価格を決めたいとの申し出があった。それほど、江戸市中には競争相手が多いようである。

「分かりました。長田屋さんに見本を見ていただき、必要な量と価格が折り合えば、検討させていただきます」

秋以降に製造する鰹節については、数量が多く確保できることから、価格決めのための参考とするため、何軒かは当たってみることとした。昆布と鰹節の商談が終わると、深川の湯本干鰯問屋に向かった。

「こんにちは、旦那さんはご在宅かな」

忙しく人が行き交い、店は活況を呈していた。繁盛しているようで、取引先として申し分ない店である。当然、悪い噂も聞こえてこない。

「湯本屋さん、お久しぶりでございます。ニシンと鰯の〆粕を今回は運んで参りました。受け取られた品はいかがでしたでしょうか」寿保は状況を確認した。

「阿部様、本日は良いお品を納めていただき、たいへん助かっております。私どもとしては、他店より少しでも値が付くよう、引き続き商いを進めさせていただければと思うております。鰯も、これまでは房総の九十九里浜のものが最良とされておりましたが、近頃は量も安定しない有様でございます。それに代わる品として、奥州からの干鰯、〆粕が安定して入りますれば、引き受けの値も張ろうというものでございます」

こちらも、鰯の加工品は不足しているようである。思惑どおり高値で取引できそうである。寿保は、新たな産物の取引を持ちかけた。

「もしよろしければ、奥州産のほかの産物も必要に応じ、扱ってはもらえぬかと」

先方は、新たな産物もあるのかと驚いたようだが、現物を見たいという言葉に、悪い感触はないようである。まずは、相手の出方をうかがうため、用意していた昆布、ワカメ、そのほかの乾燥品・塩蔵品等の品を披露した。腕組みをしたところを見れば、初めて見る産物もあるようである。

「そうでございますね。私どもといたしましては、これまで、取引のない品もございますれば。一旦お預かりし、後日、取引できるか検討させていただくということであれば、お預かりしとうございます。今、市中では、新たな海産物を扱う店も出ております。味の良い品であれば、それなりの値が付くかと。それと、阿部様からお出しいただいた品々については、地元での食べ方、使い方など教えていただければ、尚のこと買い手が付くものかと」

予測したとおりである。寿保はあらかじめ、各浜から地元の食べ方を聞き取りし書き留めていた。自らも食し、売れると判断したものだけを持参したのである。なかなかの感触である。

寿保は、これまで取引のある問屋とは別に、新たな商い先を探し出すことも視野に入れていた。系列の問屋であれば問題はないが、生き馬の目を抜くとされる江戸の地には、どのような商人がいるのかを知ることも勉学の一つと考えていたのである。

　翌日、寿保が持参した俵物のことを聞きつけ、一軒の干鰯問屋が宿屋を訪ねてきた。

「阿部様、お客様でございます。お通ししてよろしゅうございますか」

　宿屋の亭主が、伺いを立ててきた。突然訪ねてくるとは、商売の基本もなっていないと思いつつも、どのような店か確かめるため部屋に通すことを承諾した。

「失礼いたします。阿部様のお部屋でしょうか」

　返事をすれば、襖が開けられた。現れたのは、縦縞の小袖に小紋の羽織を着流した四十前後の小柄な男である。襖口にゆっくりと腰を下ろすと話を始めた。

「初めて、お目に掛からせていただきます。両国の浅谷《あさや》と申します。お見知りおき願えればと存じます」男は、流ちょうに話し出した。「手前どもは……」

　浅谷の話では、主に干鰯と昆布も扱っているという。新たに立ち上げた店で、これから江戸で商いを始めるため、奥州の産物を大量に仕入れたいとの話だった。

「浅谷さんは、儂らのことをどこでお聞きになられましたかの。新たな取引先を見つけたいとは、誰にも話をしておりませんでしたが」

　すると男の口元が締まり、肩が一瞬固まるのが見て取れた。

「なにを申されます。奥州の阿部様と言えば、江戸で知らぬ者はおりますまい。先日は、問屋の会合に出ますれば、こちらにお見えになるとお聞きし、ぜひ一度お話をさせていただければと、機をうかがっておりました。今日は、宿にいらっしゃるとのことで、早々にご挨拶をと思い、伺わせていただきました」

照れ笑いしながら口早で話す姿に、寿保はどことなくぎこちなさを感じた。

「そうですか。ところで、今日のお話は。持参した荷を買い取りたいとのことですが、どのくらいの数量と値で、取引したいとお考えでしょうかな。互いに納得のできる額であれば、検討することもやぶさかではございませんが」

男が下を向く口元が、緩んでいるようにも見て取れる。

「私どもとしては、初めは、昆布を二百石ほど手配していただければと考えております。前金で一割を、残りはすべての荷の納めが終わった後にと思うております。値につきましては、日本橋の長田屋さんの値から、二割ほど高値で引き取らせていただければと」

信じられない値の提示であった。長田屋の値は、江戸でも高値であると思っていたが、それを二割上回れば、採算さえ取れないはずである。胡散臭い話であることは間違いないようである。

「今、深川の蔵には二百石ほどの荷はありますが、浅谷さんとは初めての商い。此度は、五十石ほどの取引ということで、いかがなものでしょうかな」

寿保が鎌を掛けてみる。少し不満そうだが、すぐに返事が返ってきた。

「五十石でも取引をさせていただけるのであれば、ありがたく存じます。それでは、早々に荷受けをお願いできればと思いますが、いかがなものでございましょうか」

なぜに荷受けを急ぐかは知らぬが、男の顔には焦りの色が出ていた。

「それでは、三日後の昼に深川の蔵から荷をお渡しするということでよろしゅうございますか。浅谷さんからは明日、前金を。残りは、荷渡しが済んだ後ということでよろしいですかな」

その問いかけに、浅谷は軽く頷いた。

「阿部様、一つお願いがございます。残金は、荷を受け取った日の午後に、この宿でお渡しできればと考えておりますが、いかがなものでございましょうか。なにぶん、店を開きまして日も浅いため、金子を用意するには少しばかりの時がかかろうかと」

商談に来たはずが、これから金の工面とは、恐れ入るばかりである。支払いを了承すれば、そそくさと宿屋を後にした。佐吉が口を開く。

「若、胡散臭い男ですぜ。確かめねばなりませんな」

当然、分かっていた。あの口ぶりや素振りから、信用に足る男ではないことが見て取れた。佐吉に伝え、男の店の確認と、深川の蔵の荷渡しを行わぬよう人をやった。

受け渡し当日、深川に浅谷が現れた。

「阿部様、荷受けに参りました。蔵を開けてはいただけませぬか」今日は上機嫌のようである。

「浅谷さん、お宅様は何者であるか教えてはくれぬか。儂のところにおる船頭がしらが、昨日、御店に伺ったおり、そのような取引はございませぬと、番頭から直接話を聞いております が」

その言葉を聞いた途端、男の態度が急変した。懐から短刀を取り出すと、ともに来ていた男たちに、寿保と佐吉を襲うよう仕向けたのである。人足とは名ばかりの、雇われた破落戸《ごろつき》のようである。当然、二人に敵うわけもなく蹴散らされた。音を聞きつけ、船から船員が下りてくるのを見れば、蜘蛛の子を散らすように、男たちも浅谷と名乗る男も姿を消した。今で言う、「詐欺」である。寿保たちが田舎者であるとばかりに、簡単に騙せるものと犯行に至ったようである。

寿保は、これまでの経験を踏まえ、新たに商いをする相手に対しては、確実に素性を確かめた上で慎重に話を進めてきた。当然、騙すことなどできようはずもない。

それから数日、今度は木村屋と名乗る問屋の番頭が尋ねてきた。素性は、間違いないようである。

「お初にお目に掛かります。木村屋の番頭、太兵でございます。本日は、お手間を取っていただきありがとうございます。私どもとしましては、阿部様の扱う海産物を、値を取り決めまして、ほかの問屋様より高値で取引させていただければと思うております」

話が終わると、十軒ばかりの問屋の名簿と、値が書かれた紙を差し出した。それを見れば、ほかの十軒よりも、木村屋の値が若干ではあるが高値であることがうかがえた。

「よく、調べておられる。木村屋さんは、干鰯と〆粕を買い入れたいと言われますが、この値は江戸での取引価格として高値とお考えで」

知らぬふりをして問いかけてみる。

「私どもとしましては、阿部様が少しでも利益を上げられますよう、勉強させていただいております。先ほどお見せしたとおり、ほかの店よりも高値となっておりますれば」

それはそうだが、湯本屋の価格と比較すると一割ほど安値である。

「そうですか、少し考えさせてはいただけませんかな。お返事は、明日ということで」

納得したのか、礼を言って立ち去った。

「兄さん、もう少し、探ってみてはくれないか。どうも、先ほどの番頭の話はしっくりこん。各店の内情と、仕入価格を確認せねば話には応じられん」

指示を受けた佐吉と数人の船員が、すぐさま宿屋から市中に散っていった。

夜、帰ってきた佐吉たちの話を聞けば、木村屋が言っていた十軒は、なんらかの系列店であるとのこと。互いに値を操作し、地方から訪れる商人から市場価格より安く買い付け、利益を上げる手口を得意としているとの報告であった。銭を摑ませ、小僧や丁稚から聞いた話を繋ぎ合わせたものであり、間違いではなさそうである。今で言う、「談合」である。

江戸で新たな取引先を探すのも、一苦労である。寿保は、爺様の商いの堅実さを思い知らされるばかりであった。

第三項　吉原の新造　×　有言実行　×　育ちゆく種

問屋衆との商談を重ねる中で、新たに奥州で仕入れた海産物の取引は順調に進んでいった。

江戸に着いて十日目のことである。日本橋の長田屋から、今、江戸で流行の歌舞伎と芝居を見物し、夕にかけては吉原へお誘いしたいとの招きがあった。寿保は海の男であり、漁や商いは優れた力を発揮するものの、こと女となれば、話は別である。奥手であった。

「阿部様、せっかく江戸にお越しいただきましたので、一度、吉原など訪れてみますのもご一興かと。本日、この刻であれば、花魁道中もご覧いただけますれば」

その言葉に寿保は思案したものの、これも商いと言い聞かせ頷いた。懐には、それなりの銭も持ち合わせていた。長田屋から誘われるまま、佐吉ともども待ち合わせの場所に向かった。

日本橋から猪牙舟《ちょきぶね》を手配し、隅田川から今戸橋まで。その後は、日本堤から駕籠で一キロ弱の道程を進む。堤の周りは田が広がっており、田舎の風情が残る道筋には人の往来が絶えることはない。すべてが、吉原への往来である。江戸の明暗が入り交じる、誠に奇異な空間であると寿保は感じていた。

大門をくぐると、仲之町と呼ばれる大通りが広がり、その両側には、茶屋や遊廓の軒が連なっていた。寿保が大門をくぐり、引手茶屋の前を通る頃、こちらに向かう艶やかな一行が目に飛び込んだ。花魁道中である。話には聞いていたが、お目にかかるのは初めてである。よく見れば、花魁を取り巻くように、道の両端には羨望の眼差しを向ける男たちの姿が見て取れる。それほどまでに、男の心を惹きつけるとは。この世の者か、はたまた妖女であるか。

近づいてくる花魁は煌びやかな衣装に身を包み、遠くからでも、その艶やかな仕草の一つ一つに目を奪われる。日没を迎え、薄闇の中、花魁を先導するように男がかざす屋号入りの提灯が、揺れながらあたりを照らしている。花魁の周りには、年の頃なら十くらいか、禿《かむろ》と呼ばれる二人の女子が、花魁と揃いとも言える衣装を纏い、一歩ほど下がり、両脇に寄り添っている。後ろには、十五、六の新造と年配の番頭新造、そして数人の遊女が付いて歩く。なんとも華やかな行列である。

花魁はと言えば、素足に黒塗りの高下駄を履き、華やかな打ち掛けは富士の御山と、中央には「吉」を呼び込む昇り龍の刺繍が施され、なんとも艶やかな中にも、粋で小気味の良い風情を醸し出している。俎帯《まないたおび》には蝶と芍薬があしらわれ、普段は目にすることができない、艶麗《えんれい》で粋を感じる色が目を引きつける。

寿保は、花魁よりも、その中の一人の遊女に一瞬で目を奪われていた。花魁の後ろを歩く新造を見つめながら、その場に立ち尽くした。鈴の柄の入った薄灰色の振り袖打ち掛けに、帯は花魁と合わせたように芍薬の花があしらわれていた。その顔立ちは、一重切れ長の目に鼻筋が通り、引き締まった唇は意志の強さを物語っていた。その姿は、まさに吉原に咲く一輪の山百合のごとく、飾らぬ美しさを備えていた。

人の出会いとは、誠に奇妙なものである。人混みに紛れ、見つめていた寿保に気づいたかのように、花魁の後ろを歩く新造がこちらを振り返る。一瞬だが、互いが惹かれるように目が合った。その瞬間、寿保は時間が止まったかのような感覚を覚えていた。生まれて初めての経験である。一目見て心奪われ、心の臓の鼓動が強まるのを感じていた。

ゆっくりとした時間が流れる中、寿保の眠りを覚ますかのようにその事件は起きた。見物人の中から、突然、白刃を携えた男が花魁めがけ飛び出したのである。置屋の使用人たちが男を止めようとするが、逃げ惑う見物客とお付きの者に阻まれ、すぐには男を止めることはできない有様である。男の刀が花魁めがけ振り下ろされようとした時、新造が男の前に立ちはだかる。一瞬の出来事であった。男の腕を蹴り上げ、新造を助けるがごとく抱きかかえ、地面に転がる寿保の姿がそこにあった。うずくまった男は、すぐさま使用人に押さえつけられ、その場から姿を消していた。誰も騒ぎもせず、平穏を取り戻す様子は、さすが吉原である。

花魁一行は、その場を離れると、何事もなかったかのように引手茶屋へと姿を消していった。後を追えるはずもない。助けた礼は言われたものの、初めての吉原で、初めて会った新造と、それ以上のかかわりを持つことなどできるはずもないことは分かっていた。

寿保は、奇妙な感覚を覚えていた。生まれて初めて、それも、目が合っただけの女子に心を奪われた。なぜに心が惹かれるのかを分かるはずもないが、自分でも気づかぬうちに、あの女子との縁を感じ取っていたのかもしれぬと思った。

今日は、長田屋の招きでここに来たが、少しばかり時間をもらい、あの新造が勤める妓楼を探すこととした。あたりから話を聞けば、あの時の花魁は、今吉原で名を馳せる吉野太夫だという。それであればと、大見世の妓楼を尋ねることとした。初めての吉原である、当然のことだが、一見の客とあしらわれるばかりである。尋ねることも、会うこともできるはずがない。それでも、じっとしてはいられなかった。

寿保は妓楼の中を眺め、無理は承知の上で、奉公人の中で帳場を仕切っていると見て取れる男に声を掛けた。

「すまんが、ここへ訪れたのは初めてなのじゃが、一つ願いを聞いてはもらえんじゃろうか。先ほど、吉野太夫の花魁道中を見たが、連れておった新造がえらく気になった。なんとか、会うことはできんじゃろうか」

その口調に田舎者と思ったのか。けんもほろろにあしらわれた。

「ここは、お前さんのようなもんが来るところじゃねえよ。さっさと帰んな。あんまりしつけえと、叩き出すぜ」

男は周りにいた奉公人に声を掛け、本気で寿保を叩き出す算段をしている。

「分かった、分かった。もしよければ、先ほど助けた男……と言ってもらえれば分かるはずじゃが。会うことが無理なら、この手紙だけでも渡してくれんか」

奉公人に壱両ほどの金を握らせ、一通の文を差し出した。銭がものを言う世界である。

男は、先ほどとは打って変わった態度である。

「そうかい。今は、吉野太夫は茶屋で過ごしてなさる。新造も一緒だ。今日は会えんな。もし、文だけでいいなら渡してやってもいいが。あんたも物好きなこった。会えなくてもいいとはな」

男がさらに銭の無心をするように差し出した手に、寿保はさらに壱両を握らせた。

この日は妓楼を訪ねたものの、会うことも、名前すらも聞けなかった。ただ、寿保の心には今日の事件のことよりも、助けた新造のことだけが強い想いとして残ることとなったのである。その想いだけを胸に、妓楼での遊びはせぬまま吉原を後にした。

大門から出て柳のあたりを通ると、後ろ髪が引かれ遊廓に目をやった。誰言うことなく、「見返り柳」とは、よく名付けたものである。その日は不思議なことに、同じ新造にもう一つの文が届けられていた。差出人は、「兵衛門」と書かれていた。


寿保が江戸の商いを終え、石巻に帰ったのは、長月（九月）のことである。この年は、天候不順による長雨とともに水害が頻発し、追い打ちをかけるように大型の台風が襲来。洪水や大水が田畑を襲う、凶作の年となっていた。

寿保は江戸から帰ると、休む間もなく東回り航路を北上していた。江戸で得た儲けを各浜に配分し、次の商いに向けて五十集を買い入れるためである。これまで、阿部家に五十集を売ることに異を唱えていた問屋や五十集屋もあったが、寿保が有言実行で高値の買い上げを行ったことで、次第に取引に賛同する者も多くなっていった。

なによりも寿保が大切にしたことは、問屋衆や五十集屋衆との情報の共有と、信頼関係の構築である。今、江戸で求められている五十集の種類や品質を丁寧に伝え、互いに質を高める工夫に取り組んだのである。品質が悪く出荷に耐えられない浜には人を派遣し、加工技術と資材を提供する。このことで集荷する五十集の品質が向上し、買付量が一段と増加したことは言うまでもない。合わせて、地元でしか食されていなかった海藻や魚の干物や塩蔵品についても、買い上げることを約束した。自らは、商談の種とするため、地の食べ方を記載した書面を整備することにも取り組んでいた。

徐々にではあるが、寿保の取り組みが確実に実を結び始めていた。そしてなによりも、源左衛門が亡くなり崩れかけていたお互いの信頼関係が、今、新たに築かれていく実感を寿保は得ていたのである。

新たに建造した千石船は、既存の千石船と同様、「明神丸」と「通元丸」と名付けた。大型船による取引量の多さと江戸との利便性を考慮し、商いの拠点は船越湊から石巻の小竹浜に移していた。

買い上げた荷は、各船の船頭を中心に東回り航路から積み込み、さらなる荷受けが必要となった場合は、寿保と佐吉が各地の問屋や五十集屋衆を回り、交渉する仕組みが築かれていた。江戸での取引先に至っては、これまでに商談のあった問屋を基本とし、寿保が直接、商いにふさわしいと判断した店のみを対象とし商談する決まりも定められた。

寿保が商いの規模を一気に拡大させた根底には、源左衛門が築いてきた信用と全国に広がる人脈の賜物でもあった。さらに付け加えれば、大須浜から江戸の大店へ奉公に行った者、各地の豪商や庄屋へ行儀見習いに行きその地に嫁いだ者たちからの情報と協力も、阿部の商いを支えていたのである。

天保六年から始めた大型船の商いにより、阿部家はより多くの富を得ることとなったが、その大半は、大飢饉で疲弊する近隣十五浜や、三陸沿岸の漁村の救済に当てられることとなる。


商いの傍ら寿保は、爺様から託された全国各地の寺社仏閣や豪商との繋がりを切らさぬよう、寄贈・寄進や文のやり取りを続けていた。特に、奥州の中でも日本海を望む西域の寺社仏閣と地の豪商には、天保五年から米の融通を打診する文を送り続けていた。その中には、酒田の本間家の名も記されていた。庄内藩（山形県）の本間家と言えば、江戸時代の西回り航路において歴史に名を残すほどの豪商である。

地元には、この本間家と仙台藩の僻地とされた大須浜の阿部家を比喩した、「西の本間に東の阿部源」という言葉が残されている。現在の大須浜を見れば、なにを根拠として語られた言葉であるかは図りかねる。しかし、同じ時代に西回り航路と同様、阿部家が奥州・蝦夷地を結ぶ東回り航路で、多額の富を得ていたことがうかがえる。歴史の表舞台に立つことを嫌い、商いで得た巨額の富は多くを人々の救済や地域開発のために使うという、稼いでは失っていくことを繰り返した阿部家の姿が垣間見える言葉である。

寿保は、当主となってからも源左衛門の教えどおり、海見を欠かさず行ってきた。見立てでは、天保六年から寒流の影響により、三陸沿岸の広い範囲で、冷害や天候不順になることを予測していた。「先んずれば人を制す」という言葉があるとおり、大凶作への備えとして、日本海を望む各藩の米所である寺社仏閣や地の豪商、庄屋には、密かに米を融通してもらいたいとの文を幾度となく認めていたのである。

その見立ては、誠に的を射たものであった。寿保の海況の見立てと爺様が残した言葉が重なるように、天保六年は春先から天候は不順となり、冷夏に加え、大雨や洪水が領内を襲い大凶作となることは、誰の目にも明らかとなっていた。生前、爺様が言っていた、「天災のぶり返しは、大きな禍をもたらす」との言葉どおり、領内は知らず知らずのうちに災禍に呑み込まれていたのである。今まさに、大飢饉に抗うための覚悟と知恵が必要とされていた。

第四項　青木の神さん　×　城への書状　×　募る想い

寿保は、江戸に赴く前に婆様と約束していたことがあった。それは、くめ姉と佐吉兄の婚礼の話である。それを相談するのにもってこいの人物がいた。家から十軒ばかり上にある、青木に住む、「神さん」と呼ばれる婆様である。

「婆さんおるか、儂じゃ。生きとるか。今日は、姉様の婚礼のことで話を聞きに来た。良い日を教えてもらえんか」

そう、ぶっきらぼうに切り出した。寿保は、子どもの頃は体が弱く、命にかかわる発作を起こすことがよくあった。薬で治らぬ時は、登和とこの場に来て祓ってもらうことも多くあった。そのため、神さんを自分の婆様のように慕っていたのである。

「うるさいの、餓鬼が」口の悪さは天下一品である。

「聞こえておったと思うが、二人の婚儀について、なにか良い話があれば聞かせてくれんか」

　発した言葉が聞こえているのか、いないのか。神さんは神棚に向かって手を合わせ、なにやらブツブツと唱え出した。いつものことである。ただ違っていたのは、亡くなった父・安之丞を降霊していたことであった。

　神さんは深い溜め息を吐くと、静かに語り出した。

「よう来たな。お前をずっと見守っておった。よき男に育ってくれた」

　その言葉遣いは、父が生きていた時の口調そのものである。

「くめのことは心配しとる。二十九になっても嫁にも行かん。されど、婚姻を結ぶのであれ……」

　そこで言葉が途切れると、神さんの体が前のめりとなった。なにを伝えたかったのか、知ることはできない。

「婆さん、大丈夫か。しっかりせい」

　寿保が体を起こそうとした時、声が聞こえた。

「お前が、多くの人を救おうとするならば、それなりの覚悟が必要じゃ。そのことは、心しておけ。すべては叶えられぬと」

その言葉を最後に、神さんは力が抜けたようにぐったりと肩を落とし、その場に倒れ込んだ。死んだのではないかと近寄れば、噎せるような咳を数回し、大きく呼吸をするとゆっくりと体を起こした。

「死んだと思うたわ。驚かさんでくれんか」

少しばかり安心はしたが、言いたいことが口をついた。

「なぜ、頼んでもおらんのに父を降ろした。儂は、婆さんに二人の話を聞きたかっただけじゃ」

その言葉を遮ると、神さんは子どもにでも言い聞かせるかのように話を始めた。

「聞いたはずじゃ。くめと佐吉の婚儀は、この大飢饉が終わってからじゃとな。それが二人のためじゃとな。儂が言えるのはそこまでじゃ」

あとは黙り込んでしまった。なにかを隠しているようにも感じられたが、話をしてくれねば聞きようもない。

寿保が部屋を出ようとした時、神さんがこちらを振り返った。

「これからも商いを続け、多くの人を救うつもりであれば、お前さんは気をつけねばならん。佐吉もな」

その言葉だけを口にした。寿保は家に帰ると、神さんの話を婆様に伝えた。

「そうじゃったか。わざわざ忙しい中、お前に行ってもらってすまんことをした」

青木の神さんのお告げと、父・安之丞の言葉を聞けば、誰であれ心の重しになるのは当然である。婆様であれば尚のこと、心を痛めたようである。

「そうであれば、この大飢饉が終わり、儂らができることを成し遂げた後に、くめと佐吉の婚儀を執り行うということでどうじゃ。異存はなかろう」

その言葉は、婆様が心から絞り出した苦肉の策のようにも聞き取れた。いずれにしても、婚儀が少し延びたものの、大飢饉が終わった後であれば、二人が納得し幸せに暮らせると安堵したのは事実である。

寿保が城に冷害に関する書状を認めたのは二度目だった。一度目は、寿保が当主となった時。そして、此度が二度目である。文の中身と言えば、大凶作への警告と領民の救済を願うものである。

登女が聞いた。「当主よ、城に書状を出そうとしておるのか。それであれば、殿様を責めるような言葉は書いてはならぬ。丁寧に、海の様子を認めることが肝要じゃ」

明らかに、手紙の文面を心配した言葉である。爺様が常日頃口にしていた、「政とかかわるな」との戒めが思い出されていた。

「婆様、分かっとる。なんとか、大飢饉の準備だけでもと呼びかけるだけじゃ」

寿保は、藩のこれまでの対応に憤りを感じていた。ただ、新たな飢饉に対してどのような施策を打ち出すかは不透明な状況である。天保四年には、城下中心の施策を実施し、恩恵の薄かった沿岸部では多くの餓死者を出した。また同じ事態となれば、沿岸部ではこれまで以上に死人が出ることは明白である。なんとしても、此度は城下から離れた沿岸部の人々を救うために、助け船を出してくれることを期待していた。その反面、諦めの気持ちを抱いていたことも事実である。

「婆様、この書状を出せば、城も少しは考えるじゃろうか」

登女の苦笑いが出た。

「それは難しい質問じゃ。されど、藩とて今がたいへんな状況に直面しておることは、十分承知しておるはずじゃ。少しは変わるかもしれんな」

それは、藩の対応を信じたいという、婆様の願いとも聞こえた。寿保も、婆様も知っていたのである。大飢饉が続く中、今の藩に領民を救うだけの余力がないことを。

天保六年は、六十二万石、実質石高百万石と称された仙台藩での、全収穫量は例年の三割程度（約三十万石）まで落ち込んでいた。大雨や台風による大洪水も多発し、年貢の徴収もままならず、江戸への回米による収入も入らぬ最悪の事態を招いていた。この状況が長く続くこととなれば、藩も領民もどのような悲惨な状況に陥るのかを、誰もが恐れ戦《おのの》くばかりである。

寿保の書いた書状が城に届いたのは、神無月（十月）の半ばを過ぎた頃だった。

「殿、大須の阿部から書状が届いております。いかがいたしましょうか」

書状は斉邦に手渡された。そこに記されていた文面とは……。

「しばらく、海の様子を見ますれば、神無月を迎えても暖流の勢いは甚だ弱く、寒冷な気候はこれからも続くものと見込まれる。さらに恐ろしきは、翌年ともなれば海も陸も今年以上に寒さ厳しく、餓死風が強さを増すこと甚だしきと予見される。つきましては、領内の救済につきまして、何分に付け、お取り計らい願いますようお願い申し上げます」

そのような内容だった。書状に目を通した斉邦は、それまでとは顔色が豹変し唇を噛みしめると、力を込め、持っていた書状を握りつぶした。その表情は、怒りと不安に苛まれていたのである。

当然である。天保四年の大凶作により、備蓄米は尽き、この年には、藩の資金調達や領民への救済米の支給さえままならなくなっていたのである。その上、翌年に大凶作ともなれば藩の財政は底を突き、大飢饉の対応どころではなくなることは目に見えていた。藩内の各地域には、自ら資金と現物を調達するようにと、お達しが出される始末であった。

そのことを知ってか知らずか、寿保は三陸沿岸の救済と商いに駆けずり回る日々を送っていたのである。


寿保は、大須浜に帰っても江戸で会った新造のことが忘れられずにいた。商いに没頭することで忘れようとはしたものの、寝ても夢現の中に現れ、心を悩ませていたのである。

ついに自ら抱えきれず、仕方なく佐吉に相談した。

「若、それは恋煩いですぜ。お医者様でも……というやつです」

そう言って笑い出す始末である。それでも寿保の気持ちを察したようで、婆様に相談するよう促された。それは、相手が吉原遊廓の女子であり、それなりの金がなければ会うことさえできないことを、佐吉は知っていたからである。

「婆様、話があるんじゃが。聞いてくれんかの……」寿保にしては珍しく、小声で話し出した。

「なんのことじゃ。お前にしては煮え切らぬ態度よ。はよう、はっきりと言わんか」

はっぱを掛けられた寿保は、吉原での出来事を婆様に打ち明けた。目が合っただけの女子に惚れてしまったと。笑い飛ばされるとばかり思っていたが、当てが外れていた。

「そうじゃったか。近頃、少しばかり気が抜けておる時があるとは思うておったが、女子のことじゃとは、聞かねば分からんこともある。それも、吉原の女子とは、お前もどのような縁で出会うてしもうたものか。それでも、好いてしもうたものは仕方がないことじゃ」

なんという展開か。婆様であれば怒鳴りつけられるとばかり考え身構えていたが、拍子抜けとなっていた。

「されど、お前が好いた女子は、お前を好いておると確かめてみたのか。違うておれば、相手に迷惑を掛けることとなる。まずは、それを確かめてからのことじゃ」

筋の通った話に、寿保は言葉が出ない。

「婆様、儂もそう思うとる。独りよがりであれば諦めも付く。そのためには一度、吉原に行かねばならんが、この大飢饉の中、儂は家の銭を吉原で使うことはできん。どうしたらよいものか」

そう言って項垂れた。口から出た言葉は本音である。自ら大商いを始め、大飢饉の救済を進める中、それなりの金を使うことは許されるはずもない。

「それはそうじゃ。それなら、少しばかり刻をくれんか。少し、お前の母親とも話し合うてみたいでな」

婆様に話したことで、寿保は少しばかり心が軽くなるのを感じていた。

「寿保よ、お前というやつは……」

久しぶりに、母の小言を聞かされた。それは怒るというより、諦め半分の想いが込められていた。

「婆様から聞いたが、吉原の女子とはたまげたものじゃ。それも縁であれば、どのような身分、どこで働こうと、お前が惚れた女子じゃ。なんとしても会うて、一度、気持ちを確かめるのもよいことじゃとは思うがな。その上で、独りよがりと分かれば、諦めることも肝心じゃ。それだけは、約束してくれるな」

寿保は頷くのに合わせ、頭を軽く小突かれた。なにげに顔を上げれば、そばにいた婆様と顔を見合わせ承諾してくれたようである。

「寿保よ、どうしても吉原に行き女子と会い、気持ちを確かめると言うのであれば、その一度の払いは、儂と登和が出そうと思うが、どうじゃ。これは、お前が成人となった折に、こんなこともあろうかと爺様と相談し貯めておいた金じゃ。今となれば、渡す機会も失ってしもうたがな。それであれば気兼ねなく使えるじゃろうて。ただし、渡すには条件がある。その女子が、お前を好いておらなければ、きっぱりと諦めることじゃ。それでよければ行ってこい」

婆様と母上は豪胆である。その度量の大きさに、寿保は己の心の狭さを知らされた。

「男であれば、己の心に嘘をつく必要はない。爺様も生きておれば、同じことを言ったはずじゃ。それとも一つ、嫁にするというのであれば、身請けも含め、お前にはこれまで以上に家業をもり立ててもらわんとな」

その言葉は、寿保にとってなによりもありがたいものであった。女子を家に迎え入れることを、承諾したとも取れる言葉である。

「ありがたいばかりじゃ。儂の我がままを聞いてくれるとは、二人には頭が上がらん。言われたとおり、女子にその気がなければ、きっぱりと諦める。もし、好いてくれるなら、儂が家業をもり立て、その分の金を稼ぐつもりじゃ。それで許してくれんか」

この二年で商いの規模は大きくなっていた。寿保には、さらなる思惑があった。新たに手がけた三陸沿岸でしか食されぬ五十集の江戸での取引が軌道に乗れば、これまで以上の利益が生み出せることを見込んでいたのである。

登女と登和に異存があるはずもない。二人から渡された金は、五十両。今の額に換算して約六百万円である。二人は吉原での遊女と会うための額を知っていたようである。ただし、寿保が好いた女子は、新造である。なぜこの額を用意したのかは、今の寿保には分かるはずもなかった。


一方、江戸では、引き込み新造であったアサの花魁襲名に向けての支度が進んでいた。

「アサよ、お前がここに初めて来たのは七つになった頃か。旦那様も、お前を可愛いと愛でておった。器量も良く、なにを教えても呑み込みが早い。問屋の子と言われ預かったが、仕草や言葉遣いから、私らは武家の子ではないかと言ってたんだよ。そんなお前を、私らは我が子のように育ててきた。大切にね。今は、引き込み新造として大切にしているが、そろそろ花魁として名を成す時だと思っているのさ」

その言葉と仕草には、アサを稼ぎ頭として、妓楼の名を上げたいとの女将の心づもりが見え隠れしていた。

「花魁は、どうされておりんすか」

アサが聞いた。寿保が吉原を訪れた時に見た、花魁吉野太夫のことである。

「そうさね。あれはもう、御店（妓楼）には出ることはないね。せっかく期待していたが、あのざまではね」

吉野太夫は、あれから頭の病を患い、床に伏したまま寝たきりの状態となっていた。主人の期待を裏切ったことで、今は日も差さぬ暗い提灯部屋に打ち捨てられていたのである。

「お前は、吉野と違って稼いでおくれよ。元手がかかっているからね」

その言葉には、愛情よりも金がすべての、吉原の事情が見え隠れしていた。

アサは、吉野の下を訪れた。吉野は、斬り込み騒ぎの後、病を患っていた。捕らえられ打ち殺された男は、吉野の想い人であった。吉野のために、吉原に通い続けたことで武家から身を落とし、互いに死のうと決めての強行だったようである。

「姉さん、具合はどうでありんすか」

アサは客からもらった菓子と、買い入れた薬を持参していた。吉野は体の半分が麻痺し、言葉もうまく話せないまま床に伏せていた。

「わ、わ、た、しの、よ、うには、なりんすな」

アサの膝元に手を置いた。

「姉さん、大丈夫でありんす。女将さんも、旦那様も大切にしてくださ……」

吉野の手を握りながら、アサの目からは涙がこぼれ落ちた。吉野の行く末を知っていたからである。

アサは、小さき頃から、吉野の付き人として吉原で育てられた。妹のように可愛いがられ、芸や学問も教え込まれた。小さき頃の思い出と言えば、厳しい修業の中で、吉野から貰った菓子であった。売られた時の記憶はあるものの、それ以前の記憶を失っていた。

そんなアサが、一度だけ吉野に打ち明けたことがあった。それは、花魁道中の最中、一度だけ目が合い、助けられた、背の高い男のことである。その瞬間、得も言われぬ心持ちとなったと。吉原に来て、初めてのことである。その男を想い続けたいと吉野に話した時、「縁があればまた会える」と言ってくれた。それから幾日も経たぬうち、吉野は病に倒れることとなった。

事件のあった日、アサが奉公頭から受け取った文には、「お前が望むなら、必ず迎えに行く」との言葉が綴られていた。だが花魁となれば、そこいらの男では、話をすることさえできるものではない。ましてや、吉原に初めて訪れた客である。どのようにあがこうとも、叶うはずのない夢であることは、アサ自身が誰よりも身にしみて知っていた。

手紙のことを吉野に話し終えると、「姉さん、また見舞うでありんす」とそれだけを告げ、部屋を後にした。吉野がこの世を去ったのは、その十日後のことであった。


天保六年の年も終わろうとしていた。

領内では、天保四年の飢饉とは様相を異にしていた。天保四年の凶作の影響を色濃く受け、領民は城下から内陸、沿岸に至るまで身も心も疲弊し、多くの者が生きていく気力さえも失いかけていた。

それに追い打ちをかけるように、新たな年が始まろうとしていた。

第四章　想いの果てに……　天保七年

第一項　惨禍の始まり　×　浜の救済　×　一途な想い

天保七年を迎えると、藩では備蓄米どころか、下級武士への俸禄米すら支給できないほど、多くの借財を抱えるまでに財政状況は危機的事態を迎えていた。

領内では食うに食われぬ商人や町人・百姓が、盗人や盗賊に成り下がり、略奪や放火を繰り返していた。それ以上に領民を不安に掻きたてたのは、下級武士が起こした城下での騒動である。藩はいち早く、その鎮圧に向けて動き出したものの、その余波は三陸の沿岸部や山村に及び、藩からの救済が望めぬ状態となっていた。餓死する者が後を絶たず、地獄絵図のような様相を呈していたのである。

この騒動や餓死者の多さは、天保七年に起きるであろう、「乱世」と呼ばれる大きな惨禍の幕開けでもあった。

如月（二月）に入ると、寿保の下には、漁師仲間から言葉を失うような知らせが飛び込んできた。漁をするため沖に向かうと、海底にいるはずの大ハモ（大アナゴ）が冷たさのあまり海面に浮き、もがいていたと言うのである。ほかにも、三陸沿岸の内湾でクロダイが大量に浮き上がるなど、冷水によりこれまで経験したことのない異変が海域で起きていたのである。

寿保と佐吉が行った大須沖での潮見でも、大凶作に見舞われた天保四年や六年と比べても寒流の影響は強まり、これまでにないほどに海が冷たさを増していることがうかがえた。海底から浮き上がる魚の状況も踏まえれば、冷水が海底に達していることは疑う余地もない。明らかに、これまでにない大凶作が訪れる前触れであることを告げていたのである。

牡鹿半島をかわせば、仙台湾では師走から真鱈が大量に水揚げされ城下は賑わっていた。当時は、正月と言えば真鱈を食う習慣があった。城下の者は、この豊漁により、一時ではあるが腹を満たすこととなる。

真鱈は寒流系の魚で、普段は百メートルから五百メートルの深場に生息しているが、十二月から三月にかけては、産卵のために浅場に回遊する。主漁場は牡鹿半島以北であるが、寒冷な年であればあるほど、仙台湾への産卵回遊が増加する傾向が見られるのである。

寿保は、これまで経験したことのない大凶作の兆候があることを城に伝えるため、三度目の書状を認めていた。

「海の見立てが正しければ、これまでの大凶作の中でも、最も悲惨な年になることは間違いない。なんとしても、この窮状を救うため領民の救済を図ってもらわねばならん」

事態は切迫していた。家では、大凶作を乗り切るための話し合いが行われていた。登女が口を開いた。

「当主よ、領民を救うため、城に救い求めたいと願う気持ちは分からんではないが、それは叶わぬ想いじゃ。お前もよう分かっとるはずじゃ。今の仙台藩には、領民を救うだけの金も力も残ってはおらんことを。これまでも、最優先すべき城下の者は救うてきたが、城から離れた三陸沿岸の漁村は、切り捨てられてきた。それが現実じゃ」

寿保も、そのことは重々承知していた。藩へ期待する気持ちとは裏腹に、その願いは叶わぬとの想いが交錯し、もどかしさを抑えることはできなかった。

「婆様、書状を認めたが、城が動かぬのであれば、それはそれで諦めが付くというもんじゃ。それであれば、ここにいる儂らが、少しでも三陸沿岸の救済に動くしかあるまい。まずは、近隣十五浜を、そして三陸沿岸の人々を救う手立てを考えねばならん」

誰もが頷いた。

「儂の商いも軌道には乗ってきた。よほどのことがない限りは、金の心配もなかろうが。あるだけの銭を使って、やれることをするだけじゃ」

それが、大飢饉に立ち向かう阿部家みなの答えであった。

家族会議が終わる頃、大須浜には近隣十五浜の村長が集まっていた。その目的は、困窮した村の存続に向け、阿部家に救済を求めるための申し入れであった。登女、登和、くめの三人が揃った客間の中は、重く張り詰めた空気と緊張感が漂っていた。

雄勝の村長が口を開いた。

「阿部様、今日は我ら、十五浜に住まう者たちの願いをお聞き届けていただきたく、お願いに参りました。大飢饉に見舞われました天保四年から、阿部様が行われた救済のおかげで各村の者は救われております。今年は、年明けから物の値も上がり、米を買うことさえできぬ者も出ております。今は、儂らの力だけではどうにもならん。この先、食うてはいかれぬ事態となりましょう。なんとか、また今年も施粥や配米をお願いしたいと思うとりますが、なんとかならんもんでしょうか」その場にいた全員が頭を下げた。

「頭を上げておくれ」登女が声を掛けた。

「飢饉も数年続きじゃ。各浜の厳しさはよう分かっとる。それでも、自分たちがなんとかせねばと動かんことには、なにも始まらん。これまでも言うてきたはずじゃ。まずは、各浜で貧富の差はあれど、貧しき者や弱き者を助け、互いに助け合うことが大切じゃとな。その上で、阿部が不足分を補うことはやぶさかではないが、それを踏まえて、ここに足を運んだと言えるなら、儂はなにも言わん」

登女が、心を鬼にして各浜の者に気合を入れた。

大飢饉が始まってから、阿部家では、各浜に施粥や配米のほか、無利子での貸付も行ってきた。そのことにより、三陸沿岸で多くの餓死者が発生しているにもかかわらず、大須浜を含めた近隣十五浜では、一人の餓死者も出ることはなかった。村々も、源左衛門と阿部家の教えに従い、生きるための努力を怠ることはなかったのである。

「今年こそは、殿様が動いてくれると思うておったが、城から遠い各浜には手を差し伸べるつもりはないようじゃ。沿岸部では、多くの餓死者が今も出続けておるというに」

その面持ちには、怒りとも諦めとも思える複雑なものがあった。

「そうじゃ、そのとおりじゃ」桑の浜の者が声を出した。

「今年は米の値も上がり、村の中には、米を買うことさえできん家も数多く出てきておる。儂らに死ねと言うとるようなもんじゃ」

その言葉には、切羽詰まった各浜の想いが込められていた。登女が答えた。

「分かっとる。今年も、藩からの救済措置は得られん。どの村も、年貢の支払いはもちろん、食う米さえ買えん家も出ることじゃろう。藩は、地元の役人に領民を救済せよと言うとるが、今の役所にそんな金がどこにある。役人とて、自ら食うことで精一杯じゃ。藩の命と言うが、どうにもならんこともある。金のない地方の役所に村人をどう救えと言うのか」

その場に立ち会っていた役人も頷くばかりである。

「みなも知ってのとおり、この三年間、儂らは手持ちの財を取り崩し、施粥を続けてきたが、それにも限りはあると思わんか」

その場にいた誰もが、その言葉に落胆の色を隠せなかった。

「今年は、難しいということですかの。儂らは、どうすればいいんじゃ」

桑の浜の村長が、肩を落とすように畳に両手をついた。

「慌てるでない。儂らはどの村からも餓死者が一人も出ぬよう、今年も施粥と配米を行おうとは考えとる。それには、みなの心を一つにし、この時勢を乗り越えていくという、強い心持ちあってのことじゃ。そうじゃろう、みなの衆」

その場にいた者全員が拳を握りしめ、頷いた。登女の言葉に、場の雰囲気が一変した。

「そのためには、村人全員が力を合わせ、生きることを考えることが必要じゃ。人任せではなく、自ら努力し、生きていくことを考えるんじゃ。まずは、村から一人の餓死者も出さぬためになにができるかをみなで考えることが必要じゃ。そうは思わんか」

各村の誰もが、顔を見合わせた。ざわめきが起こる。なにをすればいいのか、答えが出ないようである。

「儂らは、なにをすればいいのかの。よう分からん」桑の浜の者が首を傾けた。

「言いたいことは、儂らにお願いするだけでなく、みなが己の力で、今、なにをすべきかを考えるべきじゃと言うておる。例えば、村長が村の者を集め、米が買えぬという貧しき者、弱き者がいれば、村内で協力し米が行き渡るよう手助けをする。平等に食えるようにな。不平不満はあれど、それができなければ、村そのものの存続さえ危ぶまれるはずじゃ。働ける者は、みなの協力を得て精一杯働き銭を稼ぐ。魚は前にも言うたが、儂らが相応の値で買い上げる。なんとかなるとは思わんか」

そう言い切った登和は、大飢饉の中でも各浜の者が希望を持ち、少しでも生きる活力が出るようにと誘導していたのである。

「それと、儂らになにか望むことがあれば、聞かせてもらえんかの。儂らにも気づかんことはあるでな」

誰もが発言できるよう、母親のような優しい口調で問いかけた。分浜の者が口を開いた。

「阿部様、儂らも魚や海藻を採り、小さいながらも田を耕しながら、なんとか食い繋いできた。これも、阿部様が米の不足分を施粥などで賄ってくれておるからじゃ。しかし今年は、魚を獲る網さえ手に入らず、修繕するにも道具を買う金もねえ者もおる。まして、年貢も払えん事態となることは目に見えとる。今は、どのように生きていけばよいかさえ、誰もよう分からん状況じゃ」

そこにいた誰もが項垂れ、黙り込んだ。

「それであれば儂らが、漁で使う漁具や網のないものがあれば手配してやる。そうすれば、働けるじゃろうて。先ほども言うたが、儂らが、獲った魚は買い上げる。爺様の時のように、誰にも損はさせん。生きていくだけの銭が入れば、楽になるじゃろうて」

その話を聞くとみな、神様を拝むかのように両の手を合わせた。明神の村長が言った。

「儂ら十五浜は、ほかの海沿いの村々と違い、阿部様のおかげで一人の餓死者も出ずに済んどる。しかし、今年は特別じゃ。厚かましいとは重々承知しとるが、阿部様から助けてもらわねば、村人は生きてはいけん。その上で儂らは、儂らができることを一生懸命に考え、やろうとは思うちょる。そうするしかねえべ。なあ、みなの衆」

その場にいた誰もが頷いた。

「それならば、まずは各自が村に帰り、一人の餓死者も出さぬよう、みなと話しおうてくれ。村人全員で助け合うことが必要じゃ。それと、働くために必要な道具が手に入らぬ者がおれば、村ごとにまとめ、儂に教えてくれんかの。すぐに手配をするで。獲った魚もこれまでどおり買い付けるとな。なにも心配することはない。この十五浜の者はみなで協力し、大飢饉を乗り切ろうではないか」

口々に、「ありがたい」との言葉がこぼれた。この場にいた全員の顔に赤みが差し、生気が戻ってきているようにも感じられた。源左衛門が伝えた救済の精神が、阿部と近隣漁村には息づいていたのである。

登女の話が終わると、村長たちは、一斉にその場を立ち去っていった。ここに来た時の悲壮さは失せていた。登女、登和、くめは、村長たちが帰ると、大飢饉のための新たな対応について話し合いを行った。

「お婆様、この飢饉はいつまで続きますことか。毎年、施粥や配米は行っておりますが、状況は悪化するばかり。寿保が、新たな商いで稼いでくれておるゆえ、やりくりはできておりますがの。今年は、これまでで一番の大凶作との見立てが出ておりますれば、さらなる救済も考えねばなりますまい」

登女の言葉に、くめが口を開く。

「お婆様、お母様。私が考えるに、先ほどお婆様が言われた、働くための漁具などの支給は良い考えでございます。それに加え、村長から話の出ておりました年貢の件でございますが。藩も余力のありました天保四年の大飢饉の折は、年貢の免除の話もございましたが、今は、財政も破綻しかけ、それどころではありますまい。藩では、地方の役人や肝いりに、領民の救済を委ねたと申しておりますが、この時勢、地方では領民を救済する金さえありませぬ。それどころか、役人も食うていくために横領することも当たり前の世でございます」

藩を当てにできぬことを、三人は自覚していた。

「今年は新たに、各浜の年貢分について貸し付け、立て替えられてはいかがなものでしょうか」

これまでも、阿部家では村人への貸付は無利子として毎年行ってはきたが、無理な取り立ては一切行わなかった。各村の者を信頼し、ある時払いの催促なしである。今は大飢饉の中、食うことさえままならぬ。返済される見込みはないことを、阿部の者であれば誰もが知っていた。

登女が口を開く。

「くめの言うとおりじゃ。今年は、年貢分の貸付を無利子でしようではないか。本当は貸付ではなく、儂らが村々の年貢を支払ってもよいのじゃが。それでは、みなが貰うことに馴れ、働かんようになる。借入ということにし、返済してもらうかどうかは、後々考えていくとするか。それでは、みなで商いの帳簿に目を通し、施米の段取りでもしようかの」

三人は手分けして、浜の救済に向けた作業を始めた。

寿保が見立てたとおり、春先から気温は低下し、長雨も続く年となった。内陸では、水無月（六月）には海から吹き寄せる冷たく湿った餓死風が流れ込み、吐く息が白くなるほどの低温年となっていた。藩内では、地方の役所や肝いりから冷害を伝える書状とともに、窮状を訴える多くの声が寄せられていた。下級武士から重臣に至るまで誰もが、まれに見る大凶作であるとの認識と不安が広まり、「天明の飢饉を凌駕する」との噂が、巷を駆け巡っていた。

藩は、城下での騒動と疲弊した民心を鎮めるため、財政が逼迫し備蓄米の確保さえ難しい中、城下において米穀の払い下げ実施を決定した。

文月（七月）になると、誰の目から見ても米の収穫は見込めず、著しい大凶作に陥ることは明らかであった。早急に行わなければならないことは米の確保であるが、この時すでに、藩の財政は多くの借財を抱え、払い下げる米さえも不足するほど危機的な状況に陥っていたのである。

他力本願とはいえ、新たに藩が打ち出したのは、資金力のある城下の商人に、他領から米穀の買付を行うよう命を下すことであった。各商人は、藩に命じられるまま、自らの資金と伝手を頼りに、他領地からの米穀の買付に奔走することとなる。買い入れた米が領内に届くにつれ、城下における米不足は解消され、騒動も下火とはなっていったが、それは藩政にかかわる限られた地域のみの対策である。商人が買い入れた米穀のほとんどは、城下の救済に使われたのである。

一方で、城下から遠く離れた三陸沿岸部の救済は、藩の命により各地域の役所や肝いりに委ねられることとなる。そのことが、深刻な米不足と価格の高騰に拍車を掛け、沿岸部では餓死していく者が後を絶たない壮絶な事態を招いていた。


一方、寿保は佐吉とともに、東回り航路を通じた商いに奔走していた。浜の救済と商いで多忙を極める中においても、心の奥底で吉原で会った新造のことが忘れられずにいた。

「兄さん、この江戸の航海で、儂は吉原に出向き、あの新造と会ってみたいと思うとる。なんとしても、顔を見て想いを告げねばならん」

佐吉は、我が子を見るかのような表情で寿保に頷いた。

「若、人生は一度きり。思うたとおりに生きてくだされ。儂は、いつでも若を支えますので」

その言葉に、寿保は胸をなで下ろした。この大飢饉の中、反対されることも覚悟はしていたが、嬉しさが込み上げてくる。二人が江戸に入ると、商いの傍ら日本橋の長田屋に足を運んだ。

「長田屋さん、ご在宅か」

人混みで賑わう店の奥から、主人が顔を出した。

「おや、これは阿部の旦那様で。いつもお世話になっております。今日はどのようなご用件で」

真っ当に聞かれるほど、言いづらい用件である。世間話をし、二人になりたいと奥の間に席を取ってもらった。

「今日は商いの話ではなく、私的なお願い事があり参りました」

寿保は、長田屋と行った吉原で花魁道中を眺める中、一人の新造を見初めたことを正直に伝えた。吉原の妓楼、それも花魁を抱える妓楼は、一見の客をよしとしない。馴染みの客からの紹介、信用があって初めて豪勢な遊びができるものである。

「そうでございましたか。ところで、その方をお妾さんにでもなさるおつもりで」

寿保の気持ちを知ってか知らずか、当たり前のような問いを返してきた。

「儂には妻はおりませぬ。相手が良ければ、妻に迎えたいと思うております」

その答えは意外なものであったようで、長田屋は目を見開き、口元が緩んだ。

「そうでございますか。阿部様であれば、良きお相手もおりましょうに。吉原の遊女とは、誠に……」

さすがに商売人である。言葉を否定するどころか、たしなめる素振りも見せていた。

「吉原の遊廓に、儂を紹介していただけないかとのお願いに参りました」

長田屋はすぐに色よい返事はしたものの、大きな懸念も口にした。

「阿部様を妓楼にご紹介することは、なにも問題はございませんが……」

その話には続きがあった。花魁道中に加わる新造の中には、店が長年かけて花魁にしようと育てている娘がいる。新造でも店はなかなか手放さない中、その娘が花魁として教育されたものであれば尚のこと。もし、花魁ともなろう者なら、江戸市中の大店でも支払うのに苦慮するような大金を払わねば身請けできないという。長田屋から聞いた話では、斬り込み事件の後、吉野太夫は病に倒れ亡くなったという。その代わりを務める者が、次の吉野を襲名する新造だという。

「長田屋さん、その話はよう分かった。儂も心配はしとったが、まずは、相手の気持ちを確かめねばならぬ。なんとか今日にでも、あの新造と会えないものじゃろうか」

切にお願いした。その気持ちが通じたようである。

「分かりました。阿部様がそれほどまでに想い入れがあるのであれば、今日にでも一緒に吉原に参りましょう。店の者にも伝え、暇をとって参りますゆえ」

その思いに感謝するしかなかった。商い繋がりだけでなく、寿保の気持ちを叶えたいとの想いが伝わってきた。

「それでは、船着場で八つ半（十五時）過ぎに」

約束をして店を後にした。大門に到着したのは、あと少しで暮れ六つを迎える時刻であった。

「阿部様、お目当ての大見世まで急ぎ参りましょうか」長田屋が急かした。

「もうすぐ、清掻《すがかき》が始まりますれば、さぞ賑やかでございましょう」

通りを進むと、三味線の音に合わせ、カラカラと下駄を鳴らす賑やかな音が耳に飛び込んできた。妓楼に近づくと、長田屋がゆっくりとした足取りで、格子窓の中を覗き込んだ。

「阿部様、張り見世でございます。お目当ての新造はおりますかな」

ほかの男たちも、遊女の見定めをしているのか、足を止め、格子の中を眺めている。寿保もほかの男たち同様に、格子の中を覗き込んだ。前に並ぶ着飾った多くの女郎たちの顔を見渡すが、目当ての新造は見つからない。

「そうではありませぬ。後ろで三味を弾いておりますのが、振り袖新造でございます」

もう一度目をこらしたが、見つけることはできなかった。

「長田屋さん、この中にはおらんようじゃ。やはり、中で聞くしかないようじゃ」

張り見世から入り口脇の牛太郎の声に誘われるよう、見世の中に足を運んだ。暖簾をくぐると、奉公人が出迎えた。

「長田屋様、お待ちしておりました。今日は、お二人でございますか」

人の行き交う土間から、すぐに二階の客間に案内される。初めて来た時とは、雲泥の差である。初めての客は、引付座敷と呼ばれる部屋に通され、初めて遊女と酒を酌み交わし馴染みとなっていくが、今日は長田屋の連れである。すぐに宴会ができるほどの座敷に通された。

「長田屋様、ようこそいらっしゃいました。本日は、初めてのお連れ様もご一緒で、ありがとうございます。なにとぞお楽しみいただき、ごゆるりとお過ごしくださいまし」

部屋には、馴染みの女郎と数人の女郎が招かれ宴席が始まった。遣手《やりて》が声を掛けてきた。

「旦那様は、どのような女子がお好みで。張り見世で気に入った女郎がおりますれば、呼んで参りましょうかの」

寿保は首を横に振った。「少し聞きたいのだが……」

唐突にも、寿保は花魁道中で見かけた新造のことを話してしまった。長田屋からは、様子を見て問いかけるので、それまで待つように言われていたことを忘れていた。遣手は、その話を聞くなり、「そうでございますか。少しばかり用事がありますれば、席を立たせていただきますので」と言い、すぐさま立ち上がると、そそくさと部屋を後にした。いらぬことを言ってしまったのかと思案する。遣手が帰ってきたのは、しばらくしてのことだった。

「旦那様は、どのようなご身分の方でございましょうか。少しばかり教えていただければと、楼主が話しておりますれば……」

寿保は、自分は仙台領内大須浜の廻船問屋の主人であり、一度目にしたことのある新造に会いたく吉原を訪れたと告げた。当然、長田屋の連れであり、それなりの商いをしていることは分かっているようである。

「さようでございますか。一度、楼主にお話しし、戻って参りますれば、その間はごゆるりとおくつろぎくださいませ」

遣手は慌てたように、部屋を立ち去った。それを横で見ていた長田屋に、こう言われた。

「阿部様、本日は、お目当ての新造のことはそこまでとし、宴を楽しもうではございませんか」

なにか気に掛かることがあるような言い振りである。自らお願いし吉原に連れてきてもらった都合上、言葉を遮ることができるはずもない。仕方なく頷いた。

宴を楽しみ見世を出たのは、亥の刻のことである。階段を下り、土間で履き物に足を通していた時、内緒《ないしょ》のほうからは、なぜか懐かしさと、警戒心の入り交じった視線を感じていた。

「あまり、あちらを覗き込みませんように。あそこは、妓楼の楼主が控えております内緒でございます。目をつけられれば、足を運ぶことさえままならぬこととなりましょう」

長田屋は、寿保を心配してくれているようである。日本橋に帰り、長田屋に礼を言うと、寿保は宿屋に帰り着いた。本来、下戸であり酒は飲めない体質であるが、今日は少しばかり酒をいただいた。寝るばかりである。その後も寿保は江戸に逗留している間、吉原を訪れ、新造のことを尋ねた。

「阿部様、本日は、ようおいでくださいました」

奉公人が珍しく愛想が良い。これまでは警戒されていたようであったが、不思議な心持ちである。座敷に通され、しばらくすると遣手に連れられ、一人の女子が姿を見せた。入り口の前に座り、手を突くと、「ようこそ、おいでくださり、ありがとうござりんす」と頭を下げたままで、顔を見ることはできない。これまでは、どの女郎とも見知りにならぬよう宴だけの遊びを過ごしてきたが、それが報われる日が来るとは思ってもみなかった。目の前に現れたのは、あの焦がれていた新造である。寿保は、胸の鼓動が高鳴るのを感じていた。

「は、初めてお目に掛かる。儂のほうこそ、よろしくお願い申し上げる」

ぎこちない挨拶をしたことに顔が火照る。大の男が、なんとも情けない話である。

「わちきを、お探しだと聞いておりんしたが。なにか、特別なご用でも、ありんしたか」

きっぱりとした口調と、見つめる目が、あの日の記憶を思い出させていた。遣手が口を挟む。

「阿部の旦那様、本日は、楼主から顔をお見せするだけと言われておりまして。あまり、お時間は取れませぬゆえ、早めに引き取らせていただきますれば」

時間がないことは分かっていた。それでも、己の気持ちを伝えぬわけにはいかぬ。寿保は、遣手を呼び寄せ、一両の銭を握らせた。

「そこにいても構わんが、聞こえんふりをしてもらえんか。それと少しばかり、時間をもらえんじゃろうか」

遣手が頷くと、そのやり取りがおかしかったのか、新造が笑った。寿保は自らの素性を語ると、「すまんが、名前を教えてくれんかの」と、精一杯の問いかけをした。

「アサと申します」

透き通った、心を包み込むような声音をしていた。見た目もその心持ちも、思っていたとおりの女子であると思った。そしてなによりも、懐かしさを感じていた。

「儂が……」

寿保は、アサと初めて会った花魁道中で、一目惚れしてしまったこと。初めて妓楼を訪れ、追い払われたこと。幾度も訪れ、奉公人に文を託したことなど、堰を切ったように言葉があふれる自分が不可思議にも感じていた。笑い話を語る道化のようでもあると。

「儂のことは、知っておったか」

初めて話す十七、八の娘に、突然問いかける言葉ではないことは分かっていた。だが、聞かずにはいられなかった。

「わちきも、知っておりんした……」

アサも、花魁道中で助けてもらったこと。初めての文。そして、何度も妓楼を訪ねてくれたことを知っていた。寿保が、繰り返し妓楼を尋ねたことは無駄ではなかったようである。それと、口には出さなかったが、初めての出会いが、浅草寛永寺であったことも。

「唐突ですまんが、儂は、初めて渡した文に書いたように、お前を好いておる。娶りたいと思うておる」

アサが口を閉じるように促した。妓楼で、その言葉は御法度である。幾人もの男たちがその言葉を口にし、叶えた者は数えるほどしかいない。それほどに、現実離れした別世界であることをアサは知っていたのである。

「儂が、お前を身請けする。儂の嫁になってくれんか」

それこそ、この吉原という世界で生きてきたアサにとっては、夢のような話であった。

「わちきは、そのお言葉だけ受け取りたいでありんす」

それは、寿保を気遣っての言葉でもあった。妓楼で育ったアサであればこそ、叶わぬ夢があることも知っていた。遣手が、こちらの様子をうかがった。アサも、お暇する刻であることは分かっていた。

「アサよ、もし儂が身請けに来れば、本当に受けてくれるのか」

最後に、寿保が投げかけた約束であった。アサは、口元を緩め、頷いた。それは、この妓楼から立ち去れば、夢から覚めてほしいという優しさでもあった。その場を立ち去る後ろ姿は、吉原に生きる女の悲哀と美しさを纏うがごとく艶めいていた。

アサが立ち去った後、遣手に少しばかりの銭を渡した。身の上を聞くためである。アサは、七、八歳の時、人買いに連れられこの妓楼にやってきたと言う。身なりもよく、利発な子であるから、楼主夫婦から可愛がられ、ほかの女子たちとは別格に育てられたと。新造とはいえ、秋には花魁を襲名し、この妓楼一の太夫になることは決まったことだと。太夫ともなれば、一度会うには、数十両もの大金がかかる。身請けとなれば、当時では城主か大店でも払えるかどうかの、恐ろしい額ともなることも教えてくれた。それを知っているからこそ、アサは最後の土産に頷いてみせたのである。

遣手の話は続いた。楼主が寿保と会わせないようにしたのは、花魁となるアサに虫が付かぬようにと計らったことと、もう一つは、アサの気持ちを察したためであるという。その言葉の裏が読み取れた。

「阿部様、アサは花魁を襲名すれば、殿方にとりましても高嶺の花。阿部様も身請けなどと言わず、馴染みとして会われるのが、ようございましょう」

それは銭を受けたと礼として、寿保を慮《おもんぱか》る遣手の本心であった。

吉原から帰った寿保は、「アサを一生の伴侶として娶りたい」と、佐吉に告げた。少しばかりの刻をともに過ごしただけの新造である。話を聞いた佐吉にしてみれば、独りよがりの想いから、少しは前に進んだと言えばよいのか、吉原の手練手管により深みにはまってしまったと言えばよいのか、なんとも複雑な感情で、寿保を見守ることしかできずにいた。

アサが帰り際にそっと置いた文を、寿保は密かに持ち帰っていた。その文を開けば、「逢ふことの絶えてしなくはなかなかに人をも身をも恨みざらまし」の歌が書かれていた。

寿保が妓楼を離れるのに合わせ、一人の男が楼主の下を訪れていた。アサを、この妓楼に売り渡した男である。誰も立ち入れない内緒に楼主が招き入れたことを、奉公人でさえ驚きを隠せずにいた。内緒には、寿保の世話をした遣手が呼ばれていた。

男は、寿保とアサとのやり取りを詳しく聞くと、一通の文をアサに渡すように遣手に依頼し、妓楼を後にした。

第二項　御直書　×　当主の決断　×　姿なき影

文月（七月）を迎えていた。この年、藩の財政は破綻するほどに逼迫していた。繰り返される大凶作や幕府の普請などにより、備蓄の米さえ不足する事態に追い込まれていた。天保七年の豊作への期待は裏切られ、藩の行く末が案じられるほどの大凶作により、城も領民も死活の瀬戸際まで追い込まれていくこととなる。米の買入に伴う借財の借入工面のため呼び出した桝屋の番頭からも、匙を投げられる始末であった。

城内では、なんら手立てが打てない藩主・斉邦に対しても不満の声が上がっていた。葉月（八月）にはその声に呼応するように、斉邦から領内に「御直書」が下された。

この中身と言えば、大凶作の危機的状況を領民全体で乗り越えるため、重臣はもちろんのこと、下級武士から肝いり、献金百姓に至るまで、献策を認めるというものであった。背に腹は代えられぬとはこのことである。さらに、献金百姓であっても、御直書の対象となったものであれば、藩主自らも献策を受けるという、藩という組織の中では誠に画期的な下知であった。献金百姓とは、大飢饉の折、藩に献金（銭、米穀なども含む）し、藩から苗字帯刀、麻上下着用、乗馬の特権や肝いりなどの役職を許可された百姓である。

藩主からの命が下されたものの、米不足と物価の価格高騰は収まらない。城下の有力商人は、城から命ぜられた米穀の買入に奔走していた。藩も城下の民も、他領からの米が届くたび、一喜一憂する日々を送っていたが、沿岸部の暮らしと比べれば、それほど悲惨と呼べる状況には陥っていなかったのである。

寿保たちが語っていたように、藩は城下優先の米対策と治安の維持を優先し、これまでと同様、地方には目を背ける施策を推し進めていったのである。

阿部家では、藩主自ら発せられた「御直書」について議論が交わされていた。登女が口を開いた。

「伊達の殿様が自ら下された、藩と領民が一丸となってこの大凶作を乗り越えよとの命は、藩を挙げて大凶作を乗り切ることを伝えた、これまでにない、良い話じゃ。ただし、見方を変えれば、城も家臣の算段だけでは、お手上げだということも伝えておる。この疲弊した大飢饉の折、領民になにをさせようとするものか、誠に難しい言葉じゃ」

天保五年の豊作に甘えたことで、先を見越した政策判断の遅れが、今、領民の生死を左右しようとしていたのである。

「この命は良きことじゃが、本当に領民を救おうと思うておるものか。これまでも城の政を見てきたが、救われるのは城下の侍と民ばかり。領民とは、誰のことを指すものか。今も、城下では町場の商人たちの努力により米が届けられておる。それに比べて、城下から離れた沿岸部や山村には、ほとんど救済が行われてはおらん。嘆かわしいことじゃ」

登和は、大凶作が始まってからの藩のやり方に憤りを感じていた。寿保が口を挟む。

「婆様も母上も、言いたいことはよう分かる。じゃが、この『御直書』は、これまでにない型破りな命であると儂は思うとる。なにせ、儂らのような商人や肝いりからも献策を直接受けるとは、今の殿様は思うていた以上に優れものかもしれん」

寿保は確信していた。この大凶作は、これまでとは比較にならぬほどの惨禍である。それを乗り越えるために、藩、いや殿様と直接話せるのである。寿保が思い描く、救済への願いを叶えるための道筋が示されたのである。

「儂は、城に献策し、殿様が田舎の商人（肝いり）でも構わぬと言うのであれば、浜の人々を救済するため、他領からの米の買付に動こうと思うとる。爺様からは、『政にかかわるな』とは言われておったが、今となれば、そうとばかりも言っておれん。一人でも多くの命を救わねばならん。みなもそうは思わんか」

その言葉に、みなが黙り込んだ。

「なぜ返答してくれん。言うとることが間違っておろうか」

藩の政に関与することは、その後の阿部家の在り方を左右する重要な案件である。それに答えを出せるのは当主のみである。みなが黙り込む中、おもむろに登和が口を開いた。

「お前の気持ちはよう分かるが、此度の件で上申すれば、家臣や城下の商人の中には己の利害を踏まえ、儂らの行いを良しとせん者もおるはずじゃ。そうなれば、大須浜と阿部に仇なす者も出てこよう。そのことだけは心に刻み、これからの進むべき道を決めることが肝要じゃ」それは、安之丞を亡くし、寿保とこの大須浜を守ろうとする母の忠告でもあった。

「そのことは、十分すぎるほどに分かっとるが、今、この大飢饉の中、なにを差し置いても人々の救済が最優先じゃ。それが本当に正しい決断だとは言い切れぬかもしれんが、藩が動けぬなら、儂ら阿部家がやらねばならん。それにより、どのような謀に巻き込まれようとも、悔いはない」

誰もが理解していたが、すぐに返事をすることなどできようはずもない。

「若当主よ、お前が決めればいいことじゃ。後悔せんように。それであれば、阿部の財産、力が失われようと、仕方がない」登女の言葉に誰も反論する者はいない。

「儂の我がままで、みなには難儀を掛けることにはなるが、人助けだと思い許してはくれんか。そうと決まれば、献策じゃ。すぐにでも、他領からの米の買付を阿部家に任せてもらえるよう城には文を書くとするが、返答が来るかどうかは殿様次第じゃ」

寿保には思惑があった。城からの承諾には時間がかかるはずである。それを待っていては時機を逸することは目に見えていた。寿保は、今年が最大の大凶作年となることを見越し、「御直書」が発せられる以前から、すでに米の確保に向けて動き出していたのである。奥州近在の米所、特に、日本海沿岸の他領の豪商、問屋とも交渉を進めていた。

「儂は、殿様から命が下れば、すぐさま他領に赴き米穀を買い付ける。邪魔する者もおるであろうが、それはそれ、なんとかなるはずじゃ」

寿保の放つ一つ一つの言葉は、当主として、みなを安心させるに足る力を持っていた。

「婆様、母上、くめ姉には、儂が家を空けている間、この家と大須浜を守り、これまでどおり十五浜の救済をお願いすることになる。いつも勝手をし、迷惑ばかりを掛ける馬鹿な当主じゃが、笑って許してもらえんじゃろうか」

笑うしかない。それが寿保の生き方である。

寿保は当主となって以降、多くの米を確保するため、西に位置する他藩の商人、豪商、寺社仏閣への協力を依頼する文を送り続けていた。文のやり取りの中、山形藩（山形県）、越後長岡藩（新潟県）では、仙台城下の商人が買付に入っており、千俵規模での商いは難しいとの返答が来ていた。同じく、数年前から米の買入をお願いしていた、久保田藩（秋田県）の豪商と問屋からは、米を融通してもよいとの文が届けられていた。

大凶作の折、他藩から米を買い付けるためには、藩主の命を受けた上で、各藩の家臣や商人にコネを持ち、多くの金を動かせる、城下の大店や米問屋でなければ至難の業であった。それを片田舎に住む寿保がやってのけたのである。そこには、城に知られれば罪に問われるほどの策略も隠されていた。なんと、献策する前であるにもかかわらず、藩主から買付の命を受けたと、少しばかり偽った文を送り続けていたのである。

実際に、買付の命が下されたのは、献策の一ヵ月の後のことであった。この下知を受け、寿保と阿部家の者たちは持てる力のすべてを注ぎ、三陸沿岸の漁村救済に乗り出したのである。

手始めは、近隣十五浜で今後必要となる米と、生活や年貢の支払いに不足する額を洗い出した。次に、東回り航路における沿岸漁村の救済に向けて取り組みを開始した。歌津、気仙沼、唐桑、山田、釜石の廻船問屋衆・五十集屋衆から米不足の現状を聞き取り、必要となる量を洗い出していた。その上で、阿部が可能な限り買い付けて、各浜に届けることを約束したのである。

調整には時間を要したものの、各浜からは少しでも米を調達してもらいたいとの要望が多く出され、代金として二千六百両（約三億四千万円）を預かることとなる。献策による米の買付が、寿保と阿部家にとって、「鬼が出るか蛇が出るか」は後の話である。

寿保には、米の買付と同様に、片付けておかねばならぬ事案があった。それは、アサのことである。吉原で迎えに来ると誓ってから、早くもふた月が過ぎようとしていた。

「婆様、母上、くめ姉、一生の願いじゃ。儂は、どうしても叶えねばならんことがある。米の買入までには時間がある。その間に、江戸に赴き嫁を連れてこようと思うておる。前に話をした、アサという女子じゃ。今は吉原におり、花魁になると聞かされた。婆様と母上から授けてもらった金で、会うことができた。儂を好いておると言うてくれたんじゃ。アサは儂の言葉を、世迷い言と笑っておったが、本心は違うておるはずじゃ。なんとしても迎えに行かねばならん」

三人が下を向いたまま黙り込んだ。気まずい雰囲気がしばし流れた。

「だめじゃということか。はっきり言うてくれねば分からん」

すると三人は顔を見合わせ、爆笑した。寿保はしずられ（からかわれる）ていたのである。

「自分で決めたことじゃ。それほど好きな女子なら連れてこい。初冬には家運をかけた大仕事が控えておるが、嫁がおれば仕事にも身が入るじゃろうて」

登和の言葉は、いつになく優しく寿保の心に染み渡った。もちろん、婆様もくめ姉も賛成してくれた。

「ただし、大事なことを忘れるでないぞ。吉原の太夫となれば、身請けの金も驚くほどじゃ。その金をどのように工面するかは、お前次第じゃ。儂らは、お前が大商いをしてから、これまで以上に稼いでおることで、十五浜の救済もできておる。新たな商いの差額分なら、どのように使おうとお前の勝手じゃ。それだけは伝えておこうと思うてな」

婆様とみなに感謝するばかりである。自らの稼ぎの中から、身請けに使う金のことまで許してくれたのである。深々と頭を下げた。いつまで経っても三人には頭が上がらないことを、寿保は実感していた。

寿保は早々、江戸に向かうことを決めていた。

「神和丸（三百石の千石船：早舟）で、佐吉兄さんと江戸へ行こうと思うが、いいじゃろうか」

「女子のこと、吉原のことであっても、佐吉がおれば安心じゃ。早よう行って連れてくればよかろう。花魁ともなれば、良き旦那衆との出会いもあるじゃろう。もし、この二ヵ月のうちに心変わりがあれば、きっぱりと諦め帰ってくることも肝要じゃ」

寿保が江戸へ出立する矢先のことである。家に、何通かの不審な文が届けられた。文には、脅迫ともとれる悪意に満ちた言葉が書かれていた。

「阿部家が数千俵もの米を他領から買い付けるのであれば、当主の命を差し出すこととなろう」

ほかの文も文面さえ違えど、阿部家に対する脅し文句が羅列されていたのである。明らかに、城下の者であることは疑う余地はなかった。城にしか伝えていないはずの、買付の数量を知っていたのである。阿部の家に、脅迫めいた文が送られてくるのは初めてのことであった。

田舎の名も知らぬ百姓が、城下の大店を差し置き、僻地に位置する漁村のために大量の米を他藩から買い入れることに不満を持つ者も多いことは事実である。城下優先とした米確保の施策に、割り込むのである。覚悟はしていたが、大凶作の中、領内の者同士であるにもかかわらず、利害関係が生まれるのも世の常であろうか。藩主・斉邦の命を以てしても、争いは絶えぬものである。家臣や城下の商人かはさておき、阿部家が脅しに屈することを良しとせぬことを知らぬ者たちの仕業であることは、間違いのないようである。

「この文は、我が家を陥れるためのものじゃ。もし、儂が留守ともなれば、みなを守ることはできん。江戸へ行くのは、先延ばししてはどうじゃろうか」

寿保の言葉に、登女、登和、くめも、特に気にした素振りさえ見せない。

「寿保よ、大丈夫じゃ、なにも心配することはない。なにかあれば、私が、婆様とくめを守ってみせる。なによりも、大須浜の者が助けてくれる」

登和の言葉は心強いものである。登和は、そこいらにいる下手な男よりも頼もしい、武芸百般を誇る女傑である。剣術、柔術を嗜み、この浜の者でさえ登和に勝る者はいない。

それほどの猛者である。

阿部家と大須浜が平穏で過ごしてきたのも、村人一人一人が武芸に長け、そこいらにいる盗賊や並の侍程度であれば、難なく倒すだけの技量を備えていたからである。その噂は、領内は言うに及ばず、東回り航路でもその勇猛さは語り継がれていた。ただし、海を知らぬ者たちには、そのことを知る者はいない。

この阿部家と大須浜に喧嘩を売る、脅すということは、それなりの覚悟が必要であると、海で働く者であれば誰もが知っていた。


登和の言葉に勇気づけられ、寿保は江戸へと旅立った。佐吉が呟いた。

「若、この航海は用心せねばなりますまい。あのような文を出す輩が、どこに潜んでいるとも知れませんので」

佐吉は、数日前から安之丞の夢を何度か見てはうなされていた。寿保を心配するあまりに夢見るものか、危険を知らせるものなのかは分かるはずはない。ただ、過去にあった船への工作や文のことを踏まえれば、これまで以上に用心するに越したことはないと感じていた。

「佐吉兄さん、儂のためにわざわざ来てくれるとは、申し訳ないことじゃ。なんと礼を言ってよいものか」

それは寿保の、素直な気持ちであった。くめと佐吉の婚礼を先延ばしにしたまま己を優先することに、負い目も感じていた。

船は江戸に向けて、何事もなかったように順風満帆に航海を続けていた。


寿保と佐吉が江戸へと船を奔らせていた頃、石巻の小竹浜では阿部家の千石船二隻が異変にさらされていた。船の係留綱が何者かに切断される、漁具倉庫に小火が出るなど、不審事が立て続けに起きていたのである。いずれも船頭と船員の対応で事なきを得ていたが、証拠も残さず、手際の良い仕業は、明らかにその筋の者であることは間違いなかった。

このような事故を予見し、村から船の見張り役として数人の手練れを派遣したのは、誰であろう登和であった。さすが寿保の留守を預かる阿部家の女傑である。

あの文に書かれていたとおり、現実として阿部家の足下を黒い霧が襲い始めていたのである。

第三項　身請け話　×　吉野太夫　×　楼主の謀

江戸に着いた寿保は、一刻も早くアサに会いたい気持ちを抑えられず、休む間もなく遊廓へと足を速めた。早々に身請け話を決め、国元に帰らねばならぬ訳があったからである。留守を任せた大須浜を案じ、献策した救済米の買付とやらねばならぬことに暇はない。それでも家族と大須浜の者は、寿保の江戸行きを許してくれたのである。

大門を抜け、仲之町の通りを駆け抜ければ、お目当ての大見世は目の前である。アサに会いたい。その気持ちが、冷静であれと言い聞かせる寿保の心を急かしていた。

暖簾をくぐると、奉公人が出迎える。

「これは、これは、阿部様、今日はいかがなされましたか」

しばらくぶりの訪れであったが、知ってか知らずか、愛想の良い声を掛けてくる。

「すまんが、今日は遊びに来たわけではないんじゃ。番頭さんを呼んではくれんか」

その言葉に、奉公人が怪訝そうな素振りを見せる。

「へい。それでは、阿部様が来たとお伝えして参ります。少しばかりお待ちを」

店の奥へと姿を消した。本当に番頭を呼びに行ったのか、しばらく待たされることとなる。奉公人が戻ると、こう言った。

「阿部様、一度お部屋へご案内しますれば。番頭から、二階の部屋でお待ちくだされとの言づてがございました」

階段を上り、奥の六畳ほどの部屋に案内された。当然、宴会のための料理と、金は必要となるようである。

「料理と酒を運んで参ります。番頭も、そのうち来ることと存じますので」

なぜかよそよそしいその態度に、寿保は一抹の不安を感じていた。

「阿部様、入ってよろしいでしょうか。番頭の弥七でございます。私を呼ばれるとは、なにか、特別なお話でもおありでしょうか」

部屋の襖戸を開けた番頭の後ろには、相撲取りでもあろうかと言わんばかりに図体のでかい奉公人が二人控えていた。なにやら、こちらを警戒しているようである。

「番頭さん、今日はお願いがあって参りました。花魁の身請け……」と話を切り出した時。

番頭はもちろんのこと、お付きの奉公人も笑い出す始末である。

「阿部様、なんのご冗談でございましょうか。身請けとは、それも花魁とは、夢でも見られているのでございましょうか」

当然である。花魁の身請けとなれば、大名や江戸でも数えるくらいの大店ならばまだしも、誰の目から見ても、田舎の若い商人に手の届く話ではない。その上、馴染みも持たない寿保であれば尚のことである。

「番頭さん、私は、本気でお話ししているつもりじゃが。なにかおかしいことでもあったのか」

その言葉に、部屋の空気が一気に張り詰めた。お付きの者も立ち上がろうとしたが、番頭がそれを止めた。

「先に、楼主にお話しするには失礼と思い、番頭さんに来てもろうた。これでも、筋を通し遠慮はしておるつもりじゃ」

番頭は、「そうですか」とも言うように、丁寧に言葉を返す。

「阿部様、まだ一度たりとも太夫との顔見せ、初回さえ迎えておりませぬのに、身請けとは、お話がとんと見えませぬ」

馬鹿にしているとは思わないが、「吉原の決まりを知らぬのか」とでも言うような口ぶりである。

「そのことは、重々承知の上で話しておるが、真面目に話を聞いてはもらえまいか」

その言いぶりに、少しは本気であると感じたのか、番頭は初めて客として相まみえようとする素振りを見せる。

「ところで、阿部様は太夫との初回にどのくらいの金子がお入り用か、ご存じでございますか」知らぬなら、教えてやろう、とでも言うような口ぶりである。

「それなら、二十両ほどと聞いておる。裏を返すで、三十両、馴染みとなれば百両というところか」

相場の額を口にすると、番頭はその答えに、少しは知った上で来ていることは理解したようである。

「それならば、初めは、馴染みとなられればよいものかと。すぐに身請けとは、いささか突飛なお話ではございませぬか。どうぞ、今日のところはお引き取り願い、馴染みとなられた暁に、もう一度、お話をお聞きしたいと存じます」

番頭は、寿保が金が払える商人であるか、本気であるのかを見定めていたのである。

「番頭さん、馴染みになろうとは思うておるが。馴染みとなり、太夫がよしとなれば、身請け話を楼主に伝えることを約束してはもらえんじゃろうか」

番頭は目を丸くし、驚いた様子である。番頭にとっても、この吉原で、これほどの言葉を吐く、命知らずの男と会ったことはなかったようである。

「身請け話を直接、楼主様にお伝えすると仰せでございましょうか。とんでもございませぬ。まずは、お話のあったことだけお伝えいたしますれば、今日のところは、お引き取り願えませぬか」

その言葉には、寿保に対する警戒心よりも、楼主へ身請け話を伝えること自体を恐れているようである。

「それなら、初回を入れてくれないか。明日でも、明後日でも。金は、前金で支払うつもりじゃが、先客がおるなら金はそれ以上に払うつもりじゃ」

やはり素人である。名のある花魁であれば、一見と会うことも、ましてやすぐに客としてまみえることなど、ままならぬことである。それでも番頭は、どの太夫であるかを確かめるべく、問いを返してきた。

「どの太夫でございましょうか。日が取れますれば、ぜひに、お願い申し上げとうございます」

言葉とは裏腹に、様子見をしているようである。寿保は繰り返す言葉にしびれを切らし、番頭を近くに来るように招き寄せると、壱両ほど袖の下を渡した。

「会いたいのは、吉野太夫じゃ」

その言葉に、番頭が仰け反った。この妓楼を代表する花魁である。なにを馬鹿なことと、知られぬように下を向き、笑いをこらえる素振りが伝わってきた。

「それは、すぐには無理でございます。遙か先まで、お会いしたいと言う殿方の申し出がございますので。ご勘弁願えませぬか。それに、太夫は気難しく、お披露目の後、馴染みとなられたお方は、これまで一人としてございませぬ。そのような噂が飛び交うほどに、江戸中の旦那方が、我こそは一番になりたいと、日の取り合いとなってございます」

それは事実のようである。日本橋でも、その話は聞こえてきた。好きな男がいるものか、お眼鏡にかなわぬものなのか、我を通す太夫がいると市中の噂となっていた。

「それなら尚のこと、儂も会いたいものじゃ。もしよければ、儂のことを太夫に話してはもらえんものか。それで、断られるなら諦めも付くというもんじゃ」

番頭は、しめたとばかりに快諾した。一見の客を、吉原一の太夫が相手にすることなどあり得ぬ話である。

「よござんす。なんとか、太夫にお話を通してみますれば、今日のところはお引き取りを」

帰り際に、番頭にさらに壱両を差し出し、太夫に伝えてもらうことを承諾させた。吉原は、人の情を捨て、金を秤に掛け推し量る遊廓である。金でなびかぬ者はいない。

その日は宴会の代金を支払い、寿保は吉原を後にした。帰り際に、内緒のあたりを振り向くと、なにやら人の動きがあったようである。普段静かな内緒に、来客用のお茶が運ばれていた。

二日後、寿保の逗留している宿に、吉原からの使いと名乗る男が訪れた。

「こちらに、阿部様はいらっしゃいますでしょうか。番頭から、言づてと文を預かってございます」

文には、「本日、暮れ六つに大門側の引手茶屋で待つように」と書かれていた。寿保の思惑どおり事は運んでいたのである。身なりを整え、心を静めながら、一人、日本橋から吉原へと向かった。

日暮れ近くの吉原は、昼とは違い、あたりの暗さとは裏腹に、不夜城さながらの賑わいを見せていた。男たちにとっての極楽浄土とも言わんばかりに、町の暮らしとはまったく違った異空間がそこには広がっているのである。

　番頭に言われた茶屋に入り、三十畳もあろうかという大広間に通された。案内されるまま、下座の席に着き花魁を待つ。これも、吉原の妓楼遊びの醍醐味である。上位の花魁は、客は己より格下と見なし、下座に招くのが吉原の習わしである。

　花魁と馴染みになるためには、吉原妓楼を日常とは違った仮想空間と捉え、「擬似結婚」という趣向をこらした遊びとして演じることが求められる。一度目で見合い「初回」をし、二度目で結納「裏を返す」、三度目で結婚「床入り」である。馴染みとなれば、浮気をしないことが決まりである。夫婦生活を物語る仕来りが、そこには繰り広げられていた。金のある旦那衆を見定め、吉原に金を落とすための仕組みづくりがなされていたのである。

　花魁はお相手を見定め、意にそぐわぬ相手とは馴染みにならぬ権利も有していた。このことも、客より強い立場であることを示している。自らの意志だけではどうにもならぬからこそ、客もそこに引かれる。金を積んでも振り向きもせず、馴染みとなれば江戸一の美女に心身ともに満たされる。唯一無二の優越感に浸れることを楽しむのが、ここ吉原である。

今日は、「初回」。花魁とは初めての顔合わせである。

六つ半を過ぎた頃、花魁道中を終えた一行が到着した。吉野太夫の周りには、禿や新造、その後ろには遊女が付き従い、人気のなかった部屋は、一瞬にして艶やかさと賑やかさを振りまく異空間へと変貌した。吉野太夫は、上座の中央の席に座した。

太夫は綺麗に化粧し、その美しさは際立っていたが、寿保は一目見てその女が「アサ」であることを分かっていた。あの懐かしくも美しい目に釘付けとなった。胸の高鳴りを覚えずにはいられない。顔が紅潮していくのが恥ずかしく、拳を握りしめ心を落ち着かせる。

料理が運ばれ、宴が始まるが、太夫は言葉を発せず、こちらを見ることもない。寿保が話しかけたくても、お付きの者たちにより言葉さえ遮られ、吉野太夫を見つめることが、今できる精一杯である。目を合わせようにも、こちらに目を向ける気配さえない。これが吉原の仕来りとすれば、なんとも味気ない。いや、余裕を持って焦らす、ゆっくりと心惹かれていく。これこそが、粋な演出である。

お互い上座と下座で、話すこともかかわることもないまま、わずかばかりの時を過ごした。新造が吉野にキセルを差し出すと、一服を回し、吸い口を三度たばこ盆に打ち据え、おもむろに立ち上がると、こちらを振り向きもせず部屋を後にした。

これは、寿保への合図である。番頭に銭を渡した時、吉野太夫に文を渡してもらうよう頼んでおいた。もし、初めて会った時、自分を忘れていなければ、吸い口を三度叩いてほしいと。

太鼓持ちが歩み寄った。

「旦那様、太夫に気に入られましたのさ。よござんしたな。キセルを回すとは、気に入られたのでございましょう。これで明日は、江戸市中は旦那の話で持ちきりでございます」

キセルの合図は、吉野が二度、三度と顔合わせし、馴染みになることを承諾した意思表示である。誰であれ、馴染みとなることを頑なに拒んでいた吉野が、自分を受け入れてくれたことがなによりも嬉しかった。

大飢饉の中、救済を家族や村の者に頼み込み、やっとの思いでここまで来た。みなへの感謝の気持ちと、アサに会えた嬉しさで、寿保はなんとも言えぬ満たされた心持ちを感じていた。とはいえ、支払いは高額である。禿や新造、太鼓持ち、それと宴会と合わせ二十両ほどを支払った。

二度目は、「裏を返す」。これは、花魁が気に入ったお相手の財力をみなに示すため、花魁道中と合わせ、「初回」と同じように華やかな宴会を繰り広げる仕来りである。当然のように、太夫とは話すことはできない。裏を返すは、「初回と同じことをしてみせる」という意味である。「裏を返せぬは花魁の恥」とも言われるように、己の相手がどのようなお相手であり、銭を惜しむことを厭わないことを誇示するための見せ場と言っても過言ではない。客の木札は、この時、裏返すことが習わしである。

寿保は、この日も言葉も交わせぬまま時を過ごしていた。話せなければ、話せぬほどに、気持ちは高まるものである。あの目に、あの唇に触れ、抱きしめたい思いが込み上げてくる。胸の高まりを抑えられずにいた。それは、心の繋がりを求める寿保の純粋な気持ちの表れでもあった。

宴席の規模は同じだが、なぜか費用はご祝儀も含め、三十両ほどと跳ね上がる。三度目の席が用意された。「馴染み」となり、いよいよ「床入り」である。この決まりは、平安時代の婚姻、「三回通って初めて枕をともに」から来ているとも言われるが、その真意は定かではない。

花魁道中により出迎え、派手で贅沢な宴会を開いた後、花魁の部屋に招かれることになる。宴会、祝儀、床入りの祝儀を加えれば、支払総額は百三十両ともなる。

やっと、二人となれる時が訪れたのである。奥の部屋に敷かれた床には、吉野が待っていた。

「阿部様、お待ち申したでありんす」

吉野の目に涙が浮かんでいた。遊廓で出会い、別れる。嘘と誠が入り交じるこの吉原で育った吉野にとって、人と約束を交わすなどあり得ぬことと知っていた。己の意志で人を好きになることもできず、遊女としての生涯を終える覚悟をしていた。だがそれを承知で、約束を果たしに来た男が目の前にいるのである。この先どうなろうとも、その心持ちが嬉しかった。初めて人を信じ、愛する気持ちが芽生えていたのである。

寿保とて同じである。初めて好きになった女子との約束を果たせたことが、なによりも嬉しかった。それにも増して、己との約束を信じ、花魁となっても馴染みを取らず耐えてきた気持ちが、いじらしく愛おしくもあった。

「ずっと会いたいと思い過ごしてきたが、迎えに来るのが遅くなってしもうた。儂を信じられんと思うておったろうに」

そう言って、吉野の手を取った。本当に、今、目の前に、生まれて初めて惚れた女子がいる。か細く温かな手は、寿保の手の中で震えていた。

「阿部様は、なぜ、わちきを好きになったでありんすか。言葉を交わしたことさえないでありんすが」

それは、吉野も同じであった。運命というものを信じるならば、きっとなにかしらの縁で結ばれた二人である。

「それは……」寿保は、出会った時のことを話し始めた。

「儂が初めて吉原に来たのは、去年のことじゃった。長田屋さんに連れられ、暮れ六つの花魁道中を初めて見た時、一人の新造に目がいった。目元涼しく、鼻筋通り、口元に強い意志が感じられた。一目惚れというやつじゃ。生まれてこの方、あんな気持ちとなったのは初めてじゃ。事件のことは覚えておろうか。お前を咄嗟に助けようとした時、寛永寺で雷に打たれかけた娘を助けた時のことが頭を過り、妙な心持ちになった。あれからは、寝ても覚めてもお前のことが頭に浮かび、心が苦しゅうなった。儂が初めて出した手紙を覚えておるじゃろうか」

「確かに受け取ったで、ありんす」吉野も話し始めた。花魁道中で、背の高い男衆と目が合うと、その瞳に吸い込まれたと。吉原に来て初めて胸のときめきを覚えたが、この吉原で、人を好きになることは許されるはずもなく、何度も、心から打ち消そうとしたと。その思いを打ち砕いたのは、一通の文であったと。

「必ずお前を迎えに行く」

　あの日のことは忘れるはずもない。先日、寿保が妓楼に来て番頭と話をしていた時、内緒から見ていた。後に番頭から話を聞けば、わちきを迎えに来たと言う。あの日の男衆が、約束を守り会いに来てくれた。それだけで心が満たされた。これ以上、身を削るような真似はしてほしくないと、そう思いながらも、心では、「馴染みとなってほしい」との気持ちを抑えきれなかったと言う。一夜の夢でも叶えたいと。

「それは、儂とて同じ気持ちじゃ。番頭には、儂が来たことを吉野に伝えた上で、会わぬと言われれば、きっぱりと諦めると伝えた。それであれば、面倒な客を追い払えると喜んでおったが、儂はお前の気持ちを信じておった」

　二人は互いに目を見合わせ、静かに笑い合った。

「儂は、お前と会えることをどんなに待ち望んだか。約束したとおり、お前をここから身請けしたいと考えておる。もし、お前がよければ、一緒になってはくれんか」

　寿保は真っすぐに、己の気持ちを吉野に伝えた。

「それは、わちきも嬉しいでありんすが。それでも、父上様（妓楼の主人）は、許してくれんでありんす」

それは、楼主が吉野を幼き頃から我が子のように育て、習い事や学問に至るまで多額の金をかけてきたからである。それこそが、楼主が金を稼ぐための道具として、吉野を花魁に育てあげた目的である。太夫となれば、いくらでも金は稼げる。吉野は、これからの稼ぎ頭である。主人が手放す訳が見当たらぬ。

「わちきは、阿部様が会いに来てくれたことで十分でござりんす」声が震えていた。

「儂がなんとかする。お前をここから救い出し、大須浜に連れ帰ってみせる。待っていてはくれんか」

寿保はそう言うと、吉野を抱きしめた。酒の力も借り、二人は初めての夜をともに過ごし、互いの想いを遂げた。寝床では、幼き日のこと、大須浜のこと、吉原のことを話し、満たされた時を過ごした。

寿保が目を覚ますと、吉野の姿は部屋から消えていた。昨日、ともに過ごした時間と余韻だけが残り香として漂っていた。寿保は番頭を呼び、妓楼の主人と会う段取りを取り付けてもらえるよう話をした。番頭からは、稼ぎ頭の吉野を手放すわけがないと言われながらも、金を渡し、取り次いでもらうことを承諾させた。花魁と馴染みとなった客である。妓楼としても、己のことを無下にすることもできまいと高を括っていた。

「阿部様、女将さんがお会いなさるそうでございます。よろしければ、妓楼の奥座敷まで足を運んでもらいたいとのことでございます」

番頭に導かれるままに部屋へ向かえば、人払いをしていたようで、廊下には奉公人の姿は見当たらない。座敷の中央に置かれた囲炉裏の前では、女将が煙草を吹かしていた。女将が、怪訝そうにこちらを振り返る。

「お入りくださいな。待っておりました。吉野のことで話があるとか言われるお方は、お前様でございますか。さ、お座りくださいな」

寿保は、囲炉裏の前に座るよう促された。女将が番頭に目配せすると、戸を閉める音とともに、番頭の姿は座敷から消え去っていた。

「お初にお目に掛かります。大須浜の阿部家当主の寿保でございます。本日は、お忙しきところ、場を設けていただき……」

その言葉を遮るかのように、女将が咥えたキセルを、囲炉裏の縁に打ち付けた。

「あんたかい、うちの吉野をたらし込んだ男は。私らの大切にしている稼ぎ頭をよくも、誑《たぶら》かしてくれたもんだね。あたしらは、この吉原の笑いもんさ。手塩にかけた娘を、見ず知らずの男に盗られるなんてね」

その剣幕とくれば、盛りが付いた猫のごとくに吠え、こちらを威嚇しているようである。さすがに吉原の大見世を任された女将である。

しかしそこは、海の荒くれ者と渡り合う寿保である。動じるはずもない。

「本日は、お願いがあって参りました。その吉野太夫を儂の嫁として迎えるため、身請けをさせていただけないかと」

女将の顔が、一瞬で蒼白となる。

「なにをお言いか、分かってんのかい。上客だと思って下手に出れば、ふざけたことを言うんじゃないよ」女将は腕をまくり、片足を台の上に乗せ啖呵を切った。

「女将さん、そう、怒らんでくれんか。儂とて、無茶は承知の上で、見世を訪ねとる。吉野が吉原一番の稼ぎ頭だと言うことも知っちょるが、その上で、きちんと筋を通さねばならぬと思い、こうして挨拶に伺うた。まあ、怒らずに話を聞いてはもらえんじゃろうか」

冷静な言葉遣いに、女将もただ者ではないと値踏みしたようである。寿保の冷静さに、一時は戸惑いを見せたものの、すぐさま気を取り直したようである。

「この、田舎もんが」吐き捨てるように言い放った。

「分かってんのかい、この吉原で、それも太夫を身請けするということをさ。殿様か、この江戸市中の大店を見渡しても、払えるお人はほんの一握り。それをお前みたいな若造が身請けなんぞと語るのは、ちゃんちゃらおかしな話さね」

　女将の話はもっともである。二十歳を過ぎたばかりの若造が、太夫を身請けしたいと語ったのである。誰の目にも、それらの言動は常軌を逸したものであると映っていた。

「儂は、すでに吉野と馴染みとなっておる。身請けにどれだけの金がかかるか、教えてはくれんか」

　おおよその額は知っていたが、女将との話を続けるために問いかけてはみた、その言葉に、わずかばかり反応したようである。

「それじゃ教えてやろうかね。花魁ともなれば、手付けで五百両は必要さね。そんな大金、田舎の商人に払えるはずもなかろうが。さっさと帰んな」

　額を聞けば逃げ帰ると思ったようである。先ほどまでのいきり立った感情は落ち着きを見せていた。寿保は、女将の言葉に合わせるように、ゆっくりとした口調で答えを返す。

「たいそうな額じゃが、儂が工面できぬ額ではない。もし、五百両で済むなら、なんとか金の工面をしようと思うが」

　女将は己が言い放った矢に、足下をすくわれたのである。大口を開いたまま、言葉が出ない。五百両と言えば、今の額であれば六千万円。そんな大金が出せるとは思ってもみなかったようである。態度が一変した。

「金が工面できるとは、本当でございますか。ただね、吉野は手塩に掛けた娘でして。花魁に育てるまで、かなりの銭がかかっております。それに、この見世の稼ぎ頭でありますゆえ、それでは足りぬかと。先ほどは、阿部様の様子をうかがうつもりで、五百両と額をお伝えいたしましたが、ご愛敬でございます」女将は、金の算段に入ったようである。

「それなら、千両であれば、楼主に話をしていただけるかな」

寿保は賭けに出たのである。身請けは、楼主の了解なしに決まるものではないことを知っていた。とにかく、楼主に会うことを最優先に考えたのである。

「それであれば、楼主に話を通すことだけはいたしましょうかね。金を積まれて、吉野を簡単に手放すとは到底思いませんが。後日、宿屋へ返答するということで、今日のところは、お引き取り願えればと」

女将が手を打ち、番頭を呼び寄せる。

「番頭、阿部様をお送りするんだよ。大事な、大事なお客様だからね」

銭が取れるとなれば、人が変わる。どこの世界も同じである。この吉原であれば尚のことである。それともう一つ、寿保が帰った後、女将が番頭に耳打ちしたことがある。

「あの男は、寛永寺でアサを救った男と似ている」

そら似なのか、かすかに記憶には残っていたようである。寿保は、古野とともに過ごした一時を心に秘めて、後ろ髪を引かれる想いで吉原を後にした。

寿保が帰った後、見世では、「風変わりな若造に女将が手玉にとられた」との噂が密かに囁かれた。語った者が後日、姿を消したことは言うまでもない。

二日後、宿屋に大見世の使いと名乗る男が寿保を訪ねてきた。楼主が、会うことを承諾したという。急ぎ、吉原へと足を運んだ。当日は、銭の受け渡しの話もあると見込み、佐吉も同行させていた。

見世では、番頭が丁寧な口調で寿保を出迎えた。楼主に会えるのは呼ばれた者だけであると、佐吉は店先で待つこととなった。番頭から案内された部屋には、囲炉裏を囲むように席が設けられ、西には女将が、奥には楼主が座すようである。寿保は、入り口に近い南の席に座るよう促された。

「今、お茶をお持ちしますので、少しばかりお待ちくださいな」

先日とは、打って変わった女将の態度である。しばらく待つと襖が開き、色黒の厳つい男が入ってきた。明らかに楼主のようである。

「あんたかい、吉野を身請けしたいと戯言を言ってなさるお方は。太夫も、あんたに誑かされ、ここを出て行きたいと駄々をこねる始末。まったく、馬鹿なことを言いなさるお方だ」

その声は、大型の獣が威嚇するかのように野太く、普通の男であれば身が縮むほどである。

「お初にお目に掛かる。女将さんからもお聞きになっておるとは思いますが、吉野の身請けについて、楼主にお願いに参りました。おかしなことを言うとるのではなく、素直に身請けをしたいと願うております」

楼主の威圧に屈することもなく、言葉を発する寿保の姿に楼主の口元が緩んでいた。

「あんた、度胸があるね。吉野が惚れるだけのことはあるようだ。ただ、女房の言ったように、あいつには幼少の頃より多くの銭を費やしてきた。あんたは身請けしたいと言いなさるが、金の成る木を簡単に手放す気はさらさらないが。話だけは聞いてやらんこともない」

吉原一の花魁ともなれば、どのくらいの銭を生み出すものかは想像しがたいものである。

「それは分かってはおるが、なんとか考えてはくれんか。吉野の後を継ぐ者もおるはずじゃ。吉野とて、あの日に起きた事件の煽りを受けて、花魁となる日が早まったと聞いておる」

寿保から見れば、花魁は世襲制度の中で継承する決まりと素直に考えるが、花魁を張るだけの女子を選び出し、時間をかけて育てることは並大抵のことではないのである。

「あんたさんは、三千両は出せるのかい。吉原じゃ、身請け五百両と言って、表向きに支払うのは五百両だが、裏は違う。吉野を身請けしたいのであれば、三千両を用意しな。それであれば、考えぬこともないがな。あとは、吉野とも相談してみてからだ」

楼主が提案した額は、桁違いのものだった。江戸の大店でさえ、用意できるのは数軒程度のものである。要は、身請けはさせぬと釘を刺したのである。言葉が終わると楼主は席を立った。すぐに返事ができるわけもなく、日を改めて訪ねてくるしか話の続きはできないようである。

部屋を出て土間を抜ける時、内緒で人の行き交う気配がした。寿保は、初めて妓楼を訪れた時の違和感を再び感じ取っていた。

内緒で楼主と会っていたのは、寿保が妓楼を初めて訪れた時に、アサに文を渡したもう一人の男、兵衛門である。めったに人を入れない内緒で親しげに言葉を交わすほど、互いを知った仲であることは言うまでもない。

「兵衛門様、誠に変わった若造でございましたな。なんせ、三千両がかかると言っても、物怖じするどころか、すぐにでも工面するような勢いでございました。儂も、この吉原でいろんな男を見て参りましたが、あの若さで度胸があり、大金を動かせるなんざ、ただ者ではございませぬな」

寿保が、身請けできる度量と金を持つ男であることだけは認めたようである。

「お前がそう思うのも、無理のないことじゃ。あの男は、仙台領内の大須浜で廻船問屋を営む阿部の当主よ。度胸も据わり、みなから慕われておる。当主になってからは、江戸との大商いで、銭もそこそこ持っておろう」なにやら、寿保を知っている素振りである。

「それよりも、吉野を身請けしたいと言うておりますが、大枚をはたいて、花魁まで育てた娘でございます。そう簡単には、身請けをさせるつもりはございませぬが。もし、三千両出せるというのであれば、四千、五千と吹っ掛け、追い払おうと思うております」

楼主は、笑みを浮かべていた。これまでも、同じような手口で客から銭を巻き上げてきたに違いない。

「あくどいものよ。されど此度は、阿部に吉野を身請けさせるよう話を進めてはもらえぬものか」

男の言葉に、楼主は怪訝な顔を見せた。

「兵衛門様、それは異なことをおっしゃる。兵衛門様がアサを店に連れて来た時から、儂らがどんなにアサを可愛がり銭をかけてきたか。それを今さら身請けさせろとは、銭を捨てろと言うようなもんでございます」

楼主は、男の言葉が納得できないとばかりに不満を口にした。

「吉野は、あやつに身請けされねば命を絶つと言うておるとも聞いておるが。それでは、吉野に銭を稼がせるどころではあるまい。それよりは、阿部に身請けさせるように見せかけ、あの男が死んだ後に、ここで働かせるのも手ではないか」

いかにも物騒な話である。男は、明らかに寿保の命を狙っているようである。男が描く筋書きに、互いが知らぬ間に、寿保と吉野は翻弄されていくこととなる。この三人の縁の先にある結末とはどのようなものなのか、今はただただ、時の流れを見守っていくしかないようである。

「兵衛門様に、良いお考えがあるのであれば……」

二人は、小声でなにやら言葉を交わし始めた。

吉野は、寿保と馴染みとなった後、妓楼でどのような仕打ちを受けようとも、見世には出ようとしなくなっていた。これには、楼主さえ手を焼く始末である。

寿保が土間に戻ると、待っていた佐吉が声を掛けた。

「若、身請けの件はどのように」心配そうな態度を見せるが、答えることができるはずもない。

「兄さん、話はしたが、どのように転ぶかは分からん。相手の出方によっては苦労するかもしれんが、なんとしても吉野をこの吉原から連れ出さねばならん」

二人は日本堤から今戸橋で猪牙舟に乗り込み、宿屋のある日本橋へと向かっていた。その日の船頭は、これまでとはどこか様子が違っていた。船の進みが遅く、左の岸を眺めながら、なにかを探しているようで、声を掛けるが空返事が返ってくるばかりである。

「船頭さん、急いではくれんか。今日は川を遊覧するほど暇ではないんじゃ。早よう宿に帰らねばならん」

その言葉に呼応するように、船頭は突然、船足を速めると舳先を左舷側に大きく傾けた。船の揺れは激しく、二人を落水させるがごとく悪意に満ちた操船である。

「へい、分かっておりますとも。お急ぎのようで、この先が、お二人の旅の終着点でございますれば」

船頭は船を朽ちかけた桟橋へ寄せると、岸へと飛び降り脇目も振らず逃げ出した。その先には、五、六人のヤクザ者が二人を待ち伏せていたのである。

船から下りぬ二人に業を煮やしたのか、短刀を片手に男たちが船に乗り込んでくる。小さな船である、寿保と佐吉を除けば、二人が乗り込むのがやっとである。寿保は、初めに乗り込んだ男の腕を摑むと、腕をひねり上げ川に投げ入れた。一対一では分が悪いと、四人の男たちが一斉に船に飛び乗った。船は左右に揺れ、男たちの足下がふらつく。その隙を見逃す佐吉ではない。寿保に声を掛けると、二人は男たちの刃をかわすように近づき、一人ずつ足蹴にしながら川へと蹴落としていく。

岸に残った男は、頭目のようである。子分の安否も気にすることなく、一目散に逃げ出していた。海を生業としている寿保たちにとって、船上は陸と同じである。船の上で戦いを挑むこと自体が間違いだったのである。

「若、終わりました。なに、川に落ちただけ、溺れる者もおりますまい」

刺客を気遣う素振りを見せた。阿部の者たちは、人を殺めることを嫌っていた。

「兄さん、見るからに儂らを襲った男たちはヤクザ者じゃ。大方、妓楼からでも雇われたに違いない。こちらの器量を測っておるのか、本気で殺そうとしておるのか、見極めが必要じゃ」

複雑な思いが湧き上がる。楼主であれば、見え透いた手は使わぬはずである。

「若、この分では、交渉事もなかなか捗らぬようでございますな。今日はゆっくりと湯にでもつかり、明日に備えることといたしましょう」二人は乱れた裾を整えると、帰路についた。

日本橋の宿屋に帰ると、大須から急を知らせる文が届いていた。中には、小竹浜に係留している千石船が狙われた事件についての詳細が記されていた。合わせて、登和から江戸に向かった二人のことを案じているとの想いが綴られていた。

「兄さん、この様子では、ここも早めに引き揚げんといかん。みなのことが心配じゃ」

寿保は、米の買入に対する妨害が、これほど早く動き出すと想いもしていなかった。自らの考えの甘さに気づかされることとなった。

第四項　二人の想い　×　敵の名　×　一夜の出来事

寿保は、翌日早々に吉原に向かっていた。地元で起きた事件の知らせを受け、早急に江戸を発《た》つと決めていたのである。なんとしても、数日中には身請け話を決め、吉野を連れ帰ると心に誓っていた。

「番頭さんはおるか」

奉公人の間でも、寿保の身請け話は噂になっていたようである。顔を見るなり、すぐさま番頭を呼びに向かっていった。

「阿部様、ようこそいらっしゃいました。楼主も、お待ちでございます」

昨日とは、打って変わった態度である。すぐさま、一階にある奥座敷に通された。中では、楼主が待ち構えていた。

「阿部様、いかがなされましたかな。昨日の話を受け、本日は朝早くにこちらにいらっしゃるのではと、お待ち申しておりました」

来ることは分かっていた、という素振りを見せた。宿屋を見張らせ、事前に訪れることを知っていたようである。さすがに抜かりがない。

「楼主は何事もご存じのようだ。昨日は、手荒い見送りをしていただいたが、なんとか宿に帰り着くことができ、命拾いをいたしました」そう、鎌を掛けてみる。

「いえいえ、あれはわたくしどもの仕業ではございませぬ。こちらが手を下すのであれば、間違いなく目的は果たすようにいたしますので。本当に事なきを得て、ようございました」

さすがに、平然とした口調で白を切るものである。肝が据わっているとしか言いようがなかった。

「それと、身請けの件でございますが。阿部様の申し出のとおり、五百両で手を打とうと思っております。ただし、それは表立ってのこと。本来は、申し出をお断りするつもりでおりましたが、吉野のたっての願いでもございますれば、今は三千両で手を打とうかと考えておりました。阿部様がご用意していただけるのであれば、のお話でございますが」

昨日とは打って変わったように、こちらの提案を受け入れてはいるが、嬉しさの反面、どことなく胡散臭い話とも受け取れる。それにしても、三千両とは大きく出たものである。大店であっても、身代を潰すほどの金額。それでも話を進めぬわけにはいかぬ。

「もし、楼主が三千両で手を打つのであれば、儂はなんとしても銭を工面する。そうは言っても、かなりの額ともなる。よければ初めに約束の五百両を支払い、残りは少しばかり時間をくれまいか」

一度に工面できる額ではないことは、寿保自身が誰よりも知っていた。だが、ここで話を諦めるわけにはいかぬ。最善の策を講じるしか道はないのである。

「そうでございますか。それでは、公として支払いいただける五百両を用意していただき、明日にでもお届けいただくということで、いかがでございましょうか。残金は、阿部様がいつまでにお支払いいただけるか、お返事をお待ちしております」

楼主は腹を探るかのように寿保の顔を覗き込み、薄ら笑いを浮かべている。

「五百両は、明日にでも工面する。それと、楼主に金を届けたならば、吉野を身請けさせるとの借証文を用意する。其方も、受取証文を書いてはくれまいか。口約束では互いに信用することはできぬからな」

楼主は腕組みし、目を閉じて黙り込んだ。それなりの決断をせねばならぬ。それだけの約束事である。

「阿部様が納得されたのであれば、まずは前金の五百両を。残り二千五百両と合わせ、計三千両で身請けの額は決まりましたな。ただし、こちらにも条件がございます」

楼主が寿保に伝えた条件とは、吉野が花魁となって日が浅く、これまでかけた金を取り戻すには本来、三千両では不足である。それを補うために、半年ばかり吉野太夫として吉原に置いて、客を取ってほしいというものだった。その上で、馴染みは取らせず、寿保が金を工面できるまで待つというものだった。このことは、吉野も承知の上であると言う。

ところが、楼主からはもう一つの条件が語られた。この半年という条件を、寿保から吉野には伝えてほしくないというものだった。訳は、寿保から身請け待ちの言葉を聞けば、仕事に身が入らず、花魁として使いものにならぬという話である。渋々、寿保は承諾するしかなかった。

寿保の気持ちは複雑だった。この機に、吉野を連れ帰らねばという強い気持ちが心を揺り動かしていた。これから進める他領からの救済米搬入の折、妨害により二度と江戸を訪れることはできぬかもしれぬ……。そのような懸念と、江戸を離れ半年の刻を置くことで、吉野を失うのではないかという摑みどころのない不安感に苛まれていたのである。

「どうなさいます。わたしどもとて苦渋の選択でございます。吉野も承諾しておりますれば、これで手を打っていただきとうございますが」

楼主の語る言葉には、裏が感じられた。寿保が、国元に帰ることを見透かしているような言いぶりである。

「一度、吉野と会わせてくれぬか。吉野の想いを確かめ、儂を待ってくれるというのであれば、その条件を呑もうと思うが」

気持ちを確かめたかったわけではない、釈然としない不安を拭い去るためにも、会わねばならなかった。

「よございます。それならば、明日の夜、一席設けさせていただければと存じます」

なぜか、楼主は上機嫌である。一抹の不安は残るが、その日は吉野とは会えず見世を後にした。

帰り足の船で、寿保は佐吉に告げた。「明日、身請け話が決まれば、明後日には江戸を発つ」

その言葉を待っていたかのように、宿に帰った佐吉は、船の者に帰港の準備を急ぐよう指示を出した。

翌日、吉原に向かったのは暮れ六つ時であった。引手茶屋で吉野太夫を待ち、馴染みの宴が開かれたが、その日の宴はいつになく華やかなものであった。宴も終わり部屋に戻ると、吉野が待っていた。

手をつき迎えてくれた姿を見れば、我が家に帰ってきたかのような懐かしい感覚さえ覚える。

「こうして、また会うこともできた。儂は幸せ者じゃ」

その言葉に、吉野も言葉を返す。

「わちきも、幸せ者でありんす。こうして、一生をともにできる殿方と出会うことができたでありんすから」

その声は、小さく震えていた。こうして、寿保が迎えに来てくれることを願ってはいたものの、この吉原では叶わぬ願いと諦めてもいた。その夢が、今、現実となろうとしていたのである。いつまでも覚めぬようにと祈るばかりである。

しかし、今日は少しばかり吉野の様子が違っていた。嬉しさを口にしながらも、どこかしら距離を置いているようにも感じられる。

「なにか気になることでもあるなら、正直に言ってはくれんじゃろうか」

いつもの寿保らしい、素直な口ぶりである。

「儂も、吉野に打ち明けねばならんことがある。よう、聞いてくれんか」

寿保は、領内で起きている大飢饉のことを話し始めた。度重なる大凶作により、今も沿岸部で多くの餓死者が出ていること。その人々を救おうと家族や村の者とともに奔走し、この冬には、自らが他領地に赴き米を買い付け、領内に運び入れねばならぬことを、事細かに語って聞かせた。

「お前の身請けが決まれば、儂は早々に国元に帰らねばならん。楼主とは話を付けたが、条件を出されてしもうた。すべての金が用意できるまで、お前をこの吉原で預かると。もし、お前が我慢してくれるなら、金を用意し、きっとお前を迎えに来る。初めて出会った時も、約束を果たした儂を信じてはくれんか」

己のふがいなさと、吉野の心持ちを思えば、やるせない気持ちが込み上げてくるばかりである。吉野は頷いていたが、なにか思い詰めた表情をしていた。

「わちきは、寿保様の国元に一緒に帰ることはできんでありんすか。せっかく身請けするとのお話をしてくだされましたが、あなた様を信じたわちきが馬鹿でござりんしたか」

そう言うと、寿保の腕を両の手で強く抱きしめた。吉野もまた、寿保の気持ちを察していたが、口から出た言葉は誠の想いとは裏腹である。人の心の裏を読む吉原で育った者の性であるものか、それとも、誠の言葉であったのかは計り知ることはできない。

「お前に嘘などつくはずもない。必ず迎えに来る。儂を信じてはくれんか」

寿保は、楼主が身請けを承諾したことを吉野に告げた。ただ一つ、口止めされた、半年のことを除いては。

「わちきも、父上様から話は聞いておりんす……」

吉野が楼主から聞かされたのは、阿部の当主とは、身請け金の額を三千両とし承諾したとのことだった。まずは、手付金として五百両、後金の二千五百両は工面でき次第支払いを行う。三千両すべてが支払われぬ間は、吉野は花魁としてこの吉原から出ることはできぬというものである。

「寿保様は、いつになれば迎えに来てくれるでありんすか。わちきは、ほかの殿方とはお会いしとうないでありんす」

女子なら、好いた男と生涯遂げようと想うのは当たり前のこと。この遊廓では、それさえ許されぬのが掟であることを、吉野であれば百も承知である。このまま吉原に残ることは、好きな男への想いを捨てるということにほかならぬ。

寿保は、吉野の心を察するように言葉を掛けた。

「大丈夫じゃ、なにも心配することはない。そのことは、楼主とは約束済みじゃ。明日には手付金として五百両を渡し、身請けの借証文を受け取ってもらう手はずとなっておる。その中には、吉野には店には出てもらうが、馴染みをつくらせぬという約束を書き足した。残りの二千五百両を用立てするまでには少しばかり時間がかかるが、それまでは我慢してはくれんか」

掴んだ手が、わずかに緩むのを寿保は感じた。馴染みをつくらぬ話に、吉野も安堵したようである。

「残り二千五百両は、儂にとっても大きな額じゃ。それを承知で、お前をここに引き留めるための条件としたことは目に見えておる。それであればと、儂もお前を守るための約束を取り付けた。互いの駆け引きの落としどころが、先ほどの話となってしもうた。なんとしても、お前を身請けせねばと、承諾するしかなかったんじゃ。許してはくれんか」

迎えに来る期日は話せぬが、国に戻り他領からの米の買付が終われば、すぐにでも迎えにくるとだけは伝えた。

「わちきが父上様から聞いておりますのは、寿保様が身請けの金を支払うまでは、この吉原は出て行けぬ……ということだけでありんす」

楼主には、なにか身請けにかかわる企てがあるようにも感じられる。馴染みを取らぬということさえ、吉野に伝えてはいなかったのである。当然、前金の支払いを済ませねば、身請け話を承諾したとはいえ、なんの約束事もないと言われればそれまでである。

「寿保様が、明日にでも五百両を見世に支払われれば、わちきは、これまでどおり馴染みを取らず、この妓楼で花魁を続けてもよいということでありんすか」

それは吉野が女として、寿保を待ち続ける心の支えともなる言葉であった。

「そのとおりじゃ。儂は、できるだけ早くこの江戸へ戻り、お前を迎えに来る。それまで、待っていてくれんか」

話をせねば、知らぬままのこともある。楼主が約束を違えるとは思わぬが、それほどこの身請け話には慎重にならざる得ないことを実感していた。

寿保は、吉野の不安を打ち消すように肩を抱き寄せた。この二人で過ごす限られた時がいつまでも続くようにと、願うことしか今はできようはずもない。夜が更けるにつけ、互いの思い出話に花が咲いた。

「ところで、お聞きしたいのでござりんすが。寿保様の、父上様の名前を教えておくんなまし」

突然、吉野の口から父の名を聞かれたのである。なぜそれを聞いてくるか分からぬが、隠す必要もない。

「父の名は安之丞と言うて、儂が十三の折に他界しておってな」

その名を告げると、吉野の様子は一変した。肩をすくめ唇を嚙みしめると、頭を抱えその場に倒れ込んだ。

「吉野、どうした。しっかりするんじゃ」

倒れ込む吉野を抱きかかえ声を掛けると、幾分気を取り戻したようである。なぜ父の名を聞き、吉野に異変が生じたのかは、その時の寿保には到底分かろうはずもなかった。

この話は、吉野、いや「アサ」が、吉原に売られる少し前に遡る。アサは奥州仙台藩領石巻で生まれたが、その事実を知らぬままこの吉原で生きてきた。幼き頃、北上川で溺れかけたという恐怖により、幼き頃の記憶をなくしたのである。

アサが、その男と初めて出会ったのは幼き頃のことである。目を覚ますと、布団の中で動けずにいた。後から話を聞けば、衰弱し死にかけていたアサを哀れに思い、家に連れ帰り我が子のように介抱してくれたという。記憶のないアサにとって、唯一頼れる大人であった。

傷も癒えた頃、男が江戸に旅立つが、ともに行かぬかと告げられた。行く当てもない身である。ついて行くしか生きる道はないと、子ども心に悟っていた。なぜに、これほどまでに優しいのかと考えたこともあったが、我が子のようだという言葉に、疑念はかき消されていった。

江戸に着くと、男から、「食うに困らぬ華やかな町に連れて行く」と言われ、そのまま吉原に身売りされたのである。幼きアサには、吉原がどのようなところか知るよしもなかった。禿となったアサは、なぜか、売られるまでの記憶をなくしていた。男に売られた哀しさによるものか、ここで生きるために心を殺したのか。自分にさえ分からぬまま、ここで生きてきたのである。

男は、江戸に向かう道中、アサに繰り返すように同じ話を聞かせた。「お前の両親と姉を殺し、お前を人買いに売ったのは、大須浜の安之丞という男だ」と。幼きアサの心には、その言葉だけが深い傷として刻まれていた。

幼き日の記憶をなくしたはずのアサであったが、唯一、思い出されるのは男から語られた悲痛な記憶であった。吉原で長き時を過ごす中で忘れ去ろうと努めてきたが、それが寿保との出会いにより、蘇ってきたのである。消し去ることができぬ安之丞への憎しみが、心の奥底で湧き上がるのを感じていた。

寿保が初めて吉原を訪れた日、アサの下にはもう一通文が届けられていた。その文には、「お前を見初めた男は、家族の敵、安之丞の息子である」と記されていた。過去の記憶と、寿保を慕う気持ちが交錯し、アサは心を病むほどに衰弱していった。それでも最後に辿り着いた答えは、今は亡き家族のための復讐よりも、天涯孤独のこの身を好いてくれる寿保を慈しむ心を大切にしたいとの想いであった。

寿保が、アサとの約束を守り身請けのため次に吉原を訪ねた日、アリに一通の文が届く。そこには、「お前を身請けする銭は、お前の家族と、貧しい者から奪った汚き金だ」と記されていた。吉野の頭は混乱していた。寿保を心に決めた男と想い続けていたものの、好きな男の父親が、銭を奪うため両親を殺した。その言葉は心の中へゆっくりと溶け込み、吉野の寿保への想いを奪い去ろうとしていたのである。

吉野は二通の文を読み終えると、すぐに破り捨てた。だが、暗示でも掛けられたように、手紙を受け取ったという記憶だけが、脳裏からかき消されていた。なぜに、想い人である寿保への憎しみが増すのかを知らぬままに、心の葛藤が自らの心を蝕んでいくことに吉野は一人恐れを感じていた。

手紙の主は、吉野を吉原に売り渡し、内緒で楼主と身請け話に掛かる企てをしていた男である。吉野の心は、次第に追い詰められていた。「安之丞を憎め」という言葉と、「その息子、寿保を殺せ」という恐ろしい言葉が、頭の中で繰り返し響いていた。

吉野の心は今、理性を保とうとする想いと、家族を殺した男の息子を殺し復讐しろとの囁きの間で葛藤していた。愛しき想いが強ければ強いほど、その憎しみの念は膨らみを増し、憎悪を掻きたてていたのである。

腕の中で疲れ切った様子の吉野を気遣うように、寿保はそっと抱き寄せた。

「少しばかり疲れておるで、ありんす」

吉野は、傍らに置かれた酒を口にした。手はかすかに震え、唇の渇きは、心の乱れがあることを物語っていた。

「それならば、横になればいい」

寿保は吉野を抱きかかえ、そっと布団の上に横たえた。しばらく添い寝はしたが、具合は回復せぬ。遣手を呼び、気付け薬を含ませた。その夜は、吉野の体を気遣い、寝顔を眺めながら添い寝することとし床についた。

吉原の喧噪も静けさを取り戻した、丑三つ時（二時）のことである。見世では、不可思議な事件が起きていた。寿保が襖を開け、見番（二階を仕切る奉公人）を呼び寄せた。

「すまぬが、吉野太夫の着替えと、止血のための道具を取ってきてはくれまいか」

その言葉を聞いた見番は、すぐさま遣手と新造、そして奉公人を呼び寄せた。吉野の血を浴びた服と布団を交換し、奉公人が簡易ではあるが寿保の傷の手当てを行った。吉原という場所は、世の縮図、殺生沙汰も日常茶飯事か、何事もなかったように静かに事が片付いていく。誰にも知られぬように。

二人が過ごした部屋には、翌朝、吉野一人が眠っていた。添い寝していたはずの寿保の姿は、その場から消えていたのである。遣手が襖越しに声を掛けた。

「太夫、おめざめでございますか。阿部様は、朝早くお帰りになられました」

その言葉に、なんの返答も返ってこない。恐る恐る襖を開ければ、いつもであればとうに目を覚ましているはずの吉野太夫が、布団の中で目を閉じ、微動だにせぬ様子が見て取れた。目を覚まさぬ太夫に近づき声を掛けるも、肩を揺り動かすも、目を覚ますことはない。慌てふためいた遣手は、階段を転がるように下ると、番頭に駆け寄った。

「ば、番頭さん、吉野、吉野太夫がたいへんでございます」

その声は引きつり、言葉にならぬほどに、ただ事ではないことを物語っていた。

「なにを慌てておいでだね。ゆっくりと話してごらん」

遣手は、吉野太夫に異変が起きていることを告げると、番頭の手を取り部屋に向かった。番頭は、昨夜のことを知っているかのようで、至って冷静な態度を装っていた。部屋に着くと、ただならぬ様子にすぐ医者を呼び寄せるよう見番に告げた。

こうなることは、誰も予測すらできぬことであった。番頭は、太夫のそばに遣手を残すと、楼主に事の詳細を伝えるため、急ぎ内緒へと足を速めた。楼主は番頭の話を聞くと、事を荒立てぬよう申し渡した。見世では、昨夜のことや吉野のことも誰も語らず、誰にも悟られぬまま、何事もなかったかのように日常の賑わいと喧噪を取り戻していた。

第五項　人を操る呪法　×　手付金　×　古狸の企み

寿保が吉原から日本橋の宿屋に帰り着いたのは、東の空が蜜柑色をした朝焼けがあたりを照らし出す、明け六つ（午前六時）のことである。階段を上り部屋の障子戸を開けたが、傷ついた体を支えきることができず、その場に倒れ込んだ。驚いたのは佐吉である。

「若、どうなされたんで」

その言葉を聞くと、安心したかのように目を閉じた。横たわる寿保の左肩には血がにじんでいた。その傷跡を見れば、応急措置は施されているようである。急ぎ、町医者を呼び寄せるよう宿屋の主人に声を掛けた。医者の見立てでは、傷は深手であったが急所を外れており、安静にすれば命に別状はないとの話である。

しばらくして、寿保が目を覚ますと佐吉に声を掛けた。

「兄さん、申し訳ないが三日ばかり出航を遅らせてはくれんじゃろうか。古原で、やり残したことができてしもうた。この傷の話もせねばいかんと思うが、すまんが、今は一人にさせてはくれんじゃろうか」

その弱々しい言い振りに、寿保の苦悩が伝わってくる。

「それならば、ゆっくりと体を休め、若が話す気になったらお聞きしましょうかな」

佐吉はなにも聞くことはせず、静かに部屋を後にした。

午ノ刻（十二時）に寿保が目を覚ますと、佐吉を部屋に呼び寄せた。

「兄さん、すまんが、話を聞いてくれんじゃろうか」

その思い詰めた様子に、吉原で傷を負ったことは間違いないようである。それでも、追っ手の姿どころか、傷の手当てまでとは、解せぬことばかりである。

「兄さん、一つ願いがあるんじゃが。この有様では、儂は二、三日は動けんようじゃ。昨日話をしたように、楼主との約束で、吉野を身請けするための前金五百両を今日の夕刻までに大見世に届けねばならん。その上で、相手の出方をうかがってはくれまいか」

楼主には、前金の支払いを条件に、身請けの借証文を渡すことを承諾させていた。証文には、吉野は馴染みを取らぬとも書き加えて。

「若、そのことは引き受けましたが、それよりも昨日は吉原でなにがあったか、詳しく教えてはくれませぬか」

その問いに答えるように、寿保が語り出した。昨日の丑三つ時にその事件は起きたのだと言う。暗がりの中、妙な気配がし目を覚まし横を見れば、寝ていたはずの吉野が目を見開き、天井の一点を見つめていた。明らかな異変を感じ取り、抱きかかえようとしたその瞬間、静寂に包まれた部屋の中に、かすかに鈴の音が響く。それが合図であるとでもいうように、吉野は髪に挿した簪を握りしめると、寿保の心の臓めがけて振り下ろしたのだと言う。目は虚ろで、何者かに操られているようにも見えたが、その力は強く常人離れしていた。腕を払い一旦そばを離れたが、吉野は意識が混濁する中で、自らの胸を貫こうとその手を内に向けた。咄嗟に吉野の腕を掴みその顔を見れば、涙を浮かべ、なにかに抵抗していることがうかがえたのだという。

「前に、青木の神さんに聞いたことがある。人を操る呪法があると」

修験者や忍びの者が暗示（催眠術）と呪（修験道の呪法等）で人を操り、狙った者を殺める術だと。吉野は、まさに呪法に操られ寿保を狙っていたのである。己の意志に関係なく、何者かに操られ、意識のないままに人を殺めてしまう。それに抗えば、己を死に追いやるという、反吐の出るようなやり方である。強い呪法であれば、常人が抗うことなどできるはずもなく、目的を達するまでは解くことは叶わず、従わねば己の命を絶つしかない。

吉野には、呪法に抗う術はなかったのである。

寿保は、呪法に掛かった吉野の目的が、己の命であることを悟っていた。咄嗟に吉野の手を取り、握られた簪《かんざし》を己の胸に突き刺した。吉野の手が、かすかに右に振れたことで致命傷とならなかったが、その想いを信じていたのである。自分を助けるため、己の意志を貫こうとした吉野の心の強さに、一縷の望みを繋いでいた。

寿保の胸に簪が突き刺さると、吉野は崩れ落ちるようにその場に倒れ込んだ。呪法に抗い、己の命と引き換えに寿保を救おうとした心根の強さに愛しさが込み上げてきた。しかし、その代償は大きく、呪法に逆らえば心の崩壊にも繋がるはずである。寿保は、命にかかわる時のみ使うことを許された、阿部家伝来の長命丹を吉野に与えた……。

それが、昨夜の経緯である。

「それでは、吉原にも、若の命を狙う者がいると。江戸に来るまで、何度も安之丞様の夢を見て参りました。それがなにを伝えようとしているかは分からぬまま、時を過ごしておりましたが。今思えば、若を守れと言われておったのでしょう」

佐吉が案じていたとおり、正夢を見ていたようである。

「先ほども話したとおり、楼主に会った折、儂が動けぬことを伝えてはくれまいか。下手人が楼主とは思わぬが、なにか摑めるやもしれん。それと、吉野のことも聞いてきてはくれまいか。吉野は昨日のことを覚えていないはずじゃが、くれぐれも気づかれんようにな」

佐吉も、そのことは十分承知していた。腹の探り合いをするつもりはないが、吉原、大見世、吉野太夫、そして繰り返される事件と、すべての繋がりに不安が募るばかりである。

佐吉は、寿保が楼主と約束した前金五百両と、身請けの借証文を渡すため大見世へと向かっていた。

楼主は佐吉から約束の金を受け取ると、こう言った。

「今日、寿保様はなにかご用でございますか。この大事なお約束に代埋を使わすとは、吉野以上に大切なご用事なのでしょうな」

昨日のことは知っているはずだが、心を読まれぬための、わざとらしい言い草である。

「若当主から、楼主様にはくれぐれもよろしくと、言づてをお預かりしております。それと、昨日はこちらから帰ってからは、具合が優れぬため、少しばかり寝込んでおります」

楼主の様子を探ってみるが、顔色一つ変えることはなく、平然とした態度である。さすがは、吉原一の大見世を仕切る男である。

「そうですか。阿部様には、くれぐれも体を労りますよう、よしなにお伝えくださいまし。それと、吉野はこちらで大切にお預かりしておりますと」

その口調は、寿保の怪我を知った上でも、見世に来ぬことを叱咤しているようでもあった。

借証文を楼主に渡し、中を確認してもらう。確かに、身請け話の横には、馴染みは取らぬと書かれていたのである。これには、楼主とて約束を違うことはできぬのである。言葉を換えながら、これまでの言動や態度を推測しても、昨日の事件に関与していると断定できる様子をうかがい知ることはできなかったのである。

誰が、なんの目的で寿保を狙ったのか。混迷は深まるばかりである。


吉野が目を覚ましたのは、事件から二日目のことであった。不可思議なことに、寿保と過ごした夜の事件については、虚ろなままはっきりと思い出すことができないでいた。奉公人、遣手も含め、見世で起きたことを口にすることは御法度である。特に、あの夜のことは、楼主から固く口止めされていた。事件のことが、吉野の耳に届くことは決してない。それが吉原である。

楼主が、吉野の枕元に腰を下ろした。

「吉野や、儂の申したとおりではないか。あの男、朝に逃げ帰り、顔も見せに来ぬ。馴染みとなれば、お前を粗末にすることは目に見えておった。あんな男を待つ身も辛いものよな」

いかにも、吉野が寿保に捨てられたと言わんばかりの口ぶりである。心に一物を抱えているようである。

「父上様、吉野は寿保様を信じているでありんす。わちきをないがしろにするような男ではないでありんす」

その言葉の裏には憎しみと怒り、そして愛するという、両の想いを捨てきれぬ心の葛藤が渦巻いていた。

「お前が床について、丸二日。阿部様は見舞いにも来ぬ。なんと、冷たい男なのかの。手紙一つも残さずに帰っていきよった」

明らかに、不安を掻きたてる言葉だけを並べたてた。それどころか、身請けの前金を納めたことさえ伝えなかったのである。

「父上様、わちきはもう少しばかり休みたいでありんす」

丁寧な言葉遣いで遣手に目配せし、楼主を部屋から追いやった。吉野の心には、寿保と歩むこれからの人生を夢見るどころか、楼主の言葉や自分を訪ねて来ぬ寿保への不安だけが渦巻いていた。事件の経緯を知らぬことが、さらに吉野の心を追い詰めることとなっていく。

吉原で受けた傷をかばいながらも、寿保が床から起き上がれるようになったのは二日後のことであった。その時を見透かしたかのように、仙台藩江戸屋敷から寿保の下に文が届けられた。

「兄さん、なんと書かれておるものか。もし呼び出しであれば、是が非でも行かねばならん」

金の無心か、言付けか、傷ついた寿保も藩の命に背くことはできずにいた。江戸での大商いを始めて後、江戸屋敷からは、藩に協力するようにと再三、金の無心が続いていた。藩で決められた年貢を含め、税は決まりに基づき支払っていた。特に、大商いを始めてからは、多額の税を藩に納めてきた。それゆえ、決められた税以上の要求は撥ね付けてきたのである。

「若、『深川八幡の料理茶屋平清で、申ノ刻に会いたい』と書かれております。文が届く当日に呼び出しとは、なんとも無茶な話でございます」

佐吉は寿保の身を案じ、呼び出しを撥ね付けることも一考と語ったが、当の寿保は必ず行くとの一点張りである。

「兄さん、行かねばならん。相手は江戸屋敷留守居役。落ち度があっては、家にも火の粉が降りかかろう」

支度を調えると、佐吉と二人で深川へと向かう。店では女将が出迎えてくれた。

「阿部様でございますか。ささ、こちらにお上がりくださいまし。本日は、奥の庭の眺めの良い南向きの部屋を用意してございます。ごゆるりとお過ごしくださいまし。お連れ様も、すぐにお見えになると思いますので、庭でも眺めながら、お持ちいただければと」

愛想の良い接客である。外に広がる庭園を眺めれば、心地よい風と、暖かな日が射し込む空間は、一時ではあるが、疲れ切った寿保の心に癒やしを与えてくれた。

しばらくすると、女将が襖越しに声を掛ける。

「阿部様、伊達様がお着きになられました」

返事をする間もなく襖が開き、伊達留守居役とお供の者二人が部屋へ入ってきた。

「阿部の当主よ、久しぶりじゃな。息災であったか」

その口調には、少しばかり棘があるようにも感じられた。寿保が負った傷のことは知っているはずである。膳が運ばれ、その場にいた者全員に酒が注がれた。

「今日は無礼講じゃ、ゆっくり宴を楽しもうではないか」

伊達の言葉が部屋に響き渡る。今日は、上機嫌のようである。雑談し、酒が回った頃合いを見計らったように伊達が口を開いた。

「阿部の当主よ、今日この席を設けたのは、度重なる大飢饉の救済について、ともに語ろうと思うてな」いつもとは違い、なにやら怪しげな雰囲気である。

「この年、国元では悪天候が続き、餓死風も吹きつけ、収穫前だというに大凶作との話が持ち上がっておる。その上、藩も借財が膨らみ、借入さえも難しいときておる。儂も、幕府と折衝し普請などの命を取り下げ、先延ばししてもらうよう働きかけておるが、それには当然のことながら、根回しのため金がかかる」

大凶作をねたにした、金の無心のようである。

「ところで、阿部は救済に向けて、殿に献策したと聞いておるが、誠か。領民救済のため他領から米穀を買い付け、沿岸の漁民に分け与えるとは、大それたことを申したものじゃ。城下の大店であればまだしも、大須浜の阿部がそれを行えば、政に関与するということになろう。藩の武士や町人の中にも、それを良しとせぬ者もおる。心して事を進めねば、危うきことになるやも知れんな」

それは十分承知していた。それでも、三陸沿岸の漁民の救済をせねば、餓死者が増え続けることは目に見えていたのである。

「ところで、その金はどこから調達するつもりじゃ。阿部には、金が余っておるようじゃの」

皮肉なのか、脅しなのか、鼻につく言い方である。

「藩のことを思えば、田舎の領民を救うよりは、藩の財政にその金を献上すべきと儂は考えるが、阿部は、どのように考えておる」

まったくもって、本末転倒の話である。藩が城下中心の施策を展開し、その付けが沿岸の人々の命を奪い、多くの餓死を招いている現状さえ認識することもできていないようである。いや、知っていて語っているのかもしれぬ。それが政である。

「伊達様。領内沿岸部は、城下と比べましても餓死者が多く、みな疲弊しております。藩からの救済もほとんど届かず、死を待つだけの民を見捨てろとは、まったくもって解せぬお話ではありませぬか」

藩の財政を苦慮し、領民を二の次にするその言葉に、寿保は憤りを感じていた。本来、領民の救済は藩の使命のはずである。

「そう怒るではない、藩が良うなれば、領民の救済も可能じゃ。そう考えればよいことではないか。ところでじゃが……」

話は続いた。藩の財政が逼迫する中、大量の米を買い入れると献策した阿部家に対し、城内の一部の者からはその金を藩に差し出すようにとの声も上がっている。城内の商人の中には、藩の命を受けたものの、米の手配ができず苦慮している者がおり、そのような者たちが、阿部に不満を抱えていると言うのである。

「儂は、阿部のすることは良いことだと思うておるが、いかんせん、みながそうとは限らぬ。儂の下に少しでも金が廻れば、その者たちを押さえることもできるのじゃが」

体のいい脅しとも、ゆすりとも取れる言葉である。当然、納得することなどできるはずもない。

「伊達様のおっしゃるとおり、そのような者たちがおるとは感じておりますが、私の行おうとしていることになんら後ろめたさもなく。ただただ人々の命を救いたいと思うておるだけでございます。それが、藩に対する罪だとおっしゃるのであれば、どんな罰でも受けますれば」

伊達は古狸である。寿保の言葉にも、顔色一つ変える気配もない。

「そうか。それはそうと、よからぬ輩はどこにでもおる。大須浜や阿部の家の者のことを心配しておるだけじゃ。それと、江戸におる吉野とかいう、花魁のこともな」

突然、放たれた言葉に、寿保は動揺の色を隠せなかった。吉野のことを分かった上で、呼び出したのである。

「伊達様のご心配は、たいへんありがたく存じますが、これ以上のお話はなにとぞ控えさせていただければと」

話の途中で席を立とうとしたその時、お供の一人が立ち上がり、寿保の膳前に膝を下ろした。

「阿部様、そうおっしゃらずに心を落ち着け、一杯いかがでございましょうか」

声を掛けてきたのは、お付きの女中である。人の仕草から次の行動を読んでいたようである。

「殿も、お人が悪い。阿部様の心をかき乱すようなお言葉は、口になさらぬがよいかと」

伊達に対しても強気とも思えるほどの、口の利き方である。奥女中、いや、その仕草を見れば、鍛錬を積んだ伊達の護衛のようにも見受けられる。

「まあよい。そうであれば、儂が言いすぎたかもしれん、許せ」

奥方か、娘からでも言われたかのように言葉を改めていた。この女中は、「セン」と呼ばれていた。小さい時分に国元から引き取られ、実の子のように育てた女中であるという。

初めて会った時、襖の陰でこちらをうかがっていた女であることを、寿保は気づいていた。

「阿部様の、御額には傷がございますが」

顔の傷に触れられるのは、めったにないことである。

「その傷は、海でならした歴戦の強者であることを物語っているようでございます」

センの口調は、なにかを諭すかのように、心を宥める優しさにあふれた音色である。一重切れ長で澄んだ大きな目に見つめられた寿保は、なぜかその眼差しが吉野とも重なり、愛しささえ覚えていた。

「伊達様、我ら阿部も、藩のためご尽力できることは、ご協力いたしたいとは思うてはおりますが、何分にもこの大飢饉が終息せぬことには、それも叶わぬことかと」

寿保の言葉に、どれほど納得したかは分からぬが、その場は事なきを得て宴はお開きとなった。

伊達一行を見送り、宿へと帰り着く間、宴で伊達が語った言葉の一つ一つが、心のわだかまりとなり不安を掻きたてていた。寿保は、伊達がなにかを隠蔽していると直感が働いたのである。

屋敷に戻った伊達一行は、奥座敷で人払いをし内密な話を交わしていた。

「殿、吉野のことを伝えたのは、我らが関与していることを伝えたようなものではありますまいか」女が切り出した。

「あれは、あれでよい。当主の弱みを握っておることが伝わればよいことじゃ。生かさず殺さず、金を稼いでもらわねばな」

伊達にとって、大商いにより金を稼ぐ阿部家は、己にとって利用価値がある存在と考えているようである。江戸にあっても幕府と国元の家臣まで手中に収めるその手腕と計略は、ただ者ではないことをうかがわせていた。

「ところで、言いつけておった例の件はどのようになっておる。大分、時が経つというに、まだ見つからぬとは」

突如、声色が変わりそばに控える男を叱咤した。

「すぐにでも、大須浜に手の者を向かわせ、目的の物を奪還させる所存でございます。それと併せ、吉野の動向につきましても楼主と話をし、逐次、状況を把握できますよう手配しておりますればなんのご心配にも及びませぬかと」

すべては、寿保と阿部家の動向を掌握し、手駒として仕向けるための策のようである。

「殿。もし、目的の物が手に入らぬのであれば、阿部の当主の命を奪うことを許していただけるのであれば、将来に禍根を残すこともないものかと」冷めた口調で語りかけた。

「馬鹿なことを言うでない。これまで阿部が行ってきた藩への貢献と、今後の利用価値を踏まえれば、当主を手に掛けるなどもってのほかじゃ」

伊達の言葉に答えることもなく、その場から男は姿を消していた。

第六項　寿保と吉野　×　しばしの別れ　×　両替商

寿保は、伊達留守居役から言われた一族と吉野の話に加え、傷の痛みを抱えたまま、眠れぬ夜を過ごすこととなる。

朝まずめ、佐吉が部屋を訪ねると、寿保は出かける支度を済ませていた。急ぎ、吉原に向かおうとしていたのである。

「若、江戸から出立も間近、体を休めてはいただけませぬか。国元への出港は、当主の傷の治り具合を見極め、いつでも出立できるよう準備は整っております。ここで無理をなされば、みなに迷惑を掛けることにもなりかねませぬ」

救済米の買付に向け、秋田との話し合いに臨む日が、刻一刻と迫っていたのである。それを承知で行動に出たのである。

「もし、どうしてもと言われるなら、私もお供させていただきます」

寿保は頷いた。先日、男たちに襲われたばかりであり、用心に越したことはなかった。傷を負った体であれば尚のこと、一人で相手の術中にはまるようなことはあってはならぬのである。

楼主からは、吉野に会うのであれば、吉原が華やぐ暮れ六つにとの話は受けていたが、早めの帰宅が肝要と、未の刻（十四時）に吉原に着くよう出立した。夜は、辻斬りの噂が飛び交っていたのである。

「番頭さんは、いらっしゃるかね」

寿保が見世先で声を掛けた。奥から番頭が駆け寄ってくる。すぐさま、寿保の傍らに身を寄せると、耳元で囁くように語りかけた。

「これは、これは阿部様。お体の具合はどのように。大事ないでしょうか。あの夜は、吉野がとんだご無礼をいたしまして、申し訳のないことでございました」

いつにも増して丁重な態度である。見世で起きた事件のことを、ほかの客には悟られぬようにと機転を利かせた、番頭ならではの配慮である。

「吉野と会いたいのだが、取り次いでくれんじゃろうか」

その言葉に、少しばかり困惑し悩んでいたようだが、その場から離れると、内緒のほうに足を向けた。

「阿部様、楼主が一度お会いしたいと申しております。奥の間までご案内いたしますれば、どうぞこちらに」

番頭に先導されるまま奥の部屋へ向かうと、珍しく楼主が先に待ち構えていた。なにか魂胆がありそうである。

「阿部様、怪我の具合はいかがでございますか。わたくしも心配しておりましたが。こうして見世にお越しいただくくらいであれば、さほど心配することもないのでございましょうか」

回復した姿を見れば、いかにも致命傷とならなかったことが、残念だとも取れる口調である。

「吉野に会いたいのだが、時間をとってはもらえんじゃろうか。明日にでも江戸を発ち、国元に帰らねばならん。身請けの金と証文も差し出しておる。それくらいは、融通を利かせてはくれんじゃろうか」

　この妓楼を仕切るのは楼主である。吉野に会うためには、楼主に頼み込むしか術はない。

「そうですな。本来なら、馴染みとして来ることが仕来りとなっておりますが、そう言われれば、しょうがありませぬ。ただし、吉野はあの日から体を病んで床に伏せっておりますれば、あまりお時間をとることは難しいかと存じ上げます。それでもよろしければ」

　本心は、体を壊している吉野と会わせることをよしとはしなかったようだが、明日帰るとの言葉に、融通を利かせたようである。

「ぜひにとも言われれば、仕方がありませぬな。ただし、会うとなれば馴染みとして、それなりの金は置いていくのが吉原の仕来りでございます」

　ここに来ても、金がものを言うとは浅ましい限りである。寿保は佐吉から金を受け取ると、楼主に手渡した。

「それでは、吉野の下に案内してもらうよ」

　楼主が手を叩くと、遣手が襖を開けた。

「阿部様、ようこそいらっしゃいました。ご案内いたします。吉野太夫はあの日から体が優れず床に伏せっておりますれば、阿部様のお顔を拝見いたしますれば、良い薬になると存じ上げます。時間のほどは、楼主様からお話がありましたが、ほどほどにお願いいたします」

丁寧な言葉だが、早く帰れと言わんばかりの口調である。部屋に案内されると、吉野は床で伏せっていた。

「吉野、大丈夫かい」

寿保が声を掛けたが、その姿には覇気が感じられない。先日まで、凛々しく艶やかな姿を見せていた吉野太夫とは思われないほどに衰弱しきった姿をしていた。こちらを振り返る。

「寿保様、やっと、会いに来てくれたでありんすか」

かすれ、弱々しく囁くような声に、寿保は、吉野を救えなかった己の弱さに口惜しさを感じていた。寝床に横たわる吉野の顔に手を当てれば、その冷たさに驚くばかりである。顔に両の手を当て、頬を温めるように包み込んだ。二日と会わないうちに、これほどにやつれるとは思ってもみなかった。よほどの心労を抱えていたに違いない。涙をこらえることしか、今はできるはずもない。

「吉野、早く良くなっておくれ。儂は、お前に会わずして国元には帰れんかった。お前も、待っていたはずじゃろう」

その言葉に吉野も頷くと、寿保の頬に冷たい手を差し伸べた。

「お前をすぐにでも国元に連れて行きたいが、楼主から身請けの条件を出されてしもうた。少しばかり、待っていてはくれぬか。必ず、迎えに来る」

その言葉に、吉野は口元が緩み笑みを浮かべた。これが吉原であり、今の己にできる精一杯の想いである。

寿保は、あの夜のことを吉野に尋ねたが、夜中のことは朧気にしか思い出せないと言う。遣手に聞いた話では、あの日の朝は床についたまま起き上がることもできず、目が覚めた時は二日が過ぎていたという。今は薬をもらい、やっと、お粥が啜れるくらいになったのだと。

吉野は、しばし思い詰めていた様子であったが、重い口を開くと話を始めた。

「寿保様、わちきの話を聞いておくんなまし……」

思い悩んだ末に、自らの境遇と、寿保の父が家族を殺めたことを告白したのである。

「それは、誠の話なのか」寿保は、その言葉に耳を疑った。誰よりも他人を思いやり、弱者を助けることを小さき頃より寿保に説いたのが父、安之丞である。寿保は、吉野のか弱い体を優しく抱きしめながら語りかけた。

「よく話してくれた。二人が出会い、儂がお前の家族の敵である安之丞の子だと分かった時の辛さは、いかほどのものであったのか。そして、今も苦しんでおる。もし儂のことが憎ければ、大飢饉の救済を終え江戸に戻った時に、家族の敵として、お前に討たれてもなんの悔いもない」

その言葉に、吉野は首を振った。

「聞きたくはなかろうが、少しだけ、父の話を聞いてくれんか。儂は父を信じとる。そして、お前のことも」

吉野はしばらく考え込んでいたが、かすかに頷いた。

「儂の父は、人を助けることはあっても、人を騙すようなことはせん人じゃった。昔から、誰とでも仲良うなれて、困っておる人を見ると、助けずにはいられぬほどの善人じゃ。子どもの儂とて、父は優しく、お人好しで、お節介であることは分かっておった」

寿保は話を続けた。

「儂がまだ、成人する少しばかり前の話じゃ……。石巻というところで、悪いやつらに襲われておった役人の子を助けたことがある。両親は斬り殺され、二人の娘は生き延びたが、天涯の孤児の身となった。父の気性からして、両親を亡くした二人の子を見捨てるわけがない。自ら役所に申し出て、娘の両親の供養をし、二人の娘の預かり先を探すことを承諾させた。渡波というところに住む、心根の良い小間物屋の夫婦に子どもがいないことを知ると、わざわざ訪ねていき、二人のことを引き取ってもらえるようお願いしたそうじゃ。二人が生活に困らぬようにと、大金をはたいたとも聞いておる。人助けが、生きがいであるような人であった」

そして寿保は、吉野の目を見つめながら言った。

「爺様から聞いた話じゃが、そんな父が人を殺め、銭を奪うなど、あり得ぬことだと儂は思うておる」

吉野は、なにも言わずに聞いていた。なにかを、記憶の中で探そうとしているようでもあった。

寿保は、父の話を終えると、その娘たちとの出会いも語り始めた。娘たちが殺されそうになった時、侍の前に飛び出し怪我を負ったこと。その怪我が元で、一月ばかり石巻で養生し、娘たちと一緒に過ごしたこと。妹のいない寿保にとって、新しくできた妹のようであったこと……。寿保が、二人の子のことを語る時の姿はいかにも嬉しそうで、葛藤を抱える吉野にとって、心に火をともすような温かい心持ちになれる時間が過ぎていった。

もう一つ、父・安之丞が亡くなった時、寿保は怪我が原因で記憶を失い二人のことを思い出せずにいたが、今は少しずつではあるが、記憶が戻りつつあることを告げた。

「そうだ、二人の名前はキヌと、もう一人はアサであったか。今なら吉野と同じ年くらいじゃ。名前も同じじゃ。お前とよう似た、美しい目をしておった。なにより、この広いお江戸で、また違うたアサと会えるとは、縁とは摩訶不思議なものじゃ」

寿保は、吉野の気持ちを和らげるように笑ってみせた。

「わちきは寿保様にとって、その娘の代わりでありんすか」

わざと、鼻を曲げたような口ぶりで笑っていた。その屈託のない笑顔が、寿保には愛おしかった。

「それと、二人には、首筋に桜の花びらのアザがあってな、珍しさもあり、よう覚えとる。あの時は、風邪も流行っておった。二人は風邪をひき熱が出たと、儂の横で鼻を啜っておった。儂が怪我した時も、そばで看病をしてくれた。そのお返しにと、鼻をかんでやったのをよう覚えとる」その話に、吉野は不思議そうな顔で首に手をやった。

吉野の笑顔を見るために話を続けた。話が一通り終わると、疲れた様子の吉野を床に入れた。

「吉野や、売られた男から聞かされた話がすべて嘘だとは言わん。じゃが、儂のことも信じてはくれんか」それが寿保にできる、唯一の問いかけであった。

「その上で、儂の話が信じられねば、無理強いはせん。お前が儂と一緒になれんのなら、お前を身請けした後は、一生楽に暮らせるだけの金はやる。そうすれば、儂と離れても幸せに暮らしていけるはずじゃ」寿保は、吉野の気持ちを気遣う言葉を掛けた。

「そうでありんすか。もし、わちきが寿保様を嫌いになったら、そうしておくんなまし」

吉野も微笑んだ。互いを気遣う気持ちを急かせるかのように、刻は足早に過ぎていった。

二人は時間の許す限り、止めどもない話を楽しんだが、約束の刻が来たとでも言うように遣手が部屋を訪れた。

「そろそろ、太夫はお薬を召し、お休みになるお時間でございます。阿部様には、お帰りいただけますればよろしいかと」

その言葉に、寿保は、もう少しだけ待ってはもらえぬかと金を渡した。

「吉野や、必ず迎えに来る。如月には必ず。文も書く。返事をくれんか」

手を握りしめ、寝ている吉野を抱きしめた。楼主との約束を寿保は一つ破り、迎えの月を伝えたのである。このことが、二人の運命を大きく分けることになるとは、今は知るよしもない二人である。

「寿保様、このまま、わちきを連れて行っておくんなまし。死ぬまで一緒におると、誓うてくれたではありんすか」

吉野の目からは、止めどなく涙がこぼれ落ちた。寿保とて、このまま置いていくなどできようはずもない。それでも、吉野を身請けするためにはこうするしかないことを自らに言い聞かせていた。地元に帰れば、救済という大仕事が待っていた。藩や商人の不穏な動きを考えれば、今、吉野を大須浜に連れ帰ることは、身を危険にさらすこととなる。吉野をここに残すことが最良の選択であると信じた上での、苦渋の決断であった。

「儂が迎えに来るのを待っていておくれ。必ず、お前を嫁として連れ帰る」

それは寿保が吉野に掛けた、別れの言葉であった。縋る吉野の手を優しくほどき、部屋を出た。それが正しい選択であったのかは、誰も答えを出すことはできない。大海に浮かぶ木の葉のように、二人は運命という大波に翻弄されていくこととなる。

寿保は吉原を出ると、その足で日本橋にある越後屋に向かった。両替商である。

「お邪魔するよ。番頭さんはおいでかな」

奥からこちらを覗き込むと、見知った顔であるとばかりに店先へと姿を現した。

「これは、これは大須浜の阿部様ではございませぬか。今日は、どのようなご用事でございましょうか」

丁寧な出迎えである。

「今日は、お願いがあって伺った。少しばかり相談に乗ってはくれまいか」

寿保は、吉原の花魁を好きになり身請けをするための金が必要であることを番頭に告げた。誰であれ、花魁を身請けするなど途方もない話であることは承知していた。それも大見世、吉原一と称される花魁である。番頭は冷静に事の顛末を聞きながら、額には冷や汗が浮かんでいた。それほどの大事である。

「お話は分かりましたが、いかほどご用意させていただければよろしいのでしょうか。それと、阿部様の財と担保を踏まえ、考えさせてはもらえませぬでしょうか。額によりますれば、旦那様とご相談させていただきとうございます」

しきりに顔を手ぬぐいで拭いている。寿保は番頭の耳元で、外には漏れぬように伝えた。

「額は、二千五百両じゃ」

その言葉に、番頭はしゃがみ込んでしまった。腰を抜かしたようである。座り込んだ番頭を肩に担ぎ帳場まで運ぶと、店の奥から店主が声を掛けた。

「阿部様、ご無礼を申し上げました。わたくしが番頭に代わって、阿部様のお話をお聞きいたしたく存じます。奥の座敷までご一緒に来てはいただけませせぬか」

さすがに店主である。寿保の話を聞くと、そろばんをはじき始めた。

「それでは、阿部様が江戸で取引されます、商いの儲けを計算させていただきますれば。それと、船や荷の種類、航海の日数、儲けをお教えいただけませせぬか」

事細かな質問と、寿保が持参した大福帳を丁寧に調べ始めた。

寿保が、石巻を発つ数日前のことである。登和が、寿保可愛さに伝えていたことがあった。「婆様の話では、吉原一の花魁ともなれば、身請けするのに五百両、それは表向きの話、実際は、少なく見積もっても三千両は必要じゃと言うておった。儂も馬鹿親じゃ、くめに、大商いを始めてからの儲けと、十五浜を救済するための額、それと三陸沿岸への儲けを配分するための金を弾いてもろうた。すると、一度だけじゃが、なんとかお前が自由に動かせる金が、三千両にわずかに満たぬが、あると言われた。一世一代の賭けに出るお前を、爺様をはじめとしたご先祖様が後押ししとる。もし、それ以上であれば、それもお前の運、きっぱりと諦めることも必要じゃ。儂らが、お前にしてやれることはここまでじゃ。あとは、どれほどの気概を持って、男として吉原と相まみえるかは、お前次第じゃ。これが、政にかかわると決めた、お前への餞《はなむけ》じゃ。心置きなく戦ってこい」

阿部の者みなが、寿保の気持ちを支えてくれていたのである。

「大福帳を見てもろうたが、これからは三陸産の荷を増やすつもりじゃ。それと、儂の船が江戸に入るたび、商いの金の一部を越後屋さんに預けるつもりじゃ。さすれば、正月明けには二千五百両に届くと思うが、いかがなもんじゃろうか」

少し足りぬとは言われたものの、寿保の想いに応えるように、船が入るたび金を預け入れるのであれば、如月（二月）までにはすべてを用立てると言う。

「あと一つ、願いがある。その二千五百両は、如月の末日、吉原の大見世に届けてもらえんじゃろうか。楼主との約束じゃ。遅れることがあってはまずいでな。それが頼めるのは、越後屋さんしかおらん」

信用商売である。受けた依頼を違わぬのが、商売人である。

「よございます。阿部様との取引も、長く信用できますれば。こちらの預証文にてお預かりすることで、よろしゅうございますか。

それと、たいそうな金額でありますれば、吉原にお届けするとなれば、それなりの費用をいただくことも必要かと」

当然である。信用商売、護衛も付けねばならぬことは承知している。

寿保は、最後に残された金の工面と、吉原への支払いを越後屋に依頼したことで、江戸でやるべきことはすべて終えた。宿屋に帰ると、「明日、江戸を発つ」と佐吉に告げた。

第七項　家族の出迎え　×　寿保の計略　×　事を成す者

寿保が、江戸から大須浜に帰ったのは長月（九月）も下旬のことであった。家では、登女、登和、くめが、なにやら深刻な顔つきで寿保の帰りを待っていた。玄関口で声を掛けるが返事はない。何事かあったのかと、寿保と佐吉は恐る恐る襖を開けた。

「なにをしておる。早う上がってこんか」

婆様の、威勢の良い声が部屋中に響く。

「今、帰ってきたところじゃ。そう慌てんでもよかろうに」

寿保の言葉は届いていないようである。座敷に入り上座に腰を下ろした途端、三人がこちらに目を向け、声を合わせたように、「ご苦労じゃった」と出迎えてくれた。久しぶりの我が家である。

「江戸は、どうじゃった。嫁の姿が見えぬが、待たせておるのかの。早う連れてこんか、みな待っておったぞ」登女があたりを見渡した。

「嫁は連れてこれんかった。いろいろあってな」

その答えに、三人が寿保を睨みつけた。

「お前はなにしに江戸に行ったのじゃ。情けない」もっともな話である。

「儂とて、悔しい限りじゃ。訳があってな」

寿保は、その経緯を語り始めた。吉原で吉野と再会し、気持ちを確かめると、互いに好いていることが分かり夫婦となることを誓ってくれた。楼主と話し合い、身請け金の額を三千両と決めたが、すべての金を支払うまで吉野は吉原から出さぬと言われた。初めに手付けとして五百両を支払い、身請けの借証文も渡すことができた。三千両すべての支払いは翌年の如月になるが、その時、吉野を嫁に迎えることができると。

「お前というやつは、女心と、吉原がどんなところか分かっておらん。どんなことをしても楼主と掛け合い、連れてくるべきであった」

登和が、寿保を叱りつけたのには訳があった。話の筋から、楼主が吉野を手放す気はないことを感じ取っていたのである。寿保にしてみれば、楼主と交わした身請けの約束もやっと取り付けたものである。ましてや、これから始まる他領地からの米の買入には危険が伴う。現に、今も阿部家への妨害が続いている。そのことを踏まえれば、吉野を今、大須浜に連れ帰るよりは、江戸に残すことが最善だと考えたのももっともなことである。

だが、家の女たちの考え方は違っていた。女であるがゆえに、吉野の気持ちを察していたのである。

「お前は、吉原というところを知らなすぎる。置き去り同様にされた、吉野の気持ちはどうなる。考えてみたことはあるか。一緒に行きたいとは、言うておらんかったか」

婆様の言うとおりである。

「ほんに、馬鹿者じゃ。せっかく江戸まで迎えに行ったというに。吉原は、女を骨の髄までしゃぶり尽くさねば、大門をくぐり外に出ることができん場所じゃ」

寿保の心に不安が過っていた。そのことを誰よりも知っていたのは、吉野である。

「お前が決めたことじゃ。しっかりと責任を取り、迎えに行くことじゃ。好いた女を悲しませるでないわ」

その言葉が、寿保の心に深く突き刺さる。なぜに、連れてくることができなかったのか。

「後悔先に立たず」とはよく言ったものである。登和が話を始めた。

「ところで、この秋はえらいことになっておる。領内の米の出来じゃが……」

今年は春からこれまでにないほどの天候不順に加え、強い餓死風が吹いたことで、仙台藩六十二万石、実高百万石とされる米の収穫量は、例年の一割程度まで落ち込んでいたのである。大凶作も四年を迎えるが、これほどまでに厳しい年は初めてである。米の収穫は、天保の大凶作と言われた過去四年間でさえ、例年の三割ほど。それが今年は、一割であるという。

「この様子では、領内の餓死者がどれほど出るものか及びも付かん。恐ろしいことじゃ。藩は借財も増え、借入さえ難しいときとる。城下の商人に、米の買付を命じておるが、その米はすべて侍の食扶持と城下の者に回される。このままでは、城下から遠く離れた沿岸部で暮らす者たちは、その半数の命が失われよう」

思っていた以上の大凶作である。すぐにでも救済を進めねば、より多くの命が失われる。寿保が献策した他領からの救済米の買付が、三陸沿岸の人々との命を繋ぐ糧となったのである。

「分かっちょる。なにがなんでも、米を手に入れねばならん。そのためには、まずは心を決めねばならんことがある。儂に少しばかり時間をくれんじゃろうか」

その言葉に、異論を唱える者がいるはずもない。その日、寿保は一人石室の書斎に籠もると、江戸での商いで不在であった期間に、奥州や各地から届けられていた文のすべてに目を通していた。


寿保が書斎から出てきたのは、翌日、明け六つ（六時）のことである。朝飯の支度が終わり、家の者が居間に集まっていた。

「すまんな。昨日は夕飯抜きでこれからのことを考えておったせいか、旨そうな膳を前に我慢できず先に箸を付けてしもうた。行儀が悪いが、腹が減っては戦ができんというじゃろうが」

なにかを決断し嬉しいことでもあったのか、満面の笑みを浮かべ飯を頬張っている。

「みなに、この場を借りて伝えたいことがあるんじゃ。飯を食うたら、話を聞いてくれんか」

吉原のことか、救済米の件か。誰もが捉えどころのない言葉に困惑するばかりである。

寿保が二列に並べられた膳の中央に陣取ると、神妙な面持ちで語り始めた。

「儂には、少しばかり思うとることがある。この大須浜で暮らす者の中に、儂らの話を外に漏らしておる者がいるやもしれんとな。先には、この浜の者しか乗り込むことができぬ我が家の船に、細工が施されておった。儂が江戸に行くことも、ある者には伝わっておったようじゃ」

伊達留守居役のことが脳裏に浮かんでいた。誰もが村の者を信じていた。それがここに来て、疑いを持つことになろうとは。誰の顔にも、憔悴の色が見え隠れしていた。

「それと、何者かは知れぬが、他領からの米の買付を諫めるような文が来ていることや、小竹浜へ係留する千石船でも事件が起きておることを踏まえれば、用心に越したことはないようじゃ」

新たな敵の出現も、厄介なものではある。

「儂とて、まあ、ここにはそんな者がおらんと願うてはおるが、それも世の常じゃ。なにか訳があってのことじゃろうて。この話はここまでじゃ。みなを信じるしかあるまい」

寿保の願いは、家の者みなの願いでもある。

「気を取り直して本題に入るが、その前に、婆様の承諾を得ねばならん。儂が、これから語ることを許してはもらえんか」

登女は腕組みし、目を閉じていた。それでも、当主の決断であれば、それに従うしかないことを承知していた。

「話というのは、これから取り組もうとする米の買付にかかわることじゃ。それも、外には知られてはならん、この家の隠し事も含まれておるのでな。心して聞いてはくれんか……。みなも知っておろうが、儂が江戸に赴く前、秋田から阿部に米を売り渡してもよいとの知らせが届けられた。秋田の寺社仏閣と豪商や商人が協力し、阿部の家のためならばと、密かに四千五百俵を蓄えてくれておったそうじゃ。誠にありがたい話じゃ」

この大凶作の中、他領から米を手に入れるということは至難の業である。それを可能にしたのは、寿保の時勢を読み解き人に先んじて難題に対応する能力と、阿部家が隠し持つ全国の情報網の活用と、救済精神に支えられた相互扶助の心がなしえたものである。

「これから伝えることとは、これまでは阿部の当主のみに語られてきたこと。みなも、心して聞いてもらわねばならん話じゃ」

本題に入ろうとばかりに、部屋の机に数十冊の納経帳を広げた。

「これは、この家が代々全国の寺社仏閣を行脚し、仏像、仏典などを寄贈・寄進した記録じゃ。阿部の家では、人々の安寧を願う心の大切さと、世のため人のために生きよと、この村の者みなに教えてきた。爺様は商いで廻る地や、必要があれば全国を行脚し訪れることが難しい地では、その地の仏具店や経文店、かかわりのある廻船問屋や問屋衆に依頼し、寄贈・寄進を行ってきた。その数は、全国の二百三十三の寺社仏閣に寄贈・寄進したものは、二十体の仏像、三百九十九回の納経、納経巻数四千百四十三巻ともなり、その額は数千両にも及ぶ。それと、この納経帳に記されてはおらぬが、寄贈・寄進とは別に、寺社仏閣に託した金のことじゃ。爺様は、各地で大凶作や大災害に見舞われた際、民の救済に充ててほしいと金を渡しておったそうじゃ。そのことは、その地の寺社仏閣とかかわりのある豪商や問屋衆も知っておる。当然、意図せずとも、その地に影響力のある者たちとの繋がりも生まれる」

阿部家、いや源左衛門が、世のため人のためと思い行ってきたことは、結果的に、阿部と全国を繋ぐ橋渡しとなっていたのである。

「全国の寺社仏閣や問屋衆から送られてくる文は、全国各地の藩の情勢、庶民の暮らしぶり、商いの動向を知ることにも繋がる。要は、大須浜にいながら、全国の動向を把握できる情報網が作られておったということじゃ。阿部は、その文がもたらす情報や情勢も踏まえ、江戸と蝦夷地を結ぶ東回り航路で商いを行ってきた。それに加え、藩と領民の暮らしにかかわることがあれば、誰にも知られぬよう城にも文を認めておったようじゃ」

　金華山だけではなく、阿部家は、全国に広がる多様な情報と繋がりを構築していたのである。この地にいて、全国の動向が把握できていた理由がそこにはあった。

「儂は、爺様、婆様に言われておったことがある。お前が当主となり、この全国に広がる情報網を駆使すれば大きな商いができるが、大事なことは、己を知り、身の丈に合った商いをしなくてはならんと。もし阿部の家に困りごとがあれば、誰であれ協力は惜しまぬはずじゃが、それは表立って政にかかわらぬことが前提。もし、儂らがどのような訳があったとしても、表舞台に姿を現し藩の政にかかわることになれば、全国の情報を持つ儂らは必ず、藩の争いに巻き込まれることとなるじゃろうと。そうなれば、これまでかかわりのあった寺社仏閣や各地の豪商にも迷惑が掛からぬよう、互いに文を取り交わすことを止めねばならんとな。その時は、己が殿様に献策することなど思いもしなかったが、今となれば、爺様が語っていた、『これ以上、政にかかわらぬことが肝要』との言葉が、今は痛いほどに分かる」

　寿保は一息つくと、さらに続けた。

「今、語ったように、儂は、爺様、婆様から、政にかかわれば、阿部はもちろんのこと、大須浜や、これまで築いてきた多くのものを失うと諭されてきた。それでも、儂はこの大凶作により、餓死者を一人でも減らすことを選んでしもうた。これまで、阿部が築いてきた全国の寺社仏閣や豪商、商人とのかかわりを捨てることになろうとも、それは仕方のないことじゃと思うておる」

寿保は、奥州各藩のかかわりのある者たちに、これまでの繋がりを捨てる覚悟で米の確保を願い出ていたのである。それほどの想いがあるならばと、文をくれたのが秋田であった。

「この話は、当主だけに引き継がれるものであったが、今となれば、みなに隠しだてすることもないと思うてな。これからも、全国の寺社仏閣に寄贈・寄進は続けるが、爺様が生きておった時のように、阿部家、特に、儂には全国と渡り合うだけのコネも力もないかもしれん。それでも、なんとしても、献策した米の買付だけは成し遂げねばならんと思うておる」

その想いは伝わっていた。寿保が思い悩み、打ち明けた家の秘密を、責める者などいるはずもない。登和が声を掛けた。

「ようやった。それでこそ、阿部の当主じゃ。米は秋田が手配してくれることは決まった。

あとは、三陸沿岸の漁村とこの地にどのようにして、米を運び入れるつもりじゃ」

寿保が、手に持っていた奥州の地図をその場で広げた。

「そのことじゃが。まずはみなで、この地図を見てはくれんか。儂らの領内から秋田に抜けるためには、仙台から山形を経由する笹谷街道から羽州街道を北上する経路。そのほかには、仙台から関山街道、吉岡から北に向かう最上街道、出羽街道があるが、いずれも羽州街道を抜けねばならん。儂らが住む大須浜からは、奥州街道を下り、小安街道を抜ける道もあるが、どの道を通るにしても、いくつかの難題はある」

寿保が言う難題の一つは、野盗（大飢饉で身を崩した百姓やヤクザ者）である。今、峠筋を通る商人の荷を狙い出没しているという。二つ目には、藩や商人から依頼を受けたならず者たちが、人気のない街道筋で待ち伏せていること。それと三つ目は、買い入れた米を藩に没収され、すべて城下へと運ばれる懸念が残ることである。

藩は、城下の商人が米の運搬を行う場合は手厚い保護は行うが、それ以外の地に運ばれる米については、搬入する商人の安全を保障するものではない。つまり、三陸沿岸に米を運ぶのであれば、自ら護衛し搬入するしか手はないのである。

「そこでじゃ。儂は運搬のやり方を、こう考えておる。買い入れた米は、日を分けて搬入はせず、同日に一斉に運ぶべきじゃとな。秋田から羽州街道を上り、仙台領内に運び込む時は、四街道を利用する。四街道とは、小安街道、出羽街道、最上街道、関山街道じゃ。羽州街道から四街道へは、同日、同時刻に一斉に搬入を開始する。そうすれば、野盗が狙うにしても、狙いが定まらぬはずじゃ。儂らにしても、各隊に分けた俵の数が少なければ、護衛もやりやすい」

その話に、くめが問いかけた。

「若当主よ、それは分かるが、大須浜の人出だけで、一時に数千俵もの米を領内に運び入れるのは至難の業じゃ。それを知った上での策じゃろうな」

「くめ姉、良いことを聞いてくれた。儂は、なにも大須浜の村人をすべて運搬に当てると言うてはおらん。それは……」

寿保が言うには、数千俵もの荷を運ぶためには、人、それと牛・馬と荷台が必要である。馬であれば一頭で二から四俵。牛であれば、荷台を曳かせれば七俵程度か。それだけの牛・馬は大須浜にはあろうはずもない。当然、人の数とて同じである。それであれば、どのような方法をとるのか。

まずは、運搬の人足の手配である。運搬に必要となる人足の手配は、秋田での荷受けに始まり各街道の運搬を含め、運搬経路の地に住まう者たちを雇い入れる。人だけでなく牛馬・荷台の確保も、秋田、山形、仙台と対応できる問屋、豪商に依頼し手配する。そうすることで、大須浜からは運搬を指揮し、護衛となる者を選び出すことで対応が可能であると。

「儂らはあくまでも荷主であり、荷を守る護衛のようなもんじゃ。なにかあれば、兄さんの腕の見せどころじゃ」

誰もが耳を疑った。寿保の言い分は分かるが、人足や牛馬、荷台の手配となれば、かなりの時間と調整が必要となるはずである。

「心配しとるようじゃが、大丈夫じゃ。爺様、それと儂と佐吉兄が行ってきた海見で、儂が当主となった時には、大凶作が訪れることは予見しておった。それであればと、婆様から聞かされた奥州諸藩の寺社仏閣、豪商、米問屋との繋がりを踏まえ、二年も前より人足と牛・馬の手配を依頼しておった」

まさに、先見の明とはこのことである。各街道沿いで大飢饉により生活に困窮している者や仕事を希望する者がおれば、地元の人夫賃より高く支払うことを条件に雇い入れを行った。人足を地元で雇い入れれば、地の利を知り、険しき峠や危険な道も熟知しており、安全な運搬に繋がることは間違いない。それさえも見越した対応であった。また凶作であれば、脱藩者も出る中で、高い銭を得られる働き口があることは、藩にとっても百姓にとってもありがたい話である。

気がかりなのは、野盗対策である。運搬経路である街道で名を馳せた野盗とかかわりのある者を探し、幾ばくかの金を払い、襲われぬよう調整も図ってきた。寺社仏閣には、食扶持が失われた百姓が、阿部の旗印のある荷馬車を襲わぬよう説いてもらうよう根回しも行った。この二年、寿保は、家族の見えないところで、十五浜と三陸沿岸の漁村を救済するため多くの調整を進めていたのである。

「それと、儂らに不満を持つ藩や城下の商人の対応も考えとる。出立前には、城下や主立った街道筋の宿場や茶屋に銭を払い、わざと噂を流す。荷は仙台藩の積荷。運搬する者は各領内の領民であり、これを襲う者は各藩から処罰を受けるとな。運搬しておる者が、仙台か、山形か、秋田かは知る者はおらん。藩同士のいざこざともなれば、簡単には手出しはできんはずじゃ」

互いの藩を牽制し、危難をかわす術も心得ていた。

「それと大事なことは、すべての運搬経路と日時を、より多くの者に知らしめることじゃ。

仙台藩とて面子があれば、問題を起こさぬよう配慮するはずじゃ」

なんとも、大胆な筋書きである。

「若当主は、たいしたもんじゃ。わたしさえ思いつかぬようなことを考えておったとは」

くめは、寿保を当主としたことが間違いではなかったと喜びを噛みしめていた。これまで寿保を守ろうと懸命に生きてきたが、一人の男として巣立っていく姿に、一抹の寂しさも感じていた。

「荷を藩に押収される懸念があるとも言うておったが、そのことはどのように考えとる」

登女が尋ねた。

「そのことじゃが、なぜ荷を分けたかということにも繋がる。すべての荷を一つの隊として、一斉に運ぶとする。その荷を藩が護衛するともなれば、すべての荷を一度城下へ搬入すると言われても、拒むことはできん。そうなれば、多くの荷が城へと運ばれるはずじゃ。それは避けねばならん。それを回避するためには、噂を流すんじゃ。先ほどとは、少しばかり違う話をな。大須浜の阿部が運んどる米は、仙台藩の殿様が、三陸沿岸の村人を助けるために運ばせておる米だとな。そうなれば、藩とてむやみに城下に運び入れることはできんじゃろうて。なにせ、殿様の命じゃからな。侍も城下の商人も手出しはしにくいというわけじゃ」

なかなかの策ではあるが、それとて疑問が残ると登女が指摘する。

「その話は分かるが、藩主に伺いも立てず、名を使えば罰せられることにもなろうて。大胆な話じゃが、問題はありそうじゃ」

「婆様、大丈夫じゃ。儂が殿様に献策した時、他領からの米の運搬を許してもらえるのなら、安全のため仙台藩の名と、藩主の名を語ることを許してくだされとお願いしておる。どちらも、承諾を得ておるということじゃ」

抜け目のない話であるが、それゆえ、藩の家臣からは恨まれることは必定である。

「それと、大須浜から遠く離れた関山街道で荷を運ぶのには理由があってな。その荷は初めから城下へ、そして殿様への土産とするつもりじゃ。今回の運搬には、城からも少なからず銭が出とる。それを少しばかり増やしてお返しすれば、誰も文句を言う者はおらんじゃろうて」

寿保は、藩と城主を立てることを、すでに考えに入れていたのである。

「この計画を遂行する上で、なによりも大切なことは、この運搬にかかわる者の命が失われぬよう対処することじゃ。脅しの文や船への工作があったように、儂らの運搬を妨害する輩がおることは、間違いのない事実。そのためにも、嘘と誠を織り交ぜながら噂を流し、運搬の邪魔ができぬように、敵を攪乱させようと思うておる」

「お前の話には、恐れ入ったわ。じゃが、すべてが筋書きどおりにいくとは限らんぞ。そのことは、頭に入れておけ」

婆様の忠告は、聞いておくことが大事である。何事も、慎重に事を運ぶことこそが肝要である。話が終わると、みなが寿保の意見に賛同した。すぐにでも、搬入に向け取り組みを進めることで、大須浜全体が動き出したのである。

第八項　吉原での企み　×　人との繋がり　×　救済米の搬入

一方、江戸では、寿保と吉野の想いを引き裂こうとする算段が進められていた。普段は、人を通すことのない内緒の中で、奇妙なことになにやら楼主と親しげに話をしている男がいた。

「楼主、先日は、吉野の身請け話を承諾してもろうたこと、ありがたく思うておる。殿も、喜んでおった」

仙台藩江戸屋敷にいた男である。

「いえいえ、いつもお世話になっておりますので。それで、今日はいかがなされましたかな。吉野のことであれば、未だ床に伏せっております。すぐにでも銭を稼いでもらわねば、商売があがったりでございます」

太夫であっても、稼げぬ者に情けをかけぬのが吉原である。

「本日は、楼主と吉野の件で話し合おうと思ってここに参った。もし、吉野を手放したくないのであれば、阿部の当主との関係を断ち切ってゆかねばならぬ。そうは思わぬか」

言葉からは、明らかに二人の仲を裂こうとする悪意が感じられる。

「そうは申されましても、みなの前で身請けを承諾してございますし。五百両もの前金も受け取っております。それを、反故にするなどできましょうか」

見得を切ってはいるものの、男の話には乗り気のようである。

「なに、あやつが金を持って、ここに迎えに来れずばよいだけのこと。そうは思わんか」

「それであれば、約束を反故にしたことにはなりませぬな」

楼主が薄ら笑いを浮かべ、手を叩いた。

「それでは、わたくしはなにをすればよいのでございましょうか」

その言葉に呼応するように、男が語りかけた。

「手始めとして、阿部から吉野に送られてくる文と、吉野が阿部に送る文を、すべて楼主が抜き取ってはくれまいか。互いの文が届かねば、吉野とて次第に心が離れていくというものじゃ」

わずかばかりの邪魔のようではあるが、吉原という境遇の中で、遠く離れた地に暮らす寿保の迎えを待つ身である吉野にとっては、想いという絆を断ち切ることに繋がりかねない。それは、かなり残酷なやり方である。また、他領からの米の運搬という大仕事を控えた寿保の心を乱すのには、十分すぎる効果を発揮する手法でもあった。

「兵衛門様のおっしゃるとおり、阿部への想いに諦めが付けば、私どもとてそれに越したことはございませぬ。吉野であれば、この吉原一の花魁として、私どもにどれだけの富を授けてくれるものか。これまで大切に育てた甲斐があるというものでございます。そのためなら、なんなりとお申し付けいただければと存じます」

「それと、抜き取った吉野と阿部の文のすべてを、儂に渡してはくれまいか。その文面を踏まえ、次の手を考えねばならんでな」

互いに、進むべき道は同じようである。ただ一つのことを除いては。今は、楼主とてそのことを知る術はない。

「楼主には、あと少しばかり頼み事があってな。文が届くのを見計らい、吉野には、『阿部から手紙が来ないのは、愛想を尽かされたのか』と話してはくれまいか。そうすることで、想いが次第に冷めていくはずじゃ」

「それであれば私からもお願いがございます。兵衛門様の呪詛にて、吉野の心を操り、寿保への想いを次第に消し去ってはいただけぬものでしょうか。さすれば私の言葉も真実となるものかと」

その問いに答えることはなく、男は楼主のためだと言いつつも、己の真意は告げぬまま、話が終わると誰にも気づかれないように内緒から姿を消していた。

江戸において、寿保と吉野の仲を引き裂く企みが進んでいることを、大須浜にいる寿保が知るよしもない。

吉野は、寿保への想いを書き続けていた。されど待ち続けても、寿保の文が届くことはなかった。

神無月（十月）も終わろうとしていた。寿保は、秋田から米を買い入れるため、佐吉とともに奥州の地を飛び回っていた。

「兄さん、秋田に行く者は手配できたじゃろうか。儂は、秋田からの運搬にかかわる人足と牛馬の手配はほぼついた。このままいけば、霜月（十一月）には出立し、雪が降り出す前には大須浜への米の搬入がひとまず終わりそうじゃ」

佐吉も、手際よく対応を進める寿保に感心するばかりである。

それより気になることは、石巻小竹浜で起きた船の事件以来、不穏な動きがないことである。静かであればあるほど、その訪れは大きく深刻なものとなることを、寿保は知っていた。

寿保と佐吉は秋田に発つ前に、小松五十集屋から依頼されていた品を届けるため、塩竈へと向かっていた。大凶作とはいえ、五十集の商いは堅調であった。仙台に運ばれる海産物のほとんどは、塩竈の五十集問屋を経て、仙台に向かうことが慣例であった。東回り航路で買い上げた海藻、鰹節や鰈《かれい》は、塩竈の問屋から仙台城下肴町の五十集問屋へと流れていく。師走に入り鱈が水揚げされれば、塩竈の港も賑わいを見せる。

寿保が違和感を覚えたのは、五十集の商いにより城下に近づけば近づくほど、大飢饉の最中にあっても、人々の生活が疲弊せず成り立っているさまであった。江戸との商いの中で、船を係留している石巻へは行くことも多かったが、街道筋に転がる餓死者の数や、北上川から海へと流れ来る死者の多さを見るにつけ、心が萎えていくばかりであった。

城下を遠く離れた石巻・牡鹿では、湊や鋳銭場を除けば、誰もが家の戸を閉め、互いの行き来もない。死者が出たとて、送る者もいない。疫病や餓死による死人も後を絶たず、死ぬのを待つだけの重い空気が、町や村を覆っていた。これほどの現実を、城は手をこまねくばかりで、救済することさえできない。この状況が続けば、町の半分が死に絶えていくことは、誰の目にも明らかだった。

「なんとかしなければ……」その思いが、寿保の心を突き動かす。


寿保が秋田に出立したのは、霜月を迎える頃であった。格好は、いつもと変わらぬ旅支度である。石巻からは馬を調達し、吉岡から出羽街道を経て、羽州街道沿いに秋田に向かった。「行きはよいよい、帰りは怖い」とは言うが、この旅がそうならぬことを、阿部家の女たちも祈っていた。

秋田に着くと、千五百俵の米を地元や他領地から調達した牛馬と荷台に積み込んだ。出発前、寿保が運搬にかかわるすべての人足を集めた。

「みな、ご苦労さん。この米は、大飢饉で苦しむ沿岸の人々を救うための大切な荷じゃ。なんとしても、目的の地まで届けねばならん。秋田のみなの衆も、儂らのために働いてくれてありがたい。給金は弾む。雪の降る前には領内に届けたいでな。なんとか頼む」

みなが手を挙げ、声を上げた。「儂らに任せろ」と、心強い限りである。

「あと、言っておきたいのは、なによりも命が大切じゃということじゃ。荷が野盗に襲われるようなことがあれば、すべてを置いて逃げてくれんか。それでよい。とにかく、命を第一にしてもらわねば、みなの家族に申し訳が立たんからな」

誰もが顔を見合わせた。荷よりも、命が大事じゃと。そのような言葉を吐く荷主の声を、これまで聞いたことがなかったのである。

「俺らは、逃げれば給金がもらえんただ働きじゃ。そんな仕事はやっておれん」

その場にいた人足たちが、ざわつき出した。

「少し、話を聞いてくれんか。言葉足らずであったか。最後まで依頼した仕事をしてもらえるなら、金は払う。その上で、野盗に襲われたのなら、命を無駄にするなと言うとるだけじゃ。なにも、荷を守って命を失うことはない。襲われたならば逃げる、逃げた者には、約束した給金は支払う。それなら分かるか。それと給金は、ここに来たみなを紹介してくれた口入れ屋や問屋衆に、すでに渡しておる。手間賃も上乗せしてな。逃げ帰っても、事情を話せば、支払うてもらえるように話はついとる」

その言葉に耳を疑う者もいたが、それでも全員が納得し頷いた。

「それでは、出発じゃ」

寿保の号令が、あたりに響き渡った。荷を運ぶ隊列は、ゆっくりと羽州街道を南下した。日を置きながら四班に分かれ、順に、関山街道、最上街道、出羽街道、小安街道へと到着した。事前に決めていたとおり、同日、同時刻に各街道から仙台領内に向けて運搬が開始された。

寿保が率いた隊列は、最上街道沿いを東に向かっていた。荷量が最も多い隊である。ほかの隊は各三百俵を運んだが、寿保の隊だけは六百俵を運んでいた。隊が、出羽の峠筋に差し掛かった時、短刀を手に携えた男たちが杉林の隙間から飛び出すと、荷馬車の前に立ちはだかった。道の真ん中に立つ、大柄で髭を蓄えた男が声を荒らげた。

「これ、おめだず。運んどる荷を置いで、とっとと消え失せろ。殺されてえのか」

頭のようである。言葉からすれば、仙台領内の者であることがうかがえる。驚く素振りを見せながら、なにげに男たちの出てきた木立に目を向ければ、十間ばかり奥に、頭巾を被る数人の侍の姿が見て取れる。この男たちをけしかけているのは、阿部に反感を持つ仙台藩の侍のようである。

先頭で運搬の指示をしていた寿保であったが、立ちはだかる男を睨みつけると、こう言い放った。

「この米は、領内の人々の命を救うためのものじゃ。お前たちには渡すことはできん。奪えるものなら、やってみるがよい」

争いを好まぬ寿保ではあったが、荷を守るためなのか、その真意は測りかねるが、その言葉は男たちをけしかけるような口調である。頭と見られる男が手を挙げ合図を送ると、男たちは荷馬車の先頭に立つ寿保と、同行する大須浜の三人を取り囲んだ。しばらく睨み合いが続いたが、頭の、「やっちまえ」の一言で、男たちが四人に襲いかかる。その襲撃の素振りは、町場にいる破落戸《ごろつき》程度の動きである。大須浜の者であれば、一瞬で組み伏せることなど造作もない。

二人が寿保めがけて斬りかかる。その動きは、素人に毛が生えた程度である。初めの一人の切っ先を軽くかわすと、もう一人の足を払い、地面に叩き付ける。ほかの男たちも、同行する浜の男たちに組み伏せられ、地面に横たわった。

頭が後ずさりする。

「おい、おめえ、儂らは今は十人ほどだが、声を掛ければほかの者も人勢やってくる。それでもやるか」

先ほどとは違い、言葉の語尾が下がる。間違いなく、峠の先には、数十人の男たちが控えていることは分かっていた。推測するに野盗ではなく、この荷を運ばせるための人足である。

「儂らは、なんとかこの米を運ばねばならん。じゃが、命のやり取りをしてまで、これを守ることは難しいようじゃ。あんたが頭なら、儂の提案を受け入れてはくれんじゃろうか」

怖じ気づいている相手である。こちらの要求を聞き入れるしかないことは分かっていた。

「ここには、六百俵ほどの米があるが、半分は持ち帰らねばならん。あんたらが、どうしても儂らとやり合いたいのなら別じゃが、二百俵は置いていく。これで手を打ってはくれんか。お願いじゃ」

寿保は懇願するように、そして威圧するように睨みつけた。目が定まらぬ様子は、交渉の余地があるようである。

「そうか。それならば、儂らとて人を殺し、救済米をすべて奪おうとは思わん。お前らどうしても見逃してくれというなら、二百俵は置いてゆけ。それで通してやる」

隠れていた侍がその場に出てくるはずもなく、交渉は成立した。大須浜の者たちが、己を殺めんとする殺気も感じていたようである。

「それならば、儂らが通るのを見届けてはくれんか。その上で、残り二百俵になったところで、その後の米俵は置いていく。それならどうじゃ」

その問いに、頭は頷いた。すべてを奪えなくても、目的は果たされたようである。交渉が成立すると、倒れていた男たちを集め、その中の一人を林の奥へと向かわせた。状況報告のようである。

寿保たち一行が通り過ぎるのを、野盗はしばらく見守っていた。

「頭、ここからが残りの二百俵じゃ。荷馬車ごとここに置いていくが、それで良いか」

その言葉に、下の者に俵の数を改めさせた。

「おう。納得はできんが、男同士の約束じゃ。救済米なら仕方ねえべ。今度だけは見逃してやるわ」

威勢のいい声である。労せず、米を手に入れたのである。寿保たちの姿が見えなくなると、頭が手を挙げた。林の奥からは、頭巾を被った侍二人が現れ、頭になんらかの話を伝えているようである。

「よくやってくれた。お主らだけでは、あの者に歯が立たぬかと思い、腕の立つ者を何人か控えさせておった。奥から大須浜の者たちの身のこなしを見れば、それでも危ういことは明白であった、加勢することができなんだ。済まなかったな」

頭は上機嫌である。なにせ、手強い相手から米を奪ったのである。

「これで、お前らの悪事も大目に見ようと言うものじゃ」

なにやら役人のようである。寿保が運ぶ米を目当てに、前科者を野盗に仕立て罪を問わぬことを約束に、米を奪わせたのである。

「旦那、儂らも身が縮まる思いでしたぜ。こんなことは、二度とごめんですぜ」

その言葉とは裏腹に、労せずして荷を奪ったことに満足しているようである。

「それでは、米を例の場所まで運んでくれ」

その言葉を受け、頭が声を上げた。

「おう、引き揚げるぞ。待たせておる人足を連れてこい。荷を運ばせるんじゃ」

数十人の人足が、牛の曳く荷馬車を引き連れ、峠をゆっくりと歩き出した。しばらく進み、指示された場所に着いたのは八つ半のことである。木々が切り倒され平地となった土地に、牛に曳かせた荷車を次々に引き入れる。最後の荷車が到着した時のことである。右の車輪が窪地にはまり、身動きがとれなくなった。数人の男たちが、馬車を引き上げる。

「おう、野郎ども後ろから押せ。荷を傷つけんじゃねえぞ」

車輪が持ち上がり牛が動き出そうとした瞬間、荷を結んでいた縄がほどけ、米俵が道の脇に転がった。

「ぐずぐずしねえで、早く荷を積み込め」

その言葉が終わるか終わらないかという時、手下が異変に気づき声を上げた。

「頭、この積荷はなにやら様子がおかしいですぜ。これを見ておくんなせい」

米俵に刀を突き立てると、中から出てきたのものは籾と土である。

「なんじゃ。これはどうなっとる。ほかの中身も全員で確かめるんじゃ」

すべてまがい物であった。野盗は地団駄を踏み、侍は言葉を発せず唇を噛んだ。寿保に、一杯食わされたのである。踏んだり蹴ったりとはこのことである。偽りの積荷を掴まされ、峠筋で悔しがる野盗の上に、暗き空よりこの冬初めての雪が降り出したのである。

その頃、寿保たちは、野盗が追い着くことも叶わぬほど先に進んでいた。寿保が、人足たちに声を掛けた。

「ご苦労だったね。恐ろしい思いをさせてしもうた。給金は、約束の手間賃に上乗せするで、それで酒でも飲んでくれ」

積荷を奪われたはずの荷主が、人足を労り、何事もなかったかのように平然としている。そこにいた全員があっけにとられ、寿保のほうに目を向けた。そんなことにはお構いなしで、「荷は盗られたが、みなの命が大切じゃ」と寿保は笑う。そのあっけらかんとした口調に、人足たちも笑い出した。

なにはともあれ、給金が割増で貰えるのである。荷の中に米以外のものがあることを、寿保は誰にも話してはいなかった。家族にさえ。


村を発つ、少し前のことである。寿保は、同行するすべての者に、積荷の数と道筋を伝えていた。特に、寿保が通る道筋は米俵の数も多く重要であると。寿保の行動は何者かに監視され、この情報もすぐに流れることを知っていた。狙われるのであれば、己であると踏んでいたのである。

さらに遡れば、寿保は誰にも告げず、陸路とは別に、海路での米運搬も企てていたのである。

藩の家臣の中には、城下の商人と手を組む者もおり、阿部に千石船を用立てることを禁止するとの文を密かに発出する者まで現れた。当然、監視されている阿部家の千石船を動かすことなどできようはずもない。石巻小竹浜の事件は、それを物語っていた。

領内の船も、阿部家の船を使用できない中で、寿保はどのような方法をとったのであろうか。

寿保が、海路の確保に向けて動き出したのは、神無月（十月）のことである。山形の廻船問屋に文を認めていた。その中身とは……。

「昨年よりお願いいたしておりましたが、我が藩では大凶作により米が不足し、沿岸で暮らす者の中に餓死する者が数多出ております。このままでは沿岸の漁村の存続さえ危ぶまれる事態。つきますれば、秋田から米を買い入れ酒田まで運びますので、我が船が着くまで蔵への保管をよろしくお願い申し上げる。また、運搬船が着きますれば、港への停泊もご容赦願いますようお願い申し上げます」

保管倉庫と係留する湊の次は、運搬船の確保であった。藩内の千石船は、邪な心を持つ一握りの家臣の妨害により当てにはできぬ。それどころか、阿部家の船と商い先の船は常に監視されている。このため、今回の輸送に特化し、秘密を厳守することができる船主を探し出すしか術はなかったのである。

そのほかにも難題はあるものの、誰にも知られぬよう、すべての調整を寿保一人で進めていたのである。海路で米俵を運搬するため、各藩の問屋衆と連携し、密かに秋田から山形へと運び込む。陸路で起こりうる野盗の襲撃を欺くため、偽の米俵の準備を山形の問屋に依頼した。どれも、一筋縄ではいかぬ案件であるが、用意周到に熟していったのである。

大分前になるが、東回り航路で商いをする中、海賊退治をしたことがあった。巷では、大須浜の阿部家が、救済のため他領に出向き、米の買付を行うが、船が用意できぬとの噂が流れていた。その話を聞きつけ、寿保を訪ねる者がいた。その男こそが、寿保と佐吉が東回り航路で退治し、更生を手助けした海賊船の船長である。今は、阿部から支援を受けたことで、真っ当な船主として他領を本拠地とし商いを行っていた。

「阿部の旦那、あっしのことを覚えておいでですかい」

寿保は首をひねり、しばらく考え込むと、「ああ、あの時の海賊の親分か」と声を上げた。その言葉に、男は照れくさそうに頭を掻いた。

「あれから、あっしらも悪事から足を洗い、真っ当な仕事に就いております。あの時は、借金の肩代わりをしていただいたおかげで、船員どもども食うていけるようになっております。今は、お天道様の下を堂々と胸を張って歩いておりやす。ところで、今日伺いましたのは、阿部様が救済米を運ばれるとの噂を耳にいたしました。あの時の恩返し……と言ってはなんですが、よければその仕事を、儂らにも手伝わせてもらえんでしょうか」

心地の良い申し出である。

「ありがたい話じゃ。儂の意に沿った船主を探しておったが、藩と繋がりの深い者や、商いで付き合いのある船主には迷惑が掛からぬようにと避けておったせいで、なかなか見つからぬまま今に至っておった。近頃は、儂らも監視されておるようでな。家の船も使えぬ有様じゃ。ところが、ひょんなことから引き受けてくれる者が現れるとは、渡りに船とはこのことじゃ」

寿保の思いを聞けば、男も自ずと笑みがこぼれた。

「それなら、あっしらが適任でございましょう。誰にも悟られず、積荷を運んで参ります。なんせ、元は海賊でございますから」

その言葉に間違いはなかった。暗闇でも時化る海でも、船を廻すだけの技量は持ち合わせていたのである。寿保はすぐさま、この男に山形から米を運んでもらうよう依頼した。情けは人のためならずとの言葉があるが、これまでの徳が報われることとなったのである。寿保は、この海路輸送のことを佐吉だけに伝え、密かに事を進めていた。寿保が、敢えて救済米の運搬を陸路であると公表し、自らが囮となったのも、海路での運搬を隠し通すための手立ての一つであった。

海路での運搬計画は、二隻の千石船に米二千俵を積み込み、山形酒田港から東回り航路を経由し師走前には領内へ届けるというものである。寿保の目論見どおり、誰にも悟られぬまま船越湊に着くことになる。

陸路と海上で輸送された米は、全部で三千俵を上回る。寿保は大須浜に着くと、婆様たちと相談し、大須浜と近隣十五浜で必要となるだけの米俵を陸揚げした。その後、佐吉と手分けし、米の搬入依頼を受けていた山田、釜石、唐桑、気仙沼、歌津の地を回り、米俵を届けていった。

ちなみに、関山街道を運搬した三百俵については、当初の予定どおり、城へと届けられることになる。寿保の見込みどおり、途中からは藩の護衛もあり、行き先は決まっていたようである。

今回の米の買付に使われた額は、沿岸地域からの依頼金と藩からの支援金を加えても、大きく足が出るものであった。それを承知で、寿保は買付を献策した。阿部家の誰もが、人々の命を救うためなら、家の私財を擲《なげう》っても惜しくないと考えたからである。

米の配布が終わると、寿保と佐吉は世話になった他領の商人、神社仏閣、豪商へのお礼を行った。すべてが終わったのは、天保八年の睦月（一月）が終わろうとする頃であった。

第五章　民の安寧のために　天保八年～

第一項　吉野の病　×　最良の日取り　×　真実

江戸では、吉野が花魁として名を馳せていた。吉野に言い寄る男たちは、江戸市中はもとより他藩から訪れる者も後を絶たなかったが、すべて初回で振られる始末である。それが良いと訪ねる男たちが、また後を絶たぬのである。

寿保が楼主に求めた、初回のみの申し出が、逆に吉野を苦しめていた。人気とは裏腹に、吉野の心と体は衰弱しきっていた。寿保に送った文の返事が、一向に届かぬのである。それに追い打ちをかけていたのが、寿保を諦めるようにと囁く楼主の言葉であった。

「吉野や、阿部様は文さえよこさず、お前を忘れたのではあるまいか。国元で、好きな女子でも見つけておるのではないか」

すべてが楼主と男の仕組んだ罠であることを、吉野は知るはずもない。楼主は、衰弱していく吉野を店に出すため遣手に言付け、気づかれぬよう薬を盛っていた。薬効はあり、その場は凌げるものの、使い続ければその心と身を蝕む劇薬でもある。

「あれから五ヵ月、寿保様はなにをなされておることか。遠く吉原で過ごす、わちきを忘れたでありんすか」

この年の冬は身も凍えるほどの冷たさで、江戸でも雪が降り積もる日がよく見られるようになっていた。寿保は江戸を去る折、吉野に、「如月（二月）には迎えに来る」と伝えていた。しかし文も届かぬまま、その月は目の前に迫っていたのである。

吉野は、寿保と二人で過ごしたあの日の言葉を忘れられずにいた。幼き頃に出会い、楽しき時を過ごした女子の首筋に、桜の花びらのアザがあったと。吉野は、この吉原に連れてこられた後、熱を出すことが時々あった。

「お前は熱を出すと、桜が咲くとは優美なもんだね」

普段は気にも留めなかったが、女将からは、「それも売りにすれば良い」と、何度か言われたことがあった。首筋に現れる、桜の花に似たアザのことである。寿保が話していた、「娘たちにも桜の花びらに似たアザがあった」という言葉を思い出していた。これほど珍しいアザを持つ者が、二人といるであろうか。

吉野は、自らの記憶が所々で失われていたことを知っていた。幼き日のこと、寿保を傷つけたこと。それらがなにに起因しているのかを探るため、吉原に出入りする医者に銭を渡し密かに調べていたのである。

医者が語るには、記憶が曖昧となる訳は病気の類ではなく、何者かに呪法（暗示・呪い）を施されたものであるという。すぐには信じることはできなかったが、自らの記憶を呼び起こすためには、呪法を操る者を探し出すしか方法はなかったのである。

「太夫、お医者様がお見えでございます。いつもと違うお医者様でございますが、お通ししてよろしゅうございますか」

遣手が声を掛けてきた。

「近頃は頭も痛く、違う医者を呼んでもらったでありんす」

医者を部屋に通すと、遣手を外に追いやった。吉野は、子どもの頃の記憶を失っていることを医者に告げた。さらに、あの夜、自分が知らぬ間に奇妙な行動に出たことを語った。薄らとではあるが、あの夜のことが頭の中で陽炎のように映し出されていたのである。この医者と名乗る人物は、吉野が探した、医術の心得がある霊験あらたかな修験者だった。

「初めに、お聞きせねばならぬことがございます。太夫は幼き日より、突然に、二、三日ほど寝込むことはありませぬか。医者にかかるが病の原因は分からず、時が過ぎれば何事もなかったように回復する……といったような」

確かに思い当たる節があった。吉原に売られた時、そして寿保と出会った時である。女将からは、仕事を休むことを叱られもせず、なぜか違和感を覚えていた。

「ありんした。医者にも分からず、突然に気を失う病であるとばかり思うておりんした」

吉野がなにも語らぬうち、この医者は言い当てたのだ。

「それならば、この薬と呪を試しますかな。ただし、体と心に大きな負担がかかることもありますれば、ご承知願わねば試すことはできませぬ」

その言葉を遮るように、吉野は頷いた。すでに、心も体も病んでいることは承知していた。今、試さねば、その機会は失われることも。

医者から出された薬を口に含み、横になる。ゆっくりと言葉を掛けられるまま、いつしか眠りについていた。どのくらいの刻が経ったのか、肩を揺り動かされ目が覚めると、体のけだるさを感じていた。

「太夫、小さき頃に、何者かに呪法を掛けられておりますな。儂でも、すぐにはすべてを解くことはできませぬが、時間をかけ治療を行えば、記憶も戻りましょう」

吉野の思い違いではなかった。間違いなく、何者かに記憶を消されていたのである。

「先ほど、目を閉じておる太夫の心の中を覗きますれば、キヌという名を口に出しておりました。覚えがございましょうか。あとは、命にかかわる経験をされたのか、川を恐れておりましたな」

その言葉に触れるにつけ、心の奥底から込み上げる悲しみと恐れが、過去の記憶を思い出すことを拒むように胸を締め付けた。

医者からは、心が落ち着くと頓服を処方された。キヌという名前は、寿保が成人を迎える前、助け懐いていた子の名であると聞いていた。石巻で命を落とした娘の名であるとも。口にしたのは、そのせいなのか。分からないままに目を閉じた。

医者が去る前に語った話は、吉野にとって衝撃的なものとなった。

「太夫、飲んではならぬお薬をお使いですな。その薬は、一時は気の力を高めますものの、飲み続ければ体を蝕む毒となりますぞ。すぐにでもお止めなされ」

知らぬ間に毒を盛られていたのである。常に体の不調を訴えていたにもかかわらず、見世に出る時は気力が戻るようにも感じていた。それは花魁としての性なのかとも思ってもいたが、その訳を今、知ることになったのである。吉野の布団を摑んだ手が震えていた。

少し前に遡るが、吉野と別れ大須浜に帰った寿保は、吉野を想い、文を書き続けていた。早く届くようにと、塩竈や江戸に行く船に文を託していたが、それでも返事が届くことはない。「返事が来ぬのは良い知らせ」とは言うが、一通の文も届かぬとは解せぬ話である。

ある時は、吉野の身を案じ江戸に向かう船員にも文を託し、吉原に届けてもらうよう依頼した。それでも返事は来ぬままであった。やむを得ず、江戸の問屋にお願いし、直接、吉原に出向き吉野と話をしてもらうようお願いした。しかし、「見世からは吉野には会えないと追い返された」という文が届く始末である。

地元の救済に忙しく駆け回る中でも、吉野への想いと、不安が募るばかりである。それでも江戸へ行くことが叶わぬ寿保にとって、その心労は計り知れぬものとなっていた。

二人の想いを引き裂く吉原での邪魔立てにより、寿保と吉野の想いが行き違うまま、ただ、時だけが残酷に過ぎていくばかりである。

「江戸に向かわねば……」

その想いが、寿保の心に深く影を落としていた。

いよいよ寿保が吉野を迎えるため、江戸に発つ三日ばかり前のことである。仕事を休むことのない佐吉が珍しく、「暇をいただきたい」と寿保に願い出た。当然、断る理由はない。

「兄さん、なにか用事ができたものか。それとも、どこか体の具合でも悪いのか」

佐吉は照れながら、首を振った。佐吉には身寄りがない。寿保が知る限り、仕事以外で特別な用事があるわけはないのである。

「若、ちょっとした用事がございまして。三日ばかり出かけようかと」

休みも取らず働く佐吉にとって、仕事を離れ息抜きをするのは大切なことである。佐吉は五十集を積んだ船に便乗し、塩竈に行くという。仕事であれば、暇などとらず出かければ良いことである。さて、何事か疑問が残った。

三日後、佐吉が風呂敷包みを抱えて帰ってきた。

「兄さん、なにをお買いになったんです」

佐吉が少し照れるように包みを開くと、中には淡い藍色で、山水画が描かれた粋な絵柄の小袖が入っていた。聞けば、くめ姉に江戸から持ち帰った小袖雛形本を渡すと、気に入った柄があるという。それならばと、塩竈の呉服屋に仕立てを依頼し、仕上げた着物を受け取りに行ってきたのだった。本来であれば、寿保が気を利かせ、佐吉兄とくめ姉に送るべき品であった。

「兄さん、気が利かずに申し訳なかった。儂も兄さんとくめ姉のことを考えるべきじゃったな」寿保が苦笑いする。佐吉は小袖を包み直すと、くめの元に向かった。

その日は日柄も良く、二人にとって最良の日となるはずであった。家で、くめに小袖を渡す佐吉を見て、登和が声を掛けた。

「仲の良いことで。そろそろ、夫婦になるのも良いと思うがの」親心であった。

「救済米の搬入も終わり、少しは息がつけるじゃろ。寿保が江戸に行く前に、良い日でも決めようかね」そう言うと、登和は二人を青木の神様のところに連れて行った。

「神さん、おるかね。今日は、佐吉とくめ……」と言うよりも先に奥から声がした。

「早うあがらんか。待っておったぞ」

なんの連絡もせず来たはずが、見透かされていたようである。

「なんじゃ、寿保は来んのか」少しご立腹である。

「あいつが来ねば、大事な話はできん。早う連れてこい」

その言葉に、佐吉が反応した。

「神さん、儂が連れてくるので、少しばかり待っててくれんか」

そう言うと、阿部の家のほうに駆け出した。部屋には、登和とくめの二人が残された。

「よう来たな。間に合わんとこじゃった」

なんのことか、二人には分かるはずもない。しばらくして、佐吉が寿保を連れてきた。

「神さん、急に呼び出すとは、なにか儂が悪さでもしたかの。身に覚えはないがな。今日は、兄さんとくめ姉のことを見てくれればいいんじゃ。ほかは頼んでおらん」

その言葉に反応するかのように、神さんが声を荒らげる。

「ばかもん。じゃから、お前を呼んだんじゃ。そこに座れ」

寿保も戸惑っていた。二人の婚礼の日取り決めの相談に、訳も分からず呼び出されたのである。神さんを見れば、しきりに目の前にある神棚に向かい数珠をかざし、繰り返し手を合わせている。

「寿保よ、如月に江戸に行ってはならん」

突然の言葉に、寿保は声が出ない。吉野を迎えに行くと約束した月である。

「なにを言うとる。そんな話が聞けるわけがない。婆さんは歳を取り、頭がおかしゅうなったとしか思えん。儂は、なんとしてでも吉野を迎えに江戸に行かねばならん。誰に止められようともな」

それは、寿保の抑えられない心の叫びでもあった。

「女子に会いに行くんじゃろうが。如月に江戸に向かえば、阿部の家にとって、ろくなことにはならん。お前らの仲を邪魔しようとは思わん。されど儂は、お前や佐吉が愛おしいから言うておる。もしお前が行きたいなら、一人で行けばよい。佐吉はここに置いてゆけ」

なんとも解せぬ話である。訳も語らず諌められたことに、寿保が納得できるはずもない。

「儂は言うとったはずじゃ、すべてを手に入れるのは難しいとな。どんな定めや縁であれ、遂げられんこともある。頭を冷やして、儂の話を聞くことじゃ」

神さんと寿保の押し問答が続いた。登和が割って入る。

「神さん、寿保は好きな女子を娶るため、江戸に行かねばならんのです。行くなではなく、どうすればよいか教えてもらえんじゃろうか」

的を射た話である。

「何度も言っておるじゃろうが、如月には行くなとな。そうすれば、阿部の者みなが、安心して暮らせるはずじゃ。お前は、佐吉とくめの婚姻について聞きに来ておるのではないのか。儂とて言いたくはないが、江戸へは行くことはならん」

誰もが、くめと佐吉には結ばれてほしいと願っているが、寿保の気持ちが収まるはずもない。

「儂は行くぞ、なにがあってもな。兄さんは置いていけと言うのなら、儂一人でも行く。それでええんじゃろうが」売り言葉に買い言葉である。

「この年は、お前や阿部の家にとって大きな試練の年となると見えておる。お前が昨年、城に他領の米を運ぶと献上献策したことで、禍の種がまかれてしもうた。婆様は、止めなんだか」そう言うと、神棚に手を合わせた。

「すべてが手に入ることはないと言うたはずじゃ。如月に江戸に行かねば、佐吉とくめはよい夫婦になろう。それだけは覚えておけ」

神さんは、厳しい口調で言い放った。登和が、佐吉とくめのため良かれと思い、ここに連れてきたことが、神さんと寿保に禍根を残すこととなった。場が不穏な空気に包まれていた。登和が神さんに問いかけた。

「それじゃ、帰るかね。佐吉は、江戸に行かんようにすればよい。寿保は一人で江戸に行き、好いた女子を連れてくる。それでよかろうか」

神さんは、納得はしていないようである。帰れとばかりに、手を入り口のほうに向けた。

「それじゃ、行こうかね」

登和が三人に、外に出るよう促した。納得できないのは寿保である。怒りが収まらぬのか、一人、地団駄を踏んでいた。


如月になると、時化の日が続いていた。寿保は、気が気ではなかった、吉野と約束した日が、そこまで迫っていたのである。

「兄さん、江戸へは儂一人で行こうと思うておる。船には、みなもおる。なにかあれば、助けてくれるはずじゃ」

その言葉どおりである。船に乗り込む一人一人は、大須浜の強者たちである。

「若、それでも、儂が一緒に行かねばならんと思うております。先の航海では船の細工も見つかり、江戸では若が傷を負っております。どれも、若を狙ったとしか言いようのない事件が続いております。儂が行かねば、安心することなどできましょうか」

佐吉の心配はもっともである。救済米にかかわって以来、良からぬことが続いていた。神さんの言葉も気にはなっていた。

「それは分かるが、今度の江戸行きには、三郎か文吉を連れて行こうと思うちょる。二人とも、千石船の船頭じゃ。どちらに頼んだとしても心強い限りじゃ」

三郎と文吉は、昔、海難事故に遭った船から安之丞に助け出された男たちである。今は家の千石船を仕切る船頭として、商いを支える存在となっていた。

「二人のうち、どちらかを連れて行く……」

そうは言ってみたものの、気がかりなことはあった。銚子で船の細工が見つかった折、出航前の船の点検を任せていたのが文吉である。あれほど精密な細工は、ほかの船員たちができるはずもない。船と造船に精通している者の仕業であることには間違いない。

「文吉か……」

一瞬、頭を過ったものの、寿保はすぐに打ち消した。村の者を疑うなど、あってはならぬことである。佐吉が答えた。

「もう少し考えさせてもらえませんか。その間も、出航の準備は調えておりますので」

佐吉も思案しているようである。夜になると、佐吉はくめのところを訪れ、己の心を打ち明けていた。

「儂は、江戸に行こうと思うちょる。若は、大丈夫と言うとるが、神さんの言葉が気に掛かる。くめ様と、儂のことも言ってはおったが、大丈夫じゃ。これまでも、なんの問題なくやってこれた」

それはくめに、江戸行きを止めてくれるなという佐吉の願いでもあった。

「私は、本当のことを言えば行ってほしくはないですが。それほど、佐吉さんが寿保を思うてくれるのなら、止めることなどできましょうか。寿保は、私らが思うより大人になっております。これまでは、当主として独り立ちできるまでは、二人で見守ろうと言うておりましたが、それもこの航海が終われば、達せられるというもの。救済米の時は、家族が思うとるより、多くの計略と調整を進め、いつの間にか立派な当主として、家を仕切るまでに成長しております。これで、嫁を貰うてくれれば……」

いつの間にか、寿保の話題が中心となっていた。これまで、寿保が当主として独り立ちするまで支えようとしてきた、二人の想いが報われたのである。くめは少し安堵したように佐吉の肩にもたれかかり、その肩を佐吉は抱き寄せていた。

「若が嫁を連れて帰ってきたら、儂らも一緒にならんか。夫婦にな。安之丞様、そして源左衛門様も亡くなられた。いつの間にか、幼いとばかり思うておった寿保様も、立派な当主になられた。儂も、阿部の家と村のために役に立ったかの」

冷たく澄み切った青い空には、満天の星が美しく輝いていた。

「言われてみれば、父上様もお爺様も亡くなり、なんとか寿保を、そして家を守ろうと必死に頑張ってきました。でもこれからは、佐吉さんとともに生きてゆくことを、私は願うております」

張り詰めていた心の糸がほどけるかのように、くめの目から涙がこぼれ落ちた。佐吉と二人悲しいわけではないが、なぜか幸せであるはずの心の中に、悟られてはならぬ、摑みどころのない不安だけが渦巻いていた。

佐吉が、袖からなにかを取り出した。

「今はなにもしてあげられんが、指を出してくれんか」

くめが手を差し出すと、左手の小指に赤い糸を結びつけた。

「これが、夫婦となる二人の印じゃ。江戸から帰るまで、待っていてはくれんか」

くめは結びつけた手を差し出し、佐吉の手をとった。

「今度は、佐吉さんに私が結ぶ番ですね」

二人の手には、赤い糸が結ばれた。やっと口にした、夫婦となるための約束。赤い糸が、二人の運命をたぐり寄せることを祈るばかりである。

「待ってますとも。私は、佐吉さんと夫婦になることを、ずっと想うて生きてきました。やっと、願いが叶います」

佐吉とくめが夫婦になる話をしたのは、この時が初めてである。寿保を一人前にするまでは、互いに婚姻のことには触れぬと誓っていたのである。

江戸に経つまでの一時の時間であったにせよ、二人にとってはかけがえのない、大切な時を過ごせたことは、なによりの宝であった。


寿保が江戸に向かったのは、如月も十日を過ぎた頃である。

「婆様、母上、くめ姉、行ってくる。弥生には吉野を、いや、嫁を連れて帰ってくる。楽しみに待っとってくれ」

船越湊から出航する船には、大須浜に残るはずの佐吉も乗り込んでいた。そして、船頭の三郎も。

「兄さん、あれだけ浜に残るようにと話をしたはずじゃが。此度は三郎も乗っとる。心配ないはずじゃが、なぜに無理を承知で乗ってきたものか。儂だけが、みなの恨みを買うてしもうた。帰ったら、くめ姉にどやされるわ」

　寿保は、佐吉に大須浜に残るよう何度も説得した。しかし、佐吉は妙な胸騒ぎがすると、寿保の言葉も聞かず、出航間近に船に乗り込んできたのである。誰であれ、それを止めることなどできるはずもない。

「兄さん。江戸から帰ったら、兄さんとくめ姉、それと儂と吉野で一緒に婚礼を挙げるというのはどうじゃろうか。そうすれば、家も浜も賑わおうて」

　寿保は嬉しかった。吉野を江戸に迎えに行く航海に、佐吉が一緒に来てくれたのである。神さんに、江戸に行くことを止められていたはずである。そのことが、どのような結末となるかも知らぬまま、船は一路江戸へと走り出していた。

　牡鹿半島をかわすと、仙台湾は強風と高波によりあいにくの時化模様となっていた。寿保たちが乗った船は危険を回避するため、江戸への中継地である福島の小名浜へと舵を切った。天候を読めば、明日には今以上の嵐となることは明白である。小名浜を出れば、銚子まで避難できる湊はない。天候の悪化を押してまで、危険を冒し、航行することができようはずもない。

阿部の船は、航海するための方位針（羅針盤）、海岸線や暗礁が記載された海路図と、文書により航路、砂州、海岸線が記載された海瀬舟行図《かいひんしゅうこうず》（海路図）を使用していた。当時は、水深などが記載された海図はなく、その航海は文書に記された海岸線や暗礁などを記載した、海瀬舟行図により行われていた。このため積荷が多く、時化や嵐に襲われれば、座礁などの事故も多かった。危険を伴う航海を余儀なくされていたのである。

その点では、どの湊においても航行の危険を避けるためには、水深や地形、岩礁などを把握し、天候を読むことがなによりも大切であった。小名浜の湊においても、地形は遠浅の砂浜域が続く海岸線であるが、周辺には浅瀬や岩礁域があり、海域の地形を把握せず操船を一歩間違えれば、座礁に繋がる危険な場所でもあった。

寿保たちが、小名浜湊に船を停泊させてから三日が経っていた。その日も荒波が立ち、雪交じりの強風が波しぶきを巻き上げていた。今で言う、「南岸低気圧」に進路を阻まれたのである。江戸へ向かう船の足止めにより、普段は冷静に判断を下す寿保の心にも焦りが生じていた。

「兄さん、このままでは間に合わん。いつになれば、出港できるじゃろうか」

強い想いが伝わってくる。江戸までは、二十日あれば十分と見込んでいたが、それさえ阻むような不穏な雲行きである。

「吉野に文を書いても返事が来ん。なにかあったのではあるまいか」

焦りの表情を見せる寿保を、佐吉が宥めた。

「若、なにもそんなに心配されんでも大丈夫では。吉野太夫はきっと、若が迎えに来ることを楽しみに待っております」

今は、寿保の心を宥める言葉を掛けるしかなかった。佐吉とて、連絡の付かない吉野の身を案じていたのである。寿保が江戸から戻り、救済米運搬のため多忙を極める中で、眠れぬ日が続いていたことを知っていた。

ある日、寿保に尋ねたことがあった。眠らず、食わずでは、体が持たぬと。寿保が言うには、夜な夜な吉野の夢を見ると。食うことも眠ることもできず、体が衰弱していくさまを側で見ているようだと言う。その夢を見るたび、己の身も蝕まれ、今は救済にすべてを懸けることしか、その不安を打ち消す術がないのだと。

二人が時化た海を恨めしそうに眺めていた時、三郎が声を掛けてきた。

「若当主、この嵐はいつまで続くやら。どこかで見切り発車せねば、約束の日には間に合わぬかと」

船頭であれば、出航できないことは誰よりも知っているはずである。それを、危険を冒せとは、なんとも解せぬ話である。しかし、今の寿保にとっては、背中を押すには十分すぎる言葉であった。三郎に言われるままに、佐吉に問いかけた。

「兄さん、三郎の言うように、明日にはこの波風も弱まろう。なんとしても出航せねばならん」

寿保は焦っていた。

「若の想いは存じ上げておりますが、あと二日は待つのがよろしいかと。無理をすれば、船の者全員の命を危険にさらすことにもなりかねませぬ。とにかくあと一日、天候と海況を踏まえ、出航できると判断できるなら出立いたしましょう」

佐吉にも、その想いを説き伏せるのがやっとであった。

翌日は低気圧が過ぎたものの、吹き返しの風が強く荒波が立っていた。あと一日待てば、安全に航海することになんの支障もないはずである。佐吉が寿保に声を掛けた。

「若、この様子であれば、明日には出航できるはずでございます」

その言葉を遮る者がいた。三郎である。

「頭、若当主のことを思えば、今は波風が強いものの、儂らの船と操船技術を持ってすれば十分、船を出すことができるかと。今日にでもこの湊を出て江戸に向かわねば、約束の期日には間に合わぬかと」

三郎は、寿保の気持ちを急き立てるような言葉を吐いた。

「浅瀬の岩礁域を避け、少し沖を廻れば、なんとか江戸に向け走れると思うとりますが。この寒さ厳しき時期に、安全ばかり考えておっては、若当主を期日までに江戸に届けることなどできましょうか」

それも一理ある。三郎の言うとおり、岩礁域を避け大回りで沖から江戸への航路に入れば、危険は伴うものの、できぬ話ではないことも知っていた。ただ佐吉にとって、船と船員の安全を確保することは、船頭がしらとしてなによりも優先すべきことであった。

「儂もなんとかなろうとは思うが、みなのためにも危険は冒せん」

すると、佐吉の言葉を受けるように、三郎が寿保に問いかけた。

「若当主、このままでは、約束の期日までには江戸へは着かんこととなりましょう。船頭がしらも、お分かりのようでございます。岩場を大きく廻ればなんとかなると」

寿保は、二人の言葉を聞き思案していた。

「兄さん、お願いじゃ。なんとか船を出せるのであれば、今日、小名浜を発ってもらえんか」

その寿保の言葉と想いが、佐吉の判断を鈍らせた。常であれば、危険を冒すことを絶対に避けていた佐吉であるが、吉野を想う寿保の強い気持ちを宥めることはできず、船を出すことに同意してしまったのである。

「若、それであれば、今日出航いたしましょう。ただし、湊を出て沖に進むことが困難だと判断した時は、湊に引き返すと約束していただけるのならば」

これが、佐吉が船頭がしらとして譲歩できる最大限の言葉であった。それにつけ、三郎がなぜこれほどまでに出航にこだわるのか。若当主の気持ちを汲んでとは言うものの、普段では考えられぬ態度に、佐吉は違和感を覚えていた。

「それならば、辰の刻（午前八時）の出航としたいが、どうじゃろうか。日中の航行であれば、なにかあればすぐに湊に引き返すこともできる」

佐吉も三郎も頷いた。船は、風と波の様子を見計らい小名浜を出港した。この日は、ここ数日と比べ天候は回復していたものの、小名浜湊から幕府への上納米を運ぶ船さえ風待ちをするほど、波風が立ち暴風が吹き荒れていた。寿保が、佐吉に声を掛けた。

「兄さん、儂の我がままで、こんな時化た日に船を出させてしもうた。みなにも申し訳が立たぬ。それでも、今日船を出さねば、約束の日までに江戸へは着けん。なんとしても、吉野を迎えに行かねばならん。胸騒ぎがするんじゃ」

寿保も切羽詰まっていた。夜な夜な見る夢は現実のごとく、寿保の心を追い詰めていたのである。

船が難所である磐城灘に差し掛かった時、それは起きた。一陣の突風に煽られると、船は突然陸側に流され、難所である岩礁域へ近づいた。見張りが叫ぶ。

「ぶつかるぞー」

その瞬間、船の右側が大きく傾き、鈍い音とともに岩礁に乗り上げたのである。甲板にいた者みなが右端に飛ばされ、垣立に叩き付けられた。体の痛みをこらえ、目を開けば、船は傾きを見せていた。

「若、大丈夫ですかい」

佐吉が声を掛ける。自らは、肋骨を痛めたようで声を出すことも容易ではない状態のはずである。

「兄さん、儂は大丈夫だ。船の者は、みな無事か」

あたりを見渡せば、倒れている者もいるようだが、船から振り落とされる者もなく全員無事のようである。

「舵を切っていたのは誰じゃ」

佐吉が叫ぶ。その問いかけに答えるように、「船頭の三郎さんじゃ」と、何人かが答えた。

「みなの衆、海に振り落とされんように左舷に身を寄せるんじゃ。この船が座礁したことは、岸からも見えとるはずじゃ。助けが来るまで、辛抱してくれ」

寿保と佐吉が倒れた船員を支え、左舷甲板船尾まで連れ出した。佐吉が全員に声を掛けた。

「みな、もう少しの辛抱じゃ。耐えてくれ」

全員が頷いた。しかし、そこには三郎の姿だけが見当たらぬ。船尾から甲板を見回すが、どこにも姿はない。二人は三郎を探すため、垣立に掴まりながら荷の散乱した船首に向かった。あたりを見回すが、甲板にも海面にもそれらしき人影は見えない。

「兄さん、海には落ちてはおらんようじゃ。船艙に下りたのかもしれん。船内を探さねば」

寿保と佐吉が、甲板から階段を伝い船艙へ下りていく。階段下の暗がりを見渡すが、人影は見当たらない。

「三郎、おるか」

佐吉が大声で叫んだ。それに答えるように、船尾に積まれ横倒しになった荷の間から声がした。

「儂じゃ、儂はここにおります」

三郎である。船艙に散らばる積荷の横で倒れているようである。舵を切り座礁させた後に、浸水し始めた船艙に降りることは、死ぬことを意味する。不可解な行動である。

「若当主、すまないことをしてしもうた。岩場があると気づくのに遅れ、船を岩場に打《ぶ》つけてしもうた。急いで、亀裂の入った船側の浸水を止めようと下に降りてきたが、荷に挟まれ動けんようになってしもうた。儂を置いて逃げてくだされ」

座礁したことを謝ろうとする言葉を聞けば、沈みかけた船に置いていくわけには行かぬ。寿保が三郎のそばに駆け寄った。

「三郎、助けてやるからな」

倒れていた三郎に手を伸ばそうとした時である、うつ伏せであった三郎が身を翻すと、寿保に抱きつこうと、片足を立て半身となった。それを見た佐吉が寿保の元に駆け寄り、三郎を蹴倒した。三郎は後ろに飛ばされ、荷に背中を打ち付けうめき声を上げた。よく見れば、その手には匕首が握られていた。

「若、大丈夫ですかい。あれは、いつもの三郎とは様子が違うかと。船艙も、なにやら怪しい気配がしております。注意せねばなりますまい」

佐吉は思い出していた。寿保の父・安之丞が襲われた折も、船に横たわる黒装束の男に突然抱きつかれ、刃を向けられたことを。忍びの者が、己の技量を上回る相手を倒すための捨て身の技である。あの時と同じ光景を目にしたのである。そうであれば、敵は一人のはずはない。佐吉の勘は当たっていた。

「若、三郎のほかにも、きっと隠れておる者がいるはず。用心してくだされ」

二人は暗がりの中、甲板から射し込むかすかな日射しを頼りにあたりを見回した。

佐吉が三郎を抱え、階段を上ろうとした時である。船首下の船艙から、音もなく一本の棒手裏剣が、寿保の額めがけて放たれたのである。知らねば、その暗器の形状と投げ入れられた速さから、かわすことさえできぬはずである。一瞬、甲板から射し込む光が反射した。咄嗟のところで身をかわせば、後ろの積荷に吸い込まれるごとく、鉄の棒は消えていったのである。暗闇の中、確実に狙いを定めた投擲術は、かなりの修練を積んだ忍びであることがうかがえる。

数本が投げつけられていた。迫りくる手裏剣をかわすため、佐吉が咄嗟に寿保の体をはねのけた。繰り出された数本が髪をかすめ、奥にある積荷に突き刺さる。急所に当たれば、一命を奪うほどの威力を持っていることはうかがい知れた。

「何もんじゃ」寿保が、船首の暗闇に向け叫んだ。

「よう儂の暗器をかわしたものよ」荷に隠れるように声が聞こえる。

「寿保よ、よう来たな。待っておったぞ。お前のことは、幼き頃より知っておる」

奇っ怪なことを口走る。姿を見せず、自分を知ると告げる男の言葉は解せるものではない。

「お前は誰じゃ。なぜこの船に乗り、儂らを狙うとる」

寿保は、矢継ぎ早に問いただした。階段下で横たわっていた三郎が声を上げた。

「若当主。わ、儂が頭領を乗せたんじゃ」

三郎が薄笑いを浮かべている。なにかに憑かれたような、奇妙な語り口である。徐々にではあるが、船底には海水がゆっくりと入り込んでいた。前の暗がりからは、黒装束の男が近づいていた。

「寿保よ、今日こそはお前の命を貰わねばならん。儂の最後の仕事になろうとも。なんとしても、敵を討たねばならん」

なにを目的に命を狙われているかさえ、寿保には分からぬままである。

「儂は、お前をずっと見ておった。こうして直接会うのも、三度目か」

見覚えも、聞き覚えもないこの男の言葉に、寿保は心を乱されていた。座礁した船からみなを救わねばならぬはずが、男に足止めされ命を狙われているのである。佐吉が寿保に声を掛けた。

「若、ここは一旦、甲板へ出ることが肝要では」

それが聞こえたのか、倒れていたはずの三郎が起き上がると、軽く積荷の上に飛び乗り、寿保めがけて匕首を振り下ろす。

「死ね」

素早い動きである。寿保は、向かってきた三郎の切っ先をかわすと、その腕を摑み船底に投げ捨てた。海水が浸入したとはいえ、船底は堅い板木である。無事で済むはずはない。悶絶し動けない様子を見れば、気を失ったようである。

それに合わせるかのように、暗がりから男が寿保めがけ走り出していた。水に触れぬよう、積荷を足場とする動きは尋常ならざる速さである。散乱した積荷と海水が溜まり足場が悪い中、後ずさりしようとした寿保は足を滑らせた。男の切っ先が寿保の胸を突き刺そうとした瞬間、佐吉が男の腹を蹴り上げた。男が、横に跳ね上がる。

「若、大丈夫ですかい。ここは儂がなんとかするので、その間に上にお逃げくだされ」

それはできない相談であった。足蹴にされたように見えたが、男は咄嗟にかわしていたのである。目の前には男が、後ろでは気を失い倒れていたはずの三郎が、階段に上る道を塞いでいた。

「兄さん一人では無理じゃ。二人でやらねば」

佐吉も頷いた。寿保は、自分は黒装束の男を、佐吉は三郎を倒すよう目で合図した。身構えると、初めに佐吉が三郎に向かっていった。当然、佐吉が格上である。三郎の手をはねのけ小刀を奪うと、片手を締め上げ組み伏せた。

寿保は、男と渡り合うが相当の手練れのようである。男の小刀が振り下ろされるたびに、浅い傷を負っていた。かわすことが精一杯である。佐吉が、押さえ込んでいた三郎の首を峰打ちし、動きを止めた。佐吉が寿保の加勢に加わる。

「若、危のうございましたな。二人ならば、なんとかなりましょう」

心強い言葉である。

「三郎は使いものにならんか。それならば、儂が二人を倒すまでじゃ。いや、できぬならお主らを道連れとし死のうではないか」

男は、余裕があるとばかりに薄笑いを浮かべている。道連れとは、解せん話である。寿保と佐吉が交互に、蹴りや手刀を繰り出す。二人の連携技は、足場の悪い海上での実戦を踏まえた大須浜独自の体術である。いかに男が武芸に長けていようと、船上で二人の体捌きをすべてかわせるものではない。男を追い詰めていく。

しかし男は、佐吉に蹴りや拳をたたき込まれても怯むどころか、なおも両手に持った小刀を寿保めがけて振り下ろす。まるで、痛みを感じぬかのような捨て身の戦い方である。

それでもさすがに、二人を倒すのは難しいと悟ったのか、体力が尽きたのか足下がよろけた。佐吉は、男の体の軸がわずかに崩れるさまを見逃さなかった。腕を払い、襟足を摑むと、船底めがけ投げ捨てた。鈍い音とともに、男の動きが一瞬止まる。二人はすぐさま取り押さえ、積荷を縛る固定用の縄で縛り上げた。海戦で用いる縛りであるゆえ、身動きさえできるはずもない。ただ一つだけ、見逃していたことがあった。男は打ち据えられる直前、なにかを口に含んでいた。

佐吉が男の頬を数回叩くと、ゆっくりと目を開けた。寿保が問いただす。

「お前は、どこの誰じゃ。儂のことをなぜ知っとる。お前に襲われる覚えなどないはずじゃ」

その言葉に、男は笑った。

「お前が知らんでも、儂はお前をよう知っとる。何度も会っておるでな。お前に良いことを教えてやろう……」

男が語り出した。寿保が十四歳の時、大須浜で怪我を負わせ、父・安之丞を死に至らしめたのは己だと言う。当時、遭難しかけた千石船で父を襲ったのは、仙台藩の忍びである黒脛巾組《くろはばきぐみ》であると。その時に殺された女は、己の女房だと言った。それ以来、安之丞に恨みを抱き、今はその息子である寿保を付け狙い殺そうとしていると。

とんだ逆恨みである。今となれば、なにを言おうがこの男が納得するはずもない。

「お前が、父を殺した下手人であれば、ここで海の藻屑となるのもよし。そうでなければこのまま連れて行き、役所に突き出す」

返事はない。寿保に、怒りが込み上げてくる。

「この船の座礁も、お前が仕組んだことじゃろう」

男は含み笑いを浮かべた。

「そうさ、儂が三郎を使い仕組んだものじゃ。あやつは、儂らの仲間であるにもかかわらず、お前の暗殺の命を下したが、大須浜の恩を忘れるわけにはいかぬと言いおった。そこで儂が、呪詛により操っておった。役に立たんやつじゃ。常人以上の力が出せるよう暗示をかけたが、己の迷いか心の強さか、それを拒むとは」

人を、人とも思わぬ言い草である。三郎も阿部の恩に報いるため、耐えていたのである。

「儂を殺すがいい。されど、面白い話を聞きとうないか。天保五年のことじゃ……」

男が語り出したのは、寿保が石巻に行き、キヌと出会った時のことである。

「あの時の船頭は、儂じゃ。あの女子の本当の名はリンと言うたか。飢饉により妹を亡くし、両親も流行病にかかっておった。儂が、親の病を治してやると告げ、お前を殺すよう命じれば、二つ返事で承諾しおった。治るはずもない病じゃ。二親が死ぬとすぐに川に流してやったわ。あの娘には、お前の顔の傷のこと、幼き日に出会った二人の娘のことなどいろいろと教えてやったが、最後には、お前を殺すために渡した毒を塗った簪を握りしめ死におった。馬鹿な娘じゃ」

寿保は思い出していた、寿保の顔の傷は、キヌと別れた後に大須浜で負ったものだった。

なぜ知っていたのか。心に矛盾を感じていたが、それが今、解き明かされることとなる。

「あの村は、お前の死に場所として、儂が見つけ出した場所じゃ。渡し船も、娘も、宿の女将も、儂がお前を殺すために仕組んだこと」

己のしたことを詫びるでもなく、平然と語っている。男の手を見れば、確かに甲に傷がある。登和が付けた傷である。

男の語る言葉を聞くたび、怒りが込み上げてきた。佐吉とて同じである。寿保が、キヌをかたっていた娘の死にどれほど心を痛めていたか、この男には分かろうはずもない。ましてや、両親を失い、自らも命をなくした娘の想いに、心が引き裂かれる程の痛みを感じていた。「お前というやつは、なんと非情な……」

寿保は、男の胸ぐらを掴んでいた。それでも男は笑っていた。

「本当に儂を覚えてはおらんのか。江戸で会っておろうが。伊達様と……」

男は、江戸屋敷で伊達留守居役の下で働く黒脛巾組の頭だと寿保に告げた。

「伊達様からは、お前を殺すなと言われておるが、儂はそれほど甘くはない。そこにおる三郎も、元は儂の手下。お前の家や村も、お人好しばかりじゃ。儂の手下を引き取り、九年もの間、大切な仲間として面倒を見てくれるとは。なんとも間抜けな話よ」

寿保は憤りを感じていた。家や村の者を騙し、最後は裏切ることを強要していた。三郎も、本来は静かに村で暮らしたいと言っていたことを思い出していた。

「お前たちに、置き土産を用意してやった。お前たちが江戸に向かう留守を狙い、阿部の女たちを殺すよう、暗殺を旨とする組頭に阿部家の襲撃を命じておいた。今頃は、家の女たちや大須浜の者たちが、どのようになっておるものか。目に浮かぶわ」

寿保たちの留守を狙っていたのである。今となっては、戻ることさえできぬ卑劣な罠であった。

「大丈夫じゃ。大須浜の者は襲撃に備え、いつでも抗えるよう用意はできておる。お前がどんな命を下そうとも、家のことは心配しとらん」

男は、怪訝そうな顔をした。

「ところで寿保よ、お前には好きな女子がおるようじゃが。儂は知っておるぞ。吉野だと。お前が出した文も、吉野が出した文も、すべて儂が預かっておる。その吉野は今頃、どうなっておろうか。心配なことじゃ」男が、勝ち誇ったような顔をした。

「吉野に、なにかしたのか」

寿保は男の両襟を持ち、強く揺り動かした。それでも男は何事にも動じることなく平然としている。

「お前が江戸に着く頃には、どうなっていることやら。吉野を吉原に売り渡したのは、儂じゃ。いつかは役に立ってもらおうと思うてな。それがどうじゃ、お前にうつつを抜かしおった。儂を裏切ればどのようになるか、分からせてやった。今頃はどのような結末を迎えておるものか、楽しみなことじゃ」

そう吐き捨てた。

船の傾きが大きくなる。甲板から声がする。

「若当主、頭、助けの船が近づいております。早う上がってきてくだされ」

船の者が叫んでいる。男が話を長引かせていたのは、寿保と佐吉を船とともに道連れにするためであった。

「儂は、重い病を患うておってな。医者からは、命は幾ばくもないと言われておる。お前たちを道連れにできぬまま、死ぬわけにはいかん」

そう呟くと、縛られていた縄から抜け出し、傍らにいた寿保に向けて口に隠していた暗器により針を吹きつけた。隙をうかがっていたようである。咄嗟に、佐吉が寿保を押しのける。倒れた寿保に代わり、針は佐吉の首へと突き刺さった。男はそれを見計らうように、船首に向けて走り出した。寿保は、持っていた懐刀を取り出すと、走る男の背に投げつけた。男はその場に倒れ込んだが、それでも這いつくばり前に進もうとしていた。

倒れた男が呟く。

「お前らも道連れじゃ。針には、蠱毒が塗られておる。助かることはない……」

寿保に、その言葉が届くことはない。

「兄さん、大丈夫か」

佐吉に確認した。そばには、三郎が倒れ込んでいた。

「若、三郎は連れて参りましょう。あの男に操られていたのでしょう。あの男が死ねば、術も解けるかと」

寿保も、三郎を連れ帰ることを願っていた。寿保は倒れた三郎を背負い、佐吉とともに甲板へと上り、助け船に素早く飛び乗った。船は、座礁した通元丸に巻き込まれぬよう、すぐに離れ距離をとった。沈みかけた通元丸の船首からは、爆発音とともに火柱が上がった。あの男が仕掛けていた焙烙《ほうろく》玉（爆弾）である。一歩間違えば道連れとなり、海の藻屑と消え失せていたところである。

船の者は全員救助され、座礁による死者は一人も出なかったのである。あの男を除いては。荒れた海の座礁で、一人の死者も出ないことは奇跡的なことであった。助け出された三郎も暗示が解けたようで、自ら犯した罪を悔いているようである。

ただ、佐吉だけが動けずにいた。男の針には毒が塗られていた。医者に診てもらうが、毒の種類も分からず、手の打ちようがないと告げられた。

助け船から聞いた話では、座礁した船の船首が淡い女人の形をした光に包まれ、沈みゆく船を支えていたようにも見えたという。あれだけの事故で、船の者が全員助かることはあり得ぬことである。後日談であるが、小名浜の船員たちの間では、大須浜の者たちの命が助かったのは、船を守る御船霊様によるものだという噂が広がったという。

寿保は、床につく佐吉の元を一時も離れようとはしなかった。

「若、儂に構わず船を借り上げ、江戸に行っておくんなさい。儂は、大丈夫じゃ。これくらいの毒に負けるような体はしとらん……。今は、吉野太夫のことが気がかりじゃ。早う……迎えに行ってくれんじゃろうか……」

佐吉は苦しい息の中で、必死に訴えていた。座礁事故で受けた傷と毒により、佐吉の体は、生死の境を彷徨うまでに蝕まれていたのである。

「儂は、兄さんのことが心配じゃ。今は、ここを動けん。なにかあれば、くめ姉にも言い訳できんじゃろうて」

寿保は、弱っていく佐吉のそばから離れることはできなかった。その間にも、約束の期日は目の前まで来ていた。


時を同じくして、大須浜でも事件は起きていた。夜間、沖合に停泊する千石船から、数隻のカッコ船が大須浜に向け奔り出していた。船は、岩場に当たる波音に紛れるように、入り江へと着岸した。船からは、黒ずくめの十人ほどの男たちが下り立つ。坂を上り、大須浜の中央に位置する阿部の家に向かっていた。一人が斥候《せっこう》のようで、寝静まった家の戸を音もさせず、ゆっくりと外し始めた。

阿部の家は、特別な造りをしていた。今で言う、防犯対策が施されていたのである。敷地内には、村の者以外は分からぬよう足下に糸が張られ、それを踏みしめれば、近隣数軒で音が鳴る仕掛けが施されていた。当然、侵入者がいればその動向は筒抜けである。

戸を開け家に侵入しようとする男たちを、登和とくめが待ち構えていた。初めに侵入した一人の男を、登和が木刀で打ち据えた。その後、勝手口から家に入ろうとした一人の男を、くめが長刀でなぎ倒す。残りの男たちは、駆けつけた村人たちと争いになったものの、太刀打ちできぬと悟ると、倒された三人の男たちを抱え逃げ帰る羽目となった。

大須浜の者は、殺生を忌む。侵入した男たちを殺さなかったのも、この想いがあればこその振る舞いである。村人を指揮したのは、船頭の文吉である。間者ではと疑われていたが、阿部の家の者を助けたことで、その汚名をそそぐことになった。

当然、この一件を機に、大須浜に侵入する者はいなくなった。侵入者を撃退したことは、近隣の浜だけでなく、広く世間に伝わったからである。

後に、文吉から不審な行動をした訳を聞けば、疑われるような行動となったのは、三郎を監視し、後を付け船に細工の跡があれば、自ら修繕を行っていたためだと言う。寿保が乗った船の細工も三郎が行っており、その細工を補修し、事故を未然に防いだのは文吉であった。

第二項　センとの出会い　×　身請け金　×　心に巣くう傷

一方、江戸では、小名浜の遭難により寿保の迎えが遅れたことで、吉野を取り巻く事態が急変していくこととなる。

如月（二月）も終わろうかとする中で、吉野は迎えに来ると言った寿保の言葉を信じ待ち続けていた。

「太夫や、儂の言うたとおりではないか。お前がいくら文を出そうが、阿部様からは一向に返事は来ぬまま半年が過ぎてしもうた。国に良き女子でもできたのかもしれんな」

楼主の度重なる囁きに、吉野の心はかき乱され、縋りどころのない想いに悲痛な叫びを上げていた。

「寿保様、早う迎えに来ておくんなまし。吉野は、これ以上、耐えられそうにないでありんす」気丈な吉野であるがゆえに、我慢を重ねた末に張り詰めた心の糸が切れるのは一瞬のことである。

寿保と約束したとおり、吉野は見世に出続けていた。医者からは、遣手から渡される薬は毒であり、飲み続ければ命を失うとまで言われていた。だがそれを承知で、寿保との約束を守るため、その薬を服用し見世に立ち続けるしか選択の余地はなかったのである。それほどまでに吉野は身も心も衰弱し、生きる気力さえも失いかけていた。

楼主は、男に渡された薬が吉野の命にかかわるほどの毒であることさえ知らずにいた。

「楼主よ、阿部は如月に迎えに来ることはない。江戸へ向かう途中で、命を落とすことになるであろう」男が最後に見世を訪れ告げたその言葉を、楼主は信じ続けていた。寿保が来なければ、吉野の身請けの話は白紙に戻る。稼ぎ頭として育てた吉野には、これまで以上に稼いでもらわねば割が合わぬと、算段していたのである。文を隠し、繰り返し吉野へ言葉を掛け続けたのも、寿保への想いを断ち切るためであった。

吉野は、密かに呪法を解くための治療を続けていた。そのためか、寿保が国に帰って以降、同じ夢をよく見るようになっていた。石巻湊の船や人が行き交う景色。姉と思われる娘と二人、庭で遊んだこと。なによりも嬉しかったのは、好きな男子と一緒に宿屋で過ごした懐かしい思い出である。姿も声もはっきりとは思い出せないものの、自分にとって大切な記憶であることは分かっていた。

朝、目が覚めると、虚ろな夢の軌跡をたどりながら、思いふけることがよくあった。今の吉野にとって、唯一、この吉原において自らの心の均衡を保つ至福の時間となっていたのである。

如月が終わろうとする頃、吉野の元に一人の女が訪れた。初めて見る女子である。名をセンと言い、仙台藩江戸屋敷から来たという。

「太夫。わたくしは、太夫を昔から知るという者から文を託されております。もしよろしければ、この文を受け取ってはくれませぬか」

センは、吉野の屈託のない笑顔を一目見て、心惹かれた。これまで誰であろうと、心を許すことも、愛着を感じることさえもなかったはずである。なぜに心が動かされたのか、美しさのせいなのか、懐かしさゆえなのか。己の心に問いかけても、答えが出るはずもない。

「太夫は、おいくつでございますか。わたくしとは、二つ、三つほど離れておりますか。美しい顔立ちゆえ、年上にも見えますが」

普段であれば、初めての相手に尋ねることは失礼と心得ていたが、なぜか言葉が口をついて出る。

「わちきは、いかほどか、歳のことは申せんでありんすな。さりとて、セン様の話しを伺えば、歳は少しばかり下と思うでありんすが」

口元を押さえ笑みを浮かべた。吉野が初めて会う相手に、これほど親しげに接することはない。なぜか、自分と同じ匂いを感じているのか、不思議なくらいに話が弾んだ。

センとて同じである。江戸屋敷で育ち、礼儀作法はもとより、黒脛巾衆としての技も仕込まれた。大概の相手には距離を置き、踏み込まぬが常である。

「太夫は、馴染みを取らぬとか。この吉原、いや江戸の男たちの間で評判となっておりますが、なぜでございましょうか。好きな男でも、いらっしゃるので」

唐突だが、そのことを太夫に聞くのはセンくらいのものである。

「誰にも口外することは、だめでありんすよ」

吉野はセンの耳元に手をやり、こう囁いた。

「わちきには、好きなお方がいるでありんすのさ。そのお方は、如月の末、わちきを迎えに来るでありんす」

その言葉には、恥じらいが感じられた。この吉原で、これほどまでに一途な想いを抱く遊女がいるとは信じられぬことである。

「太夫、もしよければ、私にも迎えに来られるお相手を会わせてはくれませぬか。太夫を夢中にさせるお方とは、どのような男かお会いしとうございます」

なぜかセンも、口に出すことで幸せを感じていた。その男の名を聞くまでは。

「わちきを迎えに来るお方は、セン様と同じ国元。仙台藩大須浜の阿部家当主、寿保様でありんす」

その言葉に、センは驚きを隠せずにいた。センは、仙台藩石巻の生まれである。小さい時に黒脛巾組の頭領に拾われ仙台城下で数年を過ごした後、江戸屋敷に女中として引き取られた。頭領はセンを我が子のように育ててきた。幼き日の記憶はなくしていたが、唯一、頭領がセンに伝えたのは、「お前の両親を殺したのは、大須阿部家の当主である」ということだけだった。センにとって、大須の阿部家は両親の敵であり、今も阿部家、そして当主である寿保を狙う理由もそこにあった。

「太夫、本当に寿保という男と一緒になるおつもりか。大須の阿部家と言えば、人様の財を巻き上げ、人を殺めることをなんとも思わぬ一族と聞いております。そのような男に嫁に行くとは、正気の沙汰とは思えませぬが。太夫のことも、金を使った遊びであり、迎えに来ることはありませぬ。捨てるつもりではございませぬか」

これまでとは打って変わって、態度を急変させるセンの姿に、吉野は心を閉ざし始めていた。

「現に今も、如月が終わろうとする中、迎えに来ぬではありませぬか。早う忘れたほうがよいのではございませぬか」

センの口から出る言葉は、幼き頃から教え込まれ心に根付く阿部家への憎しみが生み出したものである。吉野も、センと同じ記憶を抱えていた。それでも寿保を愛し、信じることだけが、今の吉野を支えていたのである。

吉野は、吉原に自分を売り渡した男のことを思い出していた。両親を殺したのは阿部家、そして寿保の父・安之丞であると言ったあの言葉である。目の前にいるセンも、同じことを語っている。それほどまでに、阿部家は惨い仕打ちをする一族であるのか。寿保が、自分や父を信じてほしいと言ったあの言葉が、心の中で、少しずつ崩れ始めていくのを感じていた。それほどまでにセンの言葉は、吉野の胸の奥深くに傷を負わせたのである。

「太夫、わたくしは行かねばなりませぬが、阿部家のことは、よくよく考えてみてくださいまし。わたくしが、阿部の本当の姿を曝け出し、きっと太夫を救ってみせますれば。それまでは、わたくしをお信じになり、待っていてくださいまし」

センは吉野に頭を下げると、その場を立ち去った。吉野の心に、阿部家への疑念を残したままに。それに追い打ちを掛けたのは、センから渡された兵衛門からの文である。目を通せば、センの言葉を裏付けるように、阿部家と寿保の悪行が事細かにしたためられていたのである。心の弱さにつけ込む悪辣な罠と知りつつも、吉野の心は深い傷を負うこととなる。

センが江戸屋敷に戻ると、文が届けられていた。頭領からの文であることは、特殊な花《か》押《おう》を見ればすぐに分かる。

「センよ、儂はお前の両親の敵を討つため、江戸に向かう阿部家の当主の命を奪うことを決意した。殿からは、殺すなとの指示はあったが、儂の命も尽きようとしておる。もし、儂が討ち損じた時は、お前が儂の代わりに、江戸にて寿保を討て。それが、儂の最後の願いじゃ」

センは文を握りしめると、頭領として、そして父として育ててくれた兵衛門の言葉と願いを嚙みしめていた。

「なんとしても、寿保を殺さねばならぬ。両親と頭領のために、そして吉野太夫のためにも」

その想いは、激しい怨念となり心の奥底で膨らんでいった。

如月の終わりの日、吉原を訪れる一行がいた。日本橋の両替商・越後屋である。寿保から依頼されていた、吉野太夫の身請け金二千五百両を届けに来たのである。暖簾をくぐると、「番頭さんは、いらっしゃるかい」と、越後屋の手代が声を掛けた。

「なんでございましょう。越後屋さんではございませぬか」

番頭が、そそくさと現れた。

「楼主様は、ご在宅か。大須浜の阿部の当主様から、こちらに金を届けるようにと申しつかっておりまして。本日、お持ちいたしました。楼主様に、手渡しするようにと」

番頭はその言葉を聞くと、慌てたように内緒に向けて駆け出した。

「楼主様、たいへんでございます。え、越後屋が来ております。阿部の当主から、銭を預かっておると」

静まりかえった内緒から、キセルが折れるような鈍い木の音が聞こえてきた。

「銭を持って来ただと。それも越後屋が」

その声は、怒りに震えていた。楼主の指示に従い、番頭が奥の間に越後屋の番頭を案内した。

「これはこれは、越後屋さん。今日はなんのお話で来られましたかな」

知っているはずが、とぼけているようである。

「楼主様、本日は金を届けに参りました。大須浜の阿部家当主様よりお預かりした金でございます。如月の終わりの日、楼主様にお届けするようにとご依頼を受けております」

越後屋は楼主を前にしても、平然とした口調で語っている。よほどの人物である。

「いくら、お持ちくださいましたかな」楼主は知っているはずであるが、確認する。

「二千五百両でございます。かなりの額でございますので、本日、用心のため人も雇い入れ、こちらにお届けに伺っております。あと、当主様からは、楼主様にと身請証文もお預かりしておりますれば、よしなにと。それでは、銭と身請証文をお受け取りいただければ、私どもの依頼もすべて終わりでございます」

その言葉に、楼主も声が出ない。

「阿部様からは、吉野太夫への文もお預かりしておりますれば、直接お渡ししたいと存じ上げますが、吉野太夫はどちらに」そう言って、懐から文を取り出した。

「番頭さん、それはできん相談ですな。金を受け取り身請けするとは申しておりましたが、今はまだ、吉野は私どもの花魁でございます。直接渡すことは控えていただきますれば。よろしければ、儂から吉野へ渡すというのであれば、お受けいたしましょう」

直接、吉野に文を渡されることを、極端に嫌っているようである。何度か押し問答は続けられたが、最後は、越後屋が折れることとなる。

「阿部様からは、直接お渡しするようにとお話がありましたが、楼主様が頑なでありますれば、私どもも引き下がるしかございませぬ。楼主様には、確実に吉野太夫にお渡しいただけると約束をしていただけますでしょうか。それであれば、これをお預けいたしますれば」

一通の文を楼主に手渡した。このことが、吉野の行く末を大きく左右することになろうとは誰も知らぬままに、身請けの話は進んでいった。

寿保から依頼された、銭の引き渡しと身請け話は一刻ほどで終わり、越後屋は吉原を後にした。楼主は、越後屋から渡された文を、兵衛門から受け取った文とすり替えた。吉野には、兵衛門が書いた文が届けられたのである。

寿保は、小名浜で船を借り上げると、佐吉を養生のため小名浜に残し、一人江戸へ向けて出航した。月は、如月から弥生へと変わろうとしていた。吉野との約束の日に間に合わぬことを悔やむばかりである。それでも、一刻も早く江戸に向かうことだけを願い、船を進めていた。

吉野の元にセンが尋ねてきた。センの元には、早馬で兵衛門が亡くなったとの知らせが届けられていた。寿保に殺されたと。

「太夫、お話がございます。わたくしの父が、江戸に来る途中、阿部の当主寿保に殺されたとの文が参りました。わたくしは、敵を討ちとうございます」

その言葉に、吉野の顔は青ざめた。心の臓の鼓動が高まり、目眩に襲われる。倒れぬようにと畳に手をつき、意識を保つことのみが己の心を支えていた。

「それは、本当でありんすか。あの優しい寿保様が人を殺めるとは、信じられんでありんすが」吉野は口が渇き、体の震えが止まらなくなっていた。

「誠でございます」センは、吉野に兵衛門から届けられた文を手渡した。その中には、寿保が敵であると書かれていた。吉野はもはや、己を支える力さえ失い、その場に倒れ込んだ。

「太夫」センが吉野に近づき、抱きかかえた。

「誰か、医者を呼んでくれませぬか」

その言葉に、遣手が部屋を飛び出し医者の元へと向かった。あまりの衝撃に、今の吉野では身も心も耐えられるはずもない。そのことを、センは知らなかったのである。

追い打ちをかけるように、楼主が吉野の元を尋ねた。

「吉野よ、今日、越後屋さんが来られ、お前の身請け金を置いてゆかれた。儂とて、この吉原の大見世の主、約束を違えるわけにはいかん。お前がここを出たいのなら、出て行くもよし。残るというのであれば、儂がこれまでどおり、お前の面倒を見ようと思うがどうしたものか」

横たわる吉野は、一向に返事をすることはない。いや、できない状態にまで精神が追い詰められていたのである。

「吉野や、阿部の当主から文が来ておる。先ほど、越後屋さんが届けてくれた。それを読み、考えてみることも一考じゃ」

そう言って、文を吉野に手渡した。それは、兵衛門が寿保の字に似せて書かせた偽の文である。

残された気力を振り絞り、吉野は届いた文に目を通す。最後の文字を読み終えると、その場に泣き崩れた。どれほどのことが書かれていたものか。

「お前がこの文を手にしたということは、儂が約束の期日まで、迎えに行けんということじゃ。これを認めたのは、お前と会うて江戸を離れる間際のことじゃ。儂は大飢饉により苦しむ国元の人々を救うため、領内をはじめ他領にも出向き、米の買付を行うことにしておる。その間は、どこに留まるかさえ定かではない。文も書けぬ。儂はお前を好いておるが、もし、期日までに迎えに行かぬ時は、儂への想いを断ち切ってはくれぬか。その訳は、一つは米の買付と運搬をする中で何者かに命を狙われ、この世にはおらぬ時。そしてもう一つは、国元に好きな女子ができ、お前とは夫婦となることができぬ時じゃ。如月を過ぎればすべてを忘れ、吉原を出て幸せに暮らしてはくれまいか。一生生きていけるだけの銭は、越後屋に預けておく。幸せに暮らせ」

寿保から送られた、別れの文である。なにも知らぬ吉野にとって、この半年の間、待てど暮らせど文が来ぬこと。約束の日までに寿保が迎えに来ぬことへのすべての答えが、そこに書かれていたのである。

吉野の心は抜け殻となっていた。その文を握りしめる手に、力は感じられない。張り詰めた心の糸が切れたように、大切にしていた寿保への想いが崩れていく音が、心の奥で聞こえていた。

次の日、部屋で抜け殻のように横たわる吉野の下へ楼主が訪ねてきた。身請証文をちらつかせ、妓楼を出て行くか、ここに残るかを探りに来たのである。手には、訃報が握られていた。その訃報は、兵衛門が江戸を出る前に、センに渡していたものである。

戸を開ける楼主に反応したかのように、吉野が床から体を起こす。

「吉野よ、どうするか心は決まったか。儂は約束のとおり、お前がここを出て行くのであれば止めはせん。それと、お前に大事な知らせが届いておってな、急ぎ知らせねばと思い、訪ねたというわけじゃ」

その訃報は、今朝、センが楼主に届けたものである。

「吉野や、悲しきことじゃが、阿部の当主が亡くなったそうじゃ。船が座礁し、小名浜の沖でな。今となっては、お前にはもう、行く当てがなかろうて」

吉野は深い谷底を覗き込むように、瞬きもせず、ただ生きる屍のごとく目は虚ろとなり、楼主の言葉に反応することさえない。

「吉野や、どうした」楼主が吉野を揺り動かすが、生きる気力をなくしたその姿は、体を支えることとさえできず、すべてが崩れ去るかのように床に倒れ込んだ。

「たいへんじゃ、吉野が」

その声を聞きつけ、遣手と見番が駆けつけた。

「早う、医者を呼べ。す、すぐにじゃ」

誰もが驚いた。楼主が、吉野の傍らから後ずさりした。倒れ込んだ吉野は、なんの反応も示さぬまま横たわっていた。医者が診察したが、体が衰弱し、心が患っておる。このままでは命が尽きる……との見立てである。楼主は狼狽した。

「こんなはずではなかった……」

あの男、兵衛門に騙されていたことを、楼主は初めて知ったのである。

センが妓楼に駆けつけた時には、吉野は見るに堪えぬ姿となり果てていた。

「太夫、なんということに。わたくしが、親の敵を討ってやると言うたではないですか。あんな男のために、こんな姿になってしまわれた」

センは、唇を噛んだ。今の吉野の姿は、すべて兵衛門が招いたことだとも知らず、寿保への憎しみだけが増していった。

第三項　花魁道中　×　吉野の想い　×　くめの涙

それから、二日ばかり経った日のことである。床についていた吉野が、必死に起き上がろうとしていた。その姿を見た遣手が、楼主を呼びに走った。

「吉野や、大丈夫か」駆けつけた楼主が、吉野の肩を抱きかかえた。軽くなったその体に、情を捨てた吉原妓楼の楼主といえども、涙をこらえずにはいられなかった。

「吉野や、生きておくれ。それだけで、儂はよい。これまでお前にしてきた仕打ちを、許しておくれ」今となれば、それが精一杯の詫びである。最後にこの見世で、父様に涙を流してもらえるとは思うてもなかったでありんすな」吉野の口元が、かすかに緩んだ。

「父様、わちきはこれでようござりんした。最後にこの見世で、父様に涙を流してもらえるとは思うてもなかったでありんすな」


「お願いがありんすが」吉野は楼主に、最後の頼み事をした。寿保と夫婦になるために誂えた打ち掛けを指さした。

「わちきは、この吉原一の花魁でありんす。この吉原を旅立つ時は、美しき打ち掛けを羽織り、花魁道中にて去りたいと願うておりますれば。父様には明日、お見送りしてはいただけんでありんすか」

　歩くこともままならぬその姿を押してまで、花魁にこだわるとは……。さすが吉原随一の女子である。この当時、吉原の遊女は三千人から五千人いた。その中で花魁となる者はほんの一握りであり、花魁となることが遊女の夢でもあった。それどころか、江戸市中の女子にとっても、男にとっても憧れの存在だったのである。

「吉野や、お前が花魁として吉原を出て行くと言うのであれば、儂は、お前にこの吉原で一番の花魁道中をさせ、見送ろうではないか。お前は、歩くこともままならん、それでも、やりたいのだな」

吉野は頷いた。生気が戻ったかのように、頬に赤みも差していた。

吉野が吉原を出て行く日の朝は、嵐の前触れのように黒雲が立ち込めていた。「嵐の前の静けさ」というものか、吉野を見送る天の配剤であるのか。吉原に、静寂な時間が流れていた。

吉野が羽織る襠《うちかけ》は、白無垢である。中央に雪景色の霊峰富士があしらわれ、黒の昇り龍と赤の下り龍がむつみ合い、裾には満開の桜が刺繍されている。俎《まないた》には、大輪の牡丹の花が二つ、夫婦のように描かれていた。吉野が新造の時、太夫とお揃いで誂えた思い出の柄である。

さすがに、吉原一の花魁と称された吉野である。打ち掛けを羽織ると、背筋が伸び、高下駄も履きこなす。昨日までの衰弱しきっていた吉野とは、一線を画していた。誰が見ても、その艶やかさに目を奪われるばかりである。

「父様、お世話になったでありんす。このご恩は、一生忘れんでありんす」

その言葉は、楼主の身を引き裂くほどの優しさであった。楼主は、吉野の一世一代の花魁道中に、禿、新造、男衆はもちろんのこと、これまで見たことのないような多くの遊女たちをお供に付けた。まだ客足の少ない吉原が色めき華やぐさまは、前代未聞の光景である。大門に着くと、太夫は一歩、足を外に向けた。花魁道中もここまでである。吉原を振り返り、頭を下げた。吉野には、歩く力さえ残されていなかったのである。

吉野は楼主に、「吉原を出たなら、海が見たい」と願った。楼主は、吉野に言われたとおり、大門から日本橋へ向かうために特別の駕籠を用意した。隅田川からは、小型の屋形船を借り上げ、海まで行けるよう手配した。

吉野が隅田川を下る頃には、大粒の雨が降り出し、強風が吹きつけていた。

「太夫、楼主からはお願いされておったが、この悪天候では遠き沖までは行けませんぜ。一度沖に出て、これ以上、時化るようであれば急ぎ桟橋に戻らんことには、命がいくつあっても足らんことに……」

西の空には暗雲が垂れ込め、海の時化模様を見れば、この後に大嵐となることは歴然である。それでも船頭は、船を出さぬわけにはいかなかった。楼主から相場に見合わぬ銭を受け取っていたのである。

「船頭さん、わちきをあの先まで、連れて行っておくんなまし」

吉野が指さしたその場所は、湊から見れば波が渦巻き、雲から降り注ぐ大粒の雨が海に呑み込まれていくようにも見える深瀬である。船頭は、言われるままに船を進めた。吉野が声を掛けた。

「ここで、止めておくんなまし」船頭に、懐から取り出した十両ばかりの銭を渡すと、舳先に向かい重い足を引きずるように歩き始めた。

吉野が舳先に立った時のことである。雷鳴が轟きわたると、船の前方に稲妻が走り、水柱が噴き上がった。海は隆起し、沸き立つ海面は大波となり、船を呑み込んでいく。咄嗟のこと、船頭は船縁にしがみ付いた。吉野を見れば、寄せくる大波に抱かれるがごとく、海へと呑み込まれていったのである。

荒れ狂う波は、霹靂《へきれき》の為せる業か、神がかったものなのか。青く光り輝き、吉野を包み込んでいったという。波が静まり、船頭が海から吉野を助け出そうとしたが、その姿はどこにも見当たらない。

「この身滅ぶとも、末代まで呪ってやる」

最後に船頭が耳にしたのは、その言葉だった。体の震えが止まらず、手を合わせた。その後、逃げ帰るように船を漕ぎ続けた。吉野の想いが、海中で木霊していた。自らの命の終わりとその運命を呪ったものか、寿保への想いが語らせた言葉だったのか。その真意を知る者は、誰もいない。

船頭は祟りを恐れ、そのことは誰にも語らずにいた。ただ、吉野を攫った大波は、あたかも立ち昇る龍のごときに、吉野太夫に巻き付き海へ消えていったようにも見えたという。


寿保が江戸に着いたのは、吉野が吉原を出た翌日のことであった。吉野が亡くなったことさえ知らぬまま、船から吉原へと急ぎ向かっていた。大門をくぐり、吉野が待つ大見世へと駆け出した。

「待っておれ。今、儂が迎えに来た」寿保は、心の中で叫んでいた。

「吉野、吉野はおるか。番頭さん、吉野はどこにおる」

その声に、見世の者すべてが振り返る。なぜか、神妙な面持ちで番頭が顔を出した。

「阿部様、もう少し小声でお願いいたします」

呼ぶ声を遮るように頭を下げた。身請けの金を届け、吉野を迎えに来たというに、誰もが口をつぐんでいるようにも見て取れる。

「ささ、こちらに」

言われるまま、二階の奥の部屋に通された。初めてのことである。しばらくして、楼主と番頭が姿を現した。

「これはこれは、阿部様、ようお越しくださいました。吉野のことでございましょうか」

楼主に覇気が感じられない。

「吉野はおるか。身請けの金は、如月の末、越後屋が届けたはずじゃが。早う、会わせてくれんか。やっと迎えに来ることができたんじゃ」

その言葉に、二人が顔を見合わせた。

「阿部様、吉野はもうここにはおりませぬ。昨日、吉原を出て行っております。如月を過ぎ、阿部様が迎えに来るとは、思うてもおらなかったのでございましょう」

一人吉原を後にするとは、なにがあった……。寿保は自問自答する。なぜ、信じてはくれなんだ。儂は、なぜ遅れてしもうた……。心が焦るばかりである。

「それなら、どこに行けば吉野に会える。すぐにでも迎えに行く。早う教えてはくれまいか」

それを遮るように、楼主が語り出した。

「吉野は、昨日、亡くなっております。海を見てみたいと、時化の中、沖へと向かいますれば、大波に呑まれ、姿が見えなくなったと。ともに行った船頭が申しております。多くの船を雇い入れ、みなで手分けし吉野を探したものの、どこにも姿が見つからないのでございます」

その言葉を、寿保は信じることができずにいた。楼主の言葉が嘘であればと願う気持ちと、きっと生きているはずだと信じる想いが、心の中で交錯する。嘘であればと楼主に詰め寄るが、涙を流す楼主を見れば、真実であることに気づかされる。

ふと我に返れば、心の空白を埋めるがごとく涙があふれ出し、その場に崩れ落ちた。約束の日に迎えに来ることができなかった、己の身を恨むしか術はないのである。

「この部屋には、吉野が残していた品が置いてございます。もし、阿部様が持ち帰るのであれば、お止めはいたしませぬ。されど、吉野も遊女。それも叶わぬなら、こちらで片付けさせていただきますれば」

手をついて願っていた。

「なぜ、吉野は死なねばならんかった。なぜじゃ」

楼主の体を何度も何度も揺り動かすが、夢であってほしいとの願いは叶わぬことである。

楼主がおもむろに、これまでの経緯を語り出した。

「阿部様が国元に帰られてからは、吉野は阿部様を想い、文を書き続けておりました。阿部様とて、同じであったのではございませぬか。私らとて、二人が結ばれることを願う反面、吉野がこの見世に残ることも望んでおりました。その折、兵衛門様からお話がございました。吉野をこの見世に残したいのであれば、吉野の思いを断つため、二人の文をすべて取り上げよと申されました。幾度送ろうとも、それゆえ、二人に文が届くことはございませんでした」

寿保は「すでにそのことは知っておるが、悲しいこと……」と自分の胸のうちに収めた。

二人はこれまで何度文を書こうとも、互いに届かぬ文を待ち続けていたのである。

「吉野は阿部様からの文が届かぬことで、身も心も憔悴しておりました。その有様を案じておると、兵衛門様からわたくしに頓服を授けていただきました。わたくしも、吉野が少しでも元気になればと、遣手に言付け、吉野に分からぬように、酒に盛らせておりました。後に、分かったことがございます。その頓服が、毒であったと。その時には、すでに吉野の体は毒に侵され、命を救う術はございませんでした。吉野がここに残ってくれればと思う気持ちを利用され、兵衛門様から言われるままに仕組んでおりました。すべては、私の欲が生んだ不始末でございます」

寿保は、怒りをこらえることができなかった。これほどまでに二人を憎む必要があったのか。楼主の胸ぐらを摑み、殴りかかろうとした時、番頭が腕にすがりついた。

「阿部様、お許しを。楼主ばかりが悪いのではございますまい。約束の期日までに、おいでにならなかった阿部様にも、落ち度はございます」

その言葉に我に返る。頭を何度も畳に打ち付けた。番頭の言葉どおりである。約束した期日に自分が迎えに来れば、吉野を失わずに済んでいたはずだと心に言い聞かせた。

なによりも、己の命を奪うために、吉野との仲を引き裂き、死に追いやった兵衛門への憎しみが込み上げてくる。それとて、今は死した男に抗う術もないのである。長い年月をかけ、周到に仕掛けを施した兵衛門の執念と恐ろしさだけが、寿保の心にかき消せぬ記憶として残るばかりである。

寿保は、その場を立ち上がることさえできないほどに憔悴していた。

「阿部様、吉野から文を預かっております。誠の文でございますれば、受け取ってはいただけぬものでしょうか」

そう言って、一通の文を懐から差し出した。楼主からはそれとともに、小さな箱が渡された。開けてみれば、箱には吉野の小指が包まれていた。江戸を去る前、指切りをした。必ず約束を守ると。最後の日、吉野は寿保との約束を忘れておらぬと、約束の証として小指を切り落としていたのである。

止めどなく涙がこぼれ落ちた。止めようとしても止まらぬ涙は、なんのために流れるのか。悲しみか、辛さか、愛おしさか、腹立たしさか。その訳さえ今は分からぬまま、時は過ぎていくばかりである。

話はここで終わることはない。寿保にとって、渡された文は、二人を繋ぐ大切な記憶が認められていたのである。心が震えるほどに。

「寿保様。如月を過ぎ、迎えに来ることが叶わぬのでしょうか。わたくしは、待ち続けたくとも、命が尽きる日が近づいております。いっそ、この命を絶ち、すべてを忘れることが一番の幸せと分かっておりますが、今はそれさえできぬまま、一人、時を過ごしております。迎えに来てくださると信じて。吉野は、お医者様の治療もあり、命尽きる前にすべてを思い出すことができました。わたくしは、石巻で寿保様に助けられた、幼子のアサでございます。男からは、親の敵と教えられましたが、すべては偽りであると分かりました。両親を亡くし、天涯孤児のわたくしたちをお救いくださったのは、寿保様と、父上・安之丞様であると。安之丞様が亡くなられた後、わたくしたちは、男に記憶を消され江戸へと連れてこられました。わたくしは吉原へ、姉のキヌは江戸屋敷へと。先日、姉様ともお会いいたしましたが、男の呪が解けておらず、寿保様を親の敵と申しておりました。なにとぞ、姉様をお救いくださいい。わたくしの夢は、石巻で寿保様と過ごした幼き日に語った言葉でございます。寿保様に懐いていたわたくしは、そばを離れたくなく、『大きゅうなったら、寿の嫁にしてくれ』と言い、よく姉に叱られておりました。その夢が、吉原に来て叶うとは思ってもみなかったことであり、喜んでもおりました。それと、桜の花のアザでございますが、あれは熱が出た時にのみ現れる、特殊なアザでございます。そのため、寿保様は吉原ではわたくしのアザに気づかれなかったことでしょう。覚えていてくださり、嬉しく思っております」

寿保は文を震える手で握りしめながら、なおも読む。

「ふと、気づいたことがございます。北上川で溺れた折、声が聞こえたことを。お前に命をやる、世のため人のために生きよと。弁天様であったのでしょうか。こうして、寿保様とお会いし、大飢饉の救済に尽力する寿保様を少しでもお助けできたのなら、生きた証ともなりましょう。石巻湊、江戸では寛永寺、そして吉原と縁とは誠に不可思議なものでございます。それと、先日は、奇妙な夢を見ておりました。寿保様が海で命を落としそうになった折、わたくしが船首に立ち、寿保様をお守りする夢でございました。久しくお顔を見ることができませんでしたので、嬉しゅうございました。今は、明日をもしれぬ身、一度、お目に掛かりとうございましたが、父様から寿保様が小名浜で遭難し亡くなったとの話をお聞きました。誠か嘘かは知れませぬが、命が尽きる前にこの吉原を出、美しき体で寿保様にお会いしたいと願うておりましたが、それも今となっては、叶わぬ夢となったようでございます。

この手紙を読まれたということは、わたくしの命が尽きたということでございましょう。わたくしを慈しみ、愛してくれたことありがたく想うております。至らぬアサでございましたが、愛された思い出を胸に、この世を去ることをお許しください」

寿保は、己の未熟さ、心の弱さを知った。これほどまでに吉野が苦しみ、己を想うてくれていたことに、心が引き裂かれ、胸が締め付けられた。心の叫びが血の涙となって頰を伝う。

すべてを読み終えると、寿保は吉野の想いを胸に秘め、吉原を後にした。その後、数日は、多くの船を借り上げ、吉野の捜索を行ったが、その姿を見つけ出すことはできなかったのである。

それでも、寿保には江戸でもう一つ、やり残したことがあった。江戸屋敷にいるセン、いや、キヌのことである。兵衛門の呪にかかり、己の名さえ覚えていない。まして、寿保を親の敵として狙っているのである。それを承知で、寿保は大須浜に連れ帰ることに決めていた。吉野からの頼み事である。

寿保は、江戸屋敷を訪れていた。

「国元、大須浜の阿部と伝えてくれぬか」

その言葉を受け、門番が屋敷の中へ知らせに行く。門前でしばらく待つと、迎えが来た。センである。

「阿部様、どうぞ中にお入りくださいまし。殿がお待ちでございます」

その言葉に従うように、寿保は座敷へと案内された。

「阿部の当主よ、よう来たな。ところで、今日はなんの話じゃ。儂が呼んでも良き返事をせぬお主が、自ら屋敷に訪れるとは。奇妙なこともあるものじゃ」

寿保の心の内を探っているかのような伊達の口ぶりである。

「今日伺いましたのは、兵衛門様のことでございます」

伊達は怪訝そうに首を傾げた。

「あの者なら、儂が暇を出しておる。亡くなったと聞いておるがな」

すべては、伊達の掌上で踊らされていたようである。

「先日は小名浜で襲われ、危うく命を亡くすところでございました。これまでも……」

寿保は、これまでの経緯を話した。父・安之丞が殺されたこと。石巻で、自らが襲われたこと。そして、小名浜でのこと。すべてが兵衛門と繋がっていたことを語り始めた。

「これらは、すべて伊達様の指示ではございませぬか」

その言葉に、センが寿保の前に飛び出し懐剣を抜いた。

「センよ、そう慌てるでない。それほど言うのであれば、儂と、阿部家とのかかわりを話してやろうではないか。それを聞けば、お主がここから生きて帰ることはできぬかもしれんがな」返答次第では脅しとも、宥めるとも受け取れる言い回しである。

「もちろんでございます。私も、おめおめとやられるつもりでここにやってきたのではございませぬ」

寿保の言葉に、伊達が笑った。

「儂と阿部家とのかかわりは、九年前に遡ろうか」父が殺された年である。

「あの頃、儂は江戸屋敷で藩の回米を預かり、幕府との交渉を担う役目であった。石巻で、役人が斬り殺されたことを覚えておるか」

当然である。寿保自らも傷を負っている。

「あれは、兵衛門が儂のためにやったことじゃ。儂は幼き藩主を守るため、幕府との交渉の矢面に立っておった。江戸屋敷は藩の財政の半分を使うとまで言われ、国元から妬まれておったがな。ある年には、国元からの資金が滞ることもあり、幕府との交渉もままならぬところまで追い込まれておった。そこで儂が考えたのが、大坂商人と結託し米の横流しをし、金を作ることであった。そのことにより、幕府との交渉事を優位に進め、少しでも藩の政を助けようと思うておったのじゃ。その矢先、藩内で儂を蹴落とそうとする輩がそのことを嗅ぎつけ、帳簿を持ち出しおった。国元に知られれば儂はおろか、江戸屋敷の者さえ処罰を受ける。藩のためにとしたことが、裏目に出てしもうたのじゃ。藩の行く末を案じれば、役人の一人や二人犠牲になろうとも仕方のないこと」

藩の重役ともなれば、人の命さえ軽んじるものかと寿保は憤った。

「その帳簿を持ち出し、儂を蹴落とそうとする重臣に渡そうとしたのが、斬り殺された役人じゃ。真っすぐな性格ではあったが、それが藩にどのような禍を招くかさえ知らぬ男であった。兵衛門には、殺さず帳簿を奪うよう命じたが、それも後の祭り。お前の父が邪魔に入るとは思うてもみなんだ。役人の持つ帳簿は、その場でお前の父に託されたようじゃ。

その後、兵衛門は帳簿を奪還するため、大須浜に乗り込もうとしたが失敗し、お前の父から帳簿を奪うことはできぬまま戻りおった。その時、お前の父は命を絶たれたと聞かされておる。すまぬことはできぬまま戻りおった。その後、兵衛門から聞かされたのは、帳簿は息子に託されたのだと。そのため、お前を見張らせておった。兵衛門は、お前の父に女房を殺された恨みがあったようじゃが、事を荒立ててはならぬ、お前を殺してはならぬと言付けておった。それが、あの気性、言うことを聞かん。とうとう、自ら命を失うことになってしもうたわ」

なんとも、やりきれない話である。政にかかわるとはいえ、帳簿一つで多くの人の命が奪われていったのである。

「当主よ、帳簿は今、どのように。返答次第では、今日死んでもらうのもよかろうて」

襖の奥には、その殺気を読み取れば、数人の手練れが潜んでいることは明らかである。

「伊達様、すべてが無駄足でしたな」寿保は答えた。

「無駄足とは、何事じゃ」それに呼応するように、寿保が語り出した。

「父・安之丞は、間違いなく役人から帳簿を託された……」

帳簿を大須浜に持ち帰ると、役人から聞いたことすべてを源左衛門に打ち明けた。源左衛門は、藩の政にかかわることであり、家族を守るには、藩内の派閥のどちらの手にも渡らぬよう帳簿を処分すべきであると、父に伝えた。そのことで父は悩んだが、家族と二人の娘を守るためならばと、帳簿をすべて焼き捨てたと聞いている。

「なんと、そうであったか。阿部は、藩祖の代から藩を陰で支えておると聞いておる。政に干渉せぬことを旨としてな。帳簿が、藩の行く末にかかわると踏んだことはさすがじゃ。よう心得ておる。阿部の家には、悪いことをしてしまったな」

伊達が、胸をなで下ろした。

「初めから話し合うておれば、誤解もせず、互いに争うこともなかったものを。兵衛門には困ったものじゃ」

藩のためとはいえ、自らの正当性を訴え、手を汚さぬ伊達のやり口に、寿保はうんざりしていた。

「伊達様、お願いがございます。ぜひとも、セン様を国元に連れ帰りたいのですが。いかがなものでございましょうか」

伊達は腕組みをし、しばし思案していた。

「これまで、阿部には迷惑を掛けてしもうた。お前がよければ、センを連れ帰るがよい」

伊達の言葉に、センは頷くことはない。だが寿保はセンに出立の日時を告げ、屋敷を後にした。センにしてみれば、寿保を狙うには格好の機会である。見逃すはずはない。

出航の日、港で待つ寿保の元にセンが現れた。寿保にゆっくりと近づくと、袖口から懐剣を取り出し、一撃で仕留めんとばかりに、寿保の胸めがけ体を預けていった。驚いたのは、そばにいた船員たちである。寿保を助けようと駆け寄った。

「大丈夫じゃ。儂は、なんともない」寿保はセンの手を脇に抱え、肩を押さえ込み、懐剣が体を貫くことを避けていたのである。

「親の敵、そして吉野の敵。お前を生かしてはおかん」

そう叫び、寿保の手を振りほどこうとするが、力で敵うはずもない。

「セン様、少しばかり話を聞いてはくれんじゃろうか。そうすれば、誤解もとける」

しかし、センが寿保の言葉に耳を傾けるはずもない。周りが見えぬ相手に、話が通じるはずもないのである。寿保は、脇に抱えたセンの手を軽くひねると、首筋に手刀を下ろす。センは、一瞬で気を失った。

寿保が、柱に縛り付けたセンの頬に軽く両の手を当てた。センはもがき逃げようとするが、それは叶わぬことである。

「わたくしをどうするつもりじゃ。父と同じように、殺すなら殺せ」

先ほどよりは落ち着いたようであるが、殺気が消えることはない。

「セン様、儂の話を聞いてはくれんか。吉野からお前宛の文も預かっておる。それを読んでから、儂を襲うても遅くはないはずじゃ」

その問いかけに、センは頷いた。

「それでは縄を解くが、暴れんでくれよ」

暴れようとも、取り押さえる自信はあった。縄を解くが、吉野という言葉に思いを巡らせたのか、少しは話を聞く気になったようである。寿保がセンに文を渡すと、センはその文を愛おしそうに手に取った。そこには、吉野の想いが綴られていた。

「セン様、わたくしを好いてくれありがとうございます。わたくしも、セン様に初めてお会いした時から、なぜか懐かしさを覚え、好きになっておりました。わたくしの父も、阿部家に殺されたと申しておりましたが、それは間違いでございます。わたくしも、セン様と同じように、ある男から阿部の家を恨めと教えられて参りました。ところが寿保様にお会いし、その気持ちが徐々に変わってゆきました。一度は寿保様を襲い、怪我をさせてしまったことがございましたが、なぜそのようなことをしたのか、自分で分かりかねておりました。不安になり、特別な力がございますお医者様に診ていただきましたところ、幼き日より、何者かに呪を掛けられ記憶を消されていたと。その上で、新たな記憶を植え付けられたと聞かされました。わたくしは、自ら過去の記憶を取り戻すため医者に掛かり、呪を解くことができました。それとて、死を間近としたわたくしにとって、遅すぎたことでございます。その上で、分かったことがございます。幼くして両親を亡くし、天涯の孤児となったわたくしたちを助けてくださったのは、あの男ではなく、阿部家、寿保様のお父上、安之丞様であることも。そして、わたくしたちの両親を殺したのは、あの男、兵衛門であると」

センは動揺した。目が泳ぎ、文を持つ手が震えていた。受け入れられない事実に直面したのである。

「兵衛門はわたくしたちの両親を殺し、姉様とわたくしに嘘を教え込ませておりました。わたくしを吉原に、姉様を江戸屋敷に預け、監視し利用しようとしておりました。セン様は、本当はわたくしの姉のキヌでございます。そして、吉野太夫はあなたの妹のアサでございます。その証拠に、二人の首筋には、桜の花びらのアザがあるはずでございます。わたくしの話を信じていただけるのなら、寿保様を親の敵とし追いかけるのを止め、一人の女として幸せに、そして静かに余生を過ごしていただきたく存じます。わたくしの分まで」

　突然の話に、センは頭が混乱していた。なぜか、昔の記憶を朧気に思い出すことはあったが、すべて霧がかかったようで本質が見えることはなかった。今、文を読めば、アサの言葉が真実であると心に響いてくる。

「どうじゃ、これでも信じられんか。お前はセンではなく、キヌじゃ。儂が知っとる、キヌなんじゃ」

　寿保は、アサから託された「キヌを助けてほしい」との願いを果たすため、国元に連れ帰ることを決意したことを告げた。

「もし疑うのであれば、江戸屋敷に帰り、兵衛門の机や文を探してみればよかろう」

　その言葉を受け、センは江戸屋敷に急いだ。屋敷に帰ると、兵衛門の書斎を探して回った。机の下も、書棚も洗いざらい。隠し扉には、寿保が語ったとおり、寿保と吉野が交わした複数の文が隠されていたのである。なんと、浅ましいことか。

　それ以上に驚いたことには、キヌとアサの素性や、攫ったあとで記憶を消し、吉原と江戸屋敷で育てていると書かれた書面が見つかったのである。二人の素性や攫った理由、阿部家を討つための計略が、事細かく書かれていた。

これまで父と慕っていた男は、わたしたちの両親を殺し、妹を死に追いやった男であった。その書面から、自分がキヌであることを知ることとなる。そして、吉野が妹のアサだったことも。

センは、その場に立ち尽くした。吉野とは初めて会った時から、互いに懐かしさや愛しさを感じていた。もう少し早く知っていたら、妹を死なせずに済んでいた。己の無力さと、なんのために生きてきたのかさえも、分からなくなっていた。

センは、江戸屋敷で最後のお勤めを果たすと、伊達にこれまで育ててくれた礼とお暇をいただくことを告げ、屋敷を後にした。そして、センという名を捨て、キヌとして生きることを決意した。

寿保は、吉野との約束を果たすため、キヌの帰りを待つこととし、出航を一日遅らせた。キヌがここに戻ると、寿保は信じていたのである。その間も、寿保は多くの船を雇い入れ、吉野の捜索にあたっていた。それでも、見つけ出すことはできなかったのである。

翌日、キヌが寿保の元に現れた。

「寿保様、やっと、自分自身がキヌであることを知ることができました。吉野太夫が、妹のアサであることも。なにもかも知った上で、お願いがございます。よろしければ、わたくしを江戸に残していってはくれませぬか」

　意外な言葉であった。妹を亡くし、傷心する気持ちであれば、心を癒やすため江戸を離れ、大須浜で静かに暮らすことがよいと考えていた。

「国元には帰らず、江戸でなにをするつもりじゃ。教えてはくれんか。少しでも力になりたいと思うてな」

　これまでのわだかまりのゆえか、ほかに事情があるものか。

「阿部様、わたくしは吉野太夫、いえ、妹のアサのため、この江戸に残り供養をしたいと思うております。小さき頃に離れ離れになり、たった一人の妹の命さえ救うことができぬまま生きる、情けない姉でございます。石巻で離れ離れとなり、この江戸で再会できた、これもなにかの縁が、繋がっていたのでございましょう。それなら、これからは妹の分まで生きたいと思うております。寿保様が江戸を去られた後、妹のアサが生きた証である吉原を抱えるこの江戸の地で尼となり、妹の供養を続けて参りたいと思うております」

　キヌの強い想いに、寿保は無理強いすることはできないと思った。大切な女子を、大須浜に連れて帰ることさえ叶わぬ己の未熟さに、積年の想いが募るばかりである。

キヌの言葉を聞けば、なにも言えなくなっていた。自分とて、吉野の眠るこの地で、いつまでも住まうことができるなら、ともに供養することができたら、どんなに心が救われようか。しかし、今の大須浜を捨てるわけにはいかぬ。すぐさま帰り、人々の救済に向けて働かなければならない。そう心に決めていた。

寿保はキヌに別れを告げると、後ろ髪を引かれる想いを断ち切り、江戸を発った。

福島小名浜に着くと、すぐに佐吉の元に向かった。床に伏せ、息も絶え絶えとなる佐吉に声を掛けた。

「兄さん、今帰ったよ」

佐吉は、寿保に己の死が近いことを悟られまいと、力を振り絞り笑ってみせた。

「吉野太夫は、どちらに。挨拶せねば……」

起き上がろうとするが、力が入らないようである。

「今は船酔いがひどく、休んでおる。後で連れてくる。それより、兄さんの具合が心配じゃ。大須浜から持ってきた、特別の薬を飲んでさえ、回復しないとは」

日が経つにつれ、容体は悪化するばかりである。医者でさえ匙を投げる始末である。

「兄さん、すぐにでも大須浜に帰ろう」

　その言葉を聞くと、佐吉はゆっくりと目を閉じた。意識が混濁しているようである。寿保は船を手配し、佐吉を連れ、急ぎ大須浜へと向かった。佐吉の容体は、予断を許さぬ状態まで追い込まれていた。兵衛門が使った毒は特殊なものである。阿部に伝わる長命丹をあの場で口に含んだからこそ、命を長らえているだけの状態である。多くの毒に対応する阿部の秘薬である長命丹でさえ、解毒することはできなかったのである。

　一刻も早く、くめ姉の元に……。その思いだけが、今の寿保を支えていた。

　小名浜からは、三日で船越港に着いた。出迎えに来ていたくめが、佐吉の元に駆け寄った。佐吉は意識が戻らぬまま、すぐに大須浜に運び込まれた。

「医者を呼んでくれ。天上の医者を」

　登和が、村の者を呼びに走らせた。医者が着くと、すぐに脈をとった。

「これはいかんな」

　佐吉の腕を取り、その後はなにも言わず黙り込んでしまった。診察が終わると、登女とくめを柱の陰に呼び寄せた。

「よく聞いてくれ。儂の見立てでは、佐吉の体は蠱毒に侵されておる。解毒薬はなく、儂でも救うことはできん。今夜が山じゃ。よく、これまで耐えてきたことが不思議なくらいじゃ。よほど、くめさんに会いたかったんじゃろう。そばに付いていておやりなさい。それが、今できるすべてのことじゃ」

大概の病は治す医者が、助からんと言った。それは、命の終わりを意味していた。あれほど元気に旅立った佐吉が、今は虫の息である。

「佐吉さん、わたしがそばにおる。頑張っておくれ。一緒になると誓ったではないか」

くめは、ただ堪えていた。息も絶え絶えの佐吉の胸を擦りながら、なにを思うのか。優しく言葉を掛け続けていた。

佐吉が息を引き取ったのは、東の空が薄らと白む明け六つの頃のことであった。くめは気丈に振る舞った。涙も見せず、佐吉の死に装束を整え、見送る支度をしたのである。寿保は、言葉を掛けることもできなかった。一緒に江戸に行かねば、命を落とすこともなかった。責められるのは自分である。吉野を亡くし、追い討ちをかけるように佐吉の命が奪われたことで、寿保の心は打ちひしがれ、ともすれば壊れかける寸前であった。

佐吉の葬儀も終え、家族が集まっていた。寿保は、小名浜で起きたこと、吉野を失ったことをみなに告げると、これまでのことを語り出した。

登女が声を掛けた。

「当主よ、人として生きておれば、どうにもならんことがある。すべてを手にすることが叶わんこともな」

前に、青木の神さんに言われた言葉を思い出していた。

「これまで起きたことのすべて、それこそが自らに課された試練だと思わねばならん。吉野太夫も、佐吉も無駄死にしたのではあるまい。心の苦しみも、悲しみも、そのすべてを己の糧とし、お前がしっかりと生きていかねばならん。それが、命を失った者への供養となろう。二人も、お前が前を向き生きていくことを望んでおろうが」

登女が、寿保の頭をなでた。

「体が弱く、泣き虫であったお前が、嫁を取ると言った時は嬉しかった。佐吉も喜んどった。誰もが幸せになる世をつくらねばいかん。それこそがお前にできる、吉野と佐吉への恩返しだと思うがな」

登和の言葉は、寿保の心を包み込むように優しげであった。くめは、言葉にできず俯いていた。あの気丈な姉が、弱くなった姿を見せていた。それが、寿保の胸を締め付ける。後悔の念が心を過った。

運命とは皮肉なものである。どこで歯車が狂い出したのか、はたまた、これが定めだったのか。阿部の家と寿保を取り巻く状況は、時代の波に呑み込まれていくこととなった。

登女が口火を切った。

「阿部の家も、男は当主一人となってしもうた。これまでどおり、女子が仕切らねば埒があかんじゃろうて。それでも力を合わせ、人々を救わねばならん。なんせ、今も大飢饉による惨禍は続いておる。爺様、安之丞、佐吉も、浜の救済を望んでおるじゃろうて。それこそが、亡くなった者たちへの供養じゃ」

登女はそう言って、全員に気合を入れた。この大飢饉の中、悲しむ暇はない。みなが悲しみを心の奥底にしまい込み、前へ進むしか道はないのである。

第四項　捕鯨の始まり　×　大須浜の話　×　行く末を見据えて

天保八年も春先から天候不順が続いていた。米の生育は思わしくなかったものの、天保七年の大凶作と比べれば、幾分は持ち直しの様相を見せていた。このことが仙台藩の政策に大きな影響を与えることになろうとは、誰も知るよしはない。長年続いた大飢饉の救済が痛手となり、藩から三十万両もの資金が失われ、財政は危機的状況を迎えていた。

この財政難を踏まえ、出入司（藩財政と民政を司る）は、大飢饉の中にあっても藩財政の立て直しが最優先であると決断する。なんと、収穫した米を領内の救済ではなく、江戸に送るという暴挙とも思える対応に出たのである。施策を決定した根底には、藩が実施した城下中心の救済策が功を奏し、城下における治安が安定したことも一つの要因ではあると言える。反面、地方の救済対策は、藩命により郡奉行、代官、肝いりに委ねられることになる。この時、地方の役所は藩と同様に、度重なる大飢饉により、領民を助けるだけの体力を持ち合わせてはいなかったのである。

この「郡村」政策により、領民救済の機能は低下し、城下を遠く離れた沿岸部や山村で多くの死者が増え続けていた。とりわけ死者数が多かったのは沿岸部の石巻・牡鹿周辺であり、天保七年から八年にかけての一年間で、当時の人口（一万七千人）の約五割（八千人）もの民が死に絶えたと言われている。

さらに地方を疲弊させ、苦しめることとなったのは、出入司が、領内から献金調達を行うよう命を下したことである。それほどまでに、藩の財政は逼迫していた。

寿保は大須浜の者と協力し、沿岸各地の救済に向けた取り組みを進めていた。商いを通じては、東回り航路の五十集を高値で買い上げることで、各浜に銭が入るよう産業面でも支援を続けていた。

寿保が、家業にかかわる新たな提案を家族会議で行っていた。

「婆様、母上、くめ姉に聞いてもらいたいことがある。儂は、この浜で鯨を捕ろうと思うておる」

三人は、驚きを隠せなかった。捕鯨は、二つの側面を持つ。浜が潤うが、海を枯らすとも言われる。「一頭の鯨を捕獲すれば富や食べ物をもたらし、七浦潤う」という言葉があるが、その反面、解体処理により海が汚れることから、「七浦枯れる」とも言われている。

阿部家では、陸奥丸（サン・ファン・バウティスタ号）の建造以来、捕鯨は行ってこなかった。資金面や技術面では、なんら問題はなかった。だが、大須浜を真似し、近隣漁村が捕鯨に参入すれば、捕獲のための修練や技術を習得するまでに、多くの犠牲者が出るであろう。それを危惧したためである。加えて、多額の費用を計上し採算が合わなければ、漁村自体が荒廃していくことは目に見えていたのである。

登女が口を開いた。

「当主よ、鯨捕りはその損得も踏まえ、爺様さえ行ってこなんだ。なぜに今、再開しようとしておる。捕る術は持ち合わせておろうが、儂は賛成できん」

登和とくめも頷いた。しかし、寿保はこう言う。

「鯨捕りは儂の考えではなく、藩が望んでいることじゃ。藩として、大飢饉を乗り切るため、新たな収入源を確保したいと考えておるようじゃ。それならばと、儂が献策した。藩の財政も逼迫しておる。それを助けることが、領民を救うことに繋がると思うてな」

三人が怪訝そうな顔をした。

「わたしらは、藩の政にかかわるべきではないと言うたが、なぜ分かってくれん。他領からの救済米を運び入れる時とて、良からぬことが起きておる。これ以上かかわれば、この村もこれまでのように、みなが幸せに暮らしていくことさえままならぬようになるとは思わんか。父上や佐吉も、政へかかわったことにより命を落としたことを、忘れたわけではあるまいな」登和は寿保を諭すような口調で語っていたが、最後には、自らは賛成できぬと語気を荒らげた。

「母上、そのことはよう分かっとる。儂も、本来であれば鯨捕りの話は出しとうなかった。ただ、藩校・養賢堂の学頭の大槻様から、なんとしても献策してほしいとの依頼があった。

断るわけにはいかんのじゃ」

その話は、仙台藩藩校養賢堂学頭の大槻清準《おおつきせいじゅん》が「鯨史稿」を著し、大飢饉の中で食を確保し銭が稼げる新たな産業として捕鯨を考えていたことに端を発していた。天保七年に殿様から出された「御直書」では、今が捕鯨を行う好機と捉え、藩の中に新たに鯨漁御取開（捕鯨専門部署）を設けたのである。城からは、資金力のある各漁村の肝いりや大型船を抱える船主の下に、大飢饉の中、藩の財政を立て直す一環として捕鯨を行う者を募るとの命が下されていた。この命に従い、資金力がある各浜からは、捕鯨を行いたいとの献策が行われたのである。

その中で捕鯨が可能な財力と漁師を有するとして、領内では、牡鹿郡狐崎組大肝いりの平塚雄五郎に命が下った。その命を危惧したのが養賢堂である。いかに財力がある漁師がおろうとも、捕鯨経験のない狐崎組大肝いりが捕獲できぬともなれば、提案した策に傷が付くこととなる。そのことを恐れていた。それゆえ失敗は許されぬ。

大槻は知っていたのである。陸奥丸の建造時、鯨油を採るために、阿部家が捕鯨を行っていた……という事実を。領内で唯一、捕鯨の実績を有し、鯨とりと処理技術、そして財力を踏まえれば、大須浜の阿部家に白羽の矢が立つことは明白であった。

養賢堂からは、捕鯨を必ずや藩に献策するようにと、阿部家に命が下されていた。政にかかわらぬよう距離を置いてはきたが、いつしか阿部家も大須浜も、時代の大きなうねりの中に呑み込まれていくのである。

「儂とて、鯨捕りは無謀なことだとは分かってはおるが、藩が大凶作で喘ぐ中、なんとか食料と財を得たいと願うとることに反対はできん。藩のため、領民のためとなるならば、村の衆ともよう話し合い、なんとかせねばとは思うておる」

寿保の話に三人は腕組みし、未だ納得できてはいない様子である。登和が疑問を口にした。

「当主よ、人と船、納屋や道具はどうするんじゃ。この大須浜だけでは人手すら足らん」

当然の話である。本格的に捕鯨に参入した場合、それに要する人の数は、海上で鯨を追い詰め、とどめを刺す羽刺《はさし》、水夫《かこ》を合わせ四百人。加えて、陸上で解体や鯨油の処理する者を入れれば、五百人ともなる。

船の数も、勢子船や納屋船などを合わせれば、四十隻は必要となる。漁法は、網と銛を使用するが、多くの危険を伴う漁である。このことを踏まえれば、大須浜一村のみで行うには難しい事業である。

「そのことはよう分かっちょる。そこでじゃ、儂が考えとるのは、捕鯨の組織規模を縮小し、一組で行おうと思うんじゃ。阿部の家に伝わる漁法であれば、一ヶ統で鯨を捕ること が可能じゃ。そうなれば、人は五十人、船は二十隻ほどで済む。今ある船を用いれば、新たに船を確保する必要もない。それであれば、この浜の者と近隣の浜の者を募り、無理せず、鯨を捕り処理することも可能じゃ。海上での捕獲は漁業と廻船で鍛え、鯨を仕留めることができる大須浜の者を、運搬と陸の処理には近隣の村の者を当たらせる。なにより大事なことは、村人の命を守り、危険にさらさぬようにすることだけじゃ」

何よりも、寿保が大事と思っていたことは、捕鯨の姿を藩に示すことにあった。本来であれば、捕鯨・鯨組（漁獲組織）という姿を取らずとも阿部家の技術を持ってすれば大須浜の漁師と船のみで鯨を捕獲する事は容易なことであった。しかし、藩内の漁村に捕鯨の技術を示し、藩の期待に応えるためには鯨組を組織することこそが必要であると考えていたのである。

寿保の言葉は、的を射ていた。対策も立てていたようである。

「浜で鯨を解体、加工すれば海が汚れ、浜も枯れてしまう。アワビも、ワカメも捕れんようになる。それを、どのようにするつもりかの」くめが問いかける。誰もが危惧することだ。

「そこは、解体の方法も考えとる。今の鰹節の納屋を改良し、陸上で丁寧に捌く。汚れた血水は、極力海に出さんようにする。必要であれば、血水を集め遙か沖に流すことも考えておる。肥料としてもな。身や骨も、内臓、蠟、油も、使えるもんはすべて使う。そうすることで、海を極力汚さんように工夫する」

大須浜の海岸にある平地であれば、鯨の解体は容易であり、海を汚さぬ後処理も可能であると寿保は考えていた。必要であれば、沖での解体も思案していた。なによりも、大須浜で捕獲する鯨の種類や、大きささえも決めていたのである。

「それとな、儂らは捕鯨の知識や技術があると言っても、しばらく鯨捕りはやっとらん。新たに道具も必要じゃ。そこで、儂は紀州の太地から道具を買い入れるため文を書いておいた。必要なものは、今頃、江戸を経由しすでに大須浜に向かっておる頃じゃ。阿部が願えば、遠くの漁師も応えてくれる。海は繋がっとる」

それは、阿部の持つ人脈の広さを物語っていた。

廻船や漁業を本業としている阿部家にとって、海域で鯨に遭遇するのは日常のことである。航海では鯨と遭遇し危険を伴う事態も発生するが、その時は自分たちの命を守るため、やむを得ず鯨に銛を打ち込むこともある。鯨の生態を熟知し、捕獲経験を有する寿保たちにとって、捕鯨は難しい仕事ではなかったのである。

さらに登和が問う。「捕る、加工するは分かるが、捕った鯨をどのようにして売りさばく。今は食うものがないとはいえ、普段口にせぬ鯨を好んで食うもんはおらん。銭のある城下とて、同じこと」

もっともな話である。鯨は身は塩漬け、骨や各部からは鯨油や蠟を抽出する。登和が言うように、当時の仙台藩では鯨肉の流通はほとんどなく、好んで食する者がいないのが実情であった。藩の政策により、この時、捕鯨を行えば潤うどころか、大きな赤字を抱えることを寿保は知っていた。それを承知で、引き受けざるを得なかった事情がそこにはあった。

「母上、儂もそのことは承知しておる。まずは数頭捕獲し、肉と脂を城下で売ってみようと思うておる。鯨油と蠟は売れるじゃろうが、鯨肉を買う者はほとんどおらんはずじゃ。そうなれば、養賢堂とてそれ以上の無理強いはせんじゃろうて」

寿保の狙いはそこにあった。藩内に、流通経路と食文化のない鯨肉の販売は難しい。売れなければ、養賢堂とて捕鯨を断念せざるを得ないはずである。それは、ほかの漁業者に捕鯨を無理強いすることがなくなるということを意味していた。自らが犠牲となることで、領内の漁民を救う覚悟を持った上で献策していたのである。

阿部家が仕留めた鯨は、四頭であった。解体処理し、城下に持ち込んだものの、鯨肉はほとんど売れず、鯨油のみが販売された。寿保の見込んだとおりである。一方、狐崎組大肝いりは養賢堂が予見したとおり、鯨一頭さえ捕獲することができず、捕鯨を断念することとなる。この結果を受けて、藩内の捕鯨は中止に追い込まれていく。

養賢堂が捕鯨にこだわった裏には、藩の政にかかわる大きな思惑も渦巻いていた。海防対策である。当時、仙台藩の海域にはロシア船の来航が見られていた。国内においては、アメリカ船、イギリス船、オランダ船が姿を現し、幕府はもとより各藩においても、対外的危機意識が高まりを見せていた。

このような状況の中で、捕鯨に期待されたことは二つあった。一つは、鯨肉の調達による食料の確保と、鯨油や蠟による燃料の確保。そしてもう一つは、海防の備えである。諸外国との海戦を想定した場合、命の危険を伴う危険な漁である捕鯨を推奨することで、漁師の操船や海上での格闘技術が磨かれ、軍事訓練に繋がると考えたのである。

それを物語るように、藩では千石船の船主や肝いりに対しても、自ら捕鯨を献策し、有事の際には水軍として活躍するようにと、一部の家臣からの働きかけも密かに行われていた。それに拍車をかけるかのように、藩直属の海軍としての地位を確立したいとの思惑から、船主自ら捕鯨を献策する動きも見られていた。その中には、捕鯨のためと称し、有事の際に使用するとして、火気使用の申し出をする者まで現れる始末である。

政にかかわらぬ、争いを好まぬ阿部家にとっては捕鯨の献策は災難であったが、藩は阿部の財力と捕鯨技術、そして海事能力を高く評価していたのである。不戦の民である阿部家にとって、この藩の政策を停止させるためには、自らが犠牲となり、捕鯨を中断させることがなによりも得策だと考えていたことは言うまでもない。

それともう一つ、幕府の動きをも見据えていたのである。諸外国の動きが活発する中で、今、仙台藩が独自の海軍を所有することともなれば、両者の確執は高まることにもなりかねない。

「領民が安心して暮らせる世をつくらねばならぬ」

その想いが、寿保に献策を決心させていたのである。

養賢堂が、捕鯨のほかに阿部家に求めたものがあった。それは、阿部の家に伝わる、海に関する多くの知見の提供である。阿部の家では、海洋における寒暖の見立てはもとより、漁獲される魚介類や活用方法、それと海藻の特徴や利用手法などをまとめた文献が多く存在した。それは生産だけでなく、その成分を利用した病気の治療や毒の抽出まで多岐にわたり、医学に通じる知見でもあった。その知識は一子相伝として引き継がれ、今は、天上の医者に託されていた。

仙台藩の中でも僻地である大須浜において、蘭学や漢方を学び、この浜唯一の医者として村人の診察を行っていたのが、天上の医者である。藩祖の時代から、大須浜は優れた医師を輩出し、藩も医学修得のため大須浜が多様な学問を修得することを黙認していたのである。藩と養賢堂は、領民をあらゆる病から救うためには、この医学的知識を大須浜に留め置かず、藩に提供することを望んでいたのである。

時代やその地に見合わぬものは、すべて藩が吸い上げ排除する。旧態依然の対応であるが、そのことで多くの領民が救われるならと、承諾するしか道はなかったのである。互いに干渉しないことを誓った藩祖との密約は、次第に用を成さぬものとなっていくこととなる。

寿保は、養賢堂に渡す資料を選別した。過去から引き継がれた、軍事や武器、争いにかかわる文献資料は処分し、世のためとなる文献のみを提出したのである。

霜月の初旬を迎えていた。寿保は世の行く末を見定めながら、阿部家と大須浜のこれからの在り方を模索する日々が続いていた。

源左衛門が生前話をしていた「藩の政にかかわるな」との言いつけを破り、殿様に、他領からの救済米買付と捕鯨を献策した。そのことが、仙台藩において家臣であっても限られた重臣しか知らぬ阿部家と大須浜の存在を、多くの者たちに知らしめることとなったのである。

歴史の表舞台へと姿を現せば、いつの時代であっても、己の欲望を満たそうと、家臣の中に阿部を仲間に引き入れようと画策する者たちが現れるのも当然のことである。いたし方のないことであったが、今後、これまで以上に藩政へのかかわりが避けられぬことは必然であった。

「仙台藩とは、初代、政宗公の時代に密約を結んでおる。政宗公からは、平和な国をつくるため、阿部の力を貸してほしいと乞われてな。ご先祖様は、その願いを聞き入れるための条件を出した。一つには、戦を行わぬ不戦の誓いを立てること。二つには、民が平和に暮らせる国づくりを目指すこと。三つには、互いに干渉せぬことじゃ。誰にも知られぬよう密約を結び、今に至っておる」

登女の言葉から、寿保は爺様が、「藩の政に干渉してはならぬ」と言っていた意味を、今改めて知ることとなった。

「じゃが、今は、儂らの勢力はずいぶんと衰えてしもうた。その訳は、政宗公から慶長十八年に、陸奥丸（サン・ファン・バウティスタ号）を建造したいとの話をされたことに端を発しておる。スペインとの貿易により民を潤わせるため、陸奥丸を建造したいとな。その時、藩は、西洋船の建造と航海は初めてのことであった。船の構造・建造と航海に長けた阿部家と大須浜に白羽の矢が立ったことは、言うまでもない。藩では船を建造するため、造船の技術者を招き、家臣やスペインの宣教師ルイス・ソテロと計画を練っておったが、そこに儂らのご先祖様も加わり、建造に取りかかったそうじゃ。建造には村と近隣の多くの者が協力し、雄勝の呉壺《くれつぼ》で船を完成させた。航海にも人が必要との話から、造船、航海技術を持つ多くの村人を乗り込ませたようじゃ。しかし、藩は初めの航海が成功したことで、二度目の航海では無理な運行を行い、多くの乗組員が命を失うこととなった。この時、船に乗り組んでいた村人が、帰らぬ人となってしもうた。この航海をきっかけに、阿部家と大須浜の力は衰えていった。船に乗り合わせていた村人は、造船や航海の技術に長けておった者ばかりじゃったからな。政宗公と儂らの密約では、互いに協力していることを表に出さぬと誓うておる。そのため、亡くなった者のこと、阿部家のことは、歴史上、語られることはない。政にはかかわらぬことを約束しておるからの。互いに干渉せぬとな」

寿保も理解できた。阿部や大須浜のことが、歴史の表舞台で語られぬこと。そしてその力が、今は弱まっていることを。

婆様の話を聞くうちに、これまで生きてきた中では考えてもみなかった夢物語でもあるかのような時間が過ぎていった。藩との密約については、寿保も薄々気づいていたこともあった。それは、多くの文が藩と爺様の間で交わされていたのを知っていたからである。なぜ田舎の漁村に、それほど城から文が届くのか疑問に感じていたが、今、その謎が解けていく。

「少しばかり息抜きじゃ。お前も、地下の石室のことは知っておろう。あれは、ご先祖様が大須浜に居を構えた頃につくられたものと言われておる。他国から船により、山師や多くの石工、石垣職人をこの地に呼び寄せ、他の者には知られぬよう大須浜の数カ所の地下に坑道といくつかの部屋をこしらえたそうじゃ。家の蔵の下にある部屋も、その一つ。完成後は、携わったすべての者に金を払い、故郷へと送り届けたそうじゃ。船での行き来により、この浜の位置が分からぬようにな。石室が作られた目的と場所は、今となっては分からぬが、一説には、この地で見つかった石化した龍を切り出し祀るためとも、救済のために蓄えた金銀財宝や、争いに抗うための武器が隠されておるとも語られておるが、今となっては知る者もおらん。最後に、その石室の場所と隠されておるお宝を知るのは、爺様であったが、儂らには伝えずにこの世を去ってしもうた。大須浜が争いに巻き込まれるのを恐れ、己の胸の内にしまい込んだのだと、儂は思うておる」

今の大須浜に、岩盤を刳り抜き、坑道や部屋を造成する技術も人もいない。寿保は不思議に思っていたが、知るべきは蔵の下にある石室のみである。ここで生まれ育ったが、これほどまでに知らぬことがあるとは、と寿保は驚いた。

「なによりも重要な秘密を、これからお前に語らねばならん。八大龍王のことじゃ」

登女が改めて語り出す。

「我が家で祀られる神様じゃ。お前に昔話を聞かせたが、もう少しばかり付きおうてもらえんか。八大龍王とは、この国の諸藩に暮らす者たちの中で、大須浜の営みを支えてきた核となる集団のことじゃ。その者たちは、この国に留まらず、ロシア、アメリカ、中国、オランダなど、他国にも暮らしておる。遙か昔は、この地に肌や髪の色が異なる鬼と呼ばれた人々が暮らしておったとも聞いておる。今となれば、それも昔話じゃ。唯一、ほかの国の者と会うことができるのは、東回り航路の沖合か、金華山での会合だけじゃがな。それ以外の交流は、今はなされてはおらぬ」

なぜか、阿部家の持つ技術や情報が、海を隔てた大陸まで繋がっていたのである。寿保が幼き時より、ロシアを含め多くの言語や他国の生業を学んでいたことの原点が、ここにあった。蝦夷地や江戸に向かう海域では、助けを求められればロシア船や他国の船にも食料を渡すこともあり、爺様が船員と話をしていたことを思い出していた。

「八大龍王にかかわること、大須浜の学問を論じることは、よほどの危険がはらむと心得ねばならん。寛政十一年（一七九九年）に亡くなった、藤塚知明《ふじつかともあき》という学者がおるが、あれは大須浜出身じゃ。塩竈神社の神職を務め、人々の救済を図るため、凶作による食糧不足を補うため、食せる野草などを記した『塩竈社古説伝』を書いておる。仙台藩のみならず、多くの文化人との交流もあり、藩で名を広く知られる学者（神学・経済・政治などに精通）であったが、大須浜で得た蝦夷地や海外の事情を基に、諸外国から日本を守るため『海国兵談』を記し、軍備を整える必要を訴えた。それとて時代に合わぬものであれば、己を死地へと追いやることとなる。それは、今の阿部家と大須浜とて同じことじゃ。お前が、この阿部と大須浜の理を知った上で、これからどこへ向かうかは、お前次第じゃ」

そして登女は、最後にこう言ったのである。

「一つだけ言えることとは、爺様は当主となったお前がどのように生きるかを、すべて知っておったようじゃ。真っすぐな性格じゃ、多くの人々を救うためなら藩にも献策し、阿部家と大須浜のことが藩内で知られると読んでおった。その上で、お前に禍が及ばぬようにと、他国の竜王には繋がりを絶つと文を書いておる。儂とて、その文がどのように、誰に送られたかは、知ることとさえできなんだ。親心あってのことじゃろうて」

源左衛門も、登女も知っていたのである。寿保が当主としてなにを想い、阿部家と大須浜の行く末をどのように決めていくかを。その答えに辿り着くために、登女は寿保に話をしていたのである。

いつも大事な場面では、背中を押してくれる。寿保は爺様、婆様の手のひらの上で転がされているようで、なんとも歯がゆいような気分である。すべてを知った上で、どのような決断を下すかは、寿保に託されたのである。

霜月も半ばとなり、阿部家と大須浜は、その存続を左右するまでの大きな事件に巻き込まれることとなる。予期せぬ事態は、仙台藩から阿部家に送られた一通の文から始まるが、その裏には、仙台藩の危機的財政状況が見え隠れしていた。

文面をなぞれば、大飢饉という窮状の中で、あろうことか、阿部家が藩の財政を支える江戸廻米の横流しにかかわりがあることが判明した……とある。「ついては、城内にて吟味するため、当主自ら登城せよ」との命が記されていた。無論、身に覚えのないことである。

「婆様、とうとう、政にかかわった付けが回ってきたようじゃ。家や村の者にも、迷惑を掛けることになるやもしれん。申し開きをするにしても、なにを弁明すべきか見当が付かん。それでも、行かねばならんようじゃ」

寿保の素直な言葉であった。登女、登和、くめも、寿保が救済米の買入を城に献策した時から、この時が来ることを知っていたとでも言うように、静かに頷いた。

師走となり、藩からの命に従い、一人寿保は城へと向かった。今は、同行してくれる佐吉の姿もない。城では、罪人として扱われるものと心に言い聞かせていた寿保であったが、なぜか重臣の控える大広間に通されることとなる。そこには、出入司と江戸屋敷伊達留守居役が待ち構えていた。

「阿部の当主よ。久しぶりよの。息災であったか。今日、呼び出したのは、なにもお主を責めようと思うて呼んだわけではない。少しばかり、話がしとうてな」

なんとも胡散臭い言い振りである。

「これまで、阿部が我が藩に貢献したことを思えば、なんとかお前を救わねばと思うておる」

話は過去に遡る。石巻で、米蔵役人が廻米を横流ししていた。藩ではその証拠を掴もうと、一人の役人を突き止めた。証拠を入手しようとした時、寿保の父・安之丞がその帳簿を持ち去った。その後、証拠隠滅のため焼き捨てた……と言うのである。すべては、伊達留守居役の指示したことであるはずが、話がすり替えられていた。

出入司が口を開く。

「儂も、そのことは聞き及んでおりますな。なんとも、藩財政を支える米の横領、政にかかわってくれたものよの。廻米の横領は大罪、死罪にも等しい罪となる。阿部が横領したとは思わんが、なにせ、訴える者がおるのでな」

根も葉もない、でたらめな話である。明らかに、阿部の家に罪を着せようとしていることは明白であった。政にかかわるとは、このような事態を招くことになると寿保は感じていた。されど、民の救済のためであれば後悔はない。

伊達が語り出す。

「さりとて、その話を鵜呑みにすることはできぬ。阿部ほどの者が、米の横領にかかわるなどあり得ぬと、殿には話をしておる。されど、殿への献策により、阿部家と大須浜の力を知った領内の商人や、その者たちと結託する城の者の中には、阿部を陥れようと画策する輩まで出てくる始末じゃ。此度もそのような手の者からの進言であろうが、このままでは、儂らも阿部を守りきることはできん。そこで提案じゃが……。お主らは、今後、表立った救済は行わず、藩の命により行った捕鯨により多くの財を失ったこととしてはどうかと考えておる。殿とも話をし、これまでの藩への貢献を踏まえ、藩の者は、阿部家と大須浜には一切かかわってはならぬと命を出してもらうこととしておる。それならば、問題もなかろうて。阿部は抱える財を失い、もはや利用価値さえないとな」

それは、聞きようによっては、阿部家や大須浜が救済はおろか、「政へも口出しすることは許さぬ」という、伊達の強い想いでもあるように感じられた。

「それであれば、伊達様のお言葉に甘えさせていただきとうございます。阿部家としても、これ以上、政にかかわることがなきよう、平穏な日々を過ごさせていただきとうございます」

それは、阿部家と大須浜を守ると誓った、寿保の信念が語らせた言葉である。

「そうか。それならば、今後は藩と距離を置くのもよかろうて。儂らとしては、阿部からの協力がなくなることは、少しばかり寂しいが、今はそれが最良の策であろう」

阿部と大須浜を救おうとしていることは事実のようである。話が終わると、出入司がおもむろに語り出した。

「阿部の当主よ、今、我が藩は度重なる大凶作により、財政状況が逼迫しておる。商人にも借入を願うておるが、これがなかなか難しい。幕府からは、普請や蝦夷地の警護など、矢継ぎ早に金のかかる命が下されておる。このままでは領民はおろか、藩の政さえままならなくなることは必然じゃ。なんとかならんかと、伊達留守居役にも話をしたが、江戸屋敷とて、幕府と交渉するための金が尽きておるとの返事。阿部としても、最後に藩に力を貸してはもらえぬものであろうか」

明らかに、金の無心ではあるが、阿部家の財を必要とするほど、藩の財政は逼迫しているようである。

「儂も、阿部家に無理な願いはしとうないが、出入司の申されることも一理あると思うておる。先ほども申したように、殿には、藩として阿部と大須浜にかかわってはならぬと、命を出してもらうよう願うてきた。その想いを汲んでくれんか」

出入司に追い打ちを掛けるよう、伊達が語った。ここまで仕組まれては逃れようもない。尚のこと、領民のためと言われては、断る訳さえ見つからぬ。

伊達が手を叩くと、一人の男が襖の陰から現れ、寿保の隣に膝をついた。横を見れば、文吉である。

「文吉よ、よう来てくれた」伊達の言葉に、文吉が頭を下げた。

「お前が大須浜に暮らし、九年ともなる。阿部家が抱える財の額は、どれほどか教えてはくれぬか。それによっては、殿とも話をせねばならんでな」

その言葉に、文吉が口を開いた。

「伊達様、阿部家の財は家の商いを続けていくための金を除けば、数万両ともなるかと。源左衛門様の隠し財産と、若当主の稼いだ金は、相当なものでございます」

その言葉に、二人は満足げに頷いた。文吉は、藩の隠密であった。九年前の海賊船で助けられた三郎（黒脛巾組）と文吉（隠密）は、阿部家の様子を探るために潜入していた藩の間者であった。

それ以外に申すことはあるかと、伊達が文吉に問いかけた。

「伊達様、阿部家のすべての財は、大須浜や近隣十五浜の民の命を救い、東回り航路、ひいては、三陸沿岸の漁民の生活を支える糧となっております。なにとぞ、村人を救うための財を残していただきたく、お慈悲を願うものであります」

その言葉に、伊達が口を挟む。

「文吉よ。お前を阿部家、そして大須浜に間者として暮らさせたが、いつの間にか情にほだされたようじゃな。三郎もお前も、藩の密偵としては、使いものにはならんやつらじゃ」

そう言って、扇子を打ち付けた。文吉が口を開く。

「殿、わたくしは、阿部家の様子をこの九年間見て参りました。大飢饉となり、誰もが助けを求める中、阿部の家と大須浜の人々は自らの暮らしを切り詰め、廻船と漁業で稼いだすべての財を、各浜の救済に惜しげもなく使って参りました。その姿を見れば、藩にはなくてはならない家や人々であると確信しております。お情けがあれば、阿部家の罪を問わず、救済のための財を残した上で献金させる……という提案は、いかがなものでございましょうか。わたくしは、阿部の家を裏切ることはできませせぬ」

その言葉は、寿保にとってなによりも救いであった。父・安之丞が命を救った三郎、文吉も藩の者であったが、今は阿部の家や村の者、領民の救済を第一に考えてくれていたのである。

寿保がおもむろに口を開いた。

「伊達様、出入司様、先ほどのお話、しばし時間をいただき、此度の申し出をどのように対応すべきか家や村の者たちと考えとうございます」

その言葉に、伊達も出入司も、思惑どおりであるという満足げな顔をする。

「伊達様、一つお願いがございます。今、横に控えております文吉を大須浜で引き取らせてはもらえませぬか。三郎も同様に。二人は、阿部家はもとより、大須浜のためによく働いてくれております。今は東回り航路の船頭として、藩を超えて他領沿岸漁村の救済にも取り組んでおります。二人が望むなら、これまでどおり、わたくしに預けてはいただけぬものでしょうか。それが願いでございます」

文吉が、頭を下げた。涙ぐんでいるようである。己の立場と役割を遂行した上で、寿保の元で暮らしたいとの想いが伝わってくる。

「若当主よ、お主が儂の出した条件を呑んだ上で、二人が大須浜で暮らすことを望むのであれば止めはせぬ。お主も裏切られたというに、変わり者よの」

寿保は、伊達と出入司に頭を下げた。

「文吉、大須浜に戻ってこい。儂には、お前の船頭としての腕が必要じゃ」

その言葉は、今の文吉にとって何よりも有り難い言葉であった。


大須浜に帰った寿保は、家族と村の主立った者を集め、城での話を語り始めた。藩が出した条件に、誰であれ納得するはずはない。出席していた一人が声を上げた。

「若当主、儂らは大飢饉で苦しむ人々を救おうと、阿部家ともども死力を尽くしてきた。その儂らが、こんな目に遭うとは、思うてもみなんだ。これまでのことが、間違いだったのかの」

その言葉は、この村の者誰もが抱く想いであった。登女が口を開く。

「儂らのしてきたことは、なにも間違ってはおらん。ただ、時代が儂らを必要とはしておらんのかもしれんな。爺様が亡くなる時も言っておった。いつかは阿部の家、大須浜もほかの浜と同じような暮らしをする時が来るとな。それが少しばかり早まっただけじゃ。儂らがしてきたことは、きっと、みなの役に立っていたはずじゃ。それを誇りとして生きていくしかあるまい」

婆様の言葉に、その場の誰もが異を唱えることさえできなかった。

「儂は、藩の申し出を呑もうと思っておる。みなが不満であることを知った上でな。婆様、母上、くめ姉から、藩の政にかかわるなとは言われておったが、それでも、大飢饉の中、人々を救うことを諦めることはできなんだ。阿部の家と大須浜のみなが、これまでもしてきたようにな。それに、捕鯨も含めて、争いごとに加担することも防げたことはよかったと思うておる」寿保は当主となり、自ら行ってきたことへの想いを告げた。

「ただ、やらねばならんことがある。儂の見立てでは、天保九年は凶作と出ておる。天保十年を過ぎれば、長き寒冷の時も徐々に落ち着き、米の出来も良くなるじゃろうて。そうなれば、みなが安心して暮らせる世が来るはずじゃ。あと少し気張らねばな」

まだ、救済は続きそうである。

「この長き大飢饉を抜け出せば、阿部の役割も薄れるじゃろう。本来、藩も領民も誰であれ、貧しき者のため心を尽くし、手を差し伸べることができれば、誰もがこの大須浜のように幸せに暮らしていけるはずじゃ。今のこの暮らしが変わろうとも、大須浜の想いはこの先の世に引き継がれるはずじゃ。それで、儂はいいと思うておる」

　寿保は、誰にも告げはしなかったが、家督を相続する際、密かに爺様から託されていた二つの大事があった。

　一つは、移りゆく世の中で、己と阿部家の持つ力量を踏まえ、その時が来れば当主として、家と村の行く末を決断せよとの教えである。

　今は、争いのない太平の世である。大飢饉という「乱世」が終息すれば、領民の暮らしは今よりも良くなるはずである。阿部の家や大須浜とて、昔のように奥州藤原氏や仙台藩を陰で支えるだけの力も、財力も、今は失われつつある。この大飢饉において、大須浜と近隣十五浜を救い、東回り航路の各漁村を手助けすることができようとも、領内の人々を広く救済することはできようはずもない。

　藩も領民も長きにわたる大凶作により疲弊し、生きる力さえ失われようとしている。この大飢饉が終わるとき、広く領民を救うためには、藩の財政再建を手助けし領民重視の政を推し進めてもらう事こそが重要である。そのためであれば私財を投げ打つこともやぶさかではない。まさに、その時が、今、訪れようとしている事を寿保は実感していた。

二つ目は、広く世界を知る阿部であればこそ、時代を見る目を養い、当主として、世の行く末を見通した決断をせよとの教えである。

寿保は誰よりも、時代の先を見据えていた。日本を取り巻く情勢は、国内の政にかかわらず、諸外国からの脅威にもさらされていた。ロシアの南下政策、イギリス、オランダとの和親条約の締結、アメリカとの交渉など、そして密かに進む倒幕の動き。どれもが、源左衛門が寿保に伝えていたことである。直に他国に触れ、その力を感じていた阿部家であればこそ知ることができた世界観である。

いずれは、諸外国や諸藩の動きが加速し、この国の中枢に大きな変化が起きることとなれば、新たな時代が訪れる。その先には、身分制度もなく、誰もが平等に暮らせる大須浜のような世が生まれると予感していたのである。その根底には、この国の国力（人、文化、学問、軍事等）が、他国の干渉を許さず、独自の国づくりを進めるだけの力を持っていることを知っていたからである。加えて、寿保は、幕府の適切な対外政策に相容れるかのように、諸外国においても国家間の覇権争いや内紛により、日本への侵略に歯止めを掛けるような事態が勃発していることも承知していたのである。

大飢饉の収束とその後の復興、新たな時代の幕開けを予感する中で、寿保は源左衛門の言葉をかみしめていた。家と浜の行く末を決断すべき時であると。阿部家と大須浜が歴史の表舞台から忘れられようとも何の迷いもない。今とは違う暮らしとなろうとも、みなが争いに巻き込まれず、平穏な漁村として生きていけるのであればなんの悔いも無いと。

まずは、藩から言われずとも、藩財政を幾ばくかでも支え、より多くの人々の命が救われるよう、阿部家として可能な限りの私財を献金する。阿部の家は、これまでのように広く三陸沿岸の漁村の救済は出来ずとも、商いで得た利益を使い、可能な限り十五浜の人々の暮らしを豊かにするため働いていく。今は、為すべき事を為すだけである。

年も明け半ばを過ぎる頃、寿保は藩からの申し出に返答するため登城した。

大広間では、出入司と江戸屋敷伊達留守居役が待ち構えていた。

「阿部の当主よ、お主が来るのを待ちわびておったぞ。早速、返事を聞かせてはくれぬか。返事によっては、互いに袂を分かつこともあるでな」脅しとも取れる言葉に動じる素振りも見せぬ寿保に怪訝な顔を向けた。

「そう焦らずとも、ゆっくりと話そうではありませぬか。申し出のありました献金につきましては、阿部家として同意しとうございます。ただし、飢饉は未だ続いております。この飢饉を乗り切るまでの財は、我が家としても必要でございます。この大凶作を乗り切った後、阿部のすべての財が必要だとおっしゃるのであれば、お出しすることになんら不満はございませぬ」

その言葉に、伊達も出入司も、道理至極であるという満足げな顔をする。

「阿部の当主よ。それならば、この大凶作が終わるまで待とうではないか。ただし、条件があるが聞いてくれぬか」

その条件とは、驚くべきものであった。献金は藩の財政上現れぬよう、内密に届けるというものである。そのことを守るのであれば、藩として今後、阿部家と大須浜には一切かかわらぬというものであった。

伊達が口にしたことは、明らかに仙台藩の中でも重臣しか知らぬはずの事柄であり、藩主はもとより奉行（家老）も承知した上での交渉であることは、間違いないようである。

献金の申し出を承諾すると、出入司は重臣にでも報告に向かうのか、そそくさとその場を後にした。大広間から出入司が去ると、伊達が寿保を傍らに呼び寄せた。内密な話があるようである。

「阿部の当主よ、これから儂が語ることは、ここだけの話じゃ。心して聞け。二度とは語らんでな」

　これまでとは違う、硬い表情を見せていた。

「儂ら伊達家の者は、阿部の家のことを禁忌として取り扱うてきた。なぜか分かるか。それはな、藩祖政宗公の遺言があるからじゃ」

　その内容とは政宗公と阿部家の出会い（邂逅）を語る言葉であった。

「伊達政宗公が藩祖となった時、大須浜の阿部家を知ることとなる。奥州藤原氏とも関係があり、その繁栄を陰で支えた不戦の一族がいると。その者らは、蝦夷地から奥州の海域を縦横無尽に往来する航海術を持ち、あらゆる船の建造にも長けておると。その上、どの藩にも与せず、争いのない世をつくるために、影として生きておるとな」

　政宗公が初めて阿部家とのかかわりを持ったのは、陸奥丸建造の時であった。スペインとの通商交渉を進めるため、ガレオン船の建造技術を持つ者と、外洋航海に長けた船員の確保が必要となった。

「その二つを備えておったのが、阿部家と大須浜の村の者たちじゃ」

　伊達は話を続ける。

「政宗公は、阿部の当主に協力を願うた。阿部から出された条件は、仙台藩が争いを避け、領民を戦に巻き込まぬという、ごくありふれたものであった。それと、阿部家と大須浜には干渉せぬということも。そうであれば政宗公に協力し、藩のために働き貢献していくと。それが密約として残されておる」

伊達の話は続く。

「しかし、陸奥丸による慶長遣欧使節の航海は成功したものの、結果的には、スペイン王国との通商は叶わぬものとなった。その後、政宗公は阿部家とは距離を置くようになっていった。それは、阿部家と大須浜の持つ人や知識、高度な技術を希有なものとして捉えていたせいでもあった。海外に目を向けておった政宗公にとって、国内だけでなく、海外への航海さえ可能とする造船技術と操船の腕を持つ阿部家を、幕府や諸藩に奪われぬためでもあった。なにせ、藩の知らぬところで、東回り航路に出没する海賊さえ退治しておったからな。藩として、阿部が持つ海戦の技を持ってすれば、幕府を凌駕するだけの水軍をつくれるとも考えておったようじゃ」

伊達はにやりと笑うと、昔語りを続ける。

「政宗公は、海外とのかかわりを持つ夢は捨てきれずにおった。阿部の船が蝦夷地にも出向き商いをしていたことで、この国として通商交渉が行われていないロシアやロシア船とかかわりを持っておることも、後には仙台藩のために役立つと思っておったようじゃ。藩の中でも僻地とされる大須浜にある小漁村の漁民が、藩や城下と変わらぬ生活を営み、その上、高度な教育を受け、ガレオン船の建造や海外さえ視野に入れた航海技術を持つ。産業や軍事にも精通していた阿部の家は、仙台藩にとって、諸刃の剣ともなっていった。それも、ごく自然な流れなのかもしれん。そのため、密約を結んだとはいえ、伊達家としては、阿部家と大須浜の村人を歴史の表舞台に上げぬよう、努力をしてきたつもりじゃ。幕府や他藩、領内にも知られぬよう、監視の目を向けてな。今も、黒脛巾組や藩の隠密が村に入り込んでいたことでも分かるじゃろうて」

寿保は、伊達の話に頷いた。

「その均衡が破られたのが、大飢饉であった。阿部家が殿に他領からの米の買付を献策したことで、『大須浜に阿部家あり』と、世間に知れ渡ってしもうた。殿とて、大飢饉救済のためとはいえ、阿部家を庇護することが難しくなり、此度の距離を置く決断を余儀なくされてしもうた。儂は反対した。阿部の家は藩のために尽くし、これからも、力になると な。しかし、政とはそういうものじゃ。藩にとって良きことは受け入れ、禍となる者は排除する。藩内にも、派閥があってな。捕鯨の話もあったはずじゃが、出過ぎたことをすれば叩かれる。あれも、藩内の者が阿部の力を利用しようと仕掛けたこと。表立っては、養賢堂が仕掛けたことになっておるがの。必ず受けるように圧力を掛けたはずじゃ。養賢堂一人ができることではない」

寿保は、すべてを理解していた。爺様が亡くなる前に、話していたことがある。藩は、儂らの動向を常に探っておる。政にかかわれば、阿部の家も村の者も藩内の争いに巻き込まれると。心して藩の動きを見定め、家と村を守るために動くのじゃと。今、分かったような気がした。藩のため、領民のためと、財を投げ打ち生きてきたが、それも叶わぬ夢なのかもしれぬと。

「儂は、黒脛巾組、隠密からも報告は受けておる。阿部は藩や領民のために尽くし、疑われるようなことはなに一つないと。阿部家と大須浜の者たちを利用しようとする者が現れたことは、家臣として間違いであったと思うておるが、今となれば仕方のないこと」

それが権力を持ち、自らを守ろうとする者の思考である。

「阿部の当主よ、儂は、それでも大須浜を救おうと動いておった。それが、此度の条件じゃ。悪いことは言わん。儂に従え。それであれば、阿部家も村の者もこれまでどおり過ごせるはずじゃ」伊達の言葉は、本心であると寿保は感じていた。

「殿からお預かりしている言葉がある。これまで藩への尽力大儀であった。藩祖政宗公が在りし日に、大須浜の龍と世界の大海を駆け巡りたかったと語っておったと。政宗公から愛されておったとな」

その言葉に込められた願いは、これまでの藩とのかかわりが間違いでないことを物語っていた。今となれば、なにも思い残すことはない。伊達の話が終わると、寿保は城を後にした。

ただ、伊達から話された政宗公の遺言の件については誰にも伝えず、心の中に留め置くこととした。

藩が、阿部家の財を求めるために画策していたことも、寿保にとってはなんら悩むことさえない事案であった。そのことを、藩の重臣は知るよしもない。阿部家が、仙台藩に渡した金は数万両にも及ぶが、藩の記録にその記載は一切ない。今はただ、阿部家が天保の大飢饉に私財を投じ、大須浜と近隣十五浜を救ったとの記述が残されているだけである。

「この先の世も、誰もが分け隔てなく幸せに暮らしていける時代を築いてもらいたい」

寿保が最後に殿様に託したのは、この言葉であった。寿保が見越したとおり、世は大きな変革の時代を迎えていたのである。天保の飢饉からわずか三十年余りで、倒幕運動により、新たに明治政府が発足していくのである。

大須崎に立ち、心地よい潮風に吹かれる。海と空が交わる青き水平線を眺めながら、寿保の心に去来したものは、何であったのか。

天保四年に発生した大凶作は、六年にも及ぶ未曾有の大飢饉を招き、世の人々からは「乱世」と呼ばれるほどの惨禍をもたらした。この間、阿部と大須浜の者は近隣十五浜と三陸沿岸の漁村を救うべく、すべてを懸けて奮闘してきた。それでも世を覆う惨禍の中で、どれほどに抗えたものか。戦いの中、爺様、佐吉兄が倒れていった。みなに託された願いが、叶わぬ夢であったのか。自問自答するが、答えが出るはずもない。

己が好いた女一人、救うことさえできなかった。石巻湊、江戸吉原と、縁で結ばれていたはずである。誰よりも深く愛した女である。大飢饉の救済という使命のため、江戸に残したことで、阿部を取り巻く謀に巻き込まれ、命を失った。最期を看取ることも、抱きしめることさえできなかったが、その顔も声も、仕草さえ、一日たりとも忘れたことなどない。ともに死ねればよかったのかもしれぬ。それさえも叶わぬ己の定めを、悔やむばかりである。

寿保は、江戸で吉野と誓ったことがあった。幾度生まれ変わろうとも、いつの世にかお前を見つけ夫婦になると。その言葉だけが、吉野を失ったその後の寿保を支えていたことを、誰も知るはずもない。水平線に浮かぶ雲がいつしか吉野、いや、アサの姿に見えていた。愛しさと懐かしさが去来し、胸を締め付けるばかりである。

大須崎に佇み海を見つめれば、涙がこぼれる。亡くした吉野への想いであったのか。それとも、人のために生きることが叶わぬ、世への悔恨か。

すべてが叶わぬ、手に入らぬ。それが己の定めであることを、寿保は一人、噛みしめていた。

雄勝には、こんな逸話が残されている。天保の大飢饉により財を預けたとされる阿部家の恩に報いるため、近隣十五浜の村人が、永世戸ごとに毎年銀一切れを納め、救われた恩に報いると誓ったという。その恩義とは、どれほどのものであったのか。

二十二歳にして、大飢饉という「乱世」の世で人々を救うことにすべてを捧げた、若き当主と阿部家、そして大須浜の話は、ここに終わりを告げる。

【エピローグ　紡ぐ想いは時代を超えて】

平成二十三年（二〇一一年）十四時四十六分。

宮城県沖を震源とする未曾有の大惨事を引き起こした東日本大震災が発生した。この時発生した大津波により、東北太平洋沿岸部は壊滅的な被害を受け、被災地での死者数・行方不明者数は合わせて二万二千人にのぼる。とりわけ、宮城の死者数・行方不明者数は一万七百人と、被災地全体の半数にも及んだ。被災した誰もが忘れることのできない、痛ましい記憶である。

震災時、私は仙台のオフィスでパソコンに向かっていた。ビルの十三階にいた私は、突き抜けるような音とともに、長い横揺れに翻弄され、必死で机にしがみ付いた。家族の顔が頭を過る。揺れが収まるのを待ち、電話をかけるが繋がるはずもない。死ぬことはないと自分に言い聞かせ、部屋を見回し被害のほどを探っていた。

そこにいた誰もが揺れの恐ろしさと、なにが起きているかさえ分からぬ不安に戸惑いを隠せずにいた。自家発電でついたテレビの映像が目に飛び込んできた。目の前には、予想だにせぬほどの大津波が、沿岸の家々を呑み込んでいく映像が映し出されていた。どこで起きていることか、幻か現実かさえ分からぬほどの衝撃に体が震えた。

時は、残酷に過ぎ去っていくものである。この大津波により、一人石巻に残された母の命と、住み慣れた家を失うこととなった。さらに追い打ちをかけるように、日が経つにつれ、親しい友や親族の訃報が届けられる。言いようのない虚脱感と悔しさだけが心を蝕み、すべてを忘れるためには、一心不乱に震災復興に向けて働くしか、心の隙間を埋める術はなかった。

唯一、心の均衡を保つことができたのは、大須浜で暮らす婆様と同居する叔母の無事が確認されたことである。私は一人ではないと、心に言い聞かせていた。

「私たちは大丈夫」との連絡はあったものの、三陸沿岸の漁村集落が大津波に呑み込まれすべてを失う中で、その言葉の真意を確かめる術さえなかった。大須浜は、石巻からでも峠道を走り、車で一時間ほどもかかる最東端の漁村である。大震災により沿岸部が被災すれば、道が寸断され陸の孤島となることは明白である。ましてや、高齢化が進む漁村集落で、医者もおらず、食料さえ届かぬことを危惧していた。

大震災後、次第に瓦礫の撤去が進み、なんとか車が通れるようになったのは、しばらく経ってからのことである。一人車に乗り込み、大須浜に向かった。地震による崩落や、大津波による瓦礫が道の両側を覆っていた。通い慣れた町並みのはずが、雄勝の町や各集落は姿を変え、原型さえとどめてはいない。

大須浜に辿り着けたのは、昼過ぎのことだった。峠道を抜ければ、そこには信じられない光景が広がっていた。失われたとばかり思っていた集落が、存在していたのである。ここは、太平洋を望む東端の地。大津波が発生すれば、いち早く到達し被災するはずの場所である。奇跡としか言いようのない情景である。なぜ、この集落が大津波から守られたのかを、この時は知る術もなかったが、婆様から話のあった、「無事である」ということだけは真実と思えた。

被災後、半年が経過したが。大震災の傷跡は町を覆い、夜になれば現世と隠世が混在するがごとく、亡くなった霊たちの話が飛び交うほどに、人の心も疲弊していた。

あの日から、十年が過ぎ去ろうとしていた。朝に石巻を発ち、北上川沿いを走り釜谷へ、そして雄勝を経て大須浜へと向かった。釜谷トンネルを過ぎたあたりか、冷気にでもさらされたような冷たい感覚が体を覆い、桑の浜に差し掛かる頃には、頭痛と眠気に襲われていた。寝不足かと思い車を止めれば、普段、感じたことのない胸苦しさと吐き気を催した。明らかに、体に異変が起きていた。なんとか車を運転し、実家に辿り着いたが、半日ばかり寝込むこととなる。婆様からは、泊まっていくように言われたが、明日は仕事である。体調が回復せぬまま、無理を押して帰路についた。

なんとか家に辿り着いたものの、目眩と怠さに襲われ、水を摂ることさえままならず床についた。朦朧とする中、翌朝目を覚ませば、体調は悪化するばかりである。助けを求める術もなく、寝込んでいたところに、近くに暮らす親戚が訪ねてきた。婆様に言われ、見に来たのだという。一人では立ち上がることさえままならず、車に乗り込み病院に着き、検査をするが、なにも悪いところは見当たらない。医者からは、疲れと心労によるものと診断され、点滴を打ち、家に帰されることとなる。

婆様から電話があったのは、夕刻のことである。原因も分からぬ病であれば、医者を替えろとの一言と、そうでなければ、なにかに憑かれたのではないかと言う。心配は分かるが、霊感のない自分に霊が憑くなどあり得ないと笑ってみせた。三陸沿岸の浜では、大漁祈願や結婚の相談、憑きものを落とす時など、高齢の者であれば尚のこと、神さん（拝み屋）に相談することはよくある話である。

数日経っても体調は回復せず、あまりの具合の悪さに藁をも摑むような心持ちで、婆様に言われた神さんに助けを求めることとした。半信半疑ではあったが、婆様から聞いた市内でよく当たると言われている、神さんの下に向かった。

祈禱所に着けば、普通の家のようでもある。戸を開け中に入ると、座敷の奥には神棚が祀られ、祭壇を前に年の頃なら七十ほどの婆様が座っていた。今日来た訳を話そうとするが、体が痛いと口走る。強い霊が来ると、体が重く節々が痛み出すという。祭壇に向かい気を入れ、印を結び、なにかを唱えている。加持祈禱というものか。その場の雰囲気か、それとも本当に憑きものが祓われたのか。私は、これまでの苦しみが和らいでいくのを感じていた。恐ろしいほどの霊験である。

神さんがこちらを振り返ると、じっと顔を見つめ、おもむろに口を開いた。

「お前さんの体の不調は、蛇に悪気《あっき》をかけられたせいじゃ。それも、ただの蛇ではない。神の使いである白蛇にじゃ。ここに来ておらねば、どのようなことになっておったか」

なにも伝えていないはずが、突然、摑みどころのない奇妙な話を語り始めた。

「その白蛇は、小さき頃よりお前を見初め、いつも遠くから見ておったそうじゃ。ところが、大震災を契機に、お前は大須浜を訪れる機会が減り、姿を見ることもままならぬようになった。見ることさえ叶わねば、想いは募るもの。一目だけでも会いたいと、峠道に姿を現したが、お前の運転する車に轢かれてしまったと言っておる」

この場に来たことが間違いであったのかと、不安な気持ちが心を過る。

「悪気をかけたことが仇となったようじゃな。お前自身も悪気《わるぎ》があったわけではあるまいが、具合が悪く白蛇を見つけることはできなかったはずじゃ。不運は重なるものじゃ。蛇の腹には、子がおったそうじゃ。それと、誰であれ、轢かれたとなれば怒るのは当たり前。ましてや、愛しい男であれば尚のこと」

あの時は、冷や汗をかくほどの目眩と怠さにより、白蛇がいたことさえ気づくことはなかった。それが真実であれば、この原因不明の不調を解くため、白蛇の怒りを静める方法を聞くしかないことは理解していた。

「お前が、悪気を解きたいのであれば、白蛇を轢いた道沿いに卵を捧げ、心を込めて謝ることじゃ。さすれば、怒りも収まるはずじゃ。お前を好いておるからな」

祈禱により、体の不調も少しは和らいだ。すぐに雄勝の峠に向かい、言われたことを実行した。半日ほどで、嘘のように体の不調は消え去った。白蛇は、神の使いである。幼き頃より見込まれているとは、にわかに信じられない話であったが、その効果を知れば納得するしかなかった。

本題はこれからであった。体の不調が消えたことのお礼とばかりに、日を置かず神さんを訪ねた。

「よう来たな」

私が来ることを知っていたようである。

「お前に伝えねばならんことがある。お前は、ここに呼ばれて来たんじゃ。己自身知るよしもなかろうが。白蛇のこともあったが、お前は心根が優しいのか、神や霊に愛されておるからな」

呼ばれたとは、奇妙な話である。

「お前には、霊が憑いておる。それも、修験道で修行した、儂でさえ祓えんような強い霊じゃ。これから話すことは、信じるも信じぬも、お前次第。儂は、願われたことを伝えるだけじゃ。お前のご先祖様に、今から二百年ほど前、江戸の時代に、石巻と江戸を千石船で行き来し、廻船業により多額の富を築いた者がおるはずじゃ」

初めて耳にする話である。その後、神さんは、なにかに憑かれてでもいるかのように項垂れると、ゆっくりとした口調で語り出したのである。

「儂が伝えることをよく聞くがよい。お前のご先祖様は、大飢饉により苦しむ多くの人々を救うため、廻船で得た富を使い、家の者とともに村々の救済に尽力したそうじゃ。苦労はしたが、近隣の者たちからは慕われておったと言うておる。満たされた人生を送ったように見えるが、実は心残りか、叶わぬ願いがあったそうじゃ」

なにを言い出すのか、現実か、妄想かさえ分からない事態である。

「お前は、この者の魂の想いを色濃く受け継いでおる。それが、お前がここに来た本当の理由じゃ。伝えておるのは、好きであった女子、吉原の花魁の供養をしてほしいと願っておる。夫婦になれなんだことを、悔やんでおるとな。託せるのは、今となれば、お前だけだと言うておる」

荒唐無稽な話とは、まさにこのことである。縁もゆかりもない、花魁を供養しろとは馬鹿げた話である。素直に返事などできるはずもない。

「神さん。その花魁とご先祖様は、どんなかかわりがあったのか、聞いてはくれませんか」

半信半疑のままに尋ねていた。

「花魁とは、夫婦となる約束をしておったそうじゃが、大凶作の救済に取り組む中で、身請けの期日までに江戸に戻ることができなかった。約束の期日まで迎えに来ぬ、約束を違えたと悲観した花魁は、一人、海に身を投じたそうじゃ。今となれば、誰の記憶にも残ってはおらぬが、そのことを誰かに知ってもらい、花魁の供養をしてもらうことが願いだと言うておる。誰かを恨んだままの心が残れば、この先、何度生まれ変わろうとも、その記憶を抱え、苦しみの人生を送ることになると」

それが誠か嘘かは知らぬが、神さんの言葉は、私の心の奥底に響いていた。

「それであれば、一度、ご先祖様のことを調べ、神さんの言われていることが事実かを確かめ、それが真実であれば、花魁とご先祖を供養し、そのまま生き様を世に伝えていきたいと思います」

なぜか、言われていることが誠のことであるように、妙な錯覚を覚えていた。

「あと一つ、伝えねばならんことがある。その花魁は七度転生し、この時代に生まれ落ちておるかもしれん。もし、お前が見つけ出すことができれば、強い縁で結ばれよう。すでに、石巻の地で知らぬ間に出会っておるかもしれんな」

それが本当であれば、いや、嘘であっても、信じて探し当ててみたい……。不思議なことに、私の中からそんな想いが、自然と湧き上がってくるのを感じていた。そうすれば、大震災で負った心の傷を抱えて生きる今よりも、違った人生を謳歌するための手段になるだろう。そんな確信も生まれていた。

それにしても、神さんから語られた言葉は、雲をも摑むような話だった。

令和四年（二〇二二）の夏、私は神さんの言葉を信じ、ご先祖様の記憶をたどる旅に出た。宮城県や石巻市の図書館、石巻市マキアートテラス（博物館）を訪れ、雄勝町史や文献に目を通し、大須浜の歴史を調べて回った。しかし歴史的資料はほとんど見つけることはできなかった。

それでも、郷土史家への聞き取りや数少ない文献や資料を拾い集めてきた。中でも興味深かったのは高齢の親族の知る歴史や口伝であった。昭和に入り墓の改修を行った際、ハーモニカが掘り出された。江戸時代に母方の実家が蘭方医であったことが分かったことや、父方の本家が古くは源左衛門姓を名乗り、廻船を手がけていたことなど面白い話が出てきた。探し出せた資料はわずかばかりであるが、本家の歴史を紐解けば、天保の大飢饉の折、大須浜で大凶作の救済に尽力した阿部の一族と、若き当主・源左衛門寿保のことが書かれた内容は真実のようである。千石船を駆使し、廻船業を営み、蝦夷地、三陸沿岸、石巻から江戸と、東回り航路で財を築いた一族がいたことを裏付けるには足るものであった。それが、自分の本家筋であったことにも驚かされた。

神さんから語られた話は、信じるに足るもののようである。令和四年、五年と、私が調べた記憶を基にこの小説を書いている。今は、想いを託された子孫の一人として、生まれ変わったと言われた「吉野」いや「アサ」を見つける縁の旅を続けながら。

引用参考文献　一覧

令和6年5月27日現在

番号	書名	著者	出版社	刊行	備考
1	雄勝町誌	雄勝町史編纂委員会	雄勝町	1966年	
2	仙台市史	仙台市史編さん委員会編集	仙台市	1994—2015	
3	石巻の歴史	石巻市史編さん委員会編	石巻市	1988—	
4	宮城縣史	宮城縣史編纂委員会編纂	宮城県史刊行会	1954〜1987	
5	江戸時代の災害・飢饉・疫病：列島社会と地域社会のなかで	菊池勇夫	吉川弘文館	2023年2月22日	飢饉に伴う疫病—仙台藩の場合—

番号	書名	著者	出版社	刊行	備考
6	天保飢饉からの復興と藩官僚 ―仙台藩士荒井東吾「民間盛衰記」の分析から― 東北アジア研究 第14号	佐藤 大介	東北アジア研究センター、14. 2010.3. 東北大学東北アジア研究センター、22200143	2010年3月1日	天保飢饉からの復興と藩官僚―仙台藩十荒井東吾「民間盛衰記」の分析から―
7	東北地方に大飢饉をもたらした天保年間の異常冷夏	近藤純正		1985年5月	天気 32. 5 306（気候変動：冷夏） 近藤純正：東北地方に大飢饉をもたらした天保年間の異常冷夏. 天気, 32（5）, 241-248.
8	花魁道中を踏める遊女はほんのひと握り。吉原で出世するために必要なものとは？	麻生のりこ	和樂：ネット		ウェブサイト

番号	書名	著者	出版社	刊行	備考
9	山村漁村生活史事典	秋山高志、林英夫、前村松夫、三浦圭一、森杉夫編	柏書房	1991年1月25日	
10	江戸の暮らし完全ガイド	沢井竜太	晋遊舎	2019年11月1日	10
11	〝ビジュアル百科江戸事情第一巻生活編〟	長坂一雄	雄山閣出版	1991年11月20日	
12	海の民俗	田村勇	雄山閣出版	1990年9月20日	
13	19世紀・東北地方沿岸における海運と拠点港の社会・経済・文化史的研究	斎藤善之		2000—2002	雄勝の海商阿部家と奥筋廻船（近世南三陸の海村社会と海商：2010／5／20：清文堂出版）

番号	書名	著者	出版社	刊行	備考
14	文化の港シオーモについて	塩竈市	塩竈市		ウェブサイト
15	金華山黄金山神社ホームページ	金華山黄金山神社	金華山黄金山神社		ウェブサイト
16	宮城県の伝統的漁具漁法・2 中部地区・3 北部地区・4 南三陸の和船（カッコ）	宮城県水産試験場	宮城県	2. 1989 3. 1990 4. 1991	
17	江戸後期三大航海圏と商いの世界全国市場を支えた船・商人・港	斎藤善之			
18	日本の時代史17近代の胎動（内：東廻り航路と奥筋廻船）	藤田覚・編 斎藤善之ほか	古川弘文館	2003年10月10日	

番号	書名	著者	出版社	刊行	備考
19	日本史講座7 近世の解体（4.近世的物流構造の解体）	歴史学研究会、日本史研究会・編 斎藤善之ほか	東京大学出版会	2005年4月20日	
20	キリスト教文化研究所研究年報：民族と宗教54 飢饉に伴う疫病―仙台藩の場合―	菊池勇夫	宮城学院女子大学キリスト教文化研究会		
21	白い国の詩 特集「雄勝の海商阿部家と奥筋廻船」	東北電力地域交流部・編著 斎藤善之・寄稿	東北電力株式会社	2004年5月1日	
22	講座 東北の歴史 第四巻 交流と環境（仙台藩御穀船の運行管理と統制 東北地域における領主的流通機構の特質）	斎藤善之、菊池勇夫・編	清文堂出版	2012年9月25日	

参考ブログ・ＷＥＢ
「仙台・宮城・東北を考える　おだずまジャーナル」　鮎川と鯨の歴史（2）
https://plaza.rakuten.co.jp/odazuma/diary/201101290000/
「ウチコミ！　タイムズ」
「まちと住まいの空間【三陸のまちと住まい編1】第10回　雄勝十五浜と廻船で江戸と繋がる浜の名主たち」　岡本哲志
https://uchicomi.com/uchicomi-times/category/lifestyle/main/10796/

この作品は歴史的事実を元にしたフィクションです。

著者プロフィール

阿部　圭いち（あべ　けいいち）

・宮城県女川町出身。東松島市在住。
・高校卒業後、宮城県庁に入庁。水産業に関わる地域振興や東日本大震災の復興業務に従事。在職中、「宮城県の伝統的漁具・漁法」(2)～(5)の調査・編集・執筆を担当。
・2011年に発生した東日本大震災を契機に、宮城の海を生業の場として生きてきた人々の知られざる歴史や文化、民俗等の記憶（宝）が失われつつある今、これらの記憶を拾い集め未来に紡いでいくことが、地域貢献につながるとの想いから執筆活動を開始。
・本書は雄勝町大須浜の阿部一族の子孫である私が史実を基に、東廻り航路を舞台として「乱世」と呼ばれた天保の大飢饉に三陸沿岸の救済にすべてを賭けて臨んだ、若き海商の活躍と叶わぬ恋の物語を書き上げた作品。

海翔けた　龍の記憶　—叶わぬ願い　想いの先に—

2024年10月15日　初版第１刷発行

著　者　阿部 圭いち
発行者　瓜谷 綱延
発行所　株式会社文芸社
〒160-0022　東京都新宿区新宿1－10－1
電話　03-5369-3060（代表）
03-5369-2299（販売）

印刷所　株式会社フクイン

ISBN978-4-286-24508-9